BLASS

www.danielkrumm.ch

BLASS

Ein Roman von Daniel Krumm

FSC
www.fsc.org
MIX
Papier aus verantwortungsvollen Quellen
Paper from responsible sources
FSC® C105338

Impressum

Bibliografische Informationen der Deutschen Nationalbibliothek:
Die Deutsche Nationalbibliothek verzeichnet diese Publikation in der Deutschen Nationalbibliografie. Detaillierte bibliografische Daten sind im Internet über dnb.dnb.de abrufbar.

Herstellung und Verlag: BoD – Books on Demand, Norderstedt

1. Auflage, Juli 2024

ISBN 978-3-7597-0633-1

Covergestaltung: Daniel Krumm

EINS

Es ist ein Montagabend im Mai, als sich Balthasar Blass entschließt, Ende September aus dem Leben zu treten. Eine Entscheidung, die er wohlüberlegt trifft, während er sich genüsslich einen Schluck des vorzüglichen »Clos de l'Oratoire des Papes« Jahrgang 2006 auf der Zunge zergehen lässt. Seit Monaten schwelte diese Idee eines finalen Aktes in seinen Gedanken, zuerst als unscheinbare Eingebung, welche dann immer mehr an Sinn gewann, und schließlich zu einer idealen Lösung reifte. Klar, mit vierundsechzig Jahren ist man, aus der Perspektive eines lebensfrohen Menschen betrachtet, zu jung für den Tod. Trotzdem scheint ihm der passende Moment gekommen, einen sauberen Abgang zu vollziehen. Es geschieht weder aus Verzweiflung, noch aus einer Laune heraus, als er sich an dem Abend für sein Ende einen festen Termin setzt.

Seine Existenz war seit jeher eine seltsame Angelegenheit, weshalb es ihm nicht abwegig erscheint, wenn sein Ende nicht der Norm entspräche. Dies nicht etwa aus narzisstischer Geltungssucht, mit der Absicht, einen aufsehenerregenden Abschied zu inszenieren, nein, vielmehr aus der Einsicht heraus, es gesehen zu haben. Da würde nichts Neues mehr kommen, kein bisschen würde sich ändern, nur noch dumpfes Sein, allmählich beginnender Zerfall und sinnloses Vegetieren. Sein ganzes Leben folgte einem unspektakulären und linearen Verlauf, kaum beeinflusst von Höhen und Tiefen.

Er schneidet eine Tranche von dem reifen Münsterkäse ab, streicht ihn auf ein Stück Weißbrot, riecht kurz daran, bevor er herzhaft hineinbeißt. Er füllt sein Rotweinglas wieder auf und lehnt sich zufrieden zurück. Er war dem Genuss nie abgeneigt, empfand solche Annehmlichkeiten als eines der wenigen erstrebenswerten Inhalte in seinem Dasein, als eine Art Kompensation für das Erduldete. Seit bald dreißig Jahren ist er Archivar am kulturhistorischen Institut der Universität. In dieser Tätigkeit gab es kaum Höhepunkte, welche es wert gewesen wären, erwähnt zu werden oder im Gedächtnis haften zu bleiben, ähnlich seinem sonstigen Dasein. Dasein ist ein treffender Begriff, denn er ist nur da, still, besonnen, in sich gekehrt, langweilig, einer, der kaum zu existieren scheint. Es ist nicht nur sein Charakter, der ihn zum Außenseiter stempelt, es ist auch sein Äußeres, seine ganze Erscheinung. Er entspricht keiner gängigen Vorstellung eines aufgeschlossenen Menschen. Seine Kleidung stammt tief aus der Vergangenheit, aus den Sechzigerjahren oder noch früher, und sein Haarschnitt scheint weit älter zu sein. Seine Brille, seine Schuhe, sein Fahrrad, sein Haus, sein Aktenkoffer, alle Gegenstände, die ihn umgeben, kommen aus einer anderen Ära und hinterlassen den Eindruck des längst Vergangenen. Es ist eine Mischung aus dem Flair eines Fossils und dem Mief eines Zurückgebliebenen, die ihn umgibt.

Er ist sich dessen bewusst, aber er versucht erst gar nicht, etwas dagegen zu unternehmen. Nicht aus Sturheit, viel mehr aus Überzeugung, denn er kann nicht einsehen, weshalb er sich dem Diktat der Masse unterwerfen sollte. Zeitgeist, Mode, Entwicklung, lauter Begriffe, die ihm widerstreben, denen er ausweicht. Warum auch? Die Gesellschaft nimmt ja kaum Notiz von ihm. Nicht, dass er gar keine Beachtung fände, das wäre übertrieben, man wendet sich vielmehr von ihm ab. Er ist in seiner Art ein Außenseiter, einer, dem man instinktiv aus dem Weg geht, weil Menschen wie er suspekt und unheimlich wirken. Ein Psychopath hat etwa eine ähnliche Aura. Die Gesellschaft meidet solche wie ihn, kaum jemand in der Straßenbahn setzt sich neben ihn, obwohl er stets saubere und tadellose Kleidung trägt und gewissenhaft, ja beinahe akribisch, der Körperpflege Beachtung schenkt.

Er beobachtet immer wieder gerne die Leute, wie sie auf ihn reagieren, wie sie ihn kurz mustern, um sich dann verschämt von ihm abzuwenden. Meist schauen sie in eine andere Richtung, öfter vertiefen sie sich in ihre elektronischen Spielzeuge. Wenn er sich entfernt, dann spürt er ihre Blicke im Nacken und hört förmlich ihre irritierten Gedanken. Manchmal sieht er es als ein Spiel an. Er fragt sich dann oft, wie lange es dauere, bis jemand wegschaut. Aber es gibt Leute, die sind nicht peinlich berührt, denen ist er ein Studienobjekt, welches ihnen dazu dient, sich selbst in einem besseren Licht zu sehen. Man kann sich ausgezeichnet an den Schwächen anderer aufbauen. Dann gibt es jene, die sich für ihn schämen, und letztlich solche, die nur Mitleid haben. Kaum jemand, der sich für ihn interessiert.

Blass hat mit seiner Wirkung auf die Menschen arrangiert, schließlich konnte er sich während vieler Jahre daran gewöhnen. Das Einzige, das ihn befremdet, ist die zwischenmenschliche Situation bei der Arbeit, genau genommen seine Beziehung zu seiner Vorgesetzten. Sie heißt Maria, ist etwa zwanzig Jahre jünger als er und ist schön, richtig schön. An sich wäre dies kein Problem, wenn sie ihn so behandeln würde wie alle anderen. Dem ist leider nicht so. Sie ist eine liebenswürdige und einfühlsame Person, die ihm mit Respekt und Anstand begegnet, was ihn jedes Mal verunsichert. Er versucht, immer wieder zu ergründen, ob sie sich auf diese Weise über ihn lustig macht, ob in ihren Augen ein dreckiger Sarkasmus aufblitzt. Nichts dergleichen, nicht ein einziges Mal war ein zweifelhaftes Gebaren zu erkennen. Sie entspricht so gar nicht dem Bild, welches er sich von den Menschen zurechtgelegt hat, und das ausgerechnet bei der Person, die ihm am nächsten steht.

Sonst hat er ja niemanden. Seine Eltern leben schon lange nicht mehr, er hat keine Geschwister, und gerüchtehalber existieren nur einige wenige, nie gesehene Verwandte in Argentinien. Freunde kamen ihm noch während der Schule abhanden und eine Freundin hat er nie gehabt. So wurde Maria zu seinem einzigen Fixstern im Leben, obwohl er sich keinen wünschte, denn damit sind nur Komplikationen und Unruhe verbunden.

Streng gesehen, passt sie nicht in sein Weltbild, in welchem es keinen Platz für emotionale Nähe gibt, denn er hat sich während all der Jahre derart an eine Distanz zur Gesellschaft gewöhnt, dass ihn solch eine enge Beziehung überfordert, präziser gesagt, irritiert. Seine Weltanschauung verliert an Ordnung. Was strukturiert war, wurde kompliziert, was klar war, wurde undurchsichtig. Wie soll er sich zurechtfinden, wenn Regeln ihre Verbindlichkeit verlieren?

*

Er hätte sich gewünscht, dass seine Chefin eine förmliche Beziehung zu ihm pflegen würde, aber dem ist nicht so. Sie schätze seine herausragende Fachkompetenz und sein angenehmes und sanftes Wesen, obwohl er sich ruhig etwas offener geben dürfte, meinte sie bei ihrem ersten Mitarbeitergespräch. Es war ihm peinlich und es war auch der Moment, in dem er sich bewusst wurde, dass sie ihm zu nahe kam. Und so wurde jeder Tag zu einer neuen Herausforderung. Mit ihrem Charme drängte sie ihn zu Gefühlen, denen er kaum ausweichen konnte, gegen die er ankämpfte, denn er wusste genau, dass dies in einem Desaster enden würde, also achtete er auf eine höfliche Distanz zu ihr.

Er nimmt einen Schluck Wein, während sich seine Gedanken um Maria drehen, was er üblicherweise zu vermeiden versucht. Jetzt, wo er die Entscheidung getroffen hat, sind solche emotionalen Bindungen pures Gift. Man könnte es sich nochmals überlegen, schwach werden und zu einem anderen Schluss kommen. Er möchte sich während der kommenden Monate auf das Wesentliche konzentrieren, sich nicht von Gefühlen ablenken lassen, denn es gilt den Nachlass zu regeln, damit sein Abgang in Würde vollzogen werden kann, ohne einen schalen Nachgeschmack zu hinterlassen.

Voller Akribie schneidet er gleichmäßige Scheiben von der toskanischen Wildschwein-Salami, arrangiert sie liebevoll auf dem Teller neben der Terrine, dem Münsterkäse und den in Olivenöl eingelegten Artischockenherzen. Er liebt die Ästhetik solch kulinarischer Kompositionen.

ZWEI

Der Morgen nach seiner Entscheidung begrüßt ihn mit dem lang ersehnten Sonnenschein des Frühlings. Blass steht am Fenster und schaut mit zusammengekniffenen Augen in den Garten, nachdem er den schweren Vorhang zur Seite gezogen hat. Sein Blick fällt auf die blühenden Sträucher entlang der Grundstücksgrenze, schweift zu dem blumigen Grün der Wiese und bleibt an einer Amsel hängen, die lauthals vom Apfelbaum herab eine Katze beschimpft. Ein Idyll, welches an diesem Morgen in einem besonderen Licht erscheint, selbst wenn er der Einzige in der Straße ist, der seinem Garten etwas Schönes abgewinnen kann, und der ihm während den Jahren ans Herz gewachsen ist.

Den Garten bezeichnen die Nachbarn als verwildertes Gewucher, als verwahrloste Brache, als Hort des Unkrauts, schlichtweg als Schandfleck des Quartiers. Er wurde von den Nachbarn schon bei der Polizei angezeigt, weil die Äste und die Ranken der Brombeeren über den Zaun wuchsen und ihre gepflegten Blumenbeete bedrängten. Seither muss er regelmäßig dem Zaun entlang eine Schneise roden.

Zugegeben, seinen Garten als Garten zu bezeichnen wäre falsch, denn dafür ist er definitiv zu wenig kultiviert. Er war die Passion seiner Eltern, aber nie die seinige, und nach ihrem Tod empfand er sich nicht als berechtigt, ihr Werk fortzuführen. Er wollte alles so belassen, wie sie es zurückgelassen hatten. Langsam, ganz langsam hatte sich dann das Anwesen in eine Wildnis verwandelt.

Von der Straße her führte früher eine gekieste Auffahrt in einem langen Bogen zum Hauseingang und wieder zurück zum Tor. So war es, als noch Automobile die Auffahrt hochfuhren und die Gäste zum Haus brachten. Seit zwanzig Jahren fuhr hier kein Fahrzeug mehr hoch, weshalb längst Gräser und Stauden den Kies erobert haben und die Rosen, welche den Weg säumten, zu hohen Sträuchern herangewachsen sind, in denen sich mittlerweile allerlei Getier heimisch fühlt. Dieses Gesträuch verdeckt einen großen Teil des Hauses, an dem sich Efeu und eine gewaltige Glyzinie hochrankt. Hinter dem Haus erstreckt sich eine Wiese mit Obstbäumen, welche er, als einzige Pflegemaßnahme im Garten, zweimal im Jahr von einem Bauern mähen lässt. Auf der linken Seite vom Haus, neben der Terrasse, dümpelt ein großer Teich, beinahe komplett zugewuchert von Seerosen, bevölkert von Fröschen und Molchen, während sich auf der anderen Seite ein alter Baumbestand um einen Gartenpavillon herum gruppiert.

Früher war es ein veritabler Park, dessen Ausdehnung mit den Jahren durch die üppigen, in die Höhe gewachsenen Sträucher nicht mehr ersichtlich ist. Alles wurde zu einem mächtigen Dickicht, zu einem teilweise undurchdringlichen Gehölz, welches das Grundstück in einen geheimnisvollen Ort verwandelte. Mittendrin ragt die äußerlich verwahrloste Villa, angelehnt an den Jugendstil, hervor, in der dieser mysteriöse Bewohner haust. Für die Leute im Quartier ist dieser Ort ein Unort, ein Stein des Anstoßes, erst recht ein Quell des Bösen.

Nicht nur, dass sämtliche Unkräuter und Pflanzenkrankheiten aus diesem Park stammen, auch alle Verbrechen und unerklärlichen Vorkommnisse werden dem Unort mit seinem Bewohner zugeschrieben. Vorletzte Woche lag ein anonymes Schreiben im Briefkasten, worin blass aufgefordert wurde, die Katze, welche von jemandem vermisst wurde, wieder freizulassen. Er musste nur schmunzeln und konnte nicht einmal zurückschreiben, dass er keine Katze gefangen hielte, aber Katzen sich äußerst gerne in seiner Wildnis aufhielten und er darüber keine Kontrolle hätte. Dies ist eine harmlose Geschichte. Weit unangenehmer wurde es für ihn, als ihm vor zwei Jahren ein Vergehen an Kindern vorgeworfen wurde. Da stand eines Tages die Polizei vor der Tür und wollte wissen, wo er sich zu einem gewissen Zeitpunkt aufgehalten habe. Er hatte kein Alibi, denn während des fraglichen Zeitraums war er alleine zu Hause gewesen, wie immer. Es folgte eine schreckliche Zeit mit einer Hausdurchsuchung, mehreren Einvernahmen und einem DNS-Test. Jemand hatte ihn beschuldigt, ein zehn Jahre altes Mädchen belästigt zu haben. Im Endeffekt konnte ihm nichts nachgewiesen werden, und man entschuldigte sich bei ihm, sogar in der Presse. Aber etwas ist trotzdem an ihm haften geblieben, nämlich den unheimlichen Hauch eines Psychopathen.

Balthasar Blass als Name ist schon Programm. Dieser Name klingt nach religiöser Verblendung, nach biblischem Wahnsinn, nach obskuren Sekten, die mit ihren verworrenen Lehren den Bezug zur Realität und zu normalen Werten längst verloren haben. Über Blass wurde spekuliert, und hinter vorgehaltener Hand kursieren weiterhin die wildesten Gerüchte, und dies mit einer Konstanz, dass man meinen könnte, es gäbe im Quartier sonst nichts zu bereden. Er ist ein willkommener Sündenbock, einer, der für das Böse, das Asoziale, das Bedrohliche steht, einer, der nicht hierhergehört, aber trotzdem die Neugier der Menschen weckt.

Eines beschäftigt die Leute am intensivsten. Offensichtlich ist dieser Sonderling reich. Alleine das riesige Grundstück an exklusivster Lage müsste einen Wert in einem zweistelligen Millionenbereich haben. Und dann dieses Haus, dazu vermutlich ein fettes Vermögen, obwohl sein bescheidenes Auftreten der Mutmaßung widerspricht, dass er wohlhabend ist. Verarmter Adel? Niemand weiß Bescheid, es gibt nur Spekulationen. Ein Geheimnis, welches viele Leute in ihrem Innern schwer beschäftigt, und alle diese denkbaren Szenarien umranken Blass wie ein Mythos.

DREI

Er verlässt das Haus wie jeden Morgen Punkt sechs Uhr zwölf, läuft die Straße hinunter bis in den Dorfkern, wo er auf das Tram Richtung Stadt wartet, nur eine Minute, denn er weiß genau, wann es kommt. Er schätzt einen geregelten Tagesablauf, während ihm jede Abweichung von seinem gewohnten Rhythmus ein Gräuel ist. So liebt er die Straßenbahn mit ihrem zuverlässigen Fahrplan, seine präzise Stempeluhr bei der Arbeit, der Postbote am Institut, das pünktliche Mittagessen, seine Arbeitsorganisation – alles Bestandteile des Tages, die mit ihren Konstanten zu einer beruhigenden Regelmäßigkeit beitragen. Selbst die Wochenenden sind von klaren Strukturen und Gewohnheiten geprägt.

Er besteigt die Straßenbahn, wie immer durch die zweitvorderste Türe, und versucht, seinen Sitzplatz hinter der Führerkabine zu ergattern. Meist gelingt dies ihm, da es die zweite Haltestelle nach der Endstation ist und um diese Zeit noch nicht viele Fahrgäste auf dem Weg zur Arbeit sind. Heute allerdings hat er kein Glück, ein betagter Mann hat auf seinem Sitz Platz genommen. Eine herbe Enttäuschung früh morgens, aber er lässt sich nichts anmerken und stellt sich demonstrativ neben den Mann. Der mustert ihn irritiert, denn es gibt keinen Grund, sich in einem leeren Tram so nahe zu jemandem hinzustellen. Aber Blass bleibt stur mit versteinerter Miene stehen, leider ohne Erfolg, denn er muss früher als dieser alte Mann aussteigen.

Ein schlechtes Omen, aber schnell fängt er sich wieder, wie er die gewohnten Schritte die Straße hoch zum Institut geht. Er kennt jeden einzelnen Schachtdeckel, jeden Riss im Asphalt, jede Unebenheit, jeden Randstein, so dass er genau weiß, wo er hintreten muss, ohne über einen dieser neuralgischen Punkte zu stolpern.

Pünktlich um sechs Uhr fünfundvierzig betritt er das Institut, steigt die Treppe hoch in das erste Obergeschoss, wo sich sein Büro befindet. Dort stellt er seinen Aktenkoffer auf den Schreibtisch, legt den Mantel ab und schaltet zuerst den Computer, dann die Kaffeemaschine an. Zwei Maschinen, die er nicht als erforderlich erachtet, die sich aber unausweichlich und gezwungenermaßen mit dem Wandel der Gesellschaft und der Arbeitswelt in sein Leben gedrängt haben. Längst vergräbt sich ein Archivar nicht mehr in Katakomben, wo er verstaubte Akten und stockfleckige Dokumente zu ordnen versucht, längst muss er alles elektronisch erfassen, einscannen oder fotografisch festhalten. Archivieren hat ihre Romantik verloren.

Dann öffnet er seinen abgewetzten Aktenkoffer und entnimmt ihm sein Pausenbrot und sein Mittagessen. Viel mehr ist darin nicht enthalten. Erst jetzt geht er zurück zur Stempeluhr auf dem Korridor, wo er Punkt sechs Uhr fünfzig den Arbeitstag offiziell aufnimmt, zehn Minuten bevor Maria und die anderen Angestellten eintreffen werden. Zehn Minuten, die ihm gehören, in denen er sich in aller Ruhe auf die Begegnungen mit seinen Mitmenschen vorbereiten kann. Bald wird Maria in ihrer fröhlichen Art ins Büro stürmen, und ihr Erzählfluss wird lange Zeit nicht versiegen. Sie ist ein kommunikativer Mensch und Blass das krasse Gegenteil davon, was aber nicht heißen soll, dass diese Konstellation ein Problem wäre. Das ist es gar nicht, denn sie weiß, dass zwei redselige Menschen sich nicht zuhören und zwei schweigsame in Lethargie versinken. Die beiden bilden einen absoluten Gegensatz, aber in den Jahren hat sich dieses Verhaltensmuster perfekt eingeschliffen.

Er setzt sich hinter den Schreibtisch, ein wuchtiges Relikt aus dem letzten Jahrhundert, welches nach der Räumung des Kellers zur Entsorgung bereitstand und er nur mit großem Engagement retten konnte. Kopfschüttelnd und fluchend hatten die Arbeiter den schweren Nussbaumtisch mit seinen beiden säulenartigen Korpussen hoch in das erste Stockwerk gewuchtet. Er hatte ihn dann frisch eingeölt, die Schubfächer wieder gängig gemacht, die Messingbeschläge aufpoliert und beim Antiquitätenhändler eine passende Schreibtischlampe und einen alten ledernen Drehstuhl gekauft. Nun wirkt in dem modernen Büro dieses antike Mobiliar wie eine Zeitinsel, und wenn er tief in seiner Arbeit versunken an diesem Schreibtisch sitzt, dann muss man eingestehen, dass er dazu passt.

Der Bildschirm mit der Tastatur steht auf einem kleinen Tisch in seinem Rücken, so wie das Telefon, alles Moderne hat er vom Schreibtisch verbannt, so dass die edel maserierte Nussbaum-Oberfläche nur von einer Schreibunterlage und einigen Stapeln Papier bedeckt wird.

Diese Stapel ordnet er nach Dringlichkeit und nach seinen persönlichen Präferenzen. Was es zu archivieren gilt, ist grundsätzlich nicht dringend, doch lastet auf ihm der Druck, nicht unter den Bergen von Altem begraben zu werden. Die Menschheit an sich, und die wissenschaftliche Welt insbesondere, ist geneigt, eine permanente Flut an Dissertationen, Berichten, Artikeln, Traktaten, Büchern, Fotos, Zeichnungen und Zeitschriften hervorzubringen, zur Kenntnis zu nehmen und dann auf Nimmerwiedersehen zu archivieren. Nur das Wenigste wird jemals wieder hervorgeholt und gelesen. Egal, denn der Mensch ist ein Sammler, und Balthasar Blass hat dabei die Gelegenheit, all diese Dokumente so weit zu studieren, dass er versteht, zu welcher Fakultät, unter welcher Thematik und welcher Wichtigkeit es abgelegt werden muss.

Mit der Fähigkeit des Querlesens gesegnet, durchpflügt er manchmal pro Tag hunderte Seiten und ist oftmals geneigt, diese geistigen Ergüsse dem Schredder zu übergeben. So erlaubt er sich, ab und zu einen miserablen Text so zu archivieren, dass man ihn nie mehr finden wird. Quasi eine archivarische Zensur, oder besser gesagt, auch ein Archiv hat seinen Stolz.

Dann kommt Maria ins Büro geflogen, als wäre sie auf der Flucht, so, wie sie sich gewöhnlich bewegt, schwungvoll, schwebend, beinahe tanzend und immer einen Tick zu nervös.

»Einen wunderschönen guten Morgen, Herr Blass. Geht es Ihnen gut?«, flötet sie laut, mit der Betonung auf *Herr* und *Ihnen*. Eine ewige Anspielung auf das Förmliche, welches Blass pflegt und sie schon seit Jahren gerne durch das persönlichere *Du* ersetzen möchte.

»Guten Morgen, Frau Stetholm. Danke der Nachfrage, ich hatte ein äußerst erholsames und bedeutungsvolles Wochenende«, antwortet er und bereut sogleich diese unnötige Betonung, die ihm herausgerutscht ist. Er weiß, dass sowas nicht unbemerkt bleiben wird.

»Bedeutungsvoll? Mein lieber Herr Blass, Sie sprechen in Rätseln.«

»Ach, vergessen Sie diese überflüssige Bemerkung, sie ist mir nur so entschlüpft.«

»Na, das wäre doch mal eine spannende Neuigkeit, wenn Ihnen etwas Bedeutungsvolles widerfahren ist. Meine Neugier wäre geweckt.«

Das kann er sich lebhaft vorstellen, aber er winkt nur ab.

»Kaffee, Frau Stetholm?«, versucht er abzulenken.

»Aber gerne«, antwortet sie, während sie sich an ihren Arbeitsplatz hinter der Trennwand zurückzieht, um ihren Rechner hochzufahren und ihre großräumige Handtasche zu deponieren.

Die Abteilung verfügt über ein großes Büro, welches sie zu viert belegen, einzig unterteilt durch schallabsorbierende Trennwände. Trotzdem wirkt der Raum mit seiner hohen Decke wie eine Halle, in der sich die Arbeitsplätze beinahe verlieren. Es ist ein altes Gebäude, welches vor fünf Jahren komplett saniert und modernisiert wurde. Neben Maria sind es Herbert Steibling, der Bibliothekar, und Annemarie Rosbuck, die für die Administration zuständig ist, die in diesem Raum arbeiten. Die jüngste ist

Maria, eine Mittvierzigerin, Herbert und Annemarie sind beide etwa sechzig. Eine vollkommen überalterte Abteilung, wenn Maria nicht wäre, aber für das verstaubte Ansehen dieser Arbeit eine absolut angemessene Belegschaft. Allerdings muss gesagt sein, dass diese Truppe über solch eine ungeheure Wucht an Kompetenz und Erfahrung verfügt, dass es der Leitung des Instituts und Maria graut, wenn diese drei eines Tages in die Rente geschickt werden.

»Morgen«, brummelt Herbert kaum hörbar, als er den Raum betritt, im Schlepptau Annemarie, die weitaus fröhlicher ruft: »Hallöchen, meine Lieben. Der Frühling kommt!«

Sie schwebt mit ihren geschätzten neunzig Kilo wie eine Elfe durch den Raum und legt mit übertriebener Grazie jedem einen kleinen Blumenstrauß auf den Schreibtisch. Ein freudiges Gekreische von Maria, ein gemurmeltes *Danke* von den beiden Herren.

»Ich hole sogleich Vasen und stelle die Sträuße ins Wasser«, erklärt sie.

Was ist denn das für ein seltsamer Morgen, fragt sich Blass, unangenehm berührt von diesen Unregelmäßigkeiten. Er bedankt sich höflich bei Annemarie und schenkt ihr sogar die Andeutung eines Lächelns, aber vertieft sich sofort wieder in die Papiere, während sie die Blumen in die Vase stellt und sie nett arrangiert.

Danach versinkt der Arbeitstag in seine wohltuende Schläfrigkeit. Jeder arbeitet still und routiniert, nichts ist außerhalb der Normalität. Nicht nur Blass findet seinen Frieden, auch Annemarie und Herbert mögen diese Eintracht. Einzig Maria empfindet die Ruhe als bedrückend und lässt leise ihr Radio dudeln.

VIER

Mein Gott, denkt sie mit einem Schmunzeln auf den Lippen, er trägt in der Tat wieder diesen fadenscheinigen, kackbraunen Polyester-Anzug mit den abgewetzten Ellbogen und den zu kurzen Hosenbeinen, dazu eine violette Krawatte mit roten Punkten. Schrecklich, schlichtweg entsetzlich.

Sie beobachtet seine modischen Verirrungen nunmehr seit vier Jahren, seit sie diese Abteilung übernommen hat. Während der Zeit variierte seine Garderobe von unerträglich bis peinlich, nicht so wie bei Herbert und Annemarie, die sich einfach nur wie alte Leute kleiden. Manchmal ist sie sich nicht im Klaren, ob sie lachen oder weinen soll, zumeist schämt sie sich für ihn. Aber sie hatte bisher noch nicht den Mut, ihn darauf anzusprechen, und sie wird es auch nie tun. Er würde sich kaum ändern, zudem steht es ihr nicht zu, ihn zu belehren, solange es nicht Anlass zu Beanstandungen gibt. Aber er riecht nicht, die Haare sind sauber, allerdings meist schlecht frisiert, seine Kleider wirken gewaschen, auch wenn sie gebraucht aussehen, und sogar seine ausgelatschten Schuhe sind poliert.

Für Maria, mit ihrem Faible für modische Kleider und gepflegtes Aussehen, ist die Erscheinung ihrer Mitarbeiter, Blass' im Besonderen, eine tägliche Qual. Gerne hätte sie ihre Abteilung mit dekorativerem Personal besetzt, denn sie musste immer wieder den Hohn ertragen, der vom Führungsstab der Universität dazu geäußert wurde.

Muppet-Show, Geisterbahn, Mausoleum oder Gruselkabinett waren die nettesten Begriffe für Ihre Abteilung. Mittlerweile hat sie dafür nur noch ein müdes Lächeln übrig, denn sie ist sich bewusst, dass sie im Gegenzug hochkompetente Fachkräfte führen darf. Jeder an der Universität weiß von der hohen Qualität des Archivs und der Bibliothek. Ihr großer Respekt relativiert ihren lauen Spott.

Maria war zu dieser Position gekommen, wie die Jungfrau zum Kind, denn niemand sonst wollte dieses unspektakuläre Karrieregrab leiten. Man hatte sie dazu überredet, und für eine Absage war sie zu schwach oder wohl eher zu nett.

»Herr Blass, könnten Sie mal kurz zu mir kommen?«

Keine fünf Sekunden später steht Blass vor ihrem Schreibtisch.

»Ja, Frau Stetholm?«

»Ich habe eine Einladung für Sie erhalten. Sie dürfen einen Einführungskurs für den anstehenden Ruhestand absolvieren. Sie werden lernen müssen, mit dem Nichtstun umzugehen.«

»Herzlichen Dank, Frau Stetholm, aber ich habe kein Interesse an einem unnötigen Kurs.«

»Ach, kommen Sie, haben Sie doch kein Vorurteil. Vielleicht erhalten Sie ganz neue Einsichten.«

»Glauben Sie mir, ich brauche keine neuen Einsichten. Danke für Ihre Empathie, aber mein Ruhestand benötigt keine Ablenkung.«

»Inhalt, nicht Ablenkung. Ich glaube, da missverstehen Sie was.«

»Inhalt? Ablenkung? Irrelevant! Wichtig ist das Ziel«, nuschelt er.

»Sie haben ein Ziel?«, fragt Maria interessiert, nachdem sie sich seine Bemerkung nochmals durch den Kopf hat gehen lassen.

»Ja.«

»Schön.«

Sie wirkt irritiert, als ob es undenkbar wäre, dass er ein Ziel habe.

»Das heißt, ich soll Sie nicht anmelden?«

»Genau. Trotzdem vielen Dank für Ihre Nachfrage.«

Er dreht auf dem Absatz und verschwindet wieder hinter der Trennwand. Sie schüttelt den Kopf ob seiner kryptischen Worte und beantwortet die E-Mail mit einer Abmeldung.

Er ist und bleibt ein Rätsel. Erst recht, seitdem sie mit eigenen Augen gesehen hat, wo und wie er wohnt. Es war bei einem Sonntagsspaziergang mit Roman, ihrem ewigen Verlobten, als sie die Route so steuerte, dass sie beim Haus von Blass vorbeigingen. Es war keine Hausnummer zu erkennen, aber nachdem sie die Nummern der beiden Nachbarhäuser gesehen hatten, war klar, dass nur diese Wildnis mit der baufälligen Villa das Zuhause von Balthasar Blass sein konnte. Zuerst war es für beide ein Schock. Dann begann Roman von der Ästhetik des Zerfalls zu schwärmen, bis Maria dieses Haus mit seiner Umgebung aus einer anderen Perspektive sah. Wie eine Oase lag das anarchistische Chaos in der bürgerlichen Wüste. Ein Kontrapunkt, provozierend, wie ein Protest gegen den Durchschnitt, gegen die kleingeistige Gesellschaft. Da wurde auf einmal ein verwildertes Grundstück zu einem Symbol, so, als habe Blass dies gewollt. Doch er hätte nie daran gedacht, sich gegen irgendetwas aufzulehnen, dazu ist er viel zu nett. Er lebt sein eigenes Leben, ohne Hintergedanken, ohne etwas aussagen zu wollen, nur auf seine Art und Weise, und dies allerdings ohne jegliche Kompromisse. Bewundernswert.

Für Maria war dieser Spaziergang eine Läuterung. Plötzlich sah sie Blass in einem anderen Licht. Er war nicht mehr der merkwürdige Sonderling, der durch sein irritierendes Äußeres die Leute vor den Kopf stößt, er war auf einmal zu einem Menschen mit einer ganz konsequenten Lebensweise geworden. So etwas wie ein Exzentriker, dem seine Wirkung nach außen vollkommen egal ist.

Sie hat ihm nie gesagt, dass sie sein Zuhause gesehen hat. Sie wollte ihn nicht in Verlegenheit bringen, aber durchaus möglich, dass er damit gar nicht in Verlegenheit zu bringen wäre, da er schließlich in seiner Schrulligkeit nichts Negatives sähe.

Gerne hätte sie seine Villa von innen gesehen. So, wie er arbeitet, lebt er sicherlich in häuslicher Ordnung und so, wie er sich kleidet, haust er in einem museumshaften Interieur aus dem letzten Jahrhundert. Vor allem ist dieses Haus viel zu groß für einen alleinstehenden Mann. Vermutlich lebt er in einigen wenigen Zimmern, während in den anderen Räumen die Möbel mit weißen Tüchern abgedeckt sind. Wie sonst könnte er diesen riesigen Haushalt bewältigen. Ständig kreisen ihre Gedanken um seine Lebensumstände. Sie wird immer mehr in seinen Bann gezogen, selbst wenn er sie je länger je mehr befremdet. Vielleicht sollte sie ihn zu einem Nachtessen einladen?

FÜNF

Er verriegelt die Haustür hinter sich, lehnt sich mit dem Rücken schwer dagegen und schließt damit auch den Tag aus, der ihn außer unangenehmen Unregelmäßigkeiten, wenig Erbauendes gebracht hat. Gern hätte er nach seiner Entscheidung die Muse gehabt, über seinen restlichen Lebensweg nachzudenken. Nicht, dass die Zeit drängt, aber je länger er mit der Regelung seines Abschieds wartet, desto stärker wächst der Druck auf ihn, und damit kann er nicht umgehen. Er will auf keinen Fall seine Terminplanung revidieren, sonst könnte er möglicherweise seine Entscheidung hinterfragen. Also gilt es unbeirrt den eingeschlagenen Weg weiterzugehen. Und es gibt einiges zu tun, darum darf er sich keine weiteren unproduktive Tage erlauben.

Es ist sein Besitz und sein Vermögen, die ihm Sorgen bereiten. Auf keinen Fall dürfen diese Werte dem Staat oder irgendwelchen Investoren in die Hände geraten, um dann umgehend verscherbelt und zerstört zu werden. Damit wären die letzten Spuren seiner Familie auf dieser Erde ausgelöscht. Nur einige von Moos überwucherte Grabmäler zeugten dann noch von deren vergangenen Existenz. Sonst würde nichts von dem übrigbleiben, was Generationen der Blass erarbeitet haben. Eine deprimierende Aussicht, auch wenn man keinen Wert auf das Materielle legt. Das Immaterielle, das geistige Gut, welches mit dem eigenen Besitz verbunden ist, würde unwiderruflich verloren gehen, vermutlich auf einer Müllhalde landen. Wer hätte schon die Zeit und das Interesse, den verstaubten Büchern, Bildern und Möbeln den angemessenen Respekt entgegenzubringen? Allenfalls käme jemand auf die Idee, aus den Antiquitäten Kapital zu schlagen, den ganzen Ramsch zu verscherbeln, auf dem einfachsten Weg, zum lumpigsten Preis. Ein Vermächtnis würde zu Sperrgut degradiert. Das darf nicht sein, darum gilt es unbedingt den Nachlass zu regeln.

Er legt den Mantel ab und geht in die Küche, wo er die Einkäufe in den Kühlschrank und in die Regale räumt. Frische Leber, Rucola-Salat, Äpfel, Butter, Milch und rote Chili-Schoten. Er liebt Kalbsleber an Butternudeln mit scharfer Sauce. Zuerst will er aber Wäsche waschen, Schuhe putzen und die Fenster im Esszimmer reinigen. Er mag es nicht, beim Essen durch schmutzige Gläser in den Garten schauen zu müssen. Er hat kein Problem mit Fensterputzen, im Gegenteil, er schätzt solch profane Tätigkeiten, die ihm die Gelegenheit zum Nachdenken geben, wie es ihm leider heute den ganzen Tag durch nicht möglich war.

Er legt sein Sakko über die Stuhllehne, krempelt die Ärmel nach hinten, damit er den Kessel mit Wasser füllen und Reinigungsmittel dazu geben kann. Dann beginnt er die großen Fenster mit einem Lappen zu putzen, kräftig, voller Lust, in langen Zügen. Zuerst außen, dann innen, sowohl bei den Vorfenstern als auch bei den Innenfenstern. Jedes Fenster vier Mal, und dies mit äußerster Akribie. Eine ganze Stunde für drei Fenster. Daraufhin widmet er sich der Wäsche und den Schuhen. Erst kurz vor acht Uhr stellt er sich in die Küche, um sich das Nachtessen zuzubereiten. Es muss nicht erwähnt werden, dass selbst diese Handlung voller Hingabe erledigt, besser gesagt, zelebriert wird.

Zwei Stunden lang versinkt er, dank diesen schlichten Arbeiten, in Gedanken und legt das weitere Vorgehen in groben Umrissen fest. Einzig beim Essen will er seine Ruhe, deshalb konzentriert er sich auf den scharfen Duft der Sauce, die Konsistenz der Leber, den Biss der Nudeln, das Aroma des Rucola an Olivenöl und Balsamico und den reichen Tanninen des Weins. Essen als Ritual. Keine Ablenkung, kein Radio, keine Lektüre, nicht einmal Selbstgespräche, nur bewusster Genuss. Das Frühstück und das Abendessen unterliegen dieser strengen Regel, das Mittagessen nimmt er im Aufenthaltsraum im Geschäft oder in der Mensa ein, meist mit den anderen, manchmal allein, was ihm am besten gefällt. Er mag es nicht, wenn beim Essen geredet wird. Essen verkommt dann zu einer Nebensache, was viele Menschen damit unterstreichen, dass sie minderwertige Nahrung zu sich nehmen: Fertiggerichte, abgepackte Sandwiches, lösliche Suppen, industriellen Käse, kalorienreduzierte Wurstwaren und schwammiges Brot aus der Selbstbedienung.

Er betrachtet das moderne Essverhalten, wie das meiste der heutigen Zeit, nicht als Grund zur Klage, vielmehr als Anlass zur Verwunderung. Warum tun sich Menschen das an? Warum sind sie mit Minderwertigem zufrieden? Eigenartig, wo doch genau durch ihr Verhalten das Gute und Schöne seinen Wert verliert. Blass gibt sich nicht einmal die Mühe, dagegen anzukämpfen, im Gegenteil, er schweigt, wenn sich die mittäglichen Gespräche um das oberflächliche Konsumverhalten der Massen drehen, wohlwissend, dass der Lauf der Zeit nicht aufzuhalten ist. Der Schwarm entscheidet, und er hat kein Mitspracherecht, denn er gehört ja nicht dazu.

Nachdem er sein Mahl beendet hat, das Geschirr abgewaschen und die Küche aufgeräumt ist, setzt er sich in der Bibliothek an den Schreibtisch und beginnt, in seinem Tagebuch die Gedanken zu ordnen.

Zuerst listet er sein Vermögen, dann seinen Besitz auf, alles aus dem Gedächtnis, ohne ein Verzeichnis oder irgendwelche Unterlagen zur Hilfe zu nehmen. Er hätte die letztjährige Steuererklärung hervorholen können, aber die braucht er nicht. Er kennt seine Verhältnisse bis ins letzte Detail, weniger aus Lust am Reichtum, mehr wegen seines erstaunlichen Gedächtnisses. So, wie er das Archiv im Institut ohne elektronische Hilfsmittel bis in den letzten Winkel kennt, so weiß er auch über seinen Besitz Bescheid. Und es ist eine stolze Zahl, die sich da unter dem Strich ergibt.

Was macht man mit solch einem Vermögen, wenn man es nicht dem ewig gierigen Staat überlassen will, der es dann für eine neue Abwasserleitung oder, viel schlimmer, für den Fortschritt verschleudert? Das Erbe ganzer Generationen versickert im hungrigen Schlund der Allgemeinheit. Nichts und niemand wird sich mehr an eine Familie erinnern, die eine Stütze der Gesellschaft war. Oder er verkauft alles. Das Haus wird von einer Abrissbirne dem Erdboden gleichgemacht und der Park gerodet, damit Investoren ein Mehrfamilienhaus für Begüterte erbauen können, da macht er sich keine Illusionen. Also muss er eine andere, sinnvollere Verwendung für seinen Besitz finden.

Er könnte eine Stiftung gründen, eine gemeinnützige Institution berücksichtigen oder einfach einige Spenden tätigen. All das wären Optionen auf ein reines Gewissen, aber keine reelle Variante für jemand, der kein schlechtes Gewissen hat und keinesfalls der Gesellschaft in den Arsch kriechen will. Nein, so würde er sich nicht ausdrücken, das wäre ihm zu vulgär.

Nur in seinen eigenen vier Wänden gesteht er sich solche Gedanken zu. Er würde nie seinen Unwillen öffentlich machen, denn er ist ein Mensch, den seine Wut nicht wütend werden lässt. Meist zerfällt sein Unmut schnell in ein tolerantes Verstehen, letztendlich hat alles eine begründete Ursache, selbst wenn etwas nicht seinem Weltbild oder seiner Moral entspricht. Toleranz ist sein Credo, aber auch eine Schwäche. Aus lauter Verständnis für die Menschheit verliert er oftmals den Bezug zur Realität, wobei seine Sicht auf die Dinge beinahe an Naivität grenzt. Ein Gutmensch, der davon ausgeht, dass die anderen Menschen auch gut sind. Toll!

Er starrt auf die Zahl, die ihn mit Sicherheit beschäftigen wird. Wie lässt sich dieser Besitz sinnvoll verteilen? Soll er ihn verschenken? Irgendjemandem schenken? Möglicherweise gar keine miserable Idee. Bedürftige beschenken, jenen etwas Gutes tun, die auf der Schattenseite des Lebens stehen. Oder sollte er jene beglücken, die ihm nahestehen? Maria vielleicht?

Nein, das wäre zu simpel, zu bequem. Er muss sich eine andere Strategie einfallen lassen, sonst hätte das Ganze einen schalen Beigeschmack. Mit Recht würde man ihm nachsagen, seinen persönlichen Gefühlen nachgegeben zu haben.

Dann entschließt er sich, einen Versuch zu unternehmen.

SECHS

»Zehntausend Franken?«, fragt der Bankbeamte nach.

»Ja, zehntausend Franken. Wenn möglich in Hundertfrankenscheinen, bitte«, bestätigt Blass.

»Einen Moment bitte, ich habe nicht so viel Geld in der Kasse.«

Der Bankbeamte verschwindet in den Hintergrund, und es dauert einige Minuten, bis er mit einem Etui wieder auftaucht. Zunächst hat Blass zwei Formulare auszufüllen und Unterschriften zu leisten, dann öffnet der Bankbeamte den Reißverschluss des Etuis, holt das Geld hervor und zählt hundert Hunderterscheine. Alles geschieht in einer Unaufgeregtheit, als handele es sich um Wechselgeld, welches man in der Kneipe nach dem Zahlen der Zeche auf den Tisch gezählt bekommt. Emotionslos betrachtet Blass diesen kleinen Haufen Geld, den er für seinen Versuch von der Bank abgehoben hat. Er öffnet den Aktenkoffer, legt den Umschlag, in welchen der Schalterbeamte das Geld verpackt hat, hinein und verabschiedet sich höflich.

Es ist zehn Uhr, und die morgendliche Frühlingssonne wärmt langsam die Stadt auf. Vor dem Café neben der Bank sind bereits viele Tische besetzt, dennoch findet er einen Platz, der ihm etwas Privatsphäre schenkt. Nachdem er sich den bestellten Schwarztee sorgfältig zubereitet hat, öffnet er den Aktenkoffer und legt das Kuvert auf den Tisch. Er fühlt die Scheine durch den Umschlag, aber belässt sie darin. Sie bedeuten ihm nicht das, was sie wert sind. Mit seinem Füllfederhalter schreibt er nun die Worte auf die Front, welche er sich ausgedacht hat.

Dies ist ein Geschenk, machen Sie das Beste daraus!

Blass betrachtet das Geschriebene und denkt nochmals darüber nach, ob seine Idee sinnvoll ist, bevor er den Umschlag wieder in den Aktenkoffer legt. Ob es ein guter Einfall ist, wird sich erst noch weisen. Er reckt sein bleiches Gesicht der Sonne entgegen, während er den Tee genießt. Er hat sich kurzfristig zwei Tage freigenommen, denn er hat seit Jahren ein Überangebot an Urlaub, also war Maria mit seiner morgendlichen Anfrage sofort einverstanden. Zu dieser Tageszeit hier zu sitzen, betrachtet er als ein Privileg und einen Luxus. Es fühlt sich an wie Freiheit, wenn man sich mitten am Tag in einem Straßencafé sonnt und Tee trinkt, während die Mehrzahl der Bürger ihrer Arbeit nachzugehen hat. Er ist sich bewusst, dass sein Empfinden eine ungewöhnliche Einstellung darstellt. Urlaub bedeutet für ihn nur eine unangenehme Unterbrechung der Arbeit.

Niemand an der Universität hat nur im entferntesten Verständnis für Blass' Verhalten, wenn es um dessen Handhabung der Arbeitszeitregelung geht. Wieso hat er nicht die durchschnittlichen Erwartungen an die Freizeit wie jeder andere Arbeitnehmer? Keiner kann das verstehen. Nebst seinem kuriosen Charakter macht ihn dieses Benehmen erst recht zu einem Sonderling.

Er bezahlt die Rechnung und schlendert durch die Altstadt bis zum Rhein, weiter über die Brücke, hinunter zum Ufer, dann die Promenade entlang, bis er ihn auf der Bank sitzen sieht. Eine Randfigur der Gesellschaft, ein Bettler, ein Obdachloser, ein Wrack mit einem alten Schäferhund, der friedlich in die Sonne schaut und vom Leben nichts mehr zu erwarten scheint. Sein Name ist Paul, Paul Müller.

Mit einem idiotischen Lächeln stiert Müller über das Wasser, ohne wahrzunehmen, dass er seit längerer Zeit von Blass beobachtet wird. Nur sein Hund reagiert, blickt auf mit schräggestelltem Kopf, als frage er sich, was denn dieser Kerl wolle, der nicht wie alle anderen Passanten einfach nur vorbeigeht. Blass fühlt sich plötzlich unangenehm berührt, rafft sich auf und schlendert auf die beiden zu. Er zückt den Umschlag und legt ihn sorgfältig vor den

Bettler in den Hut, in dem sich nur drei schäbige Münzen befinden. Träge kehrt Müllers Blick aus dem Nichts zurück, schweift unendlich langsam vor seine Füße und heftet ihn dumpf auf den Umschlag. Eine Reaktion wie in Zeitlupe, als stünde er unter Drogen, was ja durchaus möglich sein könnte.

Dann der Blick zu Blass, der ihm in die Augen schaut und bemerkt: »Machen Sie etwas Gutes daraus. Auf Wiedersehen.«

Blass wendet sich ab und läuft davon.

Müller starrt längst wieder auf den Umschlag, und in seinem Hirn arbeiten die Synapsen in Zeitlupe und nicht immer logisch, aber er ahnt, dass dieser Umschlag etwas Besonderes enthält. Was hätte denn die Bemerkung sonst bedeuten sollen? Das gefällt ihm gar nicht, das könnte Ärger geben.

»Hei, Sie da!«, ruft er Blass hinterher. »Was soll das? Ich will das nicht.«

Blass bleibt stehen und überlegt, ob er einfach weitergehen soll, als ginge es ihn nichts an, aber nach einem kurzen Zögern wendet er sich um und kehrt zurück.

»Ich will das nicht!«, bellt Müller nochmals forsch.

»Sie haben ja gar nicht in den Umschlag geschaut. Egal, was drin ist, es ist ein Geschenk, und Sie haben keinerlei Verpflichtung. Einzig, was ich mir wünsche, wäre, dass Sie damit für sich etwas Gutes bewirken.«

Beide starren auf den Umschlag, der weiß und provokant in dem schmutzigen Hut liegt wie ein Kuvert voller tödlicher Viren.

»Ich wünsche Ihnen einen angenehmen Tag«, sagt Blass und geht wieder seines Weges.

Diesmal hört er keinen Protest, erst nach etwa fünfzig Meter vernimmt er einen leisen Aufschrei. Ohne umzublicken, läuft er weiter, immer zügiger und schneller, er will auf keinen Fall von Müller eingeholt werden. Eine lächerliche Befürchtung, denn er weiß, dass weder er noch sein

Hund gut zu Fuß sind. Er geht zur Haltestelle der Straßenbahn und fährt nach Hause, wo er den Rest des Tages mit dringenden Haushaltsarbeiten verbringt.

SIEBEN

Es ist ein zauberhafter Frühlingsmorgen. Bereits um neun Uhr zeigt das Thermometer fünfzehn Grad im Schatten, und keine einzige Wolke unterbricht den stahlblauen Bogen des Himmels. Blass hat sich den Luxus gegönnt und bis halb neun geschlafen, zudem hat er sich auf der Terrasse den Gartentisch und den Stuhl in die Sonne gerückt und genießt nun sein Frühstück: Einen reifen Brie d'Auvergne, etwas Salami aus Greve, ein wachsweiches Ei, Honig aus der Provence und ein frisch aufgebackenes Baguette, dazu einen Kaffee und ein Glas Orangensaft.

Unrasiert sitzt er in seinem Morgenmantel am Tisch, die Füße in großväterlichen Pantoffeln, und blinzelt der warmen Sonne entgegen. Das Leben könnte zweifellos seine besonderen Momente haben, denkt er für sich, aber sie wiegen längst nicht das Profane und Leidige auf. Eigenartig, wie seit seiner Entscheidung sein Leben einen anderen Takt erhalten hat. Er kann sich nicht mehr erinnern, wann er das letzte Mal an einem kommunen Arbeitstag sein Frühstück auf der Terrasse eingenommen hat, geschweige denn bei Sonnenschein. Als ob sich die Welt in ihrem besten Licht zeigen und ihn bezirzen wolle, damit er es sich anders überlege. Aber Blass lässt sich nicht um den Finger wickeln, schließlich hat er sich mit dieser Versuchung zu Genüge auseinandergesetzt. Er wusste, dass ihn das Leben von seiner Entscheidung zu sterben abbringen will. Das Leben spekuliert auf die Schwäche jedes Menschen, wenn es ums Sterben geht.

Er lächelt milde, denn er ist auf diese Verführung vorbereitet. Balthasar Blass ist kein Mensch, der beim ersten Widerstand schwächelt und solch eine grundlegende Entscheidung zurückzöge. Im Gegenteil, es wird ihm ein Vergnügen sein, dem Schicksal zu zeigen, dass es ihm am Arsch lecken kann. Wieder ein unschöner Gedanke, den er nur für sich alleine denkt und keinesfalls laut aussprechen würde.

Blass genießt das Frühstück in tiefem Bewusstsein, denn es wird sich dazu nur eine begrenzte Anzahl an Gelegenheiten ergeben. Sollte der Sommer verregnet sein, dann gehörten solche Momente sogar zu seinen letzten schönen Erinnerungen. Er nimmt sich so viel Zeit, dass es weit nach zehn ist, als er das Geschirr abräumt und die Küche in Ordnung bringt. Danach rasiert er sich, duscht, kleidet sich an und verlässt das Haus kurz nach halb zwölf.

Heute nimmt er nicht die Straßenbahn, er läuft zu Fuß in die Stadt. Eine gute Stunde benötigt er, bis er den Rhein erreicht, dem entlang er stromabwärts schlendert. Je mehr er sich der Bank von Müller nähert, desto mehr wächst seine innerliche Anspannung. Ein Tag ist vergangen, seit er dem Penner den Umschlag mit einem kleinen Vermögen zugesteckt hat, also müsste sich irgendeine Reaktion abzeichnen, sofern er den Umschlag überhaupt geöffnet hat.

Aber er sitzt nicht da. Auch kein Hund, keine Plastiktüten, in denen sein ganzer Besitz verstaut ist, keine Decke und kein Hut, nichts. Blass ist enttäuscht und weiß nicht, wie er diese Situation zu interpretieren hat. Ist das gut oder schlecht? Vielleicht hat er das Geld zur Sparkasse gebracht und sicher angelegt oder lädt soeben all seine obdachlosen Kumpels zu einer großen Sause ein. Blass seufzt und setzt sich auf die verlassene Bank. Aber sie ist nass, darum steht er sogleich wieder auf und wundert sich darüber. Erst jetzt sieht er, dass die Stadtreinigung die Promenade großzügig gereinigt hat, was erklären würde, warum Müller vorübergehend von seinem Stammplatz verschwunden ist. Er entschließt sich, den Spaziergang fortzusetzen und die berüchtigten Orte in den Parks und an den Plätzen aufzusuchen, um zu schauen, ob sich Müller dort aufhält.

Eine ganze Stunde läuft er kreuz und quer durch die Stadt, ohne Paul Müller zu finden. Langsam macht er sich Sorgen, ja sogar Vorwürfe, denn seinem Bauchgefühl schwant nichts Gutes. Er will es wissen, also geht er zu einem Bettler, der entspannt auf einer Kirchentreppe sitzt, und das Sonnenlicht in sich aufsaugt. Blass stellt sich vor die Sonne, dass der alte Mann mit seinem verfilzten, grauen Bart missmutig aufschaut.

Blass wirft eine Zwanzigernote in die Blechdose und fragt: »Haben Sie eine Ahnung, wo ich Ihren Kollegen mit dem Schäferhund finden kann? Er ist meist an der Rheinpromenade unten.«

Der alte Mann hievt sich mühselig in eine sitzende Position und steckt sich umständlich eine Zigarette an. Es folgt ein hässliches Husten, schleimig, tief aus den Bronchien heraus, dann ein großzügiger Schluck aus der Rotweinflasche. Lange betrachtet er Blass mit seinen triefenden, rotgeäderten Augen und brummelt: »Der ist tot.«

»Tot? Wie ist das möglich? Ich habe ihn gestern noch gesehen.«

»Zum Sterben braucht es nicht viel Zeit. Seit gestern hätte man hundert Mal sterben können.«

»Aber was ist denn geschehen?«

»Er hat sich zu Tode gefressen und gesoffen.«

»Was?«

»Er hatte so oder so nicht mehr lange zu leben, also hat er sich ein nettes Ende gegönnt. Mit den teuersten und besten Schlemmereien, Weinen und Schnäpsen hat er sich die Kante gegeben. Ein ausgesprochen spektakuläres Ende.«

Blass fühlt sich, als hätte ihn eine Ohrfeige getroffen, zudem wird ihm übel. Offensichtlich trägt er die Schuld am Tod von Paul Müller. Er hat ihm mit seinem Geschenk erst die Möglichkeit eröffnet, mit einer finalen Orgie aus dem Leben zu treten. Eine skurrile Situation. Als hätte er einen Bruder im Geiste gefunden, der ihm leider bereits wieder abhandengekommen ist. Blass fühlt sich furchtbar schuldig, auch wenn er den Prozess nur beschleunigt und nicht ausgelöst hat.

Er nickt dem Bettler dankend zu, dann läuft er davon. Er irrt ziellos durch die Stadt, tief in Gedanken versunken, sich selbst Vorwürfe machend, Selbstgespräche führend. Wie kann es sein, dass sein erster gutgemeinter Versuch gleich mit dem Tod eines Menschen endet? Klar, wie konnte er wissen, dass sein Geschenk derart falsch angebracht war, oder vielleicht auch passend, je nachdem, wie man es betrachtet. Einerseits ist er über seine Strategie verunsichert, andererseits möchte er nicht gleich aufgeben. Müller war ein todkranker, randständiger Sonderling; also nur das *todkrank* und die Dimension des Besitzes, war die Differenz, während sie sich ansonsten im Wesen nur marginal unterschieden. Zwei Menschen, die beide den Tod als eine brauchbare Lösung betrachten, wenn es darum geht, ein sauberes Ende für ein uninteressantes Leben zu finden.

Er hat sorgfältiger vorzugehen, wenn er weiterhin seinen Besitz an Menschen verteilen will, die ihn aus seiner Sicht sinnvoll gebrauchen könnten. Nur ist seine Sichtweise äußerst subjektiv und oberflächlich, wie es sich jetzt gezeigt hat. Blass kann sich etwas beruhigen, denn er kommt immer mehr zu der Überzeugung, dass er Müller nicht umgebracht, schlimmstenfalls sein Sterben beschleunigt hat. Möglicherweise hat er ihm ein Geschenk bereitet, dessen Wert für Müller weit höher war als jener des Geldes. Ein letzter Genuss mit den besten Weinen und Delikatessen aus dem Feinkostladen und zum Abschluss einen uralten Single-Malt-Whisky, bis das Licht erlischt. Warum nicht? Dies könnte doch selbst für ihn ein denkbares Ende sein.

Er schüttelt den Kopf, versucht, damit seine wirren Gedanken loszuwerden, die trotz der Rechtfertigungen hängen bleiben. Tot ist tot, da gibt es keine nachträgliche Möglichkeit zur Korrektur.

Für Blass hat sich dieser Tag in eine falsche Richtung entwickelt, es ist mittlerweile sechszehn Uhr zehn, und er ist keinen Deut schlauer als heute Morgen. Er sollte sich die ganze Sache nochmals reiflich überlegen. So steigt er in die Straßenbahn, um möglichst schnell nach Hause zu kommen, wo er in Ruhe nachdenken kann.

ACHT

Lisa Sterlinger, einundvierzig Jahre alt, Mutter von zwei Kindern, alleinerziehend, berufstätig, bis zum Hals verschuldet, trotz allem eine lebensfrohe Person. Das Foto zeigt ein bleiches und ausdrucksloses Gesicht, eingerahmt von langen blonden Haaren, die dazu beitragen, dass sie etwas fade erscheint. Sie ist weder hübsch noch reizlos, sie ist eine Frau, die keine Männer zum Träumen bringt, aber aufgrund ihrer wohlgeformten Figur zumindest gewisse Interessen weckt. Ihre aufreizende Wirkung unterstreicht sie bewusst oder unbewusst mit einer provozierenden Bekleidung. Knallenge Jeans, knappe Oberteile oder oft auch sehr kurze Röcke. Sie ist eine Frau mit Hang zum Lustobjekt und geriet somit immer wieder an die falschen Männer. Deshalb haben ihre beiden Kinder zwei Väter, die sich ausnahmslos als nutzlos erwiesen, da es kriminelle und versoffene Nichtsnutze waren. Elend zieht Elend an. Sie ist gewiss nicht unschuldig an ihrer Situation, dennoch hat sie dieses Schicksal nicht verdient, zumindest nicht aus Sicht von Blass.

Balthasar Blass mag eine sehr zurückhaltende Beziehung zu Frauen haben, ja mag in diesem Thema unerfahren wirken, was sogar stimmt, aber er ist ein äußerst feinfühliger und präziser Beobachter. So studierte er Lisa seit Monaten, sammelte Informationen, fotografierte sie sogar im Verborgenen, nachdem er zufällig durch einen Hinweis bei der Arbeit auf sie aufmerksam geworden war. Sie arbeitet in der Mensa, wo er zwar selten zu essen pflegt, aber sie ihm doch bei den wenigen Gelegenheiten auffiel. Nicht etwa wegen ihrer Attraktivität oder ihrer frivolen Bekleidung, mehr wegen ihrer Zurückhaltung und ihres zerbrechlichen Wesens. Er entwickelte eine grundlegende Sympathie zu ihr. Nicht mit überschäumender Vehemenz, aber mit dem Mitgefühl eines Seelenverwandten nahm er ihre Existenz wahr und vertiefte sich allmählich in ihre Persönlichkeit.

So überkam ihm immer ein stilles Mitleiden, wenn er an sie dachte oder sie sah, und sie fand in sein Bewusstsein, wenn es darum ging, über sein eigenes Leben nachzudenken. Sie war und ist ein Spiegel, ein trauriges Ebenbild, welches ihm immer wieder zu verstehen gibt, dass er nicht der Einzige mit einem ungewöhnlichen Leben ist. Beide empfinden ihr Dasein nicht als gescheitert, vielleicht als leicht problematisch, aber sicher nicht als aussichtslos, und es gibt immer jemanden, dem es noch mieser geht. Beide ergeben sich ihrem Schicksal mit einem verbissenen Optimismus.

Nun liegt die Karteikarte mit all den Informationen über Lisa vor ihm auf dem Tisch und er überlegt, ob sie für den nächsten Versuch die richtige Person wäre. Definitiv ist sie ein Mensch, dem eine bessere Perspektive zusteht, da muss er nicht lange überlegen, nur hat er Angst, dass seine Zuwendung eine ähnliche Auswirkung haben könnte wie bei Müller. Lieber eine bedürftige Lisa denn eine tote Lisa. Geld hat eine gefährliche Wirkung, auf reiche ebenso wie auf arme Leute, wie eine Droge, die, ungeachtet der Dosis, zu einer unkontrollierbaren Abhängigkeit führt. Lisa ist mit Sicherheit ein schwaches Wesen, darum ist sie dort, wo sie jetzt ist, und weshalb es gilt, das Risiko sorgfältig abzuwägen. Würde sie die Kontrolle verlieren? Geriete sie erst recht in eine negative Spirale? Würde sie mit Geld um sich werfen, dann ergriffen alle Schmarotzer in ihrem Dunstkreis die Gelegenheit und nähmen sie aus wie eine Weihnachtsgans. So würde er mit seiner wohltätigen Tat nur eine fragwürdige Halbwelt unterstützen. Gauner, Perverse, Schaumschläger und Taugenichtse würden ihr den Hof machen, sie wäre begeistert und in jeden Einzelnen verliebt und vermutlich bald wieder schwanger, so dass das Geld von Blass wohl besser in einem Gully aufgehoben wäre.

Es gibt Menschen, denen kann man nicht helfen, allerdings ist dies eine sehr einseitige Sicht, denn für die betroffene Person bedeutet solch eine Spende das Paradies auf Erden, ungeachtet dessen, was daraus wird. Sollte er es trotzdem versuchen? Vielleicht mit einem vernünftigen Betrag. Hunderttausend Franken?

Er nickt sich selbst zu und geht in den Flur, wo das Wandtelefon hängt. Er liest ihre Telefonnummer von der Karteikarte ab und dreht entsprechend an der Wählscheibe. Es läutet drei Mal, dann nimmt sie ab.

»Sterlinger.«

»Guten Tag, Frau Sterlinger, mein Name ist Balthasar Blass, und Sie kennen mich womöglich von der Mensa als Gast, der Sie manchmal grüßt. Ich bin jener seltsame Typ, der Sie freundlich anlächelt. Erinnern Sie sich?«

Es herrscht Stille am Ende der Leitung.

»Es tut mir leid, wenn ich Sie mit meinem Anliegen überfalle.«

»Anliegen?«

»Ja, ich möchte etwas von Ihnen wissen.«

»Was denn?«

»Ob ich Ihnen hunderttausend Franken schenken darf.«

Wieder Stille.

Dann fragt sie leise: »Was soll das? Ist das ein Witz?«

»Nein, ich mache keine Witze, denn ich werde nicht mehr lange leben, und gedenke mein Geld Menschen schenken, die mir sympathisch sind und es gut gebrauchen können.«

Wieder ein langes Schweigen am anderen Ende der Leitung.

»Sind Sie noch da?«, fragt Blass beunruhigt nach gefühlten dreißig Sekunden.

»Ich kann mir nicht vorstellen, dass Sie es ernst meinen. Und wenn, dann hat das Ganze einen Haken. Sie wollen etwas als Gegenleistung. Ich kann mir in etwa vorstellen, was das sein könnte.«

»Nein, bitte denken Sie nicht so was. Ich erwarte gar nichts von ihnen. Ich wünsche mir einzig, dass Sie mit dem Geld glücklich werden, egal, wofür sie es verwenden.«

»Ich kann mich nicht an Sie erinnern, und Ihre Stimme kommt mir nicht bekannt vor.«

»Wenn Sie mich sehen, dann werden Sie mich kennen.«

»Ich will ihnen in die Augen schauen.«

»Kein Problem. Wir können uns zu einem Kaffee treffen, wann und wo Sie wünschen.«

»Einverstanden. Es ist achtzehn Uhr dreißig. Wieso nicht in einer Stunde? Kennen Sie die Buvette am Rheinufer bei der Kaserne?«

»Ja, dort in der Nähe war ich heute schon einmal. Ich komme. Bis bald.«

Sie hängt grußlos auf.

Ihm ist nicht ganz wohl bei der Sache. Sie zeigt sich skeptisch und beinahe abweisend, aber was er angestoßen hat, sollte er zu Ende bringen. So bleibt ihm nicht viel Zeit, um sich frisch zu machen, zwanzig Minuten später verlässt er das Haus. Er hat sich seinen besten Anzug angezogen, einen dunkelgrauen Zweireiher, leider etwas zu groß an den Schultern und mit zu kurzen Hosenbeinen, ein Anzug seines Vaters, aber in tadellosem Zustand. Dazu ein weißes Hemd und eine dunkelrote Fliege. Bereits an der Haltestelle der Straßenbahn schwitzt er, denn die Sonne hat dem Tag ordentlich eingeheizt. Aber er möchte dem speziellen Moment entsprechend angezogen sein, darum käme eine leichte Freizeitbekleidung gar nicht in Frage.

Zwei Minuten zu früh erreicht er die Buvette, auf deren gekiesten Vorplatz einige Tische und Stühle aufgestellt sind, von denen nur noch zwei Tische frei sind. Er schaut sich um, aber kann Lisa Sterlinger nicht entdecken. Er setzt sich an den einen freien Tisch, schlägt das eine Bein über das andere und wartet.

Dann sieht er sie kommen. Wie erwartet, in einem kurzen, hautengen und weißen Schlauchkleid mit einem großzügigen Ausschnitt, welches die Blicke sämtlicher Männer auf sich zieht. Unweigerlich denkt er, dass manch einer in ihr eine Prostituierte vermutet, welche in den angrenzenden Straßen zu stehen pflegen.

Blass erhebt sich und winkt ihr zu, wie sie sich suchend umsieht. Sie nimmt ihn wahr, zögert kurz, bewegt sich dann auf ihn zu.

»Guten Abend, Frau Sterlinger, mein Name ist Balthasar Blass.«

»Hallo. Ja, jetzt erinnere ich mich wieder an Sie«, sagt sie mit einem unsicheren Lächeln, nachdem sie ihn einen kurzen Moment gemustert hat, und streckt ihm die Hand entgegen.

Er drückt mit Bedacht ihre Hand und verneigt sich dabei leicht.

»Bitte, nehmen Sie Platz. Was darf ich Ihnen offerieren?«

»Was trinken denn Sie?«

»Wieso nicht ein Glas Champagner?«

Sie nickt, er geht zur Theke und kommt mit zwei Gläsern zurück, die er sorgfältig auf den Tisch stellt.

Er setzt sich, und dann stoßen sie zögerlich mit einem verschämten Lächeln an. Es herrscht eine seltsame Stimmung, da beide nicht wissen, wie sie das Gespräch beginnen sollen.

Es ist Lisa, die dann fragt: »Arbeiten Sie an der Universität?«

»Ja, ich bin Archivar, und Sie arbeiten in der Mensa.«

»Nur jeweils drei Tage die Woche. Ich habe zwei Kinder, darum ist es mir nicht möglich, hundert Prozent zu arbeiten. Manchmal helfe ich am Wochenende bei einem Restaurant in der Küche aus.«

»Ein anstrengendes Leben. Sie sind geschieden?«, fragt er, obwohl er die Antwort bereits kennt.

»Ja«, antwortet sie kleinlaut, als schämte sie sich dieser Tatsache.

»So stelle ich mir vor, dass Sie eine finanzielle Unterstützung gut gebrauchen könnten.«

»Wie kommen Sie darauf. Wenn man hart arbeitet und alleinerziehend ist, muss man längst nicht bedürftig sein. Sie scheinen einiges über mich zu wissen. Warum das?«

Blass fühlt sich unangenehm berührt und ist sichtlich überfragt, wie sein Wissen zu erklären ist. Nicht alle Informationen über Lisa Sterlinger hat er sich legal angeeignet, einige erhielt er über einen persönlichen Kontakt bei den Behörden, wo ihm jemand einen Gefallen getan hatte, den er ihm schuldig war. Alles nett gemeint, nur nicht gesetzeskonform, zumindest, was den Datenschutz anbelangt.

»Ich gebe zu, dass ich mich über Sie erkundigt habe. Vermutlich war meine Neugier nicht immer legitim, aber ich wollte mir nur ein Bild über Ihr Leben machen. Ich verspreche Ihnen, alles zu vergessen, wenn jeder wieder seinen Weg geht.«

Sie betrachtet Blass lange und eindringlich, überlegt offensichtlich, ob ihm zu trauen ist. Was für ein seltsamer Mensch. Er könnte ein geistig Verwirrter sein, der sich als großer Gönner aufspielt. Schon seine Erscheinung, seine Bekleidung und sein antiquiertes Gebaren weisen auf ein gestörtes Verhältnis zur Realität hin. Genauso gut möglich, dass er nur ein verschrobener Exzentriker ist, der jemanden beglücken will, bevor er sterben wird.

»Können Sie mein Misstrauen nicht nachvollziehen? Warum sollte mir jemand so viel Geld schenken? Ich habe mein Leben lang nichts geschenkt bekommen, außer die beiden Kinder. Da wird man vorsichtig, wenn sich plötzlich was ändert.«

»Ich verstehe das. Ich möchte mich für mein Vorgehen entschuldigen und werde mich sofort aus Ihrem Leben zurückziehen, wenn Sie das wünschen.«

»Nein, bleiben Sie.«

Blass nippt am Glas, bevor er antwortet.

»Ich bleibe gerne und wünsche mir, einer Frau das Geld zu geben, die daraus das Beste für sich und ihre Kinder macht. Ich will keine Gegenleistung, nichts, einzig die Gewissheit, mit diesem Geld etwas Positives bewirkt zu haben.«

Lisa schweigt, denn sie ist mit dieser Situation vollkommen überfordert. Hin- und hergerissen zwischen Misstrauen und der Aussicht auf Geld, welches ihre Rettung wäre, versucht sie, eine brauchbare Lösung zu finden. Sie spürt die Verführung des Geldes, die Gier, die Verzweiflung, die sie in die Arme dieses sonderbaren Menschen treibt. Wie es scheint, weiß er genau, dass sie sich in einer desolaten Lage befindet, tief verschuldet, zahlungsunfähig, verzweifelt und fallen gelassen von ihrem Mann, besser gesagt, von ihren Männern. Als ob dieser Balthasar Blass ihren Hilferuf gehört hat, den sie nachts immer wieder laut ins Kissen geschrien hat.

Wenn er nur nicht so eine kuriose Erscheinung wäre.

Und da ist noch ihr Stolz. Sie ist bis jetzt nicht einmal zum Sozialamt gegangen, derart zuwider ist ihr die Vorstellung, Almosen zu erhalten. Aber in diesem Augenblick hat sie keine andere Wahl, sie sieht sich gezwungen, das Geldgeschenk ihren Kindern zuliebe, Max und Linda, anzunehmen.

»Ich wäre für Ihr Geschenk äußerst dankbar. Es ist kaum zu glauben, dass Sie mir dieses Geld geben möchten, ausgerechnet in einem Moment, in dem ich dachte, dass ich nicht mehr tiefer fallen kann. Ich bin am Ende.«

Bei den letzten Worten zittert ihr Kinn, dann beginnt sie leise zu weinen. Ohne jegliche Dramatik verliert sie die Fassung, still, ohne dass es die Leute rundum bemerken. Lisa, eine Frau, die es gewohnt ist, mit ihrem Kummer alleine zurechtzukommen. Blass hat sich vor dieser Situation gefürchtet, nur hat er mehr Schauspiel erwartet und weniger wahres Leiden. Eins realisiert er: Ihre Lage scheint weit schlimmer zu sein, als angenommen.

»Es tut mir leid für das, was sie zu erleiden haben. Sie haben jetzt die Möglichkeit, Ihrem Leben eine andere Qualität zu geben. Es ist kein Vermögen, aber genug, um neu zu starten.«

Sie zieht die Nase hoch und wischt sich mit den Handrücken die Tränen aus den Augen.

»Zumindest kann ich meine Schulden bezahlen, für die Kinder neue Kleider und Schuhe kaufen, und dann bleibt immer noch etwas übrig, was ich für miese Zeiten auf die Seite legen kann.«

»Wie hoch sind denn Ihre Schulden?«

Ein unangenehmes Thema, man merkt es an ihrer zögernden Antwort.

»Ich weiß nicht genau. Es sind sicher mehr als fünfzigtausend, vielleicht sechzigtausend oder mehr«, antwortet sie leise.

»Hoppla, eine stolze Summe. Ich weiß, es geht mich nichts an, aber warum haben sich bei Ihnen so hohe Schulden angesammelt?«

»Ausstehende Mieten, unbezahlte Krankenkassenprämien und Steuern, Spielschulden meines verschwundenen Mannes von etwa fünfunddreißigtausend Franken, Raten für den Fernseher und ein Kleinkredit. Ich versuche, diese Schulden abzuzahlen, aber mit meinem Einkommen schaffe ich es nicht einmal, für unser tägliches Auskommen zu sorgen.«

Blass überlegt, denn derart desolat hat er ihre Lage nicht eingeschätzt. So würde der größte Teil seines Legats quasi zur Schuldentilgung dienen, quasi verdunsten und ihr keinen markanten Mehrwert schenken. Eine Frage der Zeit und sie befände sich ohne Reserven wieder am finanziellen Nullpunkt.

»Ich gebe Ihnen die Hunderttausend, wie versprochen, und zusätzlich tilge ich all Ihre Schulden, unter der Bedingung, dass ich das für Sie erledige. Einverstanden?«, sagt er und staunt über seine eigenen Worte.

Lisa betrachtet ihn mit großen Augen, während ihre Hände zittern, als wäre sie auf Entzug, und nickt.

War das jetzt nicht etwas fahrlässig? Er wollte sich grundsätzlich nicht in ihr Leben hineinziehen lassen. Aber wenn er keine Kontrolle über die Schuldensanierung hat, dann wird das Geld wohl im Nirgendwo versickern und ihr Problem wäre kaum gelöst. Ihm fehlt das Vertrauen in ihre Zuverlässigkeit.

»Wir könnten uns morgen Abend wieder hier treffen, dann bringen Sie alle Unterlagen zu ihren Schulden und ihre Bankverbindung mit. Ist das möglich?«

Ihre Augen werden noch größer, so, als löste diese Forderung pures Entsetzen bei ihr aus. Sie hat sichtlich ein Problem, sie ringt nach Worten: »Äh, das ist nicht so einfach. Ich, äh ... habe die Unterlagen nicht griffbereit. Das wird dauern, bis ich so weit bin, und morgen muss ich arbeiten.«

»Ich ziehe daraus den Schluss, dass Sie über Ihre Finanzen keinen Überblick haben, oder herrscht ein Chaos in ihren Unterlagen?«

»Ehrlich gesagt, ja«, gibt sie kleinlaut zu.

»Hilft es, wenn ich zu Ihnen nach Hause komme und wir uns gemeinsam durch die Unterlagen wühlen?«

Ihm widerstrebt dieser Vorschlag, allerdings sieht er keinen besseren Weg, als sich selbst ein Bild über ihre Situation zu verschaffen, will er nicht das Geld zum Fenster hinaus werfen.

»Jetzt?«

»Warum nicht?«

Hin und her gerissen zwischen Misstrauen und Hoffnung, sitzt sie da und starrt auf die Tischfläche.

Schließlich sagt sie: »Einverstanden. Dann kommen Sie.«

*

Er folgt ihr in das angrenzende Quartier, drei Querstraßen entfernt von der Rheinpromenade, in eine trostlose Straße mit vielen türkischen und pakistanischen Läden und einigen zwielichtigen Internetcafés. Sie betreten ein mieses Wohnhaus mit aufgebrochenen Briefkästen, einer bröckelnden Fassade und dem Charme einer Ruine. Das Treppenhaus stinkt nach Urin, und die Wände haben Sprayern als Übungsfläche gedient. Im dritten Stock schließt sie ihre Wohnungstüre auf, dann betreten sie eine erstaunlich gepflegte und liebevoll eingerichtete Wohnung. Sie schaltet die Lampen in der Diele und im Wohnzimmer an.

»Bitte nehmen Sie Platz«, sagt sie, während sie mit der Hand auf ein Sofa zeigt. »Ich versuche, die Unterlagen zusammenzusuchen.«

Er setzt sich und lässt seinen Blick durch das Wohnzimmer schweifen. Billige Möbel, etwas Kitsch, einige Kunstdrucke in Wechselrahmen, kaum ein Buch, ein übergroßer Fernseher. Trotz allem eine behagliche Wohnlichkeit, denn sie schafft es, dem Raum mit farbigen Stoffen und Kissen eine persönliche Note zu verleihen. Ein Refugium für eine geplagte Seele. Einige eingerahmte Fotos zeigen die beiden Kinder, keines ihre Männer. Blass saugt jedes Detail in sich auf, versucht, diese Frau besser zu verstehen, und fühlt sich plötzlich als Eindringling in ihre Intimsphäre. Ein Unbehagen beschleicht ihn. Er kann sich kaum mehr erinnern, wann er das letzte Mal in einer fremden Wohnung war. Wer lädt ihn schon ein?

»Herr Blass?«, ruft sie aus einem anderen Zimmer.

»Ja? Muss ich kommen?«

»Ja, gerne.«

Er findet sie in einer Art Besenkammer, wo sie auf dem Boden sitzend ganze Stapel von Papieren durchsucht, aber nicht fündig zu werden scheint. Ein Wust aus Rechnungen, Quittungen, behördlichen Schreiben, Mahnungen und Kostenzusammenstellungen umgibt sie wie das Chaos nach einer Explosion. Er sieht mit einem Blick, dass er im Leben nie die Unterlagen erhalten wird, wenn er nicht selbst die Sache in die Hand nimmt.

»Soll ich Ihnen helfen, Ordnung und System in Ihre Unterlagen zu bringen?«

Sie schaut ihn an, als käme er von einem anderen Planeten. Sie kann sich nicht vorstellen, dass jemand ihr so viel Geld gibt und ihr gleichzeitig dabei hilft, ihr heilloses Durcheinander zu ordnen. Für sie ist das Verwalten ihrer Finanzen eine unerträgliche Herausforderung, besser gesagt, eine Überforderung. Noch nie hatte sie ihren Geldhaushalt im Griff. Auch ihre Männer hatten ihre Mühe mit dem Geld, es zerrann ihnen sprichwörtlich zwischen den Fingern oder wurde meist mit Überzeugung in Schwachsinn investiert. Die ökonomischen und finanziellen Regeln der Gesellschaft waren ihr immer ein Gräuel, die ihr Verständnis überstiegen, denn sie konnte die Zusammenhänge nicht nachvollziehen. Sie ist nicht sehr intelligent, davon ist sie überzeugt, aber sie hadert nicht damit, schließlich genügt sie den Anforderungen ihres persönlichen Umfelds. Nur wie er dieses Chaos in den Griff bekommen soll, ist ihr ein Rätsel.

»Wollen Sie sich das wirklich antun?«

»Ja, ich sehe keinen anderen Weg, sonst kommen wir nie zum Ziel. Wir machen jetzt reinen Tisch.«

»Haben Sie keine Angst, dass Sie sich damit nur Scheiße einhandeln? Schauen Sie sich doch dieses Chaos an! Mir fehlt schon lange der Durchblick. Der Ärger stapelte sich von Jahr zu Jahr höher, immer tiefer schlitterte ich in den Sumpf, und ich finde den Ausweg nicht aus dieser Sackgasse. Vermutlich können Sie sich nicht vorstellen, dass man den Überblick verliert, Ihre Welt ist, im Gegensatz zu meiner, organisiert.«

»Da kann ich Ihnen nicht widersprechen. Unser Leben kann verschiedener kaum sein, und trotzdem sind wir uns näher, als Sie denken. Wir sind gesellschaftsuntauglich.«

Wieder ihre großen Augen, als käme sie nicht aus dem Staunen heraus. Aber es ist nicht Staunen, es ist Unverständnis. Von Neuem fragt sie sich, warum dieser seltsame Engel in ihr Leben getreten ist. Oder sollte sie sich vor solch einem Wahnsinnigen hüten?

»Aber das wird dauern. Hier liegen Rechnungen und Unterlagen aus den letzten drei Jahren, seitdem mein Mann verschwunden ist.«

Sie deutet auf all die Papierstöße am Boden und auf dem Regal zwischen Reinigungsmitteln und Bügeleisen. Wahrlich, eine beängstigende Masse, aber kein unüberwindbares Hindernis, auf jeden Fall nicht für Balthasar Blass, der sich in seiner Funktion als Archivar tagtäglich mit Aktenbergen auseinanderzusetzen hat.

»Machen Sie sich keine Gedanken. Wenn wir dies gemeinsam angehen, dann werden wir an zwei Abenden oder an einem Wochenende Ordnung schaffen. Wann hätten Sie Zeit?«

»Ich habe immer Zeit, denn außer meiner Arbeit in der Mensa besteht mein Lebensinhalt nur aus den Kindern. Sie sind übrigens bei meiner Nachbarin und sollten demnächst nach Hause kommen.«

»Dann schlage ich vor, dass wir uns morgen Abend hier bei Ihnen treffen, sagen wir achtzehn Uhr. Ich möchte, dass Sie bis dann alle Unterlagen auf dem Tisch im Wohnzimmer gestapelt haben, und jetzt geben Sie mir Ihre Bankverbindung, damit ich Ihnen Geld überweisen kann.«

»Ich habe kein Bankkonto, ich habe nur ein Konto bei der Post.«

»Das spielt jetzt erstmal keine Rolle, später überlegen wir uns, ob es andere Möglichkeiten gibt, ihr Geld anzulegen.«

Sie reicht ihm einen Kontoauszug der Post, der sich um null herum bewegt, aber auf dem die Kontoinformationen aufgelistet sind. Er notiert sich die Daten in sein Notizbüchlein, dann verlässt er die Kammer und wartet an der Wohnungstür, bis sie zur Verabschiedung angeschlichen kommt. Hin- und hergerissen zwischen der Scham über ihre Unfähigkeit, mit dem Leben zurechtzukommen, und der Freude auf das viele Geld, ist sie unsicher, wie sie sich zu verhalten hat. Sie empfindet keine überschäumende Euphorie, keine sorglose Ausgelassenheit, mehr eine demütige Dankbarkeit, in dem Wissen, dass dieses Geschenk mit Verantwortung verbunden ist, etwas, was sie bislang immer gerne von sich weggeschoben hat.

Ohne große Worte geben sie sich zum Abschied die Hand.

NEUN

Dieser Arbeitstag stand unter einem speziellen Stern. Den ganzen Tag war Lisa in seinem Kopf präsent, besonders nachdem er während der Mittagspause auf der Bank die Überweisung veranlasst hatte. Als hätte er damit etwas in Gang gesetzt, was sich von nun an nicht mehr aufhalten lässt.

Er sitzt kurz vor Feierabend am Bürotisch und starrt in den Bildschirm. Ein ungewohnter Anblick. Er, der immer mit hoher Konzentration seiner Arbeit nachgeht, und nur das Nötigste spricht, sitzt gedankenverloren vor einem Monitor, der nur den Bildschirmschoner zeigt. Maria hat bereits seine besorgniserregende Starre registriert und schielt immer wieder neugierig um die Trennwand herum. Schon die Tatsache, dass er sich zwei Tage frei genommen hat, hinterließ bei ihr einen seltsamen Nachgeschmack, abgesehen von seiner seit Wochen spürbaren Veränderung ins Grüblerische, seinem noch intensiveren Rückzug in sich selbst. Nicht dass er je ein kommunikativer Mensch gewesen wäre, im Gegenteil, er war schon immer introvertiert und leise, aber jetzt wirkt er beinahe stumm. Nur die nötigsten Worte kommen über seine Lippen. Maria macht sich Sorgen.

Ebenso Blass, denn er hatte nicht vor, sich Lisa derart zu nähern. Ihm hätte es genügt, ihr das Geld zu überwiesen, um dann aus der Ferne die Wirkung zu beobachten. Nun muss er ihre Angelegenheiten ins Lot bringen, ansonsten sein Geschenk nutzlos wäre. Zudem werden heute Abend ihre Kinder anwesend sein, denn es wird dauern, bis er eine vernünftige Übersicht über ihr finanzielles Fiasko haben wird. Und mit Kindern hat er so seine liebe Mühe. Kinder machen keinen Hehl aus ihrer Verwunderung über seine Art. Sie lachen ihn aus, zeigen mit den Fingern auf ihn, so, wie sie es auch gegenüber anderen Kindern tun, die doof, dick oder behindert sind. Eventuell hat Lisa ihre Kinder informiert und sie auf diesen Mann vorbereitet, der heute Abend kommen wird, vielleicht nicht. Gut möglich, dass sie sich überhaupt keine Gedanken über die geheimen Ängste von Blass gemacht hat.

Er seufzt und fährt den Rechner herunter. Es ist Zeit, Feierabend zu machen, wenn er noch eine Flasche Champagner kaufen will, bevor er zu ihr geht. Sollte es nicht ein Feiertag werden, für sie wie für ihn? Beide sehen einer neuen Zukunft entgegen. Oder ist dieser Champagner eine zu aufdringliche und übertriebene Geste? Könnte es missverstanden werden? Doch besser eine simple Flasche Rotwein als Gastgeschenk, das sollte reichen, dazu ein paar Pralinen.

Er packt seinen Aktenkoffer und verabschiedet sich mit einem an alle gerichteten »Einen schönen Abend allerseits. Auf Wiedersehen«.

Bevor jemand diesen Gruß erwidern kann, hat er bereits den Raum verlassen. Er überquert die Straße, entscheidet sich, den Weg bis zum Marktplatz zu Fuß zu gehen, wo er in die Feinkostabteilung des besten Kaufhauses der Stadt geht, einen leichten, französischen Rotwein, etwas Terrine, Pastete, Käse, Brot und Konfekt kauft, und schlendert danach in Richtung von Lisas Wohnung. Nicht zu schnell, sonst ist er zu früh. Da stellt er mit Schrecken fest, dass die Kinder diese Speisen kaum goutieren werden. Aber was essen Kinder eigentlich?

So entschließt er sich, für die Kinder besser nichts als etwas Falsches zu kaufen, und erreicht Lisas Haus. Ihre Klingel ist nicht beschriftet, die Haustüre offen, darum betritt er den Hausgang und steigt die knarrende Treppe hoch bis in den dritten Stock. Er klopft an die Wohnungstür, denn die Klingel funktioniert nicht. Es dauert, darum klopft er nochmals, dann wird die Tür langsam von einem etwa zwölfjährigen Mädchen einen Spalt weit geöffnet.

»Bist du Balthasar?«, fragt sie mit einem scheuen Blick.

»Hallo, ja, ich bin Balthasar. Und wie heißt du?«

»Linda.«

»Linda, ein schöner Name. Ist deine Mami zu Hause?«

»Ja, aber sie ist erst nach Hause gekommen und lässt ausrichten, dass sie sich noch etwas frisch machen muss. Komm rein.«

Sie hängt die Sicherungskette aus und öffnet die Türe vollends. Er tritt ein, gibt Linda mit einem kurzen Nicken die Hand und geht in die Küche, wo er die Tüte mit den Esswaren auf den Tisch und den Aktenkoffer auf den Boden stellt. Es herrscht Ordnung, kein dreckiges Geschirr, ein sauberer Tisch, auf dem eine Schale mit Früchten steht. Es riecht gut, einige kitschige und romantische Fotos hängen an der Wand. Bereits gestern hatte er ihre Wohnung als wohltuende Überraschung wahrgenommen, einzig ihr Fiasko in der Abstellkammer passt nicht in dieses Bild, aber daran werden sie heute Abend arbeiten.

»Guten Abend, Herr Blass.«

Er schreckt aus seinen Gedanken hoch, denn sie steht im Türrahmen und hat ihn dabei beobachtet, wie er die Küche inspiziert.

»Guten Abend, Frau Sterlinger. Entschuldigen Sie, ich wusste nicht, dass Sie erst nach Hause gekommen sind.«

»Vor einer Viertelstunde, aber ich war verschwitzt und wollte Ihnen diesen Anblick ersparen.«

»Oh, kein Thema. Ich war auch zwei Minuten zu früh. Dafür habe ich Linda kennengelernt.«

Ihr Blick fällt auf die Tasche mit den Leckereien und der Flasche Wein, die daraus hervorschaut.

»Ich habe mir erlaubt, einen kleinen Imbiss einzukaufen, aber ich muss eingestehen, dass ich nicht wusste, was ihre Kinder gerne essen.«

Sie durchstöbert die Papiertasche, packt die Delikatessen aus, riecht daran und wendet sich wieder Blass zu: »Hm, das sieht ja lecker aus. Ich denke, die Kinder werden Freude daran haben.«

»Keine Pommes und Hot Dogs?«

»Doch, sicher, aber sie essen nicht nur Junkfood. Ich koche gerne gutbürgerlich, manchmal auch exotisch.«

Sie packt die Spezialitäten aus, arrangiert sie auf einer Platte, während er die Flasche entkorkt und das Brot aufschneidet.

»Hei, gibt es bald was zu essen?«, tönt es aus der Diele.

»Max, mein Sohn«, bemerkt sie trocken und ruft zurück: »Komm erst mal unseren Gast begrüßen, dann werden wir zusammen essen.«

Ein etwa fünfzehnjähriger Jugendlicher schaut in die Küche. Lange braune Haare, sehr schlank, groß, beinahe zart, eine androgyne Erscheinung mit blauen Augen. Als Mädchen wäre er eine Schönheit, als Junge hat er vermutlich die größte Mühe, das Feminine zu kaschieren, es sei denn, dass er dies gar nicht will.

»Guten Abend«, begrüßt er Blass artig.

»Hallo, Max. Freut mich!«, reagiert Blass und streckt ihm die Hand entgegen.

Max betrachtet erstaunt die Hand, als hätte er mit dieser Geste nicht gerechnet, schlägt aber dann mit einem scheuen Lächeln ein.

»Darf ich Sie Balthasar nennen?«

»Max!«, ermahnt ihn seine Mutter mit strenger Stimme. »Sei anständig!«

»Ach, lassen Sie«, bemerkt Blass. »Das stört mich gar nicht.«

»Aber mich«, murmelt sie leise zu sich selbst und sagt dann zu Max: »Geh bitte bei Gelegenheit Linda holen. In zehn Minuten gibt es was zu essen.«

Max verschwindet aus der Küche.

»Ihm fehlt ein Vater«, rechtfertigt sie sich, »eine starke Hand im Haus, die mich unterstützt. Leider habe ich zu wenig Zeit und viel zu wenig Durchsetzungsvermögen. Zudem sind beide in einem schwierigen Alter, Pubertät. Haben Sie auch Kinder?«

»Nein, mein Leben hat mir diese Möglichkeit nicht geschenkt. Mir fehlt das Grundsätzliche dazu, eine Frau. Ich habe es nie geschafft, eine Frau kennenzulernen, was vielleicht gar nicht so falsch war, denn ich wüsste nicht, was ich einer Frau bieten könnte.«

»Zumindest Geld. Es gibt Beziehungen, die gründen auf erheblich weniger.«

Blass muss schmunzeln. Auch Lisa beginnt zu lächeln, als sie sieht, dass ihre etwas dreiste Bemerkung keinen Unmut verursacht hat. Sie steigern sich in ein befreiendes Lachen, bis die beiden Kinder in die Küche kommen und etwas verwirrt die Erwachsenen bestaunen.

»Linda, du könntest die restlichen Tomaten in Scheiben schneiden, und du, Max, deckst den Tisch.«

»Wohin darf ich mich setzen?«, fragt Blass.

Lisa zeigt auf den Platz am Kopfende des Tischs, wo er sich dann hinsetzt, weil er sonst nur nutzlos im Weg herumstünde. Schnell verwandelt sich der betagte Resopaltisch in eine einladende Tafel voller Esswaren, dass es kaum Platz für die Teller und Gläser hat. Die Kinder setzen sich, er schenkt den Wein ein, sie beträufelt die Tomaten mit Olivenöl und Balsamico, stellt den Kindern eine Tüte Eistee hin und setzt sich.

»Guten Appetit«, wünscht Blass allen, was kurze Seitenblicke zur Folge hat, als wäre dies ein Wunsch, den sie nicht gewohnt sind.

»Danke, gleichfalls«, entgegnen sie zögerlich.

Dann essen sie zu Abend wie eine gewöhnliche Familie. Blass fragt nur kurz nach ihren heutigen Erlebnissen, und plötzlich erzählen die Kinder von ihrem Tag, als hätte seine Frage eine Saite in ihnen zum Schwingen gebracht. Gleichzeitig realisiert er, dass sich hier eine Situation entwickelt, die ihn überfordert, die nichts mehr mit seinem Vorhaben zu tun hat, die beinahe eine Verführung darstellt. Es würde ihm gefallen, eine Familie zu haben und den Kindern der Vater mit der starken Hand und ihr der liebevolle Mann zu sein. Alles Vorstellungen, die ihm als abstrakte Bilder durch den Kopf huschen und sogleich wieder im fahlen Licht der harten Realität verblassen. Er verspürt den Drang, sich zu schütteln wie ein Hund, der nach dem Bad im Fluss die Nässe aus dem Pelz schleudert. Aber er zeigt keine Anzeichen von Unbehagen, im Gegenteil, er hört den Kindern und Lisa interessiert zu, stellt Fragen, empört sich über ungerechte Lehrer und ist entsetzt über fiese Typen, die Drogen vor dem Schulhaus verkaufen. Er zeigt sich von der besten Seite, denn er sieht keinen Grund, sein seltsames Wesen seinen Schützlingen aufzudrängen. Schützlinge, so sieht er sie. Menschen, die es verdient haben, eine zweite Chance zu erhalten. Vielleicht eine etwas selbstgefällige Betrachtung, die ihn ins Licht des Wohltäters stellen könnte, was er aber eigentlich nicht beabsichtigt. Trotzdem sind sie seine Schützlinge, weil es ein befriedigender Gedanke ist, jemanden beschützen zu dürfen.

Es ist bereits halb acht, und sie sitzen immer noch am Küchentisch. Lisa wie Blass überkommt langsam eine Unruhe, denn es gilt einiges aufzuarbeiten.

»So, meine Lieben«, sagt sie dann. »Ihr räumt die Küche auf, während Herr Blass und ich die Buchhaltung erledigen werden. Einverstanden?«

Mit einem kurzen Murren von Seiten der Kinder löst sich die gesellige Tafelrunde auf.

ZEHN

Die Nacht war eindeutig zu kurz, zudem hatten sie viel zu viel getrunken. Aber er zwingt sich aus dem Bett und steht wie jeden Morgen zur gewohnten Zeit auf. Nur jetzt keine Nachlässigkeiten zulassen, auch wenn der Samstag dazu Raum geben würde. Er bereitet sich ein ausgiebiges Frühstück zu und setzt sich wieder an die Sonne, wo er sich erstmals einige Gedanken gönnt.

Bis jetzt hat er sich geweigert, über den gestrigen Abend nachzudenken. Ein Abend, den er lieber nicht erlebt hätte, denn er hatte sich dem Leben von Lisa und dem ihrer Kinder viel zu sehr genähert. Er war sich diesem Risiko bewusst, trotzdem schaffte er es nicht, sich zu distanzieren. Zuerst das ungemein familiäre Nachtessen, dann dieser erbärmliche Einblick in ihr Leben. Alles Tatsachen, die er unbedacht in seine Welt ließ, dass er jetzt größte Mühe bekundet, sie wieder zu verdrängen.

Das finanzielle Gebaren eines Menschen ist der Spiegel seiner Seele. Sicherlich eine holzschnittartige Betrachtung, aber gewürzt mit einer Brise Wahrheit. Wenn man sieht, wofür Lisa ihr Geld ausgibt, welches nur spärlich auf ihr Konto fließt, dann weiß man, dass sie sich gerne vom Wesentlichen ablenken lässt. Statt die drückenden Schulden abzuzahlen, kaufte sie sich einen Fernseher und ein teures Smartphone mit leistungsfähigem Abo. Bezeichnend ist auch ihre mangelnde Kontrolle über ihre Schulden. Nach dem ersten Abend, und sie sind bei Weitem nicht am Ende, kumuliert sich ihr Schuldenstand bei zweiundfünfzigtausendachthundertsiebenunddreißig Franken und vierzig Rappen. Viel deprimierender sind die Pfändungsandrohungen, welche wie ein Damoklesschwert über ihr schweben und ihre Existenz, gemäß den ablaufenden Fristen in der kommenden Woche, in einen Sozialfall verwandeln werden. Die Briefe der Behörden waren nicht einmal geöffnet, geschweige denn zur Kenntnis genommen worden. Sie hatte zu diesem Desaster nichts zu sagen gehabt, sondern nur mit den Schultern gezuckt und traurig den Mund verzogen.

Auf jeden Fall steht einiges an Arbeit bevor, darum haben sie sich nochmals auf heute Abend verabredet, mit dem Unterschied, dass sie sich bereits eine Stunde früher treffen und sie darauf bestand, ein Abendessen zu kochen, wozu er nur den Wein beitragen darf. Wie er fragte, was sie zu kochen gedenke, damit er den passenden Wein mitbringen könne, schaute sie ihn nur verständnislos an und murmelte etwas von *italienisch*. Er wird je eine Flasche italienischen Weiß- und Rotwein mitbringen.

Der Samstag ist der Wochentag mit häuslichem Inhalt. Waschen, Putzen, Gartenarbeit und Einkaufen sind Tätigkeiten, die er mit lustvoller Sorgfalt genießt wie einen willkommenen Ausgleich zum Alltag, und ohne darin einen minderwertigen Sinn zu sehen. Noch nie war es ihm an einem Samstag langweilig geworden, immer schenkte ihm dieser Tag eine tiefe Zufriedenheit. Heute wird allerdings der gewohnte Tagesverlauf über den Haufen geworfen. Die zur Verfügung stehende Zeit wird für all die notwendigen Arbeiten nicht ausreichen. Glücklicherweise folgt der Sonntag, den er zwar prinzipiell für seine kulturellen Interessen freihält, der aber ausnahmsweise auch als Waschtag dienen kann.

So widmet er sich nach dem Frühstück der Küche, wischt Staub im ganzen Haus, zieht alle Böden feucht auf, putzt Fenster im ersten Stock und poliert zu guter Letzt einen beträchtlichen Teil des Tafelsilbers. Es ist halb vier, als er sich dann seiner selbst annimmt. Rasieren, duschen und eine sorgfältige Körperpflege sind für den bevorstehenden Abend eine angemessene Vorbereitung, auch wenn er nicht im Geringsten eine zweideutige Absicht hat. Eine gepflegte Erscheinung ist eine Grundregel, alles andere ein Zeichen von Verwahrlosung, Stillosigkeit und Schwäche.

Dazu gehört ein dunkelgrauer Anzug mit weißem Hemd, eine passende Weste, stahlblaue Krawatte und schwarze Schuhe.

Pünktlich um siebzehn Uhr klopft er an Lisas Türe, zuerst verhalten, dann etwas vehementer, da er einen plärrenden Fernseher hört. Wie er nochmals anklopfen will, öffnet sich die Tür mit einem Ruck, und Lisa steht mit einem Lächeln vor ihm. Als wäre die Sonne aufgegangen, strahlt sie eine herzliche Wärme in dieses trostlose Treppenhaus, Blass entgegen, dem es schier den Atem verschlägt.

»Guten Abend, Herr Blass.«

»Grüß Gott, Frau Sterlinger.«

»Bitte treten Sie doch ein.«

Blass schiebt sich seitwärts an ihr vorbei in den schmalen Gang, wobei er ihr etwas zu blumiges Parfum riechen kann.

»Ich bin in der Küche mit dem Nachtessen beschäftigt, denn ich musste heute bei einem Reinigungsunternehmen eine Kollegin vertreten, die krank geworden war. Darum bin ich im Hintertreffen. Wenn Sie möchten, dann können Sie mit den Kindern Fernsehen schauen, bis das Essen bereit ist.«

»Vielen Dank, ich schaue nie fern, dafür setze ich mich viel lieber zu Ihnen in die Küche.«

Er schaut in das Wohnzimmer und ruft: »Hallo zusammen!«

Die Köpfe der Kinder wenden sich synchron zu ihm hin, und beide antworten im Duett: »Hallo, Balthasar.«

Sofort versinken sie wieder in die Fernsehstarre. Ein kurzer Blick auf die Mattscheibe bestätigt sein Vorurteil, denn an dieser schrillen Quizshow ist nichts Faszinierendes zu erkennen.

In der Küche nimmt er die beiden Flaschen Wein aus dem Aktenkoffer. Der Weißwein ist gekühlt und in eine Zeitung eingerollt.

»Ich könnte uns zum Aperitif den Weißwein servieren. Einverstanden?«

Sie schaut überrascht und nickt mit einer begeisterten Mimik, denn sie kann nicht antworten, weil der Kochlöffel voll Sauce in ihrem Mund steckt. Der Geruch lässt Köstliches erahnen. Zwei brodelnde Kochtöpfe und eine brutzelnde Pfanne stehen auf dem heißen Herd, ein Anblick, der Blass gefällt. Seine voreilige Befürchtung, ein billiges Nachtessen aus der Mikrowelle zu erhalten, beschämt ihn, als hätte er ihr die Kunst des Kochens nicht zugetraut. Ein arrogantes Vorurteil gegenüber der Unterschicht, dem hier eindrücklich widersprochen wird.

Er entkorkt die Flasche, nimmt zwei Weingläser aus dem Küchenschrank und stellt sie auf den Küchentisch, nachdem er sie gefüllt hat. Er setzt sich, atmet tief durch und wartet artig, bis sie Zeit hat, mit ihm anzustoßen. Erst jetzt hat er die Muße, ihre heutige Erscheinung zu mustern. Sie scheint sich speziell aufgehübscht zu haben. Sie trägt ein sommerliches, knielanges Wickelkleid, welches erstmals nicht billig wirkt, dazu Sandalen, die Frisur hochgesteckt, dezenten Schmuck und nur ein Hauch von Make-up.

Sie dreht sich um, strahlt ihn an und ergreift ein Glas.

»Vielen Dank für den Wein. Zum Wohl.«

»Prosit, Frau Sterlinger.«

Sie setzen sich. Es entsteht ein peinliches Schweigen, bis Lisa sich überwindet: »Wir haben immer nur über mich geredet und meine Angelegenheiten geregelt. Erzählen Sie etwas über sich.«

Wieder einer dieser Augenblicke, die Blass hasst. Er redet nicht gerne über sich selbst. Hier geht es nicht um ihn, nur um sie, aber das ist nicht so einfach zu erklären, zumindest nicht mit der Wahrheit.

»Ich bitte Sie, darauf möchte ich gerne verzichten. Meine Geschichte ist nicht sehr erbaulich, und spätestens, nachdem wir Ihre Zukunft gesichert haben, werden Sie mich nie wiedersehen. Glauben Sie mir, das ist besser so.«

In ihrem Gesicht erlischt das Strahlen, als hätte sich eine Wolke vor die Sonne geschoben.

»Warum sagen Sie so was? Sie wurden soeben einer der wichtigsten Menschen in meinem Leben, wenn nicht sogar der wichtigste, und ich möchte wissen, wem ich eine Zukunft zu verdanken habe. Sie haben vom Sterben gesprochen, vermutlich sind Sie krank, Krebs oder irgend so was Schlimmes, was mich unendlich betrübt, darum wünsche ich mir erst recht, Sie näher kennenzulernen, damit ich für Sie beten kann.«

Das ist der erwartete Schlag in die Magengrube. Alles, nur keine Gefühle aufkommen lassen. Kaum sitzt er bei ihr am Tisch, lösen sich Grundregeln in Luft auf, schlimmer, seine Schwachstellen werden ihm gnadenlos vorgeführt. Zudem lässt sie ihm keinen Raum für ein Ausweichmanöver, außer er riskiert, sie zu verletzen und bei ihr als kaltes Monster zu gelten.

»Sie beschämen mich, und ich möchte auf keinen Fall abweisend erscheinen. Ich dachte mir nur, dass es Ihnen angenehmer wäre, wenn das Ganze ohne große Gefühle über die Bühne geht.«

»Leben Sie denn alleine? Haben Sie niemanden, dem sie ihr Geld vererben können? Keine Geschwister, Kusinen, Nichten oder sonst was?«

Er seufzt unmerklich, bevor er antwortet: »Seit dem Tod meiner Eltern lebe ich alleine, ich habe weder Geschwister noch Verwandte und auch keine Frau und Kinder. Entgegen Ihren Vermutungen habe ich damit keine Probleme. Ich habe mich daran gewöhnt und bin ganz zufrieden in meiner Welt. Ich arbeite als Archivar an der Universität und wohne im Elternhaus. Ansonsten gibt es nicht viel zu erzählen.«

»Verzeihen Sie mir, was ich jetzt sage, aber Sie wirken wie ein Buchhalter aus dem letzten Jahrhundert. Als ich Sie das erste Mal sah, da dachte ich, oje, was für ein Sonderling. Warum sind Sie so?«

Ihre kindliche Offenheit bringt ihn weiter aus dem Lot. Er weiß von seiner irritierenden Wirkung auf Menschen, und es wäre naiv zu glauben, dass es bei Lisa anders wäre.

»Betrachten Sie mich als ein Überbleibsel, als jemanden, der sich dem Fortschritt verweigert, was Fortschritt auch immer bedeuten mag, und der keine Lust auf Fremdbestimmung hat. Ich lebe mein Leben, selbst wenn es nicht gesellschaftskonform ist. Ich brauche keine elektronischen Medien, die mir sagen, wie ich zu denken habe, keine künstlichen Freundschaften, die keine sind, keine Mode, die mir vorschreibt, was ich zu tragen habe, keine Werbung, die mir einreden will, welche schlechten Produkte ich zu konsumieren habe, all das brauche ich nicht. Dies ist keine Kritik an Ihrem Leben, bitte verstehen Sie das nicht falsch, es ist eine Erklärung, warum ich nicht in diese Gesellschaft passe. Ich bin kein Gesellschaftskritiker, ich bin ein etwas introvertierter Mensch, der seine Mühe mit dem sogenannten Fortschritt hat, mehr nicht.«

Lisa starrt ihn an, als wäre er von einem anderen Planeten, und hat keine Ahnung, was sie darauf erwidern soll. All diese Punkte, welche er an den Pranger stellt, spielen in ihrem Leben eine wichtige Rolle. Sie ist ein bekennendes Kind des digitalen Zeitalters und der massentauglichen Medien. Meist hat sie nach einem harten Arbeitstag nur den Wunsch nach seichter Unterhaltung, weniger nach anspruchsvoller Kultur und Geistes- oder Körperertüchtigung. Alles, was noch mehr Energie absorbiert, vermeidet sie, darum sind seine Anschuldigungen zugleich Tritte an ihr persönliches Schienbein. Schon oft hat sie diese Argumente aus dem Mund intellektueller Klugscheißer gehört und deshalb nicht ernst genommen. Nur jetzt, wo Balthasar Blass aus dem Blickwinkel eines Sonderlings diese Meinung vertritt, bekommt alles für sie ein anderes Gewicht. Sie ist weiterhin irritiert und findet keine Worte.

»Dann bin ich wohl das Gegenteil von Ihnen«, kommt schlussendlich über ihre Lippen.

»Mag sein, aber das spielt doch keine Rolle. Sie müssen sich nicht meiner Meinung beugen, das wäre falsch. Ich will Sie nicht zu einem anderen Denken bekehren, Sie wollten ja nur wissen, wie ich funktioniere.«

Lisa stellt sich wieder an den Herd und rührt in den Töpfen und der Pfanne, als gelte es, Versäumtes nachzuholen. Sichtlich ist sie in Gedanken an den letzten Sätzen haften geblieben, denn sie schweigt und zeigt Blass ihren entzückenden Rücken. Er kann es nicht vermeiden, dass sein Blick nach unten wandert und zuerst ihren Hintern, dann ihre Beine begutachtet. Auch wenn er kein sexuell orientierter Mann ist, stellt er insgeheim fest, dass sie für viele eine erhebliche Verlockung darstellen muss. Unweigerlich fragt er sich, ob er einem hässlichen Mann mit denselben Problemen dasselbe Interesse entgegengebracht hätte. Er zwingt den Blick an die Decke, welche dringend gestrichen werden sollte, und versucht, seine fehlgeleiteten Gedanken wieder zu ordnen.

»Kinder, Tisch decken und essen«, ruft Lisa so laut, dass Blass erschrickt.

Er schnellt hoch und öffnet die Flasche Rotwein.

»Entschuldigen Sie, beinahe hätte ich vergessen, den Rotwein zu öffnen.«

»Entschuldigen Sie sich doch nicht für etwas, das kein Grund für eine Entschuldigung ist.«

Blass schmunzelt, denn er muss sich eingestehen, dass sie absolut recht hat, nur kann er schlecht über seinen Schatten springen und seine krankhafte Zurückhaltung vergessen.

Dann kommen die Kinder in die Küche gestürmt, wirbeln herum, decken dabei den Tisch, und keine Minute später warten alle auf das wohlriechende Essen. Spaghetti carbonara, wie er sie in seinem Leben noch nie gegessen hat. Ein einfaches Mahl, perfekt zubereitet.

ELF

Verwundert nimmt Blass den Zeitpunkt seines Erwachens zur Kenntnis. Sonntag, acht Uhr zehn, eine Zeit, zu der er üblicherweise bereits das Frühstück zubereitet und sich im Morgenmantel an den gedeckten Tisch gesetzt hat. Verschlafen! Ein Phänomen, welches ihn höchstens alle zehn Jahre heimsucht, wenn er ausnahmsweise den Wechsel zur Sommerzeit verpasst oder am Vorabend allzu üppig getrunken hat. Ihm ist klar, wie das geschehen konnte. Wieder war es spät geworden, und zwar derart spät, dass keine Straßenbahn mehr fuhr und er sich gezwungen sah, ein Taxi zu rufen. Auch ein Umstand, der sich, wie das Verschlafen, nur in Abständen von Dekaden ereignet.

Sechs Stunden arbeiteten sie intensiv und ohne große Pause, einzig das Füllen der Weingläser war eine willkommene Abwechslung zum Wühlen in den toxischen Dokumenten. Je länger, desto tiefer stocherte er in dem Sumpf, der ihre Existenz widerspiegelt. Es war ein deprimierendes Inventar des Scheiterns und der Unfähigkeit. Der Schuldenstand pendelte sich zum Schluss bei achtundsechzigtausenddreihundertfünfzig Franken und zehn Rappen ein. Allerdings wucherten die Zinsen weiter, wenn nicht sofort die Rückzahlungen eingeleitet würden.

Er hat alles detailliert in einem roten A4-Notizheft aufgelistet, die Dokumente in kleine Stapel geordnet und sie mit Notizzetteln beschriftet, die den Inhalt und die Periode titulieren. So braucht sie nur die Stapel in Ordner abzulegen, dann würde Ordnung herrschen. Einige Unterlagen hat er mit nach Hause genommen, alles Rechnungen und behördliche Schriften, die dringend zu bearbeiten oder zu beantworten sind. Höchste Alarmstufe. Er wird sich den Montagnachmittag und den ganzen Dienstag freinehmen, um all diese Angelegenheiten zu Ende zu bringen. Er kommt sich vor wie Herakles, der den Augias-Stall ausmistet. Keine falsche Analogie, denn einiges stank ohnehin bestialisch zum Himmel.

Für Lisa bedeutete es eine fürchterliche Erniedrigung, wie jemand gnadenlos im trüben Morast ihres Lebens wühlte, unaufhörlich Beweise ihres beschämenden Debakels hervorzog und diese Belege zu einer unterirdischen Bilanz zusammenfügte. Ihr blieb nur der Wein zur Linderung ihrer Frustration, während sie eng neben Blass saß und ihm ab und zu eine Frage beantwortete, sofern sie eine Ahnung hatte, worum es sich dabei handelte. Andererseits begann sich tief in ihrem Innern etwas zu verändern. Wie ein Nebel, der sich langsam aufzulösen beginnt, und zarte Hoffnung dezent durch das milchige Weiß schimmern lässt. Weiterhin hat sie größte Mühe, ihre Rettung als Wirklichkeit zu akzeptieren. Zu abstrakt wirkt diese Erlösung durch einen leicht verrückten Engel, zu unwahrscheinlich kommt ihr die Begründung für seine aufopfernde Selbstlosigkeit daher. Da muss doch noch ein *aber*, ein Haken oder etwas Kleingedrucktes kommen, was den Glanz seiner Tat relativieren wird. Sie befürchtet weiterhin, mit ihrem Körper bezahlen zu müssen, obwohl sie sich in den vergangenen Nächten des Öfteren ausmalte, wie es wäre, mit ihm zu schlafen. Er entspräche kaum ihren sexuellen Träumen, aber wenigstens war er nicht fett, hässlich und übelriechend. Es wäre zu ertragen, außer er wünscht sich abartige Praktiken, was man sich bei seinem seltsamen Wesen durchaus vorstellen könnte.

Blass kämpft sich mühevoll aus den Laken und schleppt sich unter die Dusche. Zwanzig Minuten später fühlt er sich wieder in einem brauchbaren Zustand, den er benötigt, um nach dem Frühstück die Wäsche zu waschen und das Vorgehen bei der Schuldenregelung nochmals zu überdenken. Er wird auf jeden Fall einige Klinken putzen müssen.

Er stellt sich immer wieder vor, was mit Lisa geschehen wäre, wenn er sich nicht ihrer angenommen hätte. Ihre finanzielle Situation ist die Steigerung von desolat, eine längst überfällige Bankrotterklärung, die auf sträfliche Weise von sämtlichen Beteiligten ignoriert wurde. Niemand hielt sie davon ab, mit offenen Augen ins Verderben zu rennen, obwohl das alle Leute in ihrem Umfeld hatten kommen sehen.

ZWÖLF

Er nimmt kaum wahr, wie ihn sein Arbeitsweg ins Institut führt. Plötzlich betritt er das Büro und braucht einen Moment, um sich zu sammeln und den Tag in seine gewohnten Bahnen zu lenken. So dauert es nicht lange, bis Maria vor ihm steht.

»Guten Morgen, Herr Blass«, begrüßt sie ihn, zögert kurz und bemerkt: »Verzeihen Sie das Wortspiel, aber heute Morgen sehen Sie in der Tat etwas blass aus. Schlecht geschlafen?«

Dass zudem seine Fliege schief gebunden ist, will sie erst gar nicht erwähnen, aber irritiert sie aufs Äußerste.

»Äh, ja. Mir lag heute Nacht etwas auf dem Magen, darum fehlen mir einige Stunden.«

»Aber Sie fühlen sich jetzt wieder wohl?«

»Ja, ja, machen Sie sich keine Sorgen.«

Sie verschwindet wieder hinter der Trennwand, während er zur Kaffeemaschine geht und für seine Chefin einen Espresso zubereitet.

Er stellt ihn mit Zucker auf ihren Schreibtisch und fragt vorsichtig: »Frau Stetholm, zur Regelung familiärer Angelegenheiten bräuchte ich heute Nachmittag und morgen den ganzen Tag frei. Wären sie damit einverstanden?«

In einem Büro, welches sich vornehmlich mit dem Archivieren auseinandersetzt, läuft nichts davon.

So antwortet Maria wie erwartet: »Kein Thema, Sie haben derart viele Urlaubstage auf Ihrem Konto, dass Sie gleich einige Wochen dranhängen könnten.«

Blass nickt und bedankt sich.

Maria schaut ihm mit einem mulmigen Gefühl hinterher, denn ihre Sensoren schlagen an. Dieser Mann funktioniert wie eine Maschine, es gibt kaum spürbare Variationen in seinen Tagesabläufen, er ist eingetaktet wie eine präzise Uhr, so dass beinahe jeder Handgriff vorhersehbar ist.

Und plötzlich kommt der Rhythmus ins Stolpern, wie bei Synkopen, die das musikalische Taktgefüge verschieben, und überhaupt nicht zum Leben von Balthasar Blass passen. Und sie weiß, welche Bedeutung ein geregeltes Dasein für ihn hat. Es könnte ihr ja alles egal sein, aber aus einer unerfindlichen Motivation heraus fühlt sie sich für ihn verantwortlich. Sie wird den Lauf der Dinge im Auge behalten.

Für Blass ist es ein kurzweiliger Morgen, der gedanklich abgehakt ist, während der Nachmittag ihn bereits beschäftigt. Ohne ein Mittagessen steuert er mit weitgreifenden Schritten aus dem Büro und trifft sich kurz darauf mit Lisa in einem Café unweit des Büros. Sie essen beide ein kleines Sandwich, und er erklärt ihr dabei, was sie gemeinsam während der nächsten Stunden zu erledigen haben. Zuerst gilt es Überweisungen zu tätigen und die Betreibungsandrohungen loszuwerden, also müssen einige Ämter aufgesucht und vermutlich eine Flut von Formularen ausgefüllt werden. Bleibt an diesem Nachmittag noch Zeit, dann wäre die Krankenversicherung mit ihren unbefriedigten Forderungen das nächste Ziel. Zu mehr wird es kaum reichen, aber ihnen steht zusätzlich der Dienstag zur Verfügung.

Sie lauscht aufmerksam seinem Plan, obwohl er den leisen Verdacht hat, dass sie sich nicht bewusst ist, was auf sie zukommen wird. Sie hat heute auf einen kurzen Rock verzichtet, dafür trägt sie viel zu enge Jeans, zu hohe Schuhe und ein zu weit ausgeschnittenes T-Shirt. Glücklicherweise muss sie sich nicht bewerben oder einen kompetenten Eindruck hinterlassen, sonst stünden ihre Chancen sehr schlecht oder sehr gut, je nach Anforderungsprofil. Sie wird auf jeden Fall für verstohlene Blicke sorgen, bei einigen Männern ein gewisses Verlangen und gleichzeitig einen großen Drang nach fürsorglicher Hilfe auslösen. Wenn sie nur ihre Reize dezenter und vor allem weniger ordinär einsetzen würde. Sie spielt fahrlässig mit den Männern, vermutlich ohne Hintergedanken oder Berechnung, eher aus Naivität. Blass ist davon überzeugt, dass sie sich wieder dem nächsten windigen Hund an den Hals werfen wird, einzig weil dieser ihr die wahre Liebe verspricht. Aber dies ist nur ein kurzer Gedanke, der ihm bei ihrem Anblick durch den Kopf huscht.

Er stellt sich auch die Frage, welchen Eindruck sie beide als Kombination hinterlassen. Er hat den alten, zweireihigen Nadelstreifenanzug seines Vaters angezogen, dazu eine Weste, ein weißes Hemd mit gestärktem Kragen und eine bordeauxfarbene Fliege. Weil es wahrscheinlich regnen wird, hat er sich den Borsalino aufgesetzt und den Trenchcoat über den Arm gelegt. Vermutlich gibt es keinen stärkeren Kontrast zwischen zwei Erscheinungen als jener zwischen ihnen beiden. Eine Kuriosität, das muss sich selbst Blass eingestehen.

»Ach, ich habe vergessen, zu erwähnen, dass ich gestern noch einige Überweisungen vorbereitet habe. Wir werden kurz bei der Bank vorbeischauen und die Unterlagen abgeben. Dann ist erst einmal ein großer Teil der Schulden getilgt«, erklärt er und freut sich an ihren leuchtenden Augen. »Weiterhin habe ich ein Budget erstellt. Wenn Sie sich daran halten, dann kommen Sie mit Ihrem Einkommen und mit meinem Zuschuss mühelos über die Runden. Dabei müssen Sie auf einige Spielereien verzichten, aber es lässt sich problemlos ohne teures Mobiltelefon mit luxuriösem Abonnement und Bezahlfernsehen leben.«

Das Leuchten in ihren Augen beginnt zu flackern.

»Ist das Ihr Ernst?«, fragt sie mit panischem Unterton in ihrer Stimme.

»Ja, wenn Sie diese monatlichen Fixbeträge um die Hälfte reduzieren, dann haben Sie jene einhundertfünfzig Franken zur Verfügung, die Ihnen bei der Krankenkasse und der Miete fehlen. Mit der Schuldenregulierung entfallen auch einige Ausgaben, und wenn wir ihr neues Geld gewinnbringend anlegen, dann können Sie mit monatlich nochmals etwa sechshundert Franken rechnen. Alles in allem haben Sie jetzt dann pro Monat siebenhundertfünfzig Franken mehr zur Verfügung, und Sie werden es auf der Budgetliste sehen: Ihnen und Ihren Kindern wird es an nichts mangeln.«

Blass versucht, ihren Blick zu deuten, der zwischen Begeisterung und Skepsis wechselt. Einerseits liegt ihre Unsicherheit an der Aussicht auf ein sorgenfreies Leben, andererseits droht Verzicht auf einige Annehmlichkeiten. Sie hat sich während der letzten Tage wohl andere Vorstellungen von ihrer finanziellen Zukunft gemacht. Schließlich wäre sie nicht in der jetzigen akuten Lage, wenn sie nebst ihrem Leben auch die Finanzen im Griff gehabt hätte. Aber er wird sich hüten, ihr Vorwürfe zu machen und ihre Schwächen zu kritisieren, an denen die halbe Bevölkerung krankt.

»Haben Sie keine Angst, Sie werden sich weiterhin einige Wünsche erfüllen können, denn jetzt, wo ich Ihre Situation kenne, werde ich Ihnen etwas zusätzlich geben.«

Ihr Blick ruht mit derselben Zerrissenheit auf ihm wie vor seinen letzten, beschwichtigenden Worten, nur mit dem Unterschied, dass ihr jetzt eine Träne über die Wange rinnt. Blass hofft, dass dieser Gefühlsausbruch keine Aufmerksamkeit in dem Café erregt. Es wäre ihm peinlich. Aber sie bleibt reglos sitzen, blickt fortwährend in seine Augen, bis er beschämt in den Kaffee zu stieren beginnt. Diese Situation ist ihm unangenehm.

»Herr Blass, ich bin sprachlos und ich bin ratlos. In meinem ganzen Leben hat sich noch nie ein Mensch derart für mich engagiert wie Sie. Nicht einmal meine Eltern, die mehr mit sich selbst beschäftigt waren, als dass sie wirkliche Eltern hätten sein können. Ich werfe meinen Eltern nichts vor, sie waren arm und mussten viel Energie aufwenden, dass wir über die Runden kamen. Sie sind beide tot, ich habe keinen großen Bruder, keine liebevollen Verwandten, habe nichts gelernt, bin nicht sehr intelligent und habe meine Gefühle nicht im Griff. Schwierigere Voraussetzungen für ein anständiges Leben gibt es wohl kaum.«

Sie unterbricht ihren Redefluss, als wolle sie das Gesagte nochmals überdenken, aber fährt nach langen Sekunden leise fort: »Dann erscheinen Sie, wie ein Engel vom Himmel. Sehen Engel so aus? Wohl kaum, man hat da eine etwas klischeehafte Fantasie. Sie kommen und reparieren all das, was ich verbockt habe. Das geschieht nur im Märchen. Aber im Märchen gibt es auch den bösen Wolf. Also frage ich mich immer wieder: Wo liegt der böse Wolf begraben? Gibt es nicht den *Faust*, der seine Seele verkauft hat oder so? Muss ich auch meine Seele verkaufen, dass dieser Traum wahr wird?«

»Frau Sterlinger, vergessen sie *Faust*, ich betone nochmals mit Nachdruck, dass ich von Ihnen keine Gegenleistung erwarte, außer, dass sie aus meinem Geschenk etwas Gutes für sich und Ihre Kinder machen. Schauen Sie, ich habe Geld und Besitz, und ich habe niemanden, dem ich etwas geben kann. Sie sind mir sympathisch und sind weiß Gott nicht auf Rosen gebettet, also lassen Sie mich Ihnen eine Freude bereiten. Sie würden mich glücklich machen.«

Eine zweite Träne bahnt sich ihren Weg zum Mundwinkel, woraufhin sie mit zitterndem Kinn zu lächeln beginnt. Dann macht sie eine Geste, die ihn aus dem Lot bringt: Sie legt ihre Hand auf die seine und lächelt zurück.

Viel zu viel Gefühl!

DREIZEHN

Der Nachmittag war zum größten Teil ein voller Erfolg. Sie verabschiedeten sich um siebzehn Uhr mit einem Handschlag, und beide gingen erschöpft nach Hause. Klar blieben nicht alle finanziellen Verfehlungen ohne Nachspiel, nur erwies sich der Flurschaden als erstaunlich gering. Der morgige Dienstag wird ihnen genug Zeit für die noch offenen Angelegenheiten geben, auch wenn Blass bei zwei Geschichten ein mieses Gefühl hat: den Spielschulden ihres Mannes und dem Kleinkredit mit Wucherzins. Zwei Verpflichtungen, welche in einer Halbwelt eingegangen wurden, zu der er keinerlei Beziehung hat. Hier beginnt seine Fantasie verrückt zu spielen, vor allem seit er heute Morgen während der Arbeitszeit im Internet recherchiert hat. Der Kredithai ist die kleinere Herausforderung, ein unbedeutendes Büro in einer schmuddeligen Seitenstraße nahe dem Hafen, wie es Dutzende von ihnen gibt. Das größere Problem sind die Spielschulden bei einem Barbesitzer, der vermutlich verbotene Glückspiele in seinem Hinterzimmer organisierte. Da gelten kaum die üblichen Verfahren bei Schuldenregulierungen. Lisa hatte ab und zu einen kleinen Betrag in bar überbracht. Ob sie dem Barbesitzer auf andere Weise dienlich war, wollte er gar nicht wissen. Die Zurückhaltung dieses Kerls erscheint auf jeden Fall verdächtig, wenn man die Höhe des geschuldeten Betrags betrachtet und die Tatsache bedenkt, dass jegliche Zinsforderungen fehlen. Da hat er wirklich ein äußerst mieses Gefühl.

Blass sitzt in der Straßenbahn und schaut gedankenverloren in die Welt, die an ihm vorbeizieht. Dabei setzt er sich mit einem neuen, bisher unbekannten Horizont auseinander: Halbwelten, Armut, Schicksal, vielleicht sogar Prostitution, Erpressung oder zumindest Nötigung. Er muss aufpassen, dass die Fantasie nicht mit ihm durchgeht, schließlich ist seine Welt weit von Lisas Welt entfernt, und er kennt ihr Milieu nur aus Büchern oder der Zeitung.

Milieu, ein Begriff, der ihn erschreckt, weil er sie insgeheim als Prostituierte vorverurteilt hat. Ist sie eine Prostituierte, wenn sie zu Sex gezwungen wird? Ist sie nicht vielmehr ein Opfer?

Da wäre noch ihr verschwundener Ehemann. Was heißt überhaupt verschwunden? Wird er offiziell von der Polizei vermisst und wurde nach ihm gesucht? Oder hat er sich einfach vom Acker gemacht, um seinen Verpflichtungen nicht mehr nachkommen zu müssen? Vielleicht lebt er zwei Straßen weiter mit einer anderen gutgläubigen Frau zusammen und hat Lisa gedroht, ihn gefälligst in Ruhe zu lassen, weil er ihr sonst sämtliche Knochen bräche. Er kann sich gut vorstellen, wie Lisa sich ihrem Schicksal ergeben hat, erst recht, wenn ihre Kinder bedroht worden sein sollten.

Er wird mit ihr über all diese Fragen reden müssen, sofern sich am morgigen Tag die Antworten nicht von selbst ergeben.

Von der Straßenbahn nach Hause führt ihn sein Weg ins Lebensmittelgeschäft, wo er sich Brot, italienischen Käse und Tomaten kauft. Das sollte für ein kleines Mahl reichen, denn er ist müde und möchte früh ins Bett gehen.

VIERZEHN

In Erwartung eines speziellen Tages hat Blass eine außerordentliche Entscheidung getroffen und sein Haus ohne Frühstück verlassen, nachdem er Lisa angerufen hatte. Er hat sie zum Frühstück in das Café eingeladen, wo sie sich gestern getroffen hatten. Aus einer Eingebung heraus und ohne zu überlegen, fand er es passend, diesem Tag einen würdigen Beginn zu schenken. Er spielte sogar mit der Idee, nach erfolgreicher Mission den Tag mit einem gepflegten Abendessen in einem feinen Restaurant abzuschließen. Besser nicht, das gibt nur Raum für falsche Interpretationen.

Es ist neun Uhr, als er im Café eintrifft, sich umschaut und Lisa an einem Zweiertisch in einer Nische entdeckt.

»Guten Morgen, Frau Sterlinger.«

»Hallo, Herr Blass.«

Er weiß, dass sie sich freigenommen hat, auf sein Anraten hin, denn ihr heutiges Programm benötigt Zeit und ihre Präsenz. Er hätte zwar vieles alleine erledigen können, aber wenn es ihre Unterschrift bräuchte, wäre nur unnötig Zeit verloren gegangen, zudem ist es für sie eine wertvolle Lehre, mitzuerleben, wie man sich dem Thema Geld zu widmen hat.

»Ich danke Ihnen herzlich für diese Einladung«, bemerkt sie mit einem lieblichen Augenaufschlag.

»Gern geschehen. So haben wir Zeit, in ungezwungener Atmosphäre den heutigen Tag zu besprechen. Aber zuerst bestellen wir uns was.«

Die Bedienung, eine ältere Dame mit weißen Haaren, die sie zu einem Dutt aufgesteckt hat, stellt sich erwartungsvoll vor sie hin.

»Guten Tag. Was darf ich Ihnen bringen?«

Blass studiert die Karte und sagt: »Das große Frühstück bitte. Dazu einen Darjeeling-Tee. Und für die Dame?«

Er blickt zu Lisa, die nach kurzem Überlegen das Gleiche bestellt.

»Ich kann mich nicht erinnern, wann ich das letzte Mal Tee zum Frühstück hatte«, bemerkt sie mit einem Schmunzeln, als die Bedienung außer Hörweite ist.

»Warum haben Sie dann Tee bestellt?«

»Weil ich mein Leben ändern will. Und warum sollte heute nicht der richtige Tag dafür sein? Ich habe noch nie solchen Tee getrunken.«

»Oh, ich finde es sicher nicht falsch, wenn Sie einige Punkte Ihres Lebens überdenken, wobei damit weniger ihr Frühstücksgetränk gemeint ist.«

»Das ist mir schon klar, nur sind es die kleinen Dinge des Lebens, die eine Rolle spielen, man muss sie Schritt für Schritt angehen.«

»Da gibt es nichts dagegen einzuwenden.«

Die nette Bedienung bringt das Geschirr und das Besteck und fragt: »Hätten Sie Lust auf frisch gepressten Orangensaft?«

Lisa und Blass schauen sich fragend an und beide nicken zustimmend.

»Gerne, zweimal«, antwortet Blass.

Nachdem sie wieder unter sich sind, sagt Blass: »Sie müssen mich über zwei Gläubiger aufklären. Da wäre Herr Kronrich von My-Credit und Herr Beroslav mit seiner Spielhölle. Beide werden wir heute Nachmittag aufsuchen, denn zu den finanziellen Verbindlichkeiten gegenüber diesen Herren finde ich in Ihren Unterlagen keine zuverlässigen oder brauchbaren Dokumente. Vor allem haben Sie Herrn Beroslav Barbeträge ausbezahlt, ohne eine Quittung zu erhalten. Hatte das seinen Grund?«

»Herr Blass, sprechen Sie aus, was Sie denken. Ja, ich lasse mich von ihm vögeln, dafür erlässt er mir die Zinsen und jede zweite Rate. Bei Bernd Kronrich ist es etwas vollkommen anderes, er will keinen Sex, nur Geld. Sie haben ja gesehen, dass ich regelmäßig zahle. Er hat mir gedroht, meine Tochter zu vergewaltigen, also habe ich immer geblecht, und dies, bevor ich die Krankenkasse oder die Miete bezahlt habe. Ich musste den Kindern zuliebe Prioritäten setzen.«

Blass starrt auf ihre Lippen, über die soeben Ungeheuerliches gekommen ist. Lisa sprach unaufgeregt über ein grauenvolles Desaster, als handelte es sich um den Pegelstand des Rheins oder das Kinoprogramm. Dass sich seine dunkelsten Vermutungen bestätigten, will er nicht wahrhaben. Als würde seine Hoffnung auf eine erträgliche Wahrheit in tausend Scherben zerspringen.

»Sie haben sich Beroslav hingegeben?«

»Ja, was blieb mir anderes übrig, außer der Gang auf das Sozialamt?«

»Was ist denn so falsch an der Sozialhilfe? Lieber eine staatliche Hilfe als eine Nötigung.«

Sie lacht so laut auf, dass sich die Gäste nach ihr umdrehen.

»Wenn Sie erst einmal in der Mühle der Sozialhilfe sind, dann gibt es kein Entrinnen mehr. Niemand hat Interesse an einem Sozialfall. Es ist besser, zwei Mal pro Monat von einem drittklassigen Mann gevögelt zu werden, als einmal pro Monat einen Scheck von der Sozialbehörde erhalten.«

Blass versinkt immer mehr in einem Brei aus konfusen Gedanken. Was ihn vollkommen irritiert, ist die Selbstverständlichkeit, mit der sie über ihr Schicksal redet. Sie scheint das perfekte Opfer zu sein. Sie hat sich arrangiert, sogar mit jenen, die sie aus- und benützen. Was für eine eigenartige Frau! Je länger er in ihrer Nähe weilt und je besser er sie kennenlernt, desto mehr muss er seine vorgefasste Meinung revidieren. Sie mag äußerlich als dummes Blondinchen durchgehen, nur zeigt der Mensch dahinter ein anderes Gesicht. Was sie während einundvierzig Jahren erlebt hat, ist Drama genug für zwei Leben, da erscheint sogar Blass als ein vom Glück gesegneter Mensch. Trotzdem strahlt sie eine positive Lebensfreude aus. Was für verrückte Widersprüche sie beide zusammengeführt hat, denkt er und versucht, wieder den Faden aufzunehmen, den er einen Moment lang verloren hat.

»Wie wird denn Beroslav reagieren, wenn Sie das Geld zurückzahlen und ihm nicht mehr zu Diensten sind?«

Sie überlegt kurz, als wäre es eine Frage, die sich nicht so einfach beantworten lässt, sagt dann aber: »Er wird sich mit dem Geld trösten und mit seinen Möglichkeiten schnell einen Ersatz finden, wenn er ihn nicht bereits hat. Ich denke, er hat da seine Quellen.«

»Gut. Und dieser Bernd dürfte auch kein Problem sein, sagten sie. Dann bin ich beruhigt.«

Das Frühstück wird serviert, und schnell wird es eng auf dem kleinen Tisch. Blass bereitet für beide den Tee zu, sie soll ihn genießen lernen, ohne die Bitterstoffe. Währenddessen verteilt sie die Brötchen, die Butter, schlägt ihm das Ei auf und drapiert ihm die Serviette. Schon wieder diese ungewollte Nähe und Vertrautheit, denkt Blass und bedankt sich artig.

»Frau Sterlinger, ich hätte noch eine Frage«, sagt er mit einem bedeutungsschwangeren Unterton, während er den Tee einschenkt. »Es ist eine unangenehme Frage, aber ich muss darüber Bescheid wissen, wenn ich Ihnen helfen soll. Sie haben mir gesagt, dass ihr Mann verschwunden ist. Was meinen Sie damit?«

»Na ja, weg, fort, eben verschwunden.«

»Haben Sie ihn denn bei der Polizei als vermisst gemeldet?«

Sie lacht schallend, dass es Blass unangenehm wird, hier, in diesem gepflegten Lokal, in dem nur leise geredet wird.

»Frau Sterlinger, Sie nehmen meine Frage nicht ernst. Wenn Ihr Mann nur abgehauen ist, aber dennoch irgendwo existiert, dann hat er für den Unterhalt Ihrer Kinder aufzukommen, außer er wäre ein Sozialfall, dann wäre wiederum die Sozialbehörde für den Unterhalt verantwortlich. Sie haben viele Jahre auf Geld verzichtet, das Ihnen zusteht, und das ist nicht in Ordnung, zudem müssen Sie seine Spielschulden tilgen. Wenn er existiert, dann ist er ein Feigling und ein Dreckskerl.«

Längst ist ihr Lachen verklungen und einer bitteren Miene gewichen. Es ist offensichtlich, dass er einen wunden Punkt angesprochen hat. Er hat vollkommen ruhig und emotionslos gesprochen, dabei sein Drei-Minuten-Ei gelöffelt, als erzählte er eine kleine Anekdote. Sie hat ihn nur angestarrt, bewegungslos. Dann beginnt sie langsam ihr Brötchen aufzuschneiden und die Butter und die Marmelade zu streichen, um dann lustlos hinein zu beißen. Sie schweigt, er schweigt, beide essen und trinken.

*

Nach langen Minuten meint sie leise: »Wenn ich Ihnen Ihre Frage wahrheitsgetreu beantworten soll, dann zwingen Sie mich, die ganze Wahrheit zu erzählen, was ich nicht so gerne tue und die ich bis jetzt noch niemandem erzählt habe, nicht einmal meinen Kindern. Sie werden vieles nicht verstehen und werden entsetzt sein. Ich bin nicht stolz auf das, was mir geschah und was ich zu verantworten habe. Ich denke, Sie werden sogar von mir enttäuscht sein. Wünschen Sie das?«

»Sie meinen, ich steche eine Pestbeule auf und werde sogleich panisch fliehen? Ein Vorschlag: Sie erzählen mir Ihre Wahrheit und ich Ihnen die meinige. Was halten Sie davon?«

In ihrem Blick fehlt die restlose Überzeugung. Es muss eine heftige Wahrheit sein, wenn sie so lange zögert.

»Einverstanden, aber nicht hier und nicht alles auf einmal. Wenn wir später zu Bernd und Beroslav laufen, dann könnte ich Ihnen auf dem Weg dahin einige Kapitel erzählen.«

Blass nickt, denn mit vollem Mund lässt sich schlecht reden. Sie haben geschätzt etwa eine dreiviertel Stunde bis ins Hafengebiet, was für eine halbe Lebensbeichte reichen sollte. Die restliche Kommunikation während des Frühstücks versandet in alltäglichen Belanglosigkeiten und angenehmen Unwichtigkeiten.

Nachdem Blass die Rechnung beglichen hat, schlagen sie den Weg zur Krankenkasse ein. Es hatte gestern nicht mehr gereicht, und heute wird es eine kurze Angelegenheit werden, denn die Rechnungen wurden unterdessen beglichen, also geht es nur um den Rückzug des Betreibungsbegehrens. Auch heute sind sie wieder ein illustres Paar: Sie in zerschlissenen Jeans mit hochhackigen Pumps, einer gelben, engen Bluse, darunter ein roter BH, der sich aufreizend abzeichnet und kaum die Brüste im Zaum halten kann, die Frisur tollkühn hochgesteckt. Er, so wie gestern, streng nach der Kleiderordnung einer Bankratssitzung im neunzehnten Jahrhundert. Die ersten Schritte nehmen sie nebeneinander, dann hakt sie sich bei ihm unter, denn mit den hohen Absätzen hat sie Mühe auf dem alten Pflastersteinbelag. Einige Leute schauen ihnen belustigt hinterher.

Der Besuch bei der Krankenkasse war eine erstaunlich lockere Geschichte, man merkt, dass diese Leute den Umgang mit Zahlungsschwierigkeiten gewohnt sind, weshalb sie sich sehr entgegenkommend verhielten. Eine halbe Stunde später stehen sie wieder auf der Straße, von wo aus sie bis zur Immobilienverwaltung zehn Minuten zu laufen haben.

Da wird es so richtig mühsam. Obwohl Blass gestern alle ausstehenden Mieten, inklusive Nebenkosten und Verzugszins, sowie die Mieten für die kommenden drei Monate bezahlt hat und alle Belege vorweist, kann es sich dieser klugscheißerische Verwalter nicht verkneifen, sich großkotzig aufzuspielen. Er beschwert sich über das Pack in diesen Häusern, von denen die meisten einen kriminellen Hintergrund hätten, und stellt sich als barmherzigen Ritter mit allzu großem Herz dar.

»Hören Sie mal, Sie geldgieriger Ausbeuter!«, unterbricht Blass den erstaunten Verwalter. »Diese Wohnung ist die Miete nicht wert. Sie hätten schon längst einige werterhaltende Maßnahmen und dringend nötige Sanierungsarbeiten in Auftrag geben müssen. Aber nein, Sie kassieren lieber Ihr Geld und spielen sich hier als edler Gönner auf. Mir wird ganz schlecht, wenn ich Sie so betrachte. Ich werde mal mit den Behörden und dem Mieterverband reden.«

»Sie haben ja keine Ahnung, was solch ein Haus kostet und wie viel Aufwand und Ärger damit verbunden ist.«

»Ihr Jammern macht Sie nicht glaubwürdiger. Es ginge auch, ohne die Leute über den Tisch zu ziehen.«

»Als ob Sie eine Ahnung von Immobilien- und Vermögensverwaltung hätten?«, spottet der Verwalter und lacht eine Spur zu künstlich.

»Ja, warum nicht?«

»Weil Sie nicht so aussehen, als könnten sie fünfkommadrei Millionen aufbringen und verwalten.«

»Können schon, aber nicht wollen.«

Unvermittelt steht er auf, Lisa macht es ihm nach, und sie verlassen das Büro, ohne sich zu verabschieden.

Draußen schaut Blass auf seine Taschenuhr, überlegt kurz und meint: »Vor dem Mittag reicht es noch locker für das Steueramt. Da lang.«

Er zeigt die Straße hinunter, dann lädt er sie ein, sich bei ihm einzuhaken, und die beiden spazieren gemütlich davon.

»Was war denn das soeben?«, fragt Lisa, weiterhin fassungslos wegen dieses ruppigen Dialogs.

»Ein kleiner Schlagabtausch.«

»Sagen Sie, dass Sie das mit den Millionen nicht ernst gemeint haben?«

»Wieso nicht? Diesem selbstgerechten, fiesen Hund gilt es in die Schranken zu weisen. Sie zahlen neunhundertfünfzig Franken für diese bescheidene Wohnung, und damit versuche ich, deren Zustand möglichst vornehm zu umschreiben. Ich empfinde die Miete etwa um zweihundert Franken zu hoch. Er zieht euch alle in diesem Haus über den Tisch, euch, die ihr nicht problemlos eine andere Wohnung findet.«

Vielleicht hat er ein wenig dick aufgetragen, aber er meint es ernst, denn dieser Kerl hat bei ihm eine allergische Reaktion ausgelöst. Die Menschheit braucht keine solchen Typen, die auf Kosten Schwacher einen unanständigen Gewinn erwirtschaften. Er empfindet dies als Wucher oder eine bösartige Form der Ausbeutung.

»Haben Sie denn so viele Millionen?«

»Ja. Hören Sie nicht auf mein Geschwätz, ich musste diesem Blutsauger Paroli bieten.«

»Wie viel? Entschuldigen Sie meine Neugier, ich möchte mir nur ein Bild von Ihrem Vermögen machen.«

»So etwas fragt man nicht.«

»Wieso denn nicht? Sie kennen meine finanzielle Lage, also wäre es nichts als gerecht, wenn Sie auch von Ihrer finanziellen Lage erzählen.«

Blass zögert kurz, denn ihr Argument sticht, obwohl es ihm widerstrebt, über seine Finanzen zu reden.

»Wenn ich meinen Besitz und mein Vermögen zusammenzähle, dann könnte ich etwa acht solche Häuser kaufen.«

Sie überschlägt das Ganze und will das Resultat nicht wahrhaben. Sie rechnet nochmals und starrt ihn ungläubig an.

»Über vierzig Millionen?«

Er fühlt sich peinlich berührt, denn ihm wurde diese Frage bis jetzt nie gestellt, und er sah keine andere Möglichkeit, als sie wahrheitsgetreu zu beantworten. Womöglich war dies ein Fehler.

Für Lisa erhält diese ganze Angelegenheit eine unerhörte Dimension, weit über ihre Auffassungsgabe hinaus, weit weg von ihrem Maßstab. Dieser seltsame Mann wird immer seltsamer. Aber er wird sterben, ist todkrank, und will in dieser Situation andere Menschen beglücken. Irgendwie kann sie ihn verstehen, auch wenn es ihr immer noch nicht logisch erscheint, dass ausgerechnet sie davon profitieren sollte. Einzig, weil sie ihm in der Mensa aufgefallen ist und er erfahren hat, dass sie nicht auf Rosen gebettet ist? Verrückt!

»Vieles von diesem Reichtum ist alter Besitz, ein großes Grundstück in bester Lage und ein betagtes Haus sowie einige Gewerbeliegenschaften, die ich jetzt alle verkaufen werde.« Diese Informationen kommen, wie von einer Bilanz abgelesen, aber er stockt an der Stelle, um wieder zu sich selbst zu finden. »Ich habe Ihnen das nicht erzählt, damit Sie von mir fasziniert sind, nein, ich will nur ehrlich und offen sein, so, wie Sie es von mir verlangt haben. All dies und noch einiges an sonstigem Vermögen möchte ich in guten Händen wissen, dann kann ich in Ruhe gehen.«

Wieder wirft sein Tod einen dunklen Schatten über ihr Gespräch, und die bleibenden fünf Monate werden nicht helfen, diesen zu erhellen. Sie kennen sich erst einige Tage, doch ist er ihr auf seine eigenartige Weise ans Herz gewachsen. Eine etwas abstruse Freundschaft, die auf ihre schräge Art neuen Wind in ihr Leben bringt. Er ist ein Kontrast zu all jenen Leuten, die sie umgeben, bei denen es sich eher um oberflächliche Bekanntschaften handelt, die sich weniger als Freunde anbieten, während sie sich Blass als Vertrauten vorstellen könnte. Weil er so weit von ihrer Welt entfernt ist, eignet er sich besser als jene Leute, die sich im selben Dunstkreis bewegen. Die eigene Welt taugt vornehmlich für Selbstmitleid, für die gegenseitige Bestätigung der allgemeinen Ungerechtigkeit, für das gemeinsame Fluchen über die beschissene Welt oder für das Im-Stich-Lassen, wenn es hart auf hart kommt. Allenfalls könnte man Vera als eine Art Freundin bezeichnen, oder besser als Leidensgefährtin, denn sie beide verbindet das Schicksal einer alleinerziehenden Mutter. Ihr Mann hat sie nicht im Stich gelassen, er kam bei einem Motorradunfall ums Leben. Kein Verlust, sagte sie immer, wer braucht schon einen Rocker, der nur mit seinen Kumpels auf der Straße lebt und sie verprügelt, wenn er mal nach Hause kam. Vera war nur das erbärmliche Zubehör eines Luftheulers, der während der Zeit des Zusammenlebens mit ihr nie einer vernünftigen Tätigkeit nachgegangen war und tendenziell mehr ausgegeben, als er eingenommen hatte. So war Vera seit jeher gezwungen, an der Supermarktkasse zu arbeiten und die Kinder zu ihrer Mutter zu bringen, die wiederum mit den drei Jungen heillos überfordert war. Sie wurde, im Gegensatz zu Lisa, zum Sozialfall.

Manchmal treffen sich die beiden, versuchen dann, nicht zu jammern, ermutigen sich gegenseitig, finden aber trotzdem nicht zueinander, weil sie allzu sehr mit den jeweils eigenen Problemen zu kämpfen haben. Jedem sein Schicksal, mit dem man schlussendlich alleine zurechtkommen muss. Außer man begegnet einem Balthasar Blass.

»Herr Blass, gibt es denn keine Hoffnung, dass Sie die Krankheit überleben könnten?«

Für einen Mann mit einem ausgeprägten Hang zur Ehrlichkeit löst diese Frage ein fürchterliches Dilemma aus, obwohl er irgendeinmal damit gerechnet hat. Darum liegt die Antwort wohlüberlegt bereit, und er krümmt sich noch etwas theatralisch unter der Unannehmlichkeit dieses Themas.

»Ich rede nicht gerne darüber und zähle auf Ihr Verständnis. Betrachten Sie den September als einen Zeitraum, in dem wir uns aus den Augen verlieren werden. Ich bitte um eine letzte Zeit mit Ihnen, ohne dass diese Tatsache im Vordergrund steht. Können Sie mir das versprechen?«

Wie die nichtssagende Antwort eines Politikers, die Lisa schrecklich deprimiert, da ihr plötzlich bewusst wird, wie wenig Zeit Blass bleibt. Sie spürt aber auch, dass er sich mit seinem furchtbaren Schicksal abgefunden hat, wie sonst könnte er so besonnen seinen Nachlass regeln? Ihr hingegen wäre alles egal, wenn sie wüsste, dass es zu Ende ginge. Möglicherweise würde sie nochmals auf die Pauke hauen, täte verrückte Dinge, von denen sie schon immer träumte, würde rauchen, saufen, fressen oder mit unnötigen Risiken den Tod herausfordern. Ja, sie würde den schnellen Tod gegenüber dem langsamen Dahinsiechen bevorzugen, denn bei einer Krankheit mit tödlichem Ausgang wäre das Ende mit Sicherheit ein Leiden.

Dieses Thema hat beide zum Schweigen gebracht, bis Blass' Schritte vor dem Steueramt innehalten und er sagt: »Da hinein, danach gehen wir etwas trinken oder essen, wenn Sie Hunger haben.«

Sie nickt mit einem unsicheren Lächeln.

FÜNFZEHN

Das Steueramt bescherte ein ernüchterndes Erlebnis. Selten hatte Blass in seinem Leben eine derartige Arroganz wie von diesem Beamten erlebt. Zuerst wurden sie von ihm klein gemacht, weil sie keinen Termin vereinbart hatten, dann bequemte er sich nach längerem Disput dazu, eine Ausnahme zuzulassen, und als er sah, worum es sich handelt, begann er über das miserable Zahlungsverhalten von Lisa zu lamentieren. Beide saßen da wie zwei sündige Untertanen vor dem Steuervogt. Lange wetterte er vor sich hin, während er im System die Ausstände mit all den aufgelaufenen Zinsen zusammenstellte, und dann fragte er, wie man denn gedenke, diesen stattlichen Betrag zu bezahlen.

»Ziehen sie es von meinem Steuerguthaben ab, sofern das möglich ist. Balthasar Blass ist mein Name und hier ist meine letzte Steuerabrechnung mit der Steuernummer.«

»Das ist ungewöhnlich und erzeugt unnötige Umstände.«, bellte der Beamte barsch, während er die Rechnung entgegennahm.

Der Wandel, der sich danach in ihm vollzog, war sehenswert, aber auch traurig. Mit dem fachmännischen Blick auf Blass' Daten weiteten sich seine Augen, und sein Mund öffnete sich leicht. Seine Welt geriet sichtlich aus den Fugen, und er spürte, wie der Ärger sich unaufhaltsam anbahnte.

»Herr Brunner, wie Sie sehen, hat der Staat bei mir markante Ausstände. Ich denke, sie sollten ausreichen, um die Steuerschulden von Frau Sterlinger zu begleichen.«

Der Beamte wurde hinter seinem Bildschirm immer kleiner und suchte verzweifelt nach Worten, die ihn, hätte er welche gefunden, vermutlich nicht aus seiner unangenehmen Lage befreit hätten. Rechtfertigung oder Unterwürfigkeit war die Wahl, auch wenn er genau wusste, dass er nun zu Fischfutter verarbeitet werden würde. Er hatte den Bogen überspannt. Allerdings hatte er in Blass einen Gegenspieler mit Stil, der ihn nur mit einem wissenden Schmunzeln betrachtete und schwieg.

»Selbstverständlich werde ich diese Angelegenheit in ihrem Sinne erledigen, Herr Blass«, stottert der Beamte beflissen.

»Herr Brunner, selbstverständlich werden Sie diese Angelegenheit in unserem Sinne erledigen. Bis jetzt haben Sie sich nur durch eine unerträgliche Arroganz und Voreingenommenheit ausgezeichnet. Sie können sich nicht im Mindesten vorstellen, warum Frau Sterlinger in diese Situation geraten ist. Sie, mit ihrer kleinkarierten Spießbürgerlichkeit, sind die perfekte Karikatur eines Beamten. Ich bitte Sie nun, unsere kostbare Zeit nicht weiter in Anspruch zu nehmen und endlich Ihre Arbeit zu erledigen.«

Während der gesamten Ansprache von Blass, die dieser in einem gelassenen Ton vorgetragen hatte, starrte ihn Brunner mit großen Augen an, unfähig der Widerrede, froh, dass niemand sonst diese Schmach mit anhören konnte. Brunner wusste genau, dass eine falsche Bemerkung die Sache nur verschlimmern würde. Es war seine Schuld, schließlich hatte er seine miese Laune an diesem seltsamen Paar ausgelassen. Er konnte ja nicht wissen, mit wem er es hier zu tun hatte.

Die restlichen Formalitäten waren schnell und unbürokratisch über die Bühne gegangen, und die Verabschiedung fiel äußerst frostig aus, zumindest von Blass' und Lisas Seite.

*

Nun sitzen sie am Rhein auf einer Bank, nicht Müllers Bank, aber nicht weit davon entfernt, essen Pizza und trinken Bier aus Dosen. Es war Lisas Wunsch, dem sich Blass nicht verwehren wollte.

»Dem haben Sie es aber gegeben«, bekräftigt sie mit vollem Mund. »Ich bewundere Ihre coole Art, solchen Menschen Ihre Meinung zu sagen.«

Sie hatten bis jetzt noch kein Wort über diese unangenehme Situation auf dem Steueramt verloren.

»In einem gewissen Sinne bin auch ich Beamter, aber ich habe großen Respekt vor den Leuten, die ihren Lohn nicht einfach in Form von Steuern erhalten. Herr Brunner wäre ein kompetenter Steuerbeamter, wenn er nur nicht seine vorgefasste Meinung einbrächte. Er wird Sie künftig in Ruhe lassen.«

Sie lächelt dankbar und blinzelt in die Sonne, die schon eine solch erstaunliche Kraft hat, dass Blass es sich doch erlaubt, das Sakko abzuziehen und sorgfältig zusammengefaltet über die Lehne zu legen. Die Krawatte bleibt jedoch, wie sie ist. Er muss sich eingestehen, dass ihm dieses improvisierte Mittagessen schmeckt, obwohl er sich nicht erinnern kann, jemals Pizza und Bier kombiniert genossen zu haben. Pizza und Rotwein, ja, aber nicht Pizza und Bier. Einige Novitäten hat er während den vergangenen Tagen erlebt, was allerdings nicht heißen soll, dass diese zur Gewohnheit werden müssen.

»Bleiben wir doch hier sitzen und genießen die Sonne«, sagt Lisa plötzlich.

»Ja, diesen Impuls spüre ich auch.«

»Wird wohl nichts.«

»Kaum, wenn wir unser Ziel erreichen wollen. Es ist jetzt dreizehn Uhr fünfundzwanzig, bald Zeit für einen Besuch bei unserem Kredithai.«

Es ist eine merkliche Unruhe in ihren Augen, als käme die wahre Herausforderung erst auf sie beide zu, und dennoch ist ihnen der Appetit auf das letzte Stück Pizza nicht vergangen. Sie beenden ihr Mahl, werfen die Verpackungen und die Dose fein säuberlich in den nächsten Abfallbehälter, Blass zieht wieder sein Sakko an, und die beiden schlendern den Rhein entlang Richtung Hafengebiet.

Nach zwei schweigsamen Minuten beginnt Lisa zu sprechen: »Ich weiß, Sie warten auf die Geschichte meiner Ehe oder jene meines Mannes.«

Blass schaut nur kurz zu ihr hinüber, sagt aber nichts.

»Wie sagt man so schön, er war der Fehler meines Lebens. Er war ein sehr attraktiver Mann, groß, athletisch und ein einfühlsamer Liebhaber. Was wünscht sich eine Frau mehr. Nach einem Monat war ich schwanger, und nach zwei Monaten waren wir verheiratet. Eine verrückte Zeit, die für sich betrachtet, ein Paradies war. Wir vögelten uns den Verstand aus dem Kopf und wir fragten nicht nach dem Morgen. Nur wir zwei, dann lange nichts.« Sie unterbricht den Redefluss, und Blass spürt, dass jetzt ein neues Kapitel aufgeschlagen wird. »Dann kam die erste Ernüchterung. So wie ich rundlicher wurde, verlor er sein Interesse an mir. Keinen Sex mehr, den holte er sich auswärts. ‚Ich vögle doch keine Tonne, sagte er einmal und verschwand für zwei Tage. Er war Fitness-Trainer, abends arbeitete er manchmal als Türsteher in einem Club, und ich stand an der Supermarktkasse, solange es ging. Kein miserables Leben, wenn nicht so schnell der Zauber verloren gegangen wäre. Wie Fäulnis befiel ein unaufhaltsamer Wandel unsere Beziehung. Je dicker ich wurde, desto weniger war er zu Hause, bis ich erfuhr, dass er eine Geliebte hatte. Ich war ihm nicht böse, denn mir war klar, dass er für mehr als eine Frau geschaffen war. Ihn für mich alleine zu beanspruchen, hätte beinahe an Egoismus gegrenzt. Aber ich war hochschwanger, und mein Nervenkostüm ertrug kein Beziehungsdrama, ich brauchte jetzt einen Mann an meiner Seite und keinen an der Seite anderer Frauen. Da schlug er mich das erste Mal. Ich konnte zwei Wochen nicht mehr aus dem Haus, bis meine Verletzungen wieder abgeschwollen und verheilt waren. Dann die Geburt. Er musste arbeiten, und ich gebar alleine. Ein kurzer Besuch mit einem schnellen Blick auf das Kind. Ein schwacher Schein eines Lächelns, dann ging er wieder arbeiten. Er arbeitete sehr viel, meist nachts, war selten daheim, kam gegen den frühen Morgen zum Schlafen nach Hause und verschwand nach dem Mittagessen wieder ins Fitness-Center. Alles hatte seinen Lauf, seine Ordnung, alles versank in einer trügerischen Ruhe. Wir existierten nebeneinander, nicht miteinander, und ich fand mich mit diesem Zustand ab. Irgendwie hatte ich vom Leben nicht mehr erwartet. Zwei Jahre später machte er mir ein zweites Kind, als er besoffen nach Hause kam und mich vergewaltigte. Als ich ihm die Schwangerschaft beichtete, da schlug er mich und machte mir die größten Vorwürfe, warum ich nicht verhütet hätte. Er nannte mich eine saublöde Hurenfotze, was er sogleich wieder korrigierte, denn er meinte Huren seien intelligenter, da sie wüssten, wie zu verhüten wäre. Er nannte mich von da an nur mehr *dumme Fotze*. Viel änderte sich nicht. Er war meist weg, und ich arbeitete wieder zu hundert Prozent, während Max vornehmlich bei meiner alten Mutter und bei Nachbarinnen zu Hause war. Dann kam Linda, die er nicht einmal sehen wollte. Er schrieb mir eine SMS, in der er sich von mir verabschiedete, da er keine Lust mehr hätte und ich ihn in Ruhe lassen sollte, sonst würde er mich zu Brei schlagen. Darunter schrieb er nicht einmal einen netten Gruß oder so etwas.«

Sie hält erschöpft inne, stellt sich ans Geländer und blickt mit ernster Miene auf den Rhein hinaus. Weit sind sie nicht gekommen, zu sehr behinderte das Erzählen ihre Schritte.

»Ich hatte gedacht, dass Ihre beiden Kinder von zwei verschiedenen Männern wären. Keine Ahnung, wie ich darauf gekommen bin.«

»So hatten es viele Leute interpretiert, schließlich verließ er mich bei Lindas Geburt, als ginge ihn diese Sache nichts mehr an. Geschwätz machte die Runde, zudem ließ Beroslav durchsickern, dass ich ihm zu Diensten sei. Davon abgesehen, war ich kein Unschuldslamm. Da gab es Männer, mit denen ich mich einließ, weil sie mir versprachen, mich auf Händen zu tragen und glücklich zu machen. Es brauchte seine Zeit, bis ich herausfand, dass die auch nur Sex wollten.«

Sie seufzt und meint: »Ich war damals wirklich naiv und dumm.«

»Und diese Spielschulden?«

Lisa stößt sich vom Geländer ab und läuft weiter, Blass hinterher.

»Ja, damit fing das wirkliche Desaster erst so richtig an. Wir sind bald bei Bernd, ich würde liebend gerne später weitererzählen und zuerst diese Unannehmlichkeit hinter mich bringen.«

Tatsächlich brauchen sie nur noch die Querstraße vom Rheinufer hinaufzugehen, wo sich im ersten Stock des Eckhauses links das Kreditinstitut befindet. Blass' Blick auf seine Taschenuhr zeigt vierzehn Uhr zwölf, übliche Bürozeit. Die Haustüre ist geschlossen, also drückt er die Klingel und wartet. Es dauert, so dass sie sich bereits fragend anschauen, als die Gegensprechanlage knirscht und eine blecherne Stimme fragt: »Wer ist da?«

»Balthasar Blass in einer geschäftlichen Angelegenheit.«

»Haben Sie einen Termin vereinbart?«

»Nein.«

»Wollen Sie mir was verkaufen?«

»Nein, ich möchte Ihnen Geld bringen.«

Nur atmosphärische Störungen, aber keine Antwort, dafür summt der Türöffner.

Sie steigen die knarrenden Holzstiegen hoch und verharren vor der Tür. Vermutlich werden sie ausgiebig durch den Spion betrachtet. Dann wird umständlich die Türe entriegelt, und förmlich aufgerissen. Ein eleganter Mann, ungefähr fünfundvierzig Jahre alt, tritt ihnen entgegen und hat nur Augen für Lisa. Blass hat sich anscheinend ein falsches Bild zurechtgelegt. Auch wenn er nicht schlank ist, so ist seine Garderobe, wie sein Haarschnitt, seine Brille, ja seine ganze Erscheinung, alles andere als billig und schleimig. Man könnte von Eleganz sprechen, zumindest äußerlich. Der zweite Blick offenbart allerdings tränende, von roten Äderchen durchzogene Augen, fleckige Zähne, die dringend einen Dentisten bräuchten und Schorf im Haaransatz, den sich ein Hautarzt anschauen sollte. Elegante Schale, fauler Kern.

»Oh. Lisa, was für eine Freude.«

Er platziert seine linke Hand knapp oberhalb ihres Hintern auf den Rücken, bittet sie, mit einer jovialen Bewegung der rechten Hand und mit einer Andeutung eines Bücklings einzutreten. Bis jetzt hat er Blass keines Blickes gewürdigt und wendet sich ihm erst zu, als er sicher ist, dass Lisa den richtigen Raum betritt.

»Und wie kann ich Ihnen helfen?«, fragt Kronrich Blass mit einem herablassenden Blick.

»Mein Name ist Balthasar Blass, und ich berate Frau Sterlinger bei der Bereinigung ihrer finanziellen Angelegenheiten.«

»Ach so«, entgegnet er mit spürbarem Misstrauen. »Bitte, treten Sie doch ein.«

Er folgt Lisa, die die Räume zu kennen scheint, denn sie strebt in ein Büro mit einem protzigen Schreibtisch und zwei Freischwinger davor. Blass vermutet, dass die übrigen Räume die Wohnung von Bernd Kronrich bilden und er seine Geschäfte von diesem Büro aus leitet. Hier beginnt die Eleganz etwas zu bröckeln. Die Möblierung ist ins Alter gekommen und zeigt erhebliche Gebrauchsspuren, zudem wurde schon seit längerer Zeit nicht mehr gelüftet, es mieft nach Schimmel. Der Computer hat keinen Flachbildschirm, deshalb ragt das ausladende Hinterteil des Monitors Blass entgegen, nachdem er sich auf den freien Stuhl gesetzt hat.

Kronrich wirft sich in seinen schwarzen Kunstledersessel, der dabei verdächtig ächzt, faltet seine Hände zusammen, betrachtet misstrauisch das illustre Paar und fragt: »Wie kann ich euch behilflich sein?«

Kronrich erwartet von der Bereinigung von Lisas Finanzen kein lukratives Geschäft. Eine Umschuldung wäre ein besserer Abschluss, aber wenn sie von solch einem verknöcherten Beamtenarsch begleitet wird, dann ist wohl kaum damit zu rechnen. Mürrisch beobachtet er diesen Blass, der in seinem Aktenkoffer einige Unterlagen hervorkramt.

»Herr Kronrich, wir möchten gerne den Kredit, den Frau Sterlinger bei Ihnen abgeschlossen hat, saldieren lassen und zurückzahlen. Ich habe die Unterlagen studiert, die Ratenzahlungen berücksichtigt, den Wucherzins aufgerechnet und komme auf einen Endbetrag von achttausendfünfhundertdreizehn Franken zehn. Darin sind eventuelle Gebühren nicht eingerechnet. Ich bitte Sie, den Betrag genau zu berechnen, dann werde ich Ihnen das Geld morgen überweisen.«

Kronrich hätte dem Idioten am liebsten eine in die Fresse gehauen. Dieses affektierte Gehabe, diese zur Schau gestellte Überlegenheit und Sorgfalt. Ein schwierig einzuschätzender Typ, möglicherweise ein Anwalt, auf jeden Fall jemand, an dem man sich die Finger verbrennen kann.

»Sehr wohl, Herr Blass. Geben Sie mir einen Moment, und ich werde die Abrechnung für Sie zusammengestellt haben. Darf man fragen, von wem das Geld überwiesen wird? Ich mache mir einen Vermerk, nicht damit es zu Komplikationen oder Verwechslungen kommt.«

»Ich persönlich werde das Geld an Sie überweisen. Hier meine Visitenkarte.«

Mit dumpfem Blick studiert Kronrich die Visitenkarte, die außer dem Namen, die Adresse und einer Telefonnummer nur ein Familienwappen zeigt, keine Berufs- und Firmenbezeichnung, keine E-Mail-Adresse, keine Fax-Nummer, nichts, was einen Rückschluss auf die Kompetenz und die Macht dieses seltsamen Mannes erlaubte. Er hat es ja oft mit verzweifelten und dubiosen Menschen zu tun, die als letzten Ausweg den Gang zu ihm sehen. Mit einem gewissen Risiko hilft er ihnen und verlangt dafür einen Zins, den man Wucherzins nennen kann, der aber schlussendlich notwendig ist, um seine Verluste zu decken. Klar versucht er, Verluste so klein wie möglich zu halten, selbst wenn er sich gezwungen sieht, hierfür zu drastischen Mitteln zu greifen. Er spricht in der Regel einige Drohungen aus, und fruchten diese nicht, dann hat er immer noch Spezialisten fürs Grobe. Dabei sieht er sich als eine Art soziale Einrichtung, die gestrauchelten Leuten wieder aus einem finanziellen Engpass hilft, wo übliche Banken schon längst kein Geld mehr geben würden. Lisa ist das beste Beispiel dafür. Sie wäre mit ihren Schulden ein Sozialfall geworden, wenn er ihr nicht vertraut und ihr die zwölftausend Franken geliehen hätte. Er musste ihr nur klarmachen, wie wichtig es war, die Raten zu zahlen, aber dies begriff sie vorbildlich.

»Sie repräsentieren die gesetzliche Vertretung von Frau Sterlinger?«

Blass' Nackenhaare stellen sich bei diesem aufgeblasenen Getue auf, er lässt sich nichts anmerken und antwortet: »Nein, Frau Sterlinger braucht keinen gesetzlichen Vertreter, sie kann selbst über ihr Leben entscheiden. Ich bin einzig ihr Berater.«

Kronrich nickt nur kurz, wendet sich seinem veralteten Computer zu und tippt wild drauf los. Es dauert mehr als fünf Minuten, während sich Blass und Lisa gelangweilt die kahlen Wände und die verstaubten Plastikpflanzen betrachten, bis er ein A4-Blatt aus dem Drucker rattern lässt, welches er dann Blass überreicht.

‚Eine Frechheit!', denkt Blass, nachdem er die Aufstellung geprüft hat. Über tausend Franken Gebühren, mit fantasievollen Bezeichnungen versehen, ein gemeiner Versuch, Geld zu verdienen, ohne dafür etwas zu leisten. Er überlegt, ob er sich mit Kronrich anlegen will, aber er braucht vielleicht noch seine Energie für andere Herausforderungen.

»Sie präsentieren mir hier eine bemerkenswert kreative Abrechnung. Über tausend Franken Gebühren!« Blass schüttelt leicht den Kopf, schaut Kronrich in die Augen und spricht ihn bewusst falsch an: »Wissen sie Herr Kranich, ich zahle Ihnen diesen Betrag, weil ich ihn nicht einmal hinter der dritten Kommastelle spüren werde. Sie sind ein erbärmlicher kleiner Wicht, eine Zecke, ein Parasit, eine Ratte, mehr sind Sie nicht. Kommen Sie, Frau Sterlinger, verlassen wir dieses Rattennest. Ah, bevor ich es vergesse, geben Sie mir einen Einzahlungsschein.«

Wortlos übergibt ihm Kronrich den gewünschten Schein, den Blass ordentlich im Aktenkoffer verstaut, und sieht Blass und Lisa hinterher, wie sie ohne einen Blick zurück das Büro und die Wohnung verlassen.

Draußen, keine zehn Sekunden auf der Straße, will Lisa mit fröhlicher Miene ihre Begeisterung zum Ausdruck bringen, zögert aber, als Blass mit zorniger Miene davon stapft.

Sie versucht, Schritt zu halten, und ruft ihm hinterher: »Das war der Hammer. Haben Sie gesehen, wie es ihm die Sprache verschlagen hat?«

Er antwortet nicht, darum läuft Lisa betreten neben ihm her, blickt ihn immer wieder fragend von der Seite an, verunsichert, ob sie was falsch gemacht hat, dass er jetzt so wütend ist. Eine Straßenbahn fährt heftig bimmelnd vorbei.

Abrupt bleibt Blass stehen, schaut sie an und sagt sichtlich genervt: »Entschuldigen Sie meine unkontrollierte Wut, aber diesen Typen kann ich nicht ausstehen. Langsam kumulieren sich die schlechten Menschen in Ihrem Umfeld. Der Vermieter, der Beamte, Ihr Mann, dieser Geldgeber.«

»Dann warten Sie einmal ab, wie Beroslav auf Sie wirken wird. Bernd ist nur ein Windhund, einer der bellt, aber nicht beißt.«

»Sie haben mir aber erzählt, dass er Ihnen gedroht hat.«

»Gedroht wird von allen Seiten, selbst der Staat droht mir mit Konsequenzen.«

»Seien Sie doch nicht so zynisch.«

»Ich bin nicht zynisch, ich habe mich einzig mit der Realität abgefunden. In meiner Lage kann man sich nicht groß wehren, weder gegen den Verwalter, Bernd, Beroslav, Herrn Brunner noch Andy.«

»Wer ist Andy?«

»Mein verschwundener Mann.«

»Ach so.«

Seine Wut hat nicht genug Kraft, um gegen ihr Lächeln zu bestehen. Er lächelt mit wenig Überzeugung zurück und schüttelt den Kopf, als weigert er sich, zu glauben, was sich hier abspielt.

»Ihre Welt ist mir so furchtbar fremd. Wie konnten Sie zulassen, dass solche Typen Ihr Leben bestimmen? Sie müssen kritischer und vorsichtiger sein. Sie sind das perfekte Opfer, glauben alles und allem, verlieben sich zu schnell, wehren sich nicht. Von Menschen wie Ihnen leben solche skrupellosen Schmarotzer.«

Kaum hat er sein letztes Wort ausgesprochen, stapft er wieder los Richtung Hafen. Sie trippelt ihm hinterher, mit ihren hochhackigen Pumps alles andere als elegant, aber virtuos genug, um zu zeigen, dass sie das Laufen mit diesem Schuhwerk beherrscht.

»Herr Blass, Sie haben recht. Sie sind ein Gentleman, der einer Dame die Vorwürfe nett verpackt um die Ohren hauen kann. Ich bin mir meiner Unfähigkeit absolut bewusst, versuche immer wieder, dagegen anzukämpfen, ohne sichtlichen Erfolg, sonst würde ich doch nicht so verflucht tief in der Scheiße stecken.«

»Sie fluchen zu viel, und Fäkalwörter sollten Sie auch weniger verwenden.«

Sie schaut ihn verwundert an und bemerkt: »Oh, Sie hören sich an wie mein Vater, der mich mit erhobenem Zeigefinger tadelt. Wie Sie sehen, hat es nichts genutzt, ich bin nun mal nicht sehr gebildet, dafür umso leichtgläubiger. Wäre es nicht so, dann hätte ich einen anständigen Mann, einen qualifizierten Beruf und keine Schulden. Andy hat einmal gesagt, ich sei sogar zu blöd, um glücklich zu sein.«

Blass bleibt stehen, als hätte jemand die Reißleine gezogen, und versucht, ihren letzten Satz nachzuvollziehen: »Glück braucht keine Intelligenz, nur emotionale Kompetenz. Sie sind kein Gefühlskrüppel. Sie sind eine wunderbare Mutter und eine feinfühlige Frau. Es gibt keinen Grund dafür, dass Sie sich schlechtmachen. Sie haben sich Ihr Glück verdient.«

»Danke, Herr Blass, nett von Ihnen, mich zu trösten und aufzubauen. Trotzdem ist mein Unvermögen eine Tatsache. Ich werde wohl immer wieder die falschen Entscheidungen treffen. Ich kann mir nicht vorstellen, mich zu ändern. Könnten Sie sich ändern?«

Eine Frage, die Blass sichtlich aus dem Gleichgewicht bringt. Er starrt sie überrascht an, beinahe fassungslos, denn diese Frage hat er sich immer wieder selbst gestellt, aber noch niemand ihm. Er sich ändern? Undenkbar. Warum auch? Er hat ja kein Problem mit seinem Leben, eher hat das Leben ein Problem mit ihm. Zudem hat er sich auf sein Ende eingerichtet und hat nicht vor, diesen Vorsatz zu ändern. Er ist sich bewusst, dass sein Mangel an Anpassungsfähigkeit ihn den Dinosauriern zuordnet, welche vermutlich aufgrund solcher Schwerfälligkeit zugrunde gingen. Anpassen bedeutet, sich im Strom treiben zu lassen, bedeutet Schwäche, und kaum Kraft, die benötigt wird, will man gegen den Strom schwimmen. Man passt sich einer Mode an, beugt sich einem Druck, gibt einer Versuchung nach, treibt im Wind, folgt einem Trend oder lässt sich fremdsteuern. Alles Schwächen, kein Biss, keine Kraft, kein Charakter, nur opportunistisches Gehabe, immer schön angepasst, windschlüpfrig und massentauglich.

Massentauglichkeit, ein Reizwort für Blass. Er meidet die Massen in jeder Hinsicht physisch, aber auch, wenn er sich eine Meinung bildet. Er meidet den sogenannten Mainstream, ein Begriff, der wörtlich übersetzt, *Hauptstrom* bedeutet, eine Metapher für Manipulation und Beeinflussbarkeit, für ihn das Bild einer Kuhherde auf dem Weg zum Schlachthof.

Blass wirkt bockig, sperrig und stur, wenn es um Freiheit geht. Er, der in kein Schema passt, mit Ausnahme in jenes des Sonderlings, sieht sich nicht als Rebell, mehr als einen, der sich gegen alles auflehnt, was nach Bevormundung riecht, außer gegen die Macht des Staates mit seinen Gesetzen, die akzeptiert er als gottgewollt. Niemals würde er sich gegen den Staat auflehnen, einzig gegen den Druck der Gesellschaft erfasst ihn einen instinktiven Abwehrreflex.

»Nein, ich ändere mich auf keinen Fall. Ich will das nicht.«

»Sehen Sie, auch Sie möchten so bleiben, wie Sie sind. Kaum jemand will sich verbiegen, egal, ob man zu den Guten oder zu den Schlechten gehört.«

»Mag sein«, murmelt er und nimmt wieder Fahrt auf.

Schweigend laufen sie die lange Straße entlang Richtung Hafen, wo sie in einer schmalen Quergasse vor der erloschenen Leuchtschrift der *Sansi-Bar* stehen bleiben. Sie starren auf die Schrift, als könnten ihre Blicke das Rot zum Leuchten bringen. Es ist ein schäbiges Haus, welches einzig im Erdgeschoss die üblichen Verzierungen eines zwielichtigen Etablissements aufzuweisen hat. Bierreklamen, Schaukästen mit den Bildern der Tänzerinnen, ein großer Aschenbecher auf einer Fensterbrüstung, weiß abgeblindete Fenster mit animierenden Stichworten, eine goldene Eingangstür mit erheblichen Gebrauchsspuren und etliche Müllsäcke, die vor sich hin stinken, aus denen Flüssigkeit sickert.

»Der Müll passt zu diesem Schuppen«, murmelt Blass und schaut auf seine Taschenuhr. »Vierzehn Uhr fünfzig. Gemäß den Öffnungszeiten sollte erst um siebzehn Uhr die Türe aufgeschlossen werden. Was machen wir nun so lange?«

»Keine Sorge. Er sollte hier sein, denn er hat sein Büro und seine Wohnung im ersten und zweiten Stock.«

Sie tritt in den angrenzenden Durchgang, er folgt ihr in den Hinterhof bis zu einer Eingangstür. Sie drückt auf eine Klingel, dann warten sie. Nach einer Minute klingelt sie noch einmal, jetzt aber auf zwei Knöpfe, und dies nervig lang.

Es dauert nochmals etwa eine Minute, dann wird im zweiten Stock ein Fenster aufgerissen, und ein männlicher Kopf mit wirrem Haar schaut hinaus.

»Wer, verdammt nochmal, reißt mich aus meinem wohlverdienten Schlaf?«, schreit er, bevor er zu erkennen versucht, wer ihn da stört.

»Ich bin es, Lisa.«

Er kneift die Augen zusammen und ruft etwas leiser: »Ach so. Und der da, ist das dein Großvater?«

»Nein, das ist Herr Blass. Er hilft mir dabei, meine Schulden bei dir zu regeln. Hast du etwas Zeit für uns?«

Er kratzt sich im Haar, auf die Schnelle ist er mit Lisas Anliegen ein wenig überfordert, aber schließlich sagt er dann doch: »Wartet zehn Minuten, dann komme ich runter.«

Sein Kopf verschwindet, das Fenster wird unwirsch geschlossen, dann stehen die beiden in einem Hinterhof, der ebenso gut in Neapel hätte sein können, und warten. Was auf der Vorderseite schäbig aussieht, findet hier hinten eine Steigerung, offenbart Zerfall und Verwahrlosung. Dem angrenzenden Schuppen einer Autowerkstätte ist das Dach teilweise eingestürzt, die zwei großen Tore sind verrostet und hängen schief in den Angeln, die Fenster sind eingeschlagen, und drei Autowracks ohne Räder stehen aufgeschichtet in einer Ecke. Zwei Meter hohe Mauern trennen den Hinterhof von der Nachbarschaft, aber die Fassaden, die über diese Abgrenzung hinweg sichtbar sind, versprechen keine reizvollere Ästhetik. Blass grinst, da ihm unwillkürlich sein eigenes Grundstück in den Sinn kommt.

Er ist Fachmann zum Thema Zerfall. Nur meint er, einen entscheidenden Unterschied zwischen seinem Landbesitz und diesem Hinterhof auszumachen: die Verwahrlosung. Er pflegt mit viel Sorgfalt sein Haus und hält den Park, wo nötig, unter Kontrolle. Von außen betrachtet, kann der Eindruck entstehen, dass der Zerfall nicht mehr aufzuhalten sei, aber aus der Nähe oder von innen betrachtet, zeigt sich sein permanentes Engagement. Darum liegt es ihm so sehr am Herzen, was eines Tages damit geschehen soll.

»Nett, nicht?«, kommentiert Lisa, wie sie seinen schweifenden Blick bemerkt.

»Verschleiß und fehlende Sorgfalt. Hier war es sicher einmal ganz nett. In dem Haus wohnten Familien, Kinder spielten hier im Hof, in der Werkstatt wurden Autos repariert, da hinten hängten die Frauen die Wäsche auf, da drüben saßen die Männer am Feierabend und tranken zusammen ein Bier. Dann kam das Haus in die Jahre, der Besitzer wollte nicht investieren, weil das Quartier einen immer schlechteren Ruf bekam. Einwanderer und sozial Schwache siedelten sich an. Eine Spirale nach unten. Aber dies wird sich wieder ändern. Plötzlich werden Künstler den günstigen Wohn- und Arbeitsraum annektieren, dann werden Studenten und Intellektuelle folgen. Plötzlich sind solche Quartiere wieder modern, und bald entstehen die ersten Wohnungen für Menschen in Aufbruchsstimmung. In ein paar Jahren wird diese Ruine luxussaniert und in einem prosperierenden Quartier eingebettet sein.«

Sein Vortrag wird durch das Öffnen der Türe unterbrochen. Beroslav tritt in den Hof hinaus und steckt sich, bevor er etwas sagt, eine Zigarette an. Vermutlich seine erste, so wie er den Rauch tief einzieht und mit einem schleimigen Husten wieder ausstößt. Er zieht den Schleim hoch, spuckt ihn in einen Haufen zerbrochener Flaschen, dann mustert man sich erstmals richtig. Beroslav entspricht haargenau dem Klischee eines windigen Nachtclub- und Spielhöllenbesitzers. Obwohl er ein sympathisches Gesicht hat, freundliche Augen, mit einem fröhlichen Zug um den Mund, ist es wohl sein Gehabe, welches ihn in die Ecke des Primitiven stellt. Badelatschen, enges Unterleibchen, Muskeln, Tätowierungen, Dreitagebart und Gel in seinen langen Haaren. Blass hat das Gefühl, als spiele Beroslav ein Theater, als markiere er den harten Burschen.

»So, so, du hast vor, deine Schulden zu regeln. Wie ist das zu verstehen? Willst du alles auf einmal zurückzahlen, samt den aufgelaufenen Zinsen, oder möchtest du einen anderen Zahlungsplan? Oder hast du sonst einen komischen Vorschlag?«

»Dazu möchte ich mich einbringen, wenn Sie erlauben ...«

»Sie halten hier mal die Schnauze, Sie habe ich gar nicht gefragt«, fährt er Blass brüsk über den Mund.

Blass und Lisa fahren erschrocken zusammen, wobei sich Lisa am schnellsten wieder fängt.

»Hei, Akim, sei doch nett zu Herrn Blass. Er wird dir das ganze Geld zurückzahlen. Darum sind wir hier.«

»Fickst du mit ihm, dass er seinen Geldbeutel öffnet?«

»Sei doch nicht so fies, bis jetzt haben wir uns doch ganz ordentlich verstanden.«

Ihre Worte bringen ihn kurz aus dem Konzept, als hätte sie bei ihm einen empfindlichen Punkt berührt. Schnell zeigt sich wieder Härte in seinem Blick, nur keine Schwäche zeigen.

»Geschäft ist Geschäft. Erst wenn du mich von einer einvernehmlichen Lösung überzeugen kannst, werden wir uns wieder verstehen. Wie sieht denn dein Vorschlag aus?«

Lisa blickt hilfesuchend zu Blass, der weiterhin nicht von Beroslav beachtet wird.

»Sagen Sie, was Lisa Ihnen schuldet, und ich werde den Betrag morgen überweisen«, wirft Blass eilig ein.

Beroslav wendet sich langsam Blass zu, mustert ihn durch schmale Schlitze, als würde er von ihm geblendet, aber es ist wohl eher der Versuch, übertrieben böse zu schauen. Trotz dieses lächerlichen Blicks mag bei Blass keine gute Laune aufkommen. Er fürchtet sich vor dummen Menschen, vor deren Unberechenbarkeit und deren eingeschränkten Horizont. So erwidert er die vermeintliche Aggressivität mit Ruhe. Aber die Spannung will sich nicht legen. Nur nicht provozieren, denkt sich Blass und schweigt.

»Fünfundvierzigtausend in bar«, sagt dann Beroslav ruhig, langsam, betont lässig.

Als hätte Blass mit dieser unverschämten Forderung gerechnet, nickt er und kommentiert trocken: »Großen Respekt vor Ihrer Übersicht sowie Ihren Zinsen und Gebühren. Aus administrativen und rechtlichen Gründen schlage ich Ihnen vierzigtausend vor, ansonsten könnte es zu Komplikationen kommen.«

Die schmalen Schlitze weiten sich etwas.

»Komplikationen? Für Sie?«

»Na ja, heutzutage will die Bank wissen, was mit so viel Geld geschieht. Vierzigtausend kann ich organisieren, ohne mich rechtfertigen zu müssen.«

Beroslav braucht lange, um das Gesagte zu verarbeiten.

»Nehmen wir mal an, dass ich Ihre deine faule Ausrede abnehme und ich mir überlege, ob dies eine brauchbare Lösung für Lisas Problem wäre, dann könnte ich mir vorstellen, dass ich mich mit vierzigtausend zufriedengäbe, sofern sie bis morgen Mittag auf meinem Tisch lägen.«

Blass ist ob der eleganten Ausdrucksweise erstaunt, solch einen gedrechselten Satz hätte er diesem primitiven Kerl nicht zugetraut. Nur hat er nichts Gescheites gesagt, außer auf bornierte Art und Weise seiner Gier Gewicht gegeben. Ein habgieriger, ordinärer Lackaffe, den offensichtlich weit mehr finanzielle Probleme beschäftigen, die er vorgibt, nicht zu haben. Ein Leben in dieser Halbwelt scheint teuer zu sein.

Blass entgegnet kühl: »Ich werde Sie nicht enttäuschen. Dreizehn Uhr, hier bei Ihnen. Einverstanden?«

»Okay, dreizehn Uhr«, bestätigt Beroslav lapidar und verzieht seinen Mund zu einer überheblichen Fratze.

Blass nickt nur kurz, legt seine Hand auf Lisas Schulter und schiebt sie Richtung Durchgang zur Straße, bevor sie etwas sagen kann.

Kaum sind sie außerhalb der Hörweite, jubiliert sie überschäumend: »Das haben Sie toll hinbekommen, er kann Ihrem Angebot nicht widerstehen!«

»Ich weiß nicht. Mir scheint, als gäbe er sich noch nicht geschlagen …«, murmelt er nachdenklich. Dann, hundert Schritte weiter, vollendet er den Satz: »… aber wir werden sehen.«

SECHSZEHN

Mit Abstand folgt Akim Beroslav den beiden bis auf die Straße und blickt dem seltsamen Paar hinterher. Er kommt nicht umhin, seine Irritation mit einem leichten Kopfschütteln auszudrücken. Was war denn das gewesen? Lisa, die dämliche Fotze, scheint einen Sponsor gefunden zu haben. Dieser Idiot ist wohl kaum von einer beschissenen Behörde, also wird sie ihn bedienen, so, wie er sich lange Zeit von ihr hat bedienen lassen. Quasi eine Übernahme der Schuld samt deren Rückzahlungsmodalitäten. Na ja, sie war echt gut im Bett, konnte ihm immer wieder Freude bereiten, war devot, ließ sich sogar klaglos in den Arsch ficken und hinterließ dabei nie den Eindruck, dazu gezwungen worden zu sein. Oft hatte er das Gefühl, dass sie mit ihrem Schicksal kaum haderte, sondern sich darin ergab und damit ganz zufrieden war. Er gab ihr Sicherheit, entlastete sie finanziell, und im Gegenzug hatte er sein Vergnügen. Das war zumindest Lisas Meinung. Das war in Ordnung, die Wahrheit hätte sie zerstört.

Er verzieht den Mund zu einem schiefen Grinsen, während er sich wieder in den Hinterhof zurückzieht. Er steigt hoch in seine Wohnung, wo er ins Schlafzimmer geht und die Decke vom Bett zieht. Es kommt ein nackter Frauenkörper zum Vorschein, der sich wohlig räkelt.

»Hei, Schlampe, steh auf, die Arbeit wartet.«

»Halt die Fresse, Akim, und lass mich in Ruhe wach werden«, krächzt eine brüchige Stimme aus dem Kissen.

»Zehn Minuten, dann stehst du in der Küche, oder ich hole einen Eimer kaltes Wasser!«

Ein müdes Stöhnen ist die Antwort, das er aber nicht mehr hört, denn er steht längst im Wohnzimmer und tippt eine Nummer in sein Telefon. Beim dritten Rufton wird abgenommen, ohne dass sich jemand meldet.

»Ich bin es. Kannst du sprechen?«

»Ja.«

»Die Lisa war hier mit einem alten Sack, der ihre Schulden begleichen will. Hast du eine Ahnung, was hier abgeht?«

»Nee, keinen Schimmer. Und, was läuft jetzt?«

»Der bringt morgen das ganze Geld in bar vorbei. Dreizehn Uhr, hier im Club.«

»Wie viel?«

»Dreißigtausend.«

»Hättest mehr verlangen können.«

»Habe ich auch, aber dies ist mein Bonus und geht dich einen Dreck an.«

»Alter, reg dich nicht auf. Ist okay. Geht mich nichts an«, entgegnet Hans beschwichtigend.

»Dieser Typ ist echt seltsam«, beginnt Akim zu erzählen. »Der kommt aus dem vorletzten Jahrhundert. Wie er sich anzieht, wie er spricht, seine Frisur, seine Schuhe, seine Tasche, alles ist irgendwie alt und vollkommen aus der Mode. Ein exzentrischer Kauz, der so gar nicht zu Lisa passt. Ich verstehe das nicht.«

Am anderen Ende der Leitung ist es still.

»Hallo, bist du noch da?«

»Ja. Sag mal, haben die etwas miteinander?«

»Schwer zu sagen. Möglich, dass er sie besteigt, und dafür bezahlen muss. Eine Beziehung würde ich ausschließen, der Unterschied zwischen den beiden ist zu krass.«

»Okay. Hast du das Gefühl, dass dieser Kerl Geld hat?«

»Ja, ich denke schon. Das ist ein Typ der alten Schule und vermutlich auch des alten Reichtums. Der war zu selbstsicher, als dass er nicht über Geld verfügt.«

»Sehr gut.«

»Sehr gut?«

»Ja, überleg doch mal. Wenn für Lisa was abfällt, dann könnte doch auch etwas für uns drin liegen.«

Akim kapiert. Was für ein hinterfotziger Gedanke.

SIEBZEHN

Der Tag beginnt nicht wie all seine Tage. Schlaflos lag er da, fixierte mit seinen offenen Augen das Fensterkreuz, welches im Restlicht schwach zu erkennen war. Obwohl er kein gläubiger Mensch ist, bekam dieses Kreuz während den ruhelosen Stunden eine symbolische Aura. Um ein Haar hätte er das Gebet gesucht, derart verunsichert war er, seit sie Beroslav getroffen hatten. Noch nie hat er in seinem Leben das Böse derart intensiv gespürt. Eine neue Erfahrung, das beklemmende Gefühl zu haben, dem Teufel persönlich gegenübergestanden zu sein.

In dem Zusammenhang muss er sich seine fehlende Praxis im Milieu vor Augen halten. Er ist diesen Umgang nicht gewohnt, weiß nicht, wie er sich zu verhalten hat, ohne größeren Schaden anzurichten, wenn er nicht schon eingetreten ist. Er hat ein mieses Gefühl, als hätte er naiv und unbesonnen gehandelt wie ein Kleinkind, das mit giftigen Schlangen spielt. Vielleicht sieht er alles zu negativ, zumindest versuchte er, sich das die ganze Nacht einzureden, um zur Ruhe zu kommen, aber es nützte nichts. Jetzt graut es ihm davor, aufzustehen und den Tag in Angriff zu nehmen. Er sollte zur Arbeit, denn er hat sich für heute nicht abgemeldet, aber er muss auch das Geld organisieren und nach dem Mittag überbringen.

Ächzend schält er sich aus den Laken, nachdem er sich definitiv entschieden hat, zur Arbeit zu gehen. Nach ausgiebiger Morgentoilette sucht er sich sorgfältig seine Garderobe zusammen, denn sein Auftreten ist ihm heute besonders wichtig. Wie er sich im Spiegel betrachtet, muss er zugeben, dass er mit diesem schwarzen, doppelreihigen Anzug und dem Borsalino eine wichtige Figur aus der Unterwelt darstellen könnte. Allerdings ein etwas verstaubtes Bild, ja sogar eine lächerliche Persiflage auf einen Gangsterboss und gerade deswegen eine subtile Verhöhnung eines solchen schmierigen Ganoven. Er überlegt, weiße Gamaschen über die schwarzen Schuhe anzuziehen, verwirft aber diese Idee als zu übertrieben.

Pünktlich wie gewohnt erscheint er im Büro, wo er nur wenige Minuten alleine wirken kann, bevor seine Vorgesetzte viel zu früh erscheint. Noch vor Tagen wäre er davon fürchterlich genervt gewesen, weil dies seinen Tagesablauf durcheinandergebracht hätte, aber mittlerweile gibt es kaum mehr einen geregelten Alltag. All die Werte, die ihm wichtig sind, hatten während den letzten Tagen eine Auszeit genommen. Seit er sich für Lisa engagiert und ihre Vergangenheit zu regeln versucht, versinkt er immer tiefer in einen Sumpf aus krimineller Gier und bösartiger Niedertracht. Eine Welt, die ihm vollkommen fremd ist. Er kennt sich aus mit den üblichen Vorurteilen, Oberflächlichkeit, Lügen, Neid, Spießigkeit und Dummheit, aber nicht mit den wahrhaft dunklen Seiten der Menschen. Es gibt sie, diese Abgründe, einzig nicht in seinem Leben, oder Schicksale, die immer andere betreffen, nur nicht ihn selbst. Er war sich stets bewusst, dass er in einer Blase lebte, abgeschirmt von der Realität, weil niemand es wagte, in seine Welt einzutreten. Alle hatten Schwellenangst, nicht einer wollte sich mit einem Sonderling einlassen, dies könnte mehr den Ruf schädigen, als Nutzen bringen. Und das war gar nicht so falsch, denn so hatte er seine Ruhe und musste sich nicht anpassen. Klar war sein Leben ein einziger Rückzug in sich selbst. Das weiß er, nur schenkt ihm dies im Moment keine Aussicht auf eine sorgenfreie Gegenwart.

»Guten Morgen, Herr Blass«, begrüßt ihn Maria voll Freude und mustert seine ungewohnte Garderobe.

»Guten Morgen, Frau Stetholm, Sie sind früh dran«, erwidert er mit angemessener Höflichkeit und einem fröhlichen Unterton, als wäre er bester Laune, eine Stimmung, die Maria sogleich auffällt und ihre Augenbrauen verwundert hochziehen lässt.

»Herr Blass, Sie versprühen Freude und Zuversicht. Alles in Ordnung?«

»Ach, Frau Stetholm, wenn Sie wüssten. Ich durchlebe eine Zeit, in der ich die Welt aus einer anderen Perspektive kennenlerne. Nicht alles wollte ich sehen oder erleben, vieles hätte mir vorbehalten bleiben können. Lauter schreckliche Eigenschaften von Menschen, die mich deprimieren oder mir das Fürchten lernen. Trotzdem ist es spannend.«

Maria bekommt bei dieser seltsamen Antwort immer größere Augen und versucht, sich zu erinnern, wann er zuletzt derart viele Worte aneinandergereiht hat. Etwas muss sich während der letzten Tage ereignet haben, solch eine Veränderung hat zwangsläufig eine Ursache. Kryptische Bemerkungen und ungewöhnlich viele Urlaubstage waren Zeichen, die sie aufmerken ließ, aber sie kann dem nicht auf die Spur gehen, ohne allzu persönliche Fragen zu stellen. Sie hat es sich zudem vor Augen zu halten, dass sie das Ganze nichts angeht, außer er würde seine Arbeit vernachlässigen, wovon allerdings nicht die Rede sein kann.

Vielleicht eine Frau? Hat er sich verliebt? Denkbar. Gefühle verändern viel, obwohl sie sich beim besten Willen nicht vorstellen kann, dass er zu Gefühlen fähig wäre, und dass eine Frau sich zu ihm hingezogen fühlen könnte, mit Ausnahme aus Neugier, Mitleid oder Verzweiflung.

Maria schaut Blass hinterher, wie er hinter seiner Trennwand verschwindet und sofort wieder mit erhobenem Zeigefinger erscheint.

»Da hätte ich noch eine Bitte. Ich habe auf der Bank einige finanzielle Angelegenheiten zu regeln. Wenn Sie erlauben, dann würde ich mich gerne um zehn Uhr verabschieden und um vierzehn Uhr zurücksein.«

Da, schon wieder eine Verwerfung in seinem getakteten Dasein. Noch nie wickelte er seine Bankgeschäfte während der Arbeitszeit ab. Überhaupt kann sie sich nicht daran erinnern, ihn jemals mit privaten Dingen beschäftigt gesehen zu haben. Sein Privatleben war bis anhin nicht spürbar, nie ein Thema, quasi ein Tabu.

»Sie haben viel zu viele Urlaubstage und Überstunden auf Ihrem Konto, also steht ihrem Wunsch nichts im Weg.«

»Besten Dank, Frau Stetholm«, sagt Blass mit einem unterwürfigen Nicken und flüchtet sofort in sein Reich, wo er sich in seine Aktenberge vergräbt. Eine wohltuende Tätigkeit, nach der er sich gesehnt hat. Die Monotonie einer wohl bekannten Routine ist genau das richtige Rezept für seine Nerven, die leicht gereizt sind. Er arbeitet emsig, verbissen, ohne Kaffeepause, bis er sich Punkt zehn Uhr mit einem kurzen, trockenen Gruß verabschiedet.

Blass nimmt sich die Zeit und schlendert bewusst bedächtig zur Bank, wo er sich, nachdem er sich angemeldet hat, geduldig in den Sessel in der Halle setzt. Er hat nicht lange zu warten, bis jemand Zeit für ihn findet, zu gut weiß man auf dieser Bank, welche Wichtigkeit er darstellt. So braucht es weniger denn eine halbe Stunde, bis er mit zwanzigtausend Franken das Gebäude verlässt, während er die andere Hälfte der Summe am Morgen aus dem Safe genommen hat. Er bewahrt immer etwas Bargeld im Haus auf, nicht aus Misstrauen gegenüber der Bank, mehr aus einem vagen Sicherheitsbedürfnis heraus. Man weiß ja nie.

Für die Übergabe des Geldes ist es zu früh, weshalb er sich entscheidet, den Weg ins Hafengebiet zu Fuß zu bewältigen. So läuft ein dunkel gekleideter, grimmig blickender Mann mit Hut bei sommerlichem Sonnenschein durch die Stadt, lenkt dabei manchen Blick auf sich, während er nur an sein Ziel denkt. Er fokussiert sich auf jene Person, die ihm die Nacht zum Tage werden ließ. Die Frage, ob es Angst oder nur Respekt ist, ist schwer zu beantworten, dafür hat er zu wenig Erfahrung mit dem Gefühl der Furcht. Während seines ganzen Lebens musste er sich nie wirklich fürchten. Eine wohlbehütete Existenz außerhalb der Gesellschaft. Er lebte als Kind, als Jugendlicher, aber auch als Erwachsener in dem Kokon der Unantastbarkeit eines Aussätzigen.

Knapp vor dreizehn Uhr erreicht er den Hinterhof der Sansi-Bar. Er lässt den Blick schweifen, niemand hat aufgeräumt, weiterhin herrscht die gleiche schäbige Armseligkeit wie gestern, dann drückt er auf die Klingel der Wohnung im zweiten Stock.

»Kommen Sie rauf!«, hallt es durch das heruntergekommene Treppenhaus, nachdem die Tür sich mit einem Surren geöffnet hat.

Er steigt die knarrende Holztreppe hoch und öffnet die einzige Tür im dritten Stock, die einladend angelehnt ist.

»Kommen Sie nur rein, Herr Blass.«

Er betritt ein geschmackvoll eingerichtetes Wohnzimmer, wo Beroslav in einer Polsterlandschaft hängt und eine spärlich bekleidete Frau in den Armen hält. Ein arrangiertes Szenarium, ein komponiertes Bild, um zu beeindrucken. Klar ist Blass beeindruckt, schließlich sind attraktive Frauen, deren Reize kaum bedeckt sind, für ihn eine exotische Erscheinung. Sexualität beschränkt sich bei ihm auf gelegentliches Onanieren mit dem wirren Bild irgendeiner Frau vor Augen, die Maria verdächtig ähnlich sieht. Früher waren es Mädchen aus der Schule oder die Kassiererin im Supermarkt, die seine Phantasie beflügelten. In Wirklichkeit hat er noch nie eine Frau nackt oder derart aufreizend posieren gesehen. Eine Provokation von Beroslav, der seine sexuelle Askese erahnt. Sicherlich denkt Beroslav, dass ein Mann mit der Ausstrahlung eines Relikts kaum ein aktives Sexualleben haben kann, und dass es kaum Frauen gibt, die sich freiwillig opfern würden. Mit weichen Knien setzt sich Blass auf den Hocker.

Beroslav war sich unterdessen sicher, dass Lisa sich nicht ohne Hintergedanken dieser Witzfigur hingegeben hat. Es muss das Geld sein, über welches er in Mengen zu verfügen scheint, was sie zu ihm hingezogen hat. Absolut nachvollziehbar.

»Seien Sie gegrüßt, Herr Blass. Darf ich Ihnen etwas zu trinken anbieten?«

Von dieser unerwarteten Höflichkeit überrascht, antwortet Blass, nachdem er sich geräuspert hat: »Äh, ja gerne. Ein Glas Wasser, bitte.«

»Komm, meine Stute, geh und hol Herrn Blass ein Wasser«, flötet er der jungen Dame ins Ohr und tätschelt ihr den Hintern, der dabei sinnlich vibriert.

Sie lächelt müde und erhebt sich mit aufreizend langsamen Bewegungen. Wie eine Katze windet sie sich aus Beroslavs Armen, um hüftschwingend an Blass vorbeizustreichen. Der Blick ist frei auf ihre Brüste, die durch die offene Bluse mehr präsentiert, denn bedeckt werden.

Bei Blass bricht der Schweiß aus, und er findet nur mit größter Mühe wieder seine Contenance. Befände sich nicht Beroslavs abstoßendes Wesen im Raum, hätte er vermutlich seine Aufmerksamkeit nicht von diesem weiblichen Körper lösen können, aber so verwandelt sich seine Lust in eine Wut über den primitiven Versuch, ihn aus dem Lot zu bringen. Sein Blick wandert zurück zu Beroslavs Fratze mit dem eingefrorenen Lächeln, dann legt er seinen Aktenkoffer auf den Salontisch und öffnet ihn.

»Wie abgemacht, vierzigtausend Franken. Wenn Sie mir eine Quittung ausstellen könnten?«

Zuerst ist es nur ein unterdrücktes Grinsen, wie ein Glucksen, welches sich immer mehr steigert, bis Beroslav in ein schallendes Gelächter ausbricht, das aber gekünstelt wirkte und vermutlich Lockerheit vortäuschen sollte.

»Hei, seien Sie doch entspannt! Das Geschäft kann warten, lassen Sie uns zuerst miteinander reden.«

»Reden? Was könnte Sie interessieren, was mir wichtig ist? Lassen Sie uns diese Geschichte regeln, und ich verschwinde aus Ihrem Leben.«

»Seien Sie doch nicht so abweisend. Ich möchte mich für mein gestriges Benehmen entschuldigen und mich erkenntlich erweisen.«

Blass lässt sich nicht blenden und entgegnet: »Nehmen Sie das Geld und geben Sie mir eine Quittung dafür. Mehr Gefälligkeit braucht es nicht.«

Eine erste ungeduldige Verärgerung ist in Beroslavs Augen auszumachen, während seine Bettgespielin ein Glas Wasser neben den Aktenkoffer stellt, ohne ihm dabei einen tiefen Einblick in ihr Dekolleté zu verwehren. Sie lächelt zuckersüß.

»Ich möchte doch nur höflich sein.«

»Ich mag keine Höflichkeit, vor allem nicht von einem Zuhälter, der meine Mandantin betrügt, ausbeutet und missbraucht.«

»Jetzt sind Sie aber äußerst unhöflich und unterstellen mir unfaire Machenschaften. Das ist ungerecht, denn ich war sehr nachsichtig mit Lisa und ihren Schulden. Ist es mein Fehler, wenn sie und ihr Mann ihre Spielsucht nicht im Griff haben? Ich habe nur die Spiele organisiert und die beiden vor dem Bankrott bewahrt. Mehr nicht.«

Das sind Bemerkungen, die Blass etwas verunsichern, da es ihm bislang nie in den Sinn gekommen ist, eine gemeinsame Spielsucht von Andy und Lisa in Erwägung zu ziehen.

»Nur keine Rechtfertigungen. Ich habe mir meine Meinung gebildet und bin nicht hier, um darüber zu diskutieren. Lassen Sie uns das Geschäft erledigen.«

Blass nimmt einen großen Schluck aus dem Glas, als müsste er die aufkeimende Wut herunterspülen, und blickt Beroslav herausfordernd an. Lange haftet dessen kühler Blick an Blass, dann löst er sich aus den Kissen und holt einen Quittungsblock aus einer Schublade des Sideboards. Er schiebt ein Kohlepapier unter das oberste Blatt, krakelt hektisch Ziffern und Buchstaben auf das Papier, reißt die Quittung aus dem Block und reicht es Blass mit dem Wort: »Vierzigtausend.«

Blass lehnt sich vor, dreht den Aktenkoffer in Beroslavs Richtung und sagt: »Vierzigtausend.«

Beroslavs Augen können ein Glänzen nicht verheimlichen, und seine Hände finden keine Selbstbeherrschung. So greift er nach den Notenbündeln, lässt die Scheine elegant durch die Finger gleiten und versucht, den Wert zu schätzen, schließlich würde ein akribisches Zählen der Noten nicht sehr abgebrüht wirken. Er nickt, denn er kann sich nicht vorstellen, dass dieser Idiot die Frechheit besäße, ihn zu bescheißen.

»Dann verabschiede ich mich«, sagt Blass und leert sein Wasserglas in einem Zug. »Ich wünsche Ihnen einen angenehmen Tag. Ich finde den Ausgang selbst.«

Er zieht die Wohnungstür leise ins Schloss und hinterlässt Stille und Vakuum.

ACHTZEHN

Erleichtert, beinahe euphorisch läuft er in die Stadt zurück. Mit der Straßenbahn wäre er erheblich schneller, aber er genießt die Entspannung der monotonen Schritte nach diesem äußerst unangenehmen Treffen. Es lag eine spürbare Feindseligkeit in der Luft, eine explosive Atmosphäre, bei der es nur einen Funken gebraucht hätte, um eine Detonation auszulösen. Warum war diese Kreatur so nett zu ihm? Muss er sich Sorgen machen?

Er kommt zu dem Schluss, dass selbst Menschen wie Akim Beroslav dem Geld zuliebe ihr Wesen zu zügeln wissen. Vierzigtausend Franken reichen als Entschädigung für ein wenig Unterwürfigkeit, oder mit anderen Worten ausgedrückt, so viel kostet der Stolz eines Menschen. Blass muss selbstzufrieden schmunzeln und fühlt so etwas wie einen kleinen Triumph, aber zugleich auch Scham über solch selbstgefällige Gedanken.

Dann wird es ihm jäh bewusst, dass er mit diesem Treffen alle Schulden von Lisa geregelt hat und er sich von ihr zurückziehen sollte. Ihn überkommt eine sentimentale Nachdenklichkeit. Er hat doch einige Emotionen in diese Geschichte gesteckt, war Lisa nahe gekommen und investierte wesentlich mehr in dieses Projekt, als er sich vorgenommen hatte. Wenn er weiter in dieser Kadenz an seinem Nachlass arbeitet, dann wird es Jahre dauern, bis er in Ruhe seinen Abschied nehmen kann. Er verdrängt diese Erkenntnis schon seit Längerem, aber was sind die sinnvollen Alternativen, die Menschen nicht nur Probleme bescheren. Mittlerweile ist ihm klar geworden, dass Geld kein Blumenstrauß ist, den man in netter Absicht verschenken darf. Geld als Geschenk ist wie ein Stück rohes Fleisch, das man hungrigen Raubtieren zuwirft. Und Menschen werden erstaunlich schnell zu Tieren, wenn es um Geld geht, oder zeigen einfach nur ihren wahren Charakter.

Was soll denn dieses Moralisieren? Blass erschrickt über sich selbst, wie er aus der bequemen Sicht eines Vermögenden über die weniger Bevorzugten herzieht, ihnen Gier und Bosheit vorwirft, sie vorverurteilt aufgrund vorgefasster Meinungen und Klischees, obwohl er keine Ahnung hat, wie es sich in der Grauzone der Gesellschaft lebt. Mit Lisa hat er Erbarmen, aber für die gescheiterten Existenzen um sie herum hat er kein Verständnis. Wer ist gut und wer ist schlecht? Wo ist die Schnittstelle zwischen Gut und Böse? Lässt sich das so einfach beantworten?

Je länger der Weg sich hinzieht, desto mehr ist er enttäuscht von sich selbst. Das beschwingte Dahinschreiten verfällt langsam zu einem schweren Tritt, als würde die Schuld auf seinen Schultern mit jedem Meter beschwerlicher werden. Die Innenstadt ist nicht erreicht, und sein schlechtes Gewissen hat ihn bereits völlig deprimiert und das Gefühl, alles falsch gemacht zu haben, verunsichert ihn. Wo ist sein Respekt gegenüber den Mitmenschen geblieben? Verliert er plötzlich seine Grundwerte, nur weil er es hier mit zwielichtigen und gescheiterten Gestalten zu tun bekommen hat? Er ist nicht fähig, mit schwierigen Menschen umzugehen. Dabei muss er zugeben, dass er selbst dieser Kategorie angehört. Eine Erkenntnis, die ihn deprimiert. Er ist genauso ein Teil des gesellschaftlichen Bodensatzes, wie Kronrich oder Beroslav, vielleicht etwas netter, aber auch eine Randerscheinung.

Er trottet hinunter zum Rhein, setzt sich auf Müllers Bank und beginnt zu weinen. Es rollen keine Tränen über seine Wangen, er schluchzt nicht, kein Ton kommt über seine Lippen. Nur ein Zucken der Schultern und des Körpers zeigt seine Verzweiflung, obwohl es auch ein stummes Lachen hätte sein können. Da sitzt ein elegant gekleideter Mann mit Hut auf einer Bank am Rheinufer, zuckt vor sich hin, und alle Leute schauen peinlich berührt zur Seite.

Es dauert zwanzig Minuten, bis er sich so weit gefasst hat, dass er wieder zur Arbeit gehen kann. Obschon er es bevorzugt hätte, sich zu Hause im Bett zu verkriechen, statt mit einer gespielten Alltäglichkeit im Institut zu erscheinen, betritt er kurz darauf das Büro, wo nach spätestens fünf Minuten jeder bemerkt hat, wie schlecht es ihm geht.

Der Blick, die Haltung, die Bewegungen, alles zeugt von Traurigkeit und Leid, wie ein überladener Wagen, dessen Karosserie am Boden entlang schrammt. Ein Schauspiel, eine Zurschaustellung des Schmerzes, etwas theatralisch, aber trotzdem echt. Er ist kein Mensch, der sich berechnend inszeniert, er offenbart nur in naiver Manier seine ehrlichen Gefühle. Schwer angeschlagen schleppt er sich durch die restlichen Arbeitsstunden, besorgt beobachtet von seinem Umfeld. Bis zum Feierabend, da gehen Annemarie und Herbert ihrer Wege, froh, dem sich anbahnenden Desaster ausweichen zu können. Mit einem Mal herrscht Ruhe im Büro, nur Blass und Maria versuchen, sich künstlich zu beschäftigen.

»Herr Blass, mir scheint, Ihnen geht es nicht gut. Täusche ich mich?«

Er erschrickt, denn er hat nicht wahrgenommen, wie sie ihn stumm beobachtet. Angelehnt an der Trennwand, mit verschränkten Armen, mustert sie diesen seltsamen Mann wie so oft und wird trotzdem nicht schlau aus ihm. Bis jetzt hatte sie noch nie den Mut, ihn derart persönlich anzusprechen, es gab auch nie einen akuten Grund. Erstmals, seit sie ihn kennt, zeigt er Gefühle, was ihr die Gewissheit gibt, dass sich etwas Bewegendes ereignet haben muss.

Er sucht lange nach einer passenden Antwort und findet nur Phrasen: »Ach, wissen Sie, ich hatte heute eine deprimierende Einsicht. Ich bin nicht besser, als jene Leute, auf die ich herabschaue. Selbstgefälligkeit ist eine beunruhigende Eigenart. Aber Sorgen Sie sich nicht um meine schlechte Laune, sie wird vergehen wie mancher Tiefpunkt im Leben auch.«

»Das tut mir leid. Kann ich irgendetwas für Sie tun? Irgendetwas?«, fragt sie mit einfühlsamer Stimme.

»Nein, das ist sehr nett von Ihnen, aber ich muss damit selbst fertig werden.«

Sie nickt verständnisvoll, auch wenn sie gar nichts versteht, gibt sich aber nicht geschlagen: »Wenn Sie darüber reden möchten, dann bin ich für Sie da. Sie sind mir wichtig, nicht nur als Mitarbeiter, auch als Mensch.«

Irritiert starrt er sie an, als hätte sie ihm soeben ihre geheime Liebe zu ihm offenbart. Er fühlt eine plötzliche Intimität gegenüber seiner Vorgesetzten, was ihn unangenehm berührt und, so wie alle Emotionen, aufreibt. Jetzt kommt ihm nicht nur Lisa, sondern auch noch Maria zu nahe. Sein ganzes Leben lang pflegte er einen sicheren Abstand zu Menschen, wahrte diese Distanz als Schutz und konnte sich nie vorstellen, jemandem körperlich oder menschlich nahezukommen. Selbst Sex war ihm nur als Phantasie erträglich, undenkbar, sich zu betasten, zu streicheln oder sogar zu penetrieren. Vertrautheit war ihm in allen Belangen zu unhygienisch und zu persönlich.

»Ich weiß Ihre Anteilnahme zu schätzen und komme gerne darauf zurück, wenn ich es für angebracht erachte. Vielen Dank.«

Er konzentriert sich wieder auf seine Arbeit, während Maria ihn konsterniert betrachtet und ernüchtert den Mund verzieht. Dann wendet sie sich mit einem Kopfschütteln ab, packt mit resoluten Bewegungen ihre Handtasche und verlässt das Büro, ohne sich zu verabschieden. Die Tür fällt anklagend heftig ins Schloss, dass Blass erschrocken zusammenzuckt. Wie es scheint, hat er sie verärgert. Was nicht ganz nachzuvollziehen ist, ihn aber trotzdem etwas beunruhigt. Er erträgt keine Disharmonien und kann sich nicht vorstellen, mit jemandem, den er mag, im Unreinen zu sein, vor allem nicht mit Maria, die als Einzige keine Scheu vor ihm hat. Er reißt sich aus den Gedanken, um Feierabend zu machen, denn er kann sich nicht mehr auf die Arbeit konzentrieren, zu sehr beschäftigt ihn Marias Verdruss. Er fährt den Computer herunter, macht einen kurzen Rundgang durch die Räume, löscht das Licht im Kopierraum und schließt hinter sich die Eingangstür ab, bevor er auf die Straße tritt.

»Guten Abend, Herr Blass«, begrüßt ihn Lisa, die neben dem Eingang an der Mauer lehnt.

Blass ist derart überrascht, dass ihm im ersten Moment die Worte fehlen.

»Entschuldigen Sie meinen Überfall, aber ich wollte unbedingt wissen, wie es heute bei Akim gelaufen ist.«

»Er war sehr nett, beinahe zu nett. Aber es ist erledigt, und er hat den Empfang sogar quittiert.«

»Er war wirklich nett zu Ihnen?«

»Ja, nett, höflich und etwas pikiert, als ich diese Sache möglichst schnell hinter mich bringen wollte. Er versuchte Konversation zu machen, was mir aber zuwider war.«

»Sie haben ihn verärgert?«

»Gut möglich, aber ohne bösen Willen. Ich war nur etwas distanziert.«

Lisa scheint nachzudenken.

»Warum fragen Sie?«, erkundigt er sich verunsichert.

»Akim ist ein jähzorniger und bösartiger Mensch. Wenn er nett ist, dann ist er gefährlich.«

»Meinen Sie?«

»Ich meine es nicht, ich weiß es. Zu oft war ich bei seinen Anfällen anwesend, zu oft war ich das Ziel seiner Aggressionen. Ich kenne ihn.«

Blass schluckt leer, als er begreift, was sie ihm sagen will. Sogleich erinnert er sich an jene Details bei Beroslav, die ihm ein ungutes Gefühl gaben und die auf einen niederträchtigen Menschen hinwiesen. Dagegen hatte er in dieser Person nie einen unschuldigen Chorknaben erwartet, so naiv war er doch nicht. Nur will er sich jetzt nicht verrückt machen lassen, denn alles ist geregelt, und Lisa wird künftig ihren Frieden haben. Oder befürchtet sie Folgen?

»Machen Sie sich nicht zu viele Sorgen. Er hat keine Anrechte mehr, und bald wird diese leidige Geschichte vergessen sein.«

Er glaubt selbst nicht an seine Worte. Es stellten sich ihm bereits damals die Nackenhaare auf, als er erfuhr, dass jemand fähig ist, Lisa derart skrupellos zu missbrauchen und auszunutzen. Ohne ihn jemals gesehen zu haben, empfand er Beroslav als etwas Bedrohliches, Böses. Ein Teufel, ein perfider Luzifer, gegen den sich nicht einmal seine Opfer wehren. Wie Lemminge laufen sie in ihr Verderben, geblendet von seinem Charisma, seiner Macht und seiner Boshaftigkeit. Wie Süchtige sind sie abhängig von seiner Gunst und zeigen sich unendlich dankbar, wenn er sie wie Dreck behandelt. Kein Aufbegehren, kein Klagen, nur Unterwerfung und die Glückseligkeit, wenn er sich gnädig zeigt und nicht zuschlägt. Die Liebe des Lamms zu seinem Metzger.

Lisa ist verunsichert. Blass hat ihr mit seiner gemächlichen Art den Wind aus den Segeln genommen. All die Sorgen, die sie während der vergangenen Nacht nicht schlafen ließ, verlieren merklich an Schärfe, auch wenn in einer dunklen Hirnwindung weiterhin ein Rest von Furcht bestehen bleibt. Das ist nicht wegzubringen, dafür hatte sie zu viele Gelegenheiten, diesen Drecksack kennenzulernen.

»Ich will ja keine unnötige Angst verbreiten, aber es wäre schon empfehlenswert, wenn wir in nächster Zeit etwas vorsichtig sind.«

»Und wie stellen Sie sich das vor?«, fragt er verunsichert.

Sie zieht ratlos die Schultern hoch und die Maulecken nach unten.

»Keine Ahnung. Verschwinden, ab in den Urlaub, abtauchen, verstecken, ich weiß doch nicht.«

Er überlegt einen Moment, blickt ratlos um sich, bis er, einem Einfall folgend, fragt: »Gehen wir Pizza und Bier holen. Am Ufer des Rheins lässt es sich in Ruhe reden, hier auf der Straße geht das nicht.«

Ein lächelnder Schimmer huscht über ihr Gesicht, dann hakt sie sich bei ihm ein, und beide spazieren gemächlich Richtung Imbissbude. Ein herrlicher Anblick, zwei Paradiesvögel, die stürzen würden, wenn sie sich nicht aneinander festhielten.

NEUNZEHN

Die beiden zu beobachten, ist für sie eine neue Erfahrung, vor allem ein Schock. Es war purer Zufall, trotzdem fühlt sie sich als Voyeurin. Die zwei hatten sich ihrem Blick förmlich aufgedrängt, so auffallend stachen sie aus den Leuten hervor, darum konnte sie ihrer Anwesenheit nicht ausweichen. Sie setzte sich auf eine Bank, von wo sie die Szenerie im Auge hat.

Endlich kennt sie den Grund für seine Veränderung.

Eine Nutte! Ein billiges Flittchen!

Sie weiß nicht, ob sie lachen oder weinen soll. Wie kann sich nur ein verschrobenes Relikt aus der Urzeit eine derart abgeschmackte Begleiterin auswählen. Diese ordinäre Aufmachung, dieses aufreizende Kleid, diese zur Schau gestellte Geilheit irritiert sie. Ist er pervers? Hat er Neigungen, die ihn zu solchen Frauen führen? Beinahe undenkbar, aber eine Tatsache, von der sie sich soeben überzeugen kann. Sie wird kaum die Schwester, die Nichte, eine Psychiaterin oder seine Mutter sein. Das ist eine Anomalie. Unweigerlich kommen ihr versaute Gedanken über abartige sexuelle Praktiken in den Sinn, die sich beim besten Willen nicht mit Blass in Verbindung bringen lassen. Oder täuscht sie sich in seiner Person? Hat er ein zweites Gesicht? Führt er ein Doppelleben?

Maria schüttelt zuerst ratlos den Kopf und lehnt sich dann zurück. Sie versucht, sich zu entspannen, um das Ganze als unvoreingenommene Zuschauerin wahrzunehmen, was ihr aber nicht so recht gelingen will. Es kann doch nicht sein, dass ihr biederer Mitarbeiter ein geheimes Leben führt. Sie will es einfach nicht akzeptieren, je länger sie ihnen zusieht, desto weniger.

Mit einem Mal erscheint ihre eigene Existenz fade und emotionslos. Seit einer gefühlten Ewigkeit lebt sie mit Roman, mit dem sie mittlerweile verlobt ist, zusammen, eingelullt in einen samtweichen Kokon, ohne die großen Gefühle, mit einer trügerischen Selbstzufriedenheit. Obwohl sie sich nicht unglücklich fühlt, bekommt sie in diesem Moment die Farblosigkeit ihres Lebens vor Augen geführt. Gestochen scharf erkennt sie den Schwachpunkt in ihrer Beziehung zu Roman. Diese unsäglich einschläfernde Routine ist wie Sand im Getriebe der Leidenschaft. Plötzlich sieht sie im Verhalten von Blass eine Verwegenheit, die sie insgeheim selbst erfahren möchte. Sie wünscht sich das Vulgäre eines Luders, mehr Unsittlichkeit und weniger Langeweile in der Partnerschaft. Aber es sind nur wirre Gedanken, die aufblitzen und sogleich wieder verbleichen. Trotzdem bleibt etwas haften, wie das Angebrannte in einer Pfanne.

Maria versucht, sich über ihr eigenes Denken aufzuregen, über ihre negativen Überlegungen, einzig ausgelöst durch die Beobachtung einer obskuren Szene, aber ihr Versuch scheitert. Sie muss sich den Funken Wahrheit eingestehen, den ihre plötzlichen Betrachtungen haben. In der strukturierten Ordnung ihrer Beziehung lauert gleichzeitig deren Ende. Sie muss dringend etwas unternehmen, wenn überhaupt was zu retten ist. Eigentlich ist sie sich dessen schon lange bewusst.

Sie reißt sich aus der entrückten Welt ihrer Erkenntnisse und schaut wieder zu diesen beiden Paradiesvögeln hinüber, die weiterhin eifrig miteinander diskutieren. Sie haben offensichtlich ihr improvisiertes Nachtessen beendet und erheben sich, um den Abfall in die Tonne zu werfen. Dann hakt sie sich bei Blass ein, und beide spazieren gemächlich in Richtung Maria. Es ist zu spät, um die Flucht zu ergreifen, darum bleibt sie sitzen.

»Hallo, Herr Blass«, begrüßt sie ihn mit einem vielsagenden Schmunzeln. »Sie genießen gemeinsam den herrlichen Abend?«, wendet sie sich dann Lisa zu. »Entschuldigen Sie, ich möchte mich vorstellen: Maria Stetholm, Mitarbeiterin von Herrn Blass.«

Ihm verschlägt es die Sprache, einerseits vor lauter Überraschung und andererseits über ihre Bescheidenheit. Sie ist seine Vorgesetzte, nicht eine Mitarbeiterin, aber dies kann er kaum richtigstellen, ohne dass es peinlich würde.

»Guten Abend, Frau Stetholm, welch schöne Überraschung. Darf ich vorstellen? Frau Lisa Sterlinger, eine Bekannte, die Sie möglicherweise kennen, sie arbeitet in der Mensa.«

Maria blickt erstaunt zu Lisa, die zum Gruß mit einem scheuen Lächeln beinahe unterwürfig nickt, und plötzlich kommt ihr dieses nichtssagende Gesicht bekannt vor: keine Prostituierte, nur ein profanes Weib.

»Ja natürlich, jetzt erkenne ich Sie wieder. Ich bin relativ selten in der Mensa, darum waren Sie mir nicht gleich präsent.«

Man schaut sich betreten an, keiner weiß so recht, wie mit der Situation umzugehen ist, bis Blass das Wort ergreift: »Wir haben uns am Rheinufer verpflegt und werden jetzt einen kleinen Spaziergang machen. Ich helfe Frau Sterlinger bei gewissen Angelegenheiten, quasi als Berater, und wir nutzen diese Zeit, um einige Punkte zu besprechen.«

»Oh, dann störe ich nicht länger. Ich sollte eigentlich schon lange zu Hause sein, um das Nachtessen zuzubereiten. Ich wünsche euch beiden einen netten Abend. Auf Wiedersehen.«

»Bis morgen und weiterhin einen angenehmen Abend. Auf Wiedersehen, Frau Stetholm.«

Irritiert trennt man sich. Es war eine peinliche Situation gewesen, über die zu sprechen, Blass keine Lust hat und über die Lisa sich nicht zu sprechen traut. Beide schweigen, als hätten sie den Faden verloren, wo sie doch vor der Begegnung mit Maria voller Intensität über die Zukunft geredet hatten.

*

Sie war sehr betrübt, nachdem er versuchte, ihr klarzumachen, dass er sich an diesem Abend von ihr verabschieden und sie nun selbst für ihre Zukunft verantwortlich sein werde. Sie hat nicht geweint, aber es war ihren Augen anzusehen, dass sie mit diesem abrupten Ende ihrer äußerst speziellen Beziehung nicht gerechnet hat. Für Lisa war es wie ein Stromausfall während einer Fußballübertragung, Blödsinn, viel schlimmer, wie ein Schlag ins Gesicht. Leidgeprüft, wie sie ist, nahm sie diese Enttäuschung mit großer Tapferkeit entgegen, aber versuchte trotzdem, Blass von seiner Entscheidung abzubringen.

»Ich fühlte mich sicherer, wenn wir uns weiterhin treffen würden. Ich habe kaum Freundinnen und Männer wollen nur das Eine, auf die ist kein Verlass. Sie haben mich reich beschenkt, wofür ich unendlich dankbar bin und wofür ich mich erkenntlich erweisen möchte. Kommen Sie zu uns zum Essen, ich könnte ihre Wäsche waschen, ihr Haus putzen oder Ihnen sonst zu Diensten sein, was immer Sie wünschen.«

»Nein, nein!«, entgegnete er eine Nuance zu hysterisch, als wäre dies ein undenkbarer Vorschlag. »Ich habe Ihnen nicht geholfen, damit Sie sich verpflichtet fühlen. Ich denke nicht, dass wir uns gefunden hätten, wenn da nicht der Wunsch nach einer sinnvollen Regelung meines Nachlasses gewesen wäre. Seien Sie ehrlich.«

Lisa zögerte und überlegte eine Sekunde zu lang, als dass ihre Antwort ehrlich wirkte: »Äh, das ist nicht wahr. Ihre Bekanntschaft wäre trotzdem eine schöne Erfahrung gewesen.«

»Ach hören Sie auf! Das glaube ich Ihnen nicht. Schauen Sie mich doch an, ich bin ein Exot und ich bin davon überzeugt, dass Sie mir gegenüber voreingenommen gewesen wären, hätten Sie mich nicht näher kennengelernt. Ich bin Ihnen nicht böse, trage Ihnen das nicht nach, aber seien Sie wenigstens ehrlich und geben Sie zu, dass ich Sie zu Beginn befremdet habe.«

Sie zögerte lange, sagte dann aber: »Ja, Sie haben mich verunsichert. Ihr Aussehen, Ihre Art, vor allem Ihre Idee, mir ohne eine nachvollziehbare Logik zu helfen, irritierte mich enorm, auch heute noch. Aber bald erkannte ich Ihre Menschlichkeit und Größe, die mich so überraschte und so glücklich machte. Sie sind ein wichtiger Teil meines Lebens geworden.«

Salbungsvolle Worte, die Blass immer schwächer werden ließen. Er spürte, wie sein Vorsatz, sich von ihr zu verabschieden, langsam zerrann.

Dann kam ihnen Maria dazwischen, und es fällt beiden nun schwer, wieder an das Gespräch anzuknüpfen, welches sie geführt hatten. Vielleicht ist es ein Segen, denn es waren zu viele Emotionen im Spiel, zumindest aus der Sicht von Blass.

So laufen sie etliche hundert Meter in stummer Eintracht nebeneinander her, bis Lisa mit leiser Stimme fragt: »Kommen Sie auf einen Kaffee zu mir?«

»Ja, gerne.«

ZWANZIG

Es ist spät, sehr spät, wenn man bedenkt, dass es ein normaler Wochentag ist. Elf Uhr vierzig, eine Zeit, bei der er normalerweise längst im Bett liegt und, wenn es hochkommt, in einem Buch liest. Er spürt den Grappa, der ihn leicht wanken lässt, wohlig einlullt, so dass sich die Schritte durch das Dorf wie auf Watte anfühlen. Das monotone Rattern der Straßenbahn hatte ihn hypnotisiert, die Lider waren immer schwerer geworden und beinahe hätte er seine Haltestelle verpasst, hätte nicht ein Besoffener lautstark zu krakeelen begonnen. Er war froh gewesen, aussteigen zu können, denn dieser alkoholisierte Randalierer legte sich mit allen Fahrgästen an. Die Schritte in der kühlen Nachtluft bringen ihm wieder etwas Nüchternheit und die Erinnerungen an den Abend zurück. Verrückt, was sich an diesem Tag alles ereignet hat. Er schüttelt den Kopf und murmelt Worte der Verwunderung zu sich selbst. Wäre alles nach Plan gelaufen, dann hätte heute die Akte Lisa Sterlinger erfolgreich geschlossen werden können, aber es war anders gekommen. Er hatte nicht die Stärke und den unbedingten Willen, den es braucht, um ihren treuherzigen Augen und herzzerreißenden Beteuerungen zu widerstehen. Sie wünschte seine Gesellschaft, seine Nähe, da sie ein ganz mieses Gefühl bekommen hatte und sie nur ihm vertrauen würde. Sie hatte ihm eine köstliche Frittata mit Rohschinken auf den Tisch gezaubert und aus dem Keller eine letzte Flasche Rotwein geholt, der gar nicht so schlecht war. Mit dem Essen, Trinken und Reden bekam der Abend einen ganz eigenen Charme, der ihn bis jetzt gefangen hält. Sie waren alleine, ohne die Kinder, die bei einer Bekannten übernachteten. So saßen sie in der Küche und sprachen, bis das Mahl beendet, der Wein getrunken, der Kaffee ausgeschlürft, die Flasche Grappa geleert war und Blass nur noch nach Hause gehen wollte, nicht, weil er sich unbehaglich fühlte, nein, im Gegenteil, weil er sich zu wohl fühlte. Er hatte die Küche nur einmal verlassen, um auf die Toilette zu gehen, sonst blieb er auf dem harten Stuhl kleben, während er redete, und zuhörte wie noch nie in seinem Leben. Es wird Tage dauern, bis er diesen Tag verarbeitet hat. Sie hat ihn schlichtweg um den Finger gewickelt. Wild springen seine Gedanken hin und her, ohne Konzept, ohne Struktur, ohne jegliche Erkenntnis, vornehmlich von Alkohol befeuert. Sinnlose Überlegungen, die sich im Kreise drehen.

Tief versunken in seiner Welt nähert er sich seinem Haus. Ein Mann mit einer tief ins Gesicht gezogenen Schiebermütze kommt ihm entgegen, eine seltene Erscheinung um diese Zeit in der Straße, trotzdem eine gewöhnliche nächtliche Begegnung zwischen zwei Passanten. Sie kreuzen sich wortlos und in derselben Sekunde explodiert die Welt. Den Schlag sah er nicht kommen, erst mit der Vehemenz des Schmerzes, realisiert er, dass sich etwas ereignet hat. Diese dunkle Gestalt erweist sich als eine infernale Bestie, als personifizierte Apokalypse, die ihm ohne jegliche Vorwarnung den schlimmsten Moment in seinem Leben beschert. Seine Beine knicken ein, und er schlägt unkontrolliert mit dem Gesicht auf dem Asphalt auf. Verdammt, meine Brille, denkt er verschwommen, und wie er die Augen öffnet, erkennt er unscharf einen Schuh, der sich in Zeitlupe auf sein Gesicht zubewegt, dann wird es mit einem Schlag vollkommen dunkel und still. Wie lange, kann er nicht sagen, denn die Zeit hat jegliche Bedeutung verloren. Nur totaler Schmerz und Panik überwältigen ihn, nachdem langsam seine Bewusstlosigkeit gewichen ist.

»Warum nur?«, fragt er sich während eines kurzen Aufflackerns des Bewusstseins, aber ein harter Tritt in den Unterleib löscht ihm erneut das Licht aus. Gerne hätte er sich weiter in seiner Ohnmacht versteckt, aber er spürt, wie er auf die Beine gehoben und mit wohltemperierten Ohrfeigen wach geschlagen wird. Vielleicht ließe man ihn in Ruhe, wenn er die Augen nicht öffnet. Er wird wie eine Stoffpuppe geschüttelt, bis er sich entscheidet, die Augen doch zu öffnen, denn die Kopfschmerzen werden immer unerträglicher. Er kann niemanden erkennen, ein roter Schleier überzieht seine Pupillen, und das Gesicht gegenüber liegt im Schatten der Schiebermütze. Ein dunkles, profilloses Antlitz mit zwei schwarzen Löchern, aus denen schwach die Augen glühen, und ein Mund mit einem schiefen, dreckigen Grinsen.

»Na, Sie Arschloch?«, fragt die finstere Fratze. »Wie fühlen Sie sich, Herr Blass?«

Blass schafft es nicht, zu antworten, denn er meint, soeben einen Schwall Blut mit einigen Zähnen heruntergeschluckt zu haben, was ihn gegen ein plötzliches Würgen ankämpfen lässt. Er hustet, und ein schleimiger Blutklumpen fliegt dem Typen ins Gesicht. Als wolle er damit seine unendliche Verachtung gegenüber dieser Kreatur ausdrücken.

»Verdammte Drecksau!«, flucht das unerkenntliche Gesicht im Schatten und rammt ihm wieder die Faust in den Magen.

Die Beine versagen, er fällt hin, dann kotzt er, was seinen Peiniger zu weiteren Schlägen und Tritten animiert.

»Du arschgefickte Missgeburt, du miese Ratte, das wirst du bezahlen. Nicht mit dem Leben, aber mit deinem Geld. Ich komme wieder, und dann wirst du es mir geben, verstanden?«

Er verpasst ihm einen finalen Tritt in die Seite und verschwindet in der Nacht.

Absolute Dunkelheit und ein grässlicher Schmerz, der sich immer intensiver in sein Bewusstsein drängt. Von Neuem zwingt er sich, seine Augen zu öffnen, blinzelt einige Male, bis er im düsteren Schein der Straßenlampe den Asphaltbelag studieren kann. Das feine Korn des gebrochenen Steins, ein Riss in der Oberfläche, aus dem ein

Grasbüschel hervorwächst, einige dürre Blätter, ein schwarzer Klecks, vermutlich Blut, zwei weiß glänzende Zähne, der Randstein aus behauenem Granit, auf dem ein alter Kaugummi klebt. Im Moment seine kleine Welt, die ihm wieder langsam entgleitet.

EINUNDZWANZIG

»Eine Schädelfraktur, zwei gebrochene Rippen, ein Riss in der Milz, vier herausgeschlagene Zähne, ein gequetschter Hoden, ein blaues Auge sowie jede Menge Hämatome und Abschürfungen, aber Sie leben. Der Arzt kann es nicht erlauben, Sie nach Hause zu entlassen. Vorläufig bleiben Sie brav hier liegen und befolgen meine Anweisungen. Ende der Diskussion.«

Die Verärgerung der Krankenschwester ist keine gespielte Empörung, es ist ihre Wut über störrische Patienten, die entgegen jeglicher Vernunft nach Hause möchten, weil sie sich hier aus irgendeinem unerfindlichen Grund nicht wohl fühlen. Ein Krankenhaus ist kein Ponyhof, hier wird gelitten, gerettet, geheilt, auch gestorben, und manche empfinden das als eine Zumutung. Sie kann diesen selbstzerstörerischen Eigensinn nicht nachvollziehen, wo man doch nur das Beste für diese Leute will. Alter Idiot! Sie zieht hinter sich die Türe zum Krankenzimmer zu und läuft beinahe in eine hübsche, junge Frau.

»Zimmer dreihundertneun, Herr Blass?«, fragt die Frau.

»Ja, hier«, bellt die Krankenschwester wütend.

»Danke«, sagt Maria mit befremdeter Miene.

»Ach«, entgegnet die Krankenschwester, »sind Sie mit Herrn Blass bekannt?«

»Äh, ja. Wir arbeiten seit Jahren zusammen. Warum?«

»Können Sie ihm die fixe Idee austreiben, das Krankenhaus verlassen zu wollen, um nach Hause zu gehen. Sie werden sehen, dies ist eine schwachsinnige Idee.«

Maria schaut dieser hünenhaften Walküre fragend nach, klopft dann an die Tür und tritt ein. Sie wusste nicht, was sie erwarten würde, nachdem man sie aus dem Krankenhaus angerufen hatte, um ihr mitzuteilen, dass ihr Mitarbeiter, Herr Balthasar Blass, einen Unfall hatte und im Spital liegt. Sie hatte sich gesorgt, denn es waren zwei Tage vergangen, seit sie ihn mit seiner Freundin gesehen hatte und er nicht mehr zur Arbeit erschienen war, ohne sich abgemeldet zu haben. Sie redete sich ein, dass er zurzeit eine schwierige Zeit durchlebt und sie nachsichtig mit ihm sein sollte. Der Sturm wird sich sicher legen, und Ruhe, ohne die er nicht leben kann, wieder einkehren.

Nur hat sie diesen Anblick nicht erwartet. Wenn sein Name am Fußende des Betts nicht angeschrieben gewesen wäre, hätte sie Blass nicht erkannt. Was man nicht weiß eingebunden hat, ist aufgeschwollen, blaugrün verfärbt oder mit Schorf überzogen. Am Bett hängt ein transparenter Plastiksack halbvoll mit Urin, durchsetzt mit blutigen Schlieren, an einem Ständer baumelt ein Infusionsbeutel und ein digitales Überwachungsgerät interpretiert Blass' Lebenszeichen. Maria ist entsetzt, denn sie ist nicht auf diesen Anblick vorbereitet. Am Telefon hat es geklungen, als wäre es ein kleiner Unfall gewesen. Sie kommt sich mit ihrer Schachtel Pralinen vollkommen fehl am Platz vor, denn es wird offensichtlich seine Zeit dauern, bis er wieder fähig ist, normal zu essen.

»Hallo, Herr Blass«, grüßt sie leise. »Ich bin es, Maria Stetholm. Wie geht es ihnen?«

Dumme Frage!

Es kommt eine leichte Bewegung in diesen kadaverhaften, eingewickelten Körper, welcher aussieht wie ein abgestürzter Engel, weiß, unschuldig, aber schwer verletzt.

»Entschuldigen Schie meine Verfaschung, aber dasch kommd schon widder gud, Frau Schdedolm«, nuschelt es leise aus dem Verband.

Ein rührender Versuch, die Dramatik der Situation zu verniedlichen, was bei Maria nur das Gegenteil bewirkt. Sie runzelt besorgt die Stirn.

»Sehr geehrter Herr Blass, Sie werden wieder gesund, aber so schnell und so einfach, wie Sie meinen, wird es nicht gehen. Sie sind schwer verletzt. Wissen Sie, was passiert ist?«

Er reagiert mit erheblicher Verzögerung, als bedeutete es für seinen geschundenen Körper und seinen angeschlagenen Geist eine außerordentliche Anstrengung, eine Antwort zu finden.

»Isch bin geschdürzd«, antwortet er in Zeitlupe.

»Gestürzt?«, fragt sie nach, denn das Gemunkel ist kaum zu verstehen.

Es scheint, als wollte er nicken.

»Das muss aber ein fürchterlicher Sturz gewesen sein, der solche Verletzungen zur Folge hat. Sind Sie sicher? Wo sind Sie denn gestürzt?«

»Auf dem Gehsteig, etwa hundert Meter vor seiner Haustüre entfernt«, berichtet die Krankenschwester, die mit einem Tablett voller Pillen, Dragees und Zäpfchen ins Zimmer kommt. »Eigenartig, dass eine fünfzehn Zentimeter hohe Bordsteinkante solche Verletzungen hervorruft. Nicht wahr, Herr Blass?«

Die letzten Worte betont sie extra laut. Auch sie kann die Geschichte von einem Sturz nicht glauben.

»Erzählen Sie mir, was passiert ist?«, drängt Maria, aber ein starrer Blick mit einem Schweigen weist ihre Frage zurück.

»Lassen Sie nur«, mischt sich die Krankenschwester ein, »sobald es ihm bessergeht, wird sich die Polizei um ihn kümmern. Fälle von offensichtlicher Misshandlung oder Körperverletzung müssen wir melden. Man wird diesen Vorfall untersuchen. Herr Blass wird dann gezwungen sein, seine Geschichte zu erzählen, und dem Schuldigen wird es an den Kragen gehen.«

Das sagt diese ostdeutsche Diskuswerferin mit einer derartigen Überzeugung, dass sich Maria etwas beruhigt.

Maria wendet sich wieder Blass zu und versucht, einen strengen Ton anzuschlagen: »Herr Blass, ich glaube Ihnen kein Wort. Solche Verletzungen kommen doch nicht von einem Sturz. Was geschah in dieser Nacht? Ich nehme an, es geschah in der Nacht und nicht am Tag.«

Das einbandagierte Wrack schweigt, ob aus Scham oder vor Schmerz ist nicht auszumachen, zu unergründlich ist dieser Haufen aus Mull und Schorf. Er schließt die Augen, als möchte er sich in sich selbst zurückziehen, wie eine Schildkröte in den schützenden Panzer. Bei Maria wächst die Gewissheit, dass ein schicksalhaftes Ereignis sein Leben einschneidend verändert hat. Irgendeine Naturgewalt hat sich in sein Dasein eingemischt, hat ihn in dieses Bett geprügelt, hat ihn zum Opfer werden lassen. Nur will er es nicht wahrhaben, warum sonst versucht er, eine fadenscheinige Ausrede zu finden.

»Vergessen Sie Ihre Anteilnahme. Er ist störrisch und schämt sich vermutlich wegen der Wahrheit. Vielleicht eine Schlägerei mit einem Nebenbuhler um eine Frau, denn ein Überfall war es kaum, denn er hatte alle Wertsachen bei sich.«

Maria nickt nur, ist froh, diese Informationen erhalten zu haben, würde aber das Schlachtross gerne loswerden. Die Anteilnahme der Frau schmeckt stark nach Einmischung und Bevormundung, zudem ist sie überzeugt, dass Blass kaum etwas sagen wird, solange sich diese Krankenschwester im Zimmer aufhält. So bleibt Maria still sitzen, bis die Pflegerin keine Beschäftigung mehr findet und skeptisch schauend den Raum verlässt.

Kaum ist die Tür ins Schloss gefallen, fragt sie im Ton der strengen Mutter: »Wer hat Sie so zusammengeschlagen? Ich höre nicht auf die Krankenschwester, aber ich frage mich ernsthaft, ob Sie in Schwierigkeiten stecken. Haben Sie Vertrauen, ich werde Ihnen helfen, und von mir wird niemand etwas erfahren.«

Seine Augen schweifen unruhig umher, auf der Suche nach einer Antwort, die ihm nicht einfallen will. Er sieht sich außerstande, sein Problem mit jemandem zu teilen, solange er nicht selbst weiß, was geschehen ist. Seine wirre Erinnerung zeigt ihm kein Gesicht, nur eine grobe Stimme hört er Worte sagen, die ihn ängstigen und verunsichern.

Er kannte seinen Namen, er wollte Geld und würde wiederkommen. Das war kein zufälliger Überfall, da hat ihm jemand aufgelauert. Aber warum? Ist es diese dunkle Ahnung, die ihm immer weniger Ruhe lässt, die wie ein zäher Nebel in seine Gedanken dringt, beunruhigend, bedrohlich, düster? Hat es etwas mit Lisas Umfeld zu tun, jenen Männern, die das Potential hätten, skrupellos jemanden zu verletzen, um an Geld zu kommen? Beroslav, der Barbesitzer und Glücksspielbetreiber, oder Kronrich, der Kredithai? Zwei ekelhafte Typen, die aus seiner Sicht zu allem fähig wären. Warum sonst widerfährt ihm so etwas ausgerechnet jetzt? Er hat keine Beweise, lediglich eine dunkle Ahnung.

»Können Schie Lischa informieren?«, kommt es ihm mühevoll über die Lippen.

»Das werde ich gerne tun. Was sonst noch?«

Er winkt kraftlos ab, während seine Augen zur Decke starren. Maria wartet, in der Hoffnung, dass er etwas sagen würde, aber er liegt nur reglos da. Nach endlosen Minuten steht sie auf und verlässt das Zimmer, nachdem sie sich mit einem knappen »Auf Wiedersehen, Herr Blass, und gute Besserung!«, verabschiedet hat. Dass sie etwas gekränkt ist, ist nicht zu überhören.

ZWEIUNDZWANZIG

Es vergingen zehn Tage, und kein Mensch besuchte während dieser Zeit Blass. Nicht dass es ihn gestört hätte, aber zumindest Lisa wäre zu erwarten gewesen. Oder hat Frau Stetholm vergessen, seinem Wunsch entsprechend Lisa zu informieren? Das würde ihn allerdings verwundern, auch wenn sie sich leicht pikiert von ihm verabschiedet hat. Demzufolge verweigert sich ihm Lisa, was er aber nur schwer verstehen kann, nachdem er ihr geholfen und sie ihm ihre unendliche Dankbarkeit versichert hat.

Er schiebt seine Gedanken zur Seite, denn es gilt, den Austritt aus dem Krankenhaus zu vollziehen. Nach langem Hin und Her hat er seine Entlassung erwirkt, wenn auch unter einigen Vorbehalten. Dazu musste er ein Formular unterzeichnen und eine zwanzigminütige Einweisung in ein angemessenes Verhalten über sich ergehen lassen, zudem hat er sich alle zwei Tage im Krankenhaus zur Kontrolle einzufinden.

So steht er vor dem Spiegel und bindet sich die Krawatte. Schrecklich sieht er aus in seinem lädierten Anzug, dessen linker Ärmel zerrissen und dessen Rückenpartie komplett verdreckt ist, was ihm den Anschein eines Randständigen verleiht. Trotzdem gilt es Würde zu bewahren, zumindest bis er zu Hause ist. Aus diesem Grund entscheidet er sich, ausnahmsweise ein Taxi zu nehmen.

Auf der Fahrt vorbei an der Stelle, wo er überfallen wurde, meint er durch die Seitenscheibe einen dunklen Fleck auf dem Gehsteig zu erkennen, vielleicht sein Blut, was ihn innerlich erschaudern lässt. Plötzlich kommen Bilder hoch, die er bis jetzt nicht abrufen konnte. Die Gestalt, die auf ihn zulief, der Schuh, der ihn ins Gesicht traf, die dunkle Fratze, die zu ihm sprach. Nur vage Bilder, die aufflackern wie Wetterleuchten und sogleich wieder in der

Dunkelheit verschwinden. Das Taxi lädt ihn vor seiner Einfahrt aus, er zahlt, und ohne große Höflichkeit verabschiedet sich der Taxifahrer, froh, diesen seltsamen Fahrgast losgeworden zu sein.

Kaum schließt sich die Eingangstür hinter ihm, wird er sich der absoluten Ruhe in diesem Haus bewusst. Nach einer Woche im Krankenhaus in dauernder Gesellschaft, Überwachung und Pflege empfindet er die Stille in seinem Haus als Wohltat, aber auch erstmals als ein Zeichen von Verlassenheit. Dies nie ein Problem für ihn gewesen, im Gegenteil, er empfand sein Refugium als ein Hort der Geborgenheit, bis jetzt zumindest.

Er entkleidet sich, wirft seinen Anzug in den Mülleimer und versucht, sich zuerst den klebrigen Geruch des Krankenhauses vom Leib zu waschen. Duschen oder baden darf er vorläufig nicht, dafür sind seine Schürfungen zu wenig verheilt. Dann zieht er einen bequemen Hausanzug an, entkorkt eine Flasche Ornellaia und setzt sich mit dem Glas in seinen Lesesessel, wo er still den Duft des Hauses einatmet. Erst jetzt findet er die Einsamkeit, die er im Krankenhaus so vermisste, die er so sehr benötigt, um nachdenken zu können. Er führt das Glas zum Mund, riecht die Tannine, die reifen Beeren, schließt die Augen, vergisst seinen geschundenen Körper und denkt an Lisa und an Maria, die zwei Frauen in seinem Leben, abgesehen von seiner verstorbenen Mutter. Er muss zugeben, dass die beiden einen dominanten Raum in seinem Denken einnehmen, einen ungewohnt großen. Vor allem zu Lisa hat sich eine Art von Beziehung entwickelt, die ihn immer mehr in den Bann zog. Sie ist ihm wichtig geworden. Entgegen der generellen Distanz zu anderen Menschen hatte er binnen weniger Tage eine Bindung an diese Frau aufgebaut, wie er es sich nie hätte vorstellen können. Er wäre kaum den Weg gegangen, wenn er gewusst hätte, was für Gefahren ihm drohen. An das Wort Liebe traut er sich nicht einmal zu denken, die Folgen wären unvorstellbar. So versucht er sich auf das ursprüngliche Ziel zu fokussieren, den karitativen Gedanken ohne Eigennutz, bei dem es allein um das Wohl einer benachteiligten und gestrandeten Person geht. Ihr Glück würde ihn glücklich machen. Er nimmt einen Schluck Wein, und wohlige Gefühle durchfluten ihn.

Aber da ist auch der Schmerz, der ihn wieder an die aktuelle Situation erinnert, die nichts mit Glück zu tun hat. Er windet sich ächzend aus dem Sessel, um aus dem Medikamentenarsenal, welches man ihm mitgegeben hat, die Schmerztabletten zu holen. Er spült sie mit Wein herunter, danach setzt er sich mit dem Glas an den Schreibtisch und blickt auf das weiße Papier des Notizbuchs, das er aufgeschlagen hat. Dann beginnt er bedächtig zu schreiben, alles, was ihm einfällt, seit er sich entschlossen hat, Lisa zu helfen. Nüchtern, ohne Emotionen, beschreibt er minutiös ihre Treffen, ihre Gespräche, ihre gemeinsamen Erfahrungen und Lisas Umfeld. Eine analytische Nachbetrachtung mit einer kritischen Sicht auf seine Entscheidung, ihr zu helfen. Ohne Unterlass schreibt er bis in die späte Nacht hinein, die Flasche ist längst leer und der Kopf ebenso, aber er fühlt sich deutlich besser. Er schluckt eine weitere Tablette, isst ein abgelaufenes Himbeer-Joghurt, lehnt an den Fensterrahmen und schaut dabei versonnen in den mondbeschienenen Garten hinaus. Die Wildnis wirkt schwer und behäbig, wie in Blei gegossen, aber schenkt ihm die Vertrautheit, die er liebt und braucht. Er spürt eine überwältigende Sentimentalität in sich aufsteigen, dass mit einem Mal Tränen in seinen Augenwinkeln erscheinen, langsam ihren Weg nach unten suchen, aber unterwegs in der trockenen Haut versickern.

Warum nur? Er kann nicht verstehen, warum er weint. Eine Gefühlsregung, die er seit seiner Kindheit nicht mehr erlebt hat und jetzt plötzlich in kurzer Zeit gleich zum zweiten Mal. Gewöhnlich prallen Emotionen an seiner Schale ab, oder er lässt sie erst gar nicht an sich heran, weicht aus, wo es geht. Aber jetzt hat es einen Riss gegeben, woher sonst sickern derart unwillkommene Empfindungen in sein Inneres, wühlen ihn auf, ohne dass er die genaue Ursache erkennen kann. Liegt es an der Niederschrift von Lisas Geschichte? Die Zeilen führten ihm die vergangenen Tage nochmals vor Augen, wärmten all diese unangenehmen und angenehmen Momente wieder auf. Es ist so etwas wie Melancholie, die mehr mit Lisa zusammenhängt und weniger mit den Schmerzen der Schläge. Was diese Gestalt ihm angetan hat, ist abgehakt, existiert nur körperlich, aber nicht als Ursache für seine Tränen.

Selbst die Befragung durch diesen netten, jungen Polizisten schürte keine Wut in ihm, die nötig gewesen wäre, um diesen Schläger zu hassen. Er hat ja kein Gesicht erkannt, welches er hassen könnte, nur eine Stimme vernommen, die er aber noch nie gehört hatte. Er erzählte alles, was er wusste, ehrlich und gefasst, verstand durchaus, dass er eine Anzeige gegen unbekannt machen musste, sonst gäbe es Probleme mit der Versicherung und die Verfolgung dieser Gewalttat wäre nicht möglich.

Blass ist überzeugt, dass die Anzeige kaum eine Ermittlung zur Folge haben wird, zu unwichtig ist solch ein Verbrechen, zu wenige Anhaltspunkte gibt es für eine erfolgversprechende Untersuchung. Schlussendlich wird eine schmerzhafte Erfahrung bleiben, die ihm einige Narben, vier neue Zähne und eine neue Brille beschert hat. Mehr nicht.

Schwerwiegender sind seine Traurigkeit und die leise Sehnsucht nach Lisa. Er vermisst sie, und weitaus schlimmer ist die Ungewissheit über ihren Verbleib. Nebst dem schalen Verdacht, für sie nicht mehr so wichtig zu sein, verstärkt sich die Gewissheit, dass diese handfeste Drohung aus dem Umfeld von Lisa stammen musste. Die Gestalt kannte seinen Namen, und es war von Geld die Rede. Obwohl er überzeugt ist, weder von Beroslav noch von Kronrich zusammengeschlagen worden zu sein, wäre es ja denkbar, dass einer dieser Halunken einen Komplizen mit dem Überfall beauftragt hatte.

Muss er diese offensichtliche Einschüchterung ernst nehmen, und wie sollte er reagieren? Eine unsinnige Frage, denn er hat nicht vor, zu kuschen, wenn da nicht Lisa wäre. Vielleicht haben sie sie entführt und werden bald Lösegeld fordern. Er hat sich quasi als Geldquelle und Lisa als Opfer anerboten, wenn nicht sogar aufgedrängt. Eine dumme Situation, in die er sie beide gebracht hat.

Er seufzt und entschließt sich, diese traurige Nacht im Bett fortzusetzen.

DREIUNDZWANZIG

Er erwacht mit hässlichen Kopfschmerzen und einem pelzigen Belag auf der Zunge. Der anschließende Blick auf den Wecker lässt ihn auffahren, zehn Uhr vierzig, er hat massiv verschlafen. Vermutlich von den Nebenwirkungen der Medikamente. Er sollte bei der Arbeit sein, ist sein nächster Gedanke, auch wenn er weiß, dass man ihn gleich zurück nach Hause schicken würde. Gemäß Arztzeugnis hat er sich eine weitere Woche zu schonen, also wäre es denkbar, am kommenden Montag wieder arbeiten zu gehen.

Er versucht, seine geschundenen Knochen aus dem Bett zu hieven, was nicht schmerzfrei möglich ist und eine geraume Zeit in Anspruch nimmt. Auf dem Bettrand sitzend, überlegt er mühsam, was dieser Tag ihm bringen wird. Er kommt schnell zur Erkenntnis, dass der Verbandwechsel im Krankenhaus der einsame Höhepunkt dieses Tages sein wird. Er muss sich dazu um fünfzehn Uhr im Ambulatorium einfinden, danach darf er wieder nach Hause. Ein lausiger Tagesablauf, den sinnvoll zu ergänzen, beinahe auf der Hand liegt. Er könnte doch vorher in der Mensa vorbeischauen, welche nicht weit von der Klinik entfernt ist, und Lisa besuchen, die heute arbeiten sollte. Nur, um sich ihrer Unversehrtheit zu versichern.

Das ist ein brauchbarer Plan. Trotzdem hat er nichts Essbares im Haus, was ihn vor dem Frühstück in die Bäckerei und den Supermarkt treibt, um seinen Proviant aufzustocken. Er kleidet sich umständlich an, braucht dafür eine gefühlte Ewigkeit und schleppt sich anschließend in das Ortszentrum, um einzukaufen. All jenes, was ihm während den letzten Tagen vorenthalten wurde, kauft er sich ein. Nach einer knappen Stunde ist er zurück, bereitet sich Rühreier zu, schneidet eine fette Salami auf, stellt frisches Brot, Butter, Orangensaft und Kaffee auf den

Tisch und genießt die erste Mahlzeit in Freiheit, ein Frühstück, wie er es liebt. Er isst voller Unvernunft, bis es ihm beinahe schlecht wird, dennoch schwelgt er in seiner übertriebenen Schlemmerei. Ein Vorteil, wenn man nicht mehr lange zu leben hat. Er sollte sich ernsthaft überlegen, mit zügellosem Rauchen oder Trinken zu beginnen oder sich eine andere schädliche Sünde zuzulegen. Vielleicht Drogen oder Spielsucht.

Nach dem Frühstück legt er sich etwas hin und schläft dabei prompt ein, nicht allzu lange, aber lange genug, dass er sich schlussendlich fürchterlich zu beeilen hat, um nicht zu spät im Ambulatorium zu erscheinen. Mit einem vorhergehenden Besuch bei Lisa wird das nichts werden. Er bestellt ein Taxi und wartet vor dem Eingang, bis der weiße Wagen in die Straße einbiegt. Ein nebensächlicher Blick in den Briefkasten lässt ihn einen Brief entdecken, den er gedankenverloren in die Tasche steckt, bevor er in das Taxi steigt, das ihn vor dem Krankenhaus wieder ausspuckt. Was dann folgt, ist schmerzhaftes Lösen von blutverklebtem Verband, schmerzvolles Desinfizieren und quälendes Einbinden der teilweise offenen Wunden. Kalter Schweiß steht ihm auf der Stirn, und er fühlt eine ausgewachsene Übelkeit, wie er das Ambulatorium verlässt und sich Richtung Mensa schleppt.

*

»Entschuldigen Sie«, spricht er die dicke Kassiererin an, »könnte ich Frau Sterlinger sprechen?«

Sie schaut ihn unangenehm lange mit jenem Blick an, den er gewohnt ist, und kreischt dann mit der Stimme einer Kreissäge in die Küche: »Hilde, ist Lisa heute zur Arbeit erschienen?«

»Nö!«, tönt es umgehend zurück.

Die Dicke zieht nur bedauernd ihre Schultern hoch und verzieht ihr fettes Gesicht zu einer schiefen Grimasse.

»Hätte sie denn heute erscheinen sollen?«

»Was heißt heute? Bereits letzte Woche hat sie sich krankschreiben lassen.«

»Wissen Sie, wie es ihr geht?«

»Hören Sie mal, sehe ich aus wie ihr Arzt? Außerdem halten Sie mich und die Leute hinter Ihnen auf«, bellt sie gehässig.

Blass dreht sich um und schaut drei gelangweilt dreinblickenden Studenten ins Gesicht.

»Entschuldigen Sie«, murmelt er leise und stiehlt sich davon.

Was bedeutet das? Vordergründig könnte er jetzt beruhigt sein, denn eine Krankheit wäre eine logische Erklärung für ihr Fernbleiben. Andererseits ist nicht auszuschließen, dass sie aus einem anderen Grund abwesend sein könnte. Um Gewissheit zu erlangen, müsste er bei ihr vorbeischauen, aber da beginnt das Dilemma. Zu viel Fürsorge könnte als falsches Signal wahrgenommen werden. Sich von ihr zu lösen, würde immer schwieriger werden.

Unterdessen schleicht Blass gedankenversunken in die Innenstadt, weiter über die Brücke, den Schienen der Straßenbahn folgend, bis er hundert Meter von Lisas Haus entfernt stehen bleibt. Nein, sagt er sich, lass das. Dann winkt er einem Taxi und lässt sich nach Hause fahren.

Erschöpft lehnt er sich an die Eingangstür, nachdem er sie hinter sich geschlossen hat. Er wäre im Taxi beinahe eingeschlafen, so sehr wurde er beim Kontakt mit dem Polster von einer Welle aus Müdigkeit überspült. Er würde sich zuerst etwas hinlegen, maximal eine Stunde, dann ein kleines Nachtessen zubereiten und früh zu Bett gehen. Genauso wird er es machen. Er zieht seine Jacke aus, hängt sie an den Kleiderbügel, glättet sie mit den flachen Händen und spürt den Brief in der Tasche. Er angelt ihn heraus und liest seine Adresse.

Die Anschrift ist zwar in krakeliger Schrift geschrieben, aber alles tadellos, die Straße, die Hausnummer, die Postleitzahl, der Ort, die Anrede, einzig der Name irritiert: »ARSCHLOCH«.

Keine Briefmarke, kein Absender.

Er überlegt einen kurzen Augenblick, ob er das Kuvert öffnen soll, aber ist schnell mit sich einig, dass er gar keine andere Wahl hat. Er nimmt den silbernen Brieföffner vom Schreibtisch, schlitzt sorgfältig den Umschlag auf, schaut zuerst hinein, bevor er dann einen gedruckten Brief herauszieht. Er beginnt zu lesen und weiß bereits nach der ersten Frage, dass dies weit mehr als Ärger bedeutet.

Hallo Arschloch!

Na, wie geht's deiner Fresse? Kannst du dich an mich erinnern? Ich habe gesagt, dass ich mich wieder melde, denn ich will dein Geld. Ich gebe dir zwei Tage Zeit, dann hast du einhunderttausend Franken für mich bereit. Ich melde mich wieder. Und denke nicht einmal daran, zur Polizei zu gehen.

Herzliche Grüße von deinem Schicksal

Was ist denn das für eine seltsame Drohung? Blass setzt sich in seinen Lesesessel und liest die Zeilen weitere zwei Mal durch, ohne aus ihnen wirklich schlau zu werden. Da kann ja jeder daherkommen. Eine derartige Forderung ohne konkretes Argument oder Anrecht wirkt kaum seriös, eher lachhaft und naiv. Blass schmunzelt, aber sein Spott bleibt ihm auf unangenehme Weise im Hals stecken. Allenfalls hat der Absender ein einwandfreies Spiel in der Hand und ist sich dessen so sicher, dass er nicht gleich alle Karten auf einmal aufdecken will. Erste schlagende Argumente hatte Blass schon zu spüren bekommen. Er müsste sich ja nur bei der Polizei melden, dann bekäme er Schutz und diese seltsame Erpressung ginge zu Ende, bevor sie überhaupt begonnen hat. Genau das verbietet dieser Kerl ihm, obwohl er keine konkrete Drohung ausgesprochen hat. Er spielt einzig auf seine schmerzhafte Erfahrung mit zwei idiotischen Fragen an.

Dann seine pathetische Titulierung, als wäre er Gott oder einer, der davon träumt, es zu spielen. Hiermit trifft ihn das Schreiben an einer empfindlichen Stelle. Er, der das sein Schicksal stets in die eigenen Hände nahm und es kontrollierte, würde sich kaum von einem kriminellen Subjekt das Leben bestimmen lassen. Jemandem, der mit dem Dasein abgeschlossen hat, kann man nicht mehr drohen, außer damit, dass man unschuldige Dritte, die einem nahestehen, stellvertretend für ihn heimsucht.

Zum Beispiel Lisa oder Maria.

Das wird wohl das unausgesprochene Argument sein. Der Absender rechnet mit diesen Überlegungen, da er genau weiß, dass Blass Lisa seit über einer Woche nicht mehr gesehen hat.

Das ist beunruhigend. Das lässt Schlimmstes erahnen. Blass legt das Schreiben auf den Beistelltisch und versucht, gefasst zu bleiben, um besser nachdenken zu können.

Zuerst sollte er Gewissheit über den Verbleib von Lisa erlangen. Liegt sie schlimmstenfalls krank im Bett, zeige sich die Situation weniger dramatisch, als wenn sie verschwunden wäre. Dies kann er am besten bei ihr zu Hause feststellen, also bestellt er ein Taxi und kleidet sich unterdessen an. Er wählt einen hellen Anzug, den er normalerweise nur bei sommerlichen und heiteren Gelegenheiten wie Hochzeiten oder Festivitäten trägt, zu so etwas er allerdings noch nie eingeladen wurde. Jacke wie Hose sitzen wie angegossen und schenken ihm ein dandyhaftes Erscheinen, was nicht zum Anlass, aber zur frühsommerlichen Temperatur passt, was er im Spiegel mit einer gewissen Zufriedenheit zur Kenntnis nimmt. Dann öffnet er den Wandtresor, holt aus dem untersten Fach eine Schatulle, aus der er eine Walther TPH entnimmt. Fachgerecht überzeugt er sich davon, dass sie tadellos funktioniert, und lädt einen Streifen Munition, dann steckt er sich die Waffe in die Tasche. Es ist eine kleine Pistole, die er sich vor etlichen Jahren zur eigenen Sicherheit gekauft hat, aber außer einige Male auf dem Schießstand nie gebraucht hat. Er ist weder ein guter Schütze noch ein Waffennarr, nur jemand, der gerne das Schicksal in die eigenen Hände nimmt.

VIERUNDZWANZIG

»Schau dir dieses Arschloch an. Ein wahrer Idiot. Entweder liebt er es, sich zu verkleiden, oder er ist eine lebendige Antiquität.«

»Ein Dinosaurier, der sich weigert auszusterben, und ein Außenseiter, dem es egal ist, was die Leute über ihn denken. Du solltest Respekt vor so viel Charisma haben.«

»Respekt? Ich werde ihn ausnehmen wie eine Gans. Darauf kannst du einen lassen. Ich kann keinen Respekt vor jemandem haben, den ich kaputtmachen werde.«

»Gehe diese Sache mit mehr Gelassenheit an. Betrachte Blass als eine Herausforderung und nicht als ein Hassobjekt. Es wird dir leichter fallen, wenn du über der Sache stehst. Er ist harmlos und mit dieser Situation komplett überfordert, da braucht es keine übertriebene Aggressivität.«

»Aber er macht mich aggressiv.«

Ihre Augen beobachten Blass, wie er zum dritten Mal bei Lisa klingelt und geduldig den bronzenen Türknauf studiert. Sie rutschen tief in das Polster, als er sich ratsuchend umschaut, weil weiterhin niemand öffnet. In diesem Moment tritt eine alte Frau aus dem Haus, und Blass kann sich an ihr vorbei ins Treppenhaus drängen. Die beiden schauen sich erstaunt an, als hätten sie ihm so etwas nicht zugetraut.

»Hartnäckiger Hund«, murmelt Beroslav.

*

Während die zwei sich wundern, steigt Blass die Treppe hoch in den dritten Stock und klopft an die Wohnungstür.

»Frau Sterlinger, ich bin es, Blass!«, ruft er gegen das rissige Türblatt. »Lassen Sie mich rein, oder sprechen Sie mit mir, ich will nur wissen, wie es Ihnen geht.«

Er lauscht eine gefühlte Ewigkeit lang, dann hört er schlurfende Schritte in der Wohnung.

»Lassen Sie mich in Ruhe. Es ist besser so.«

Das sind Worte, die ihn verwirren.

»Warum plötzlich dieser Sinneswandel?«

Es folgt die erwartete Stille, schließlich ist es eine unangenehme, wenn auch eine berechtigte Frage. Er spürt förmlich, wie sie mit sich kämpft, aber er nimmt sich vor, nicht wegzugehen, bis sie eine ordentliche Antwort geliefert hat.

»Ich fühle mich nicht gut, ich bin krank.«

»Muss ich mir Sorgen machen?«

»Nein, nein!«

»Ist es so ansteckend, dass Sie mich nicht hineinlassen? Ich schreie nicht gerne durch die Tür.«

Die Tür öffnet sich, soweit es die Sicherungskette zulässt. Aus dem Dunkel der Wohnung schimmert ihm ein verschlafenes Gesicht entgegen. Was er sehen kann, sieht nicht schön aus. Kleine Augen, bleiche Haut, zerzauste Frisur.

»Mit Verlaub, Sie sehen wirklich nicht gesund aus. Darf ich reinkommen?«

Umständlich fingert sie die Kette aus der Halterung und weitet den Spalt, damit er hineinschlüpfen kann. Im düsteren Gang stehen sie sich gegenüber, dann macht sie Licht, und sie schauen sich erschrocken an.

»Eine seltsame Krankheit, von der man ein blaues Auge und ein zerschlagenes Gesicht bekommt.«

Seine »s« tönen leicht zischend, die fehlenden Zähne und eine geschwollene Lippe behindern ihn immer noch.

»Herr Blass, Sie sehen aber auch nicht toll aus.«

»Ja, wir sehen beide nicht vorteilhaft aus, und ich habe den leisen Verdacht, dass wir am selben Virus erkrankt sind. Wer war bei Ihnen?«

Sie wendet sich ab und geht ins Wohnzimmer, er folgt ihr hinein in den Mief tagelanger Angst und Pein. Er schlägt den Vorhang zurück, öffnet ein Fenster, lässt Licht und Luft hineinfluten und schaltet den Fernseher aus. Es herrscht Chaos, besser gesagt eine riesige Schweinerei.

»Sie rauchen?«, fragt er sie beim Anblick des überquellenden Aschenbechers.

»Gelegentlich, wenn ich schlecht drauf bin, so quasi zur Entspannung. Dann allerdings ziemlich ausgiebig, wie Sie sehen«, antwortet sie kleinlaut.

Er nickt verständnisvoll und bohrt weiter: »Und die Kinder?«

»Sie sind bei einer Bekannten.«

»Haben sie mitbekommen, was mit Ihnen geschah?«

»Ja, es war ja nicht das erste Mal.«

»War es Ihr verschwundener Mann?«

»Nein, es war Hans, Akims rechte Hand, der Mann fürs Grobe. Akim macht sich seine Hände nicht mehr schmutzig.«

Wieder ein Augenblick, in dem Blass meint, den Boden unter den Füssen zu verlieren, weniger aus Verzweiflung, mehr aus schierem Zorn. Sein Kontakt mit dem Graubereich der Gesellschaft ist bis jetzt eine surreale und äußerst schmerzhafte Erfahrung gewesen, die er durchaus selbst zu verantworten hatte, aber, dass sich wegen ihm die Gewalt plötzlich gegen Lisa wendet, kann er auf keinen Fall akzeptieren. Es muss handeln, diese feigen Schweine zur Rechenschaft ziehen, erbarmungslos zurückschlagen, über sich hinauswachsen und Lisa rächen. Aber er ist sich seiner Harmlosigkeit bewusst und fühlt nur eine hilflose Wut.

Ohne sich dabei etwas zu denken, beginnt er die Unordnung aufzuräumen, trägt das schmutzige Geschirr in die Küche, entsorgt leere Packungen, wischt die Tische sauber, öffnet alle Fenster und sagt dann zu Lisa, die ihn mit entzündeten Augen beobachtet: »Geben Sie sich nie auf, behalten Sie Ihre Würde. Das ist wichtig.«

Ihre Augen füllen sich mit Tränen, und mit erstickter Stimme sagt sie nach einer Weile: »Wissen Sie, Herr Blass, als Sie in mein Leben getreten sind, da haben Sie nach langer Dunkelheit wieder das Licht angezündet, ein helles und warmes Licht. Dann kam Hans und hat es ausgelöscht. Langsam geht mir die Kraft aus. Ich habe die Schnauze gestrichen voll.«

»Hat sich Hans geäußert, warum er sie misshandelt hat? Eine Warnung, eine Drohung oder eine Forderung? Sie haben Sie kaum nur bestraft, weil Sie sich von Akim losgekauft haben.«

»Er lauerte mir im Treppenhaus auf, drängte mich in die Wohnung und schlug mir sogleich einige Male hart ins Gesicht. Ich ging zu Boden, er stellte sich über mich, sagte, das seien die Grüße von Akim, dann trat er mich in den Bauch und in die Seite. Dies sei eine Warnung. Wenn ich den Kontakt mit Ihnen nicht abbräche, sei er gezwungen, wieder vorbeizukommen. Er hob mich dann hoch, schleppte mich in die Küche, wo er mich auf dem Küchentisch vergewaltigte. Zum Glück waren die Kinder in der Schule.«

Sie erzählt diese Geschichte, als handele es sich dabei um die Schilderung einer netten Sommerwanderung durch die sanften Hügel der Voralpen. Mit fatalistischem Gleichmut, mit der Routine einer abgestumpften Seele und mit dem Ergebenheit eines hoffnungslosen Opfers. Blass seufzt und lässt warmes Wasser ins Waschbecken einlaufen und zieht die Gummihandschuhe an, um das schmutzige Geschirr abzuwaschen. Sie gesellt sich zu ihm und trocknet es ab.

»Hat Sie denn Frau Stetholm erreicht?«

»Nicht direkt. Wie ich mich bei der Arbeit krankmeldete, da sagte man mir, dass sie mir ausrichten lässt, dass Sie nach einem Unfall im Krankenhaus liegen. Aber ich kam nicht mehr dazu, Sie zu besuchen.«

Sie verfallen in ein Schweigen und eine wohltuende Geschäftigkeit, die weder vor dem Badezimmer noch vor der Wäsche haltmacht. Nur die Schmerzen zwingen Blass nach einer knappen Stunde, eine Tablette zu nehmen und sich auf das Sofa zu legen. Sie setzt sich zu ihm.

»Sie sind bleich, Sie sollten sich ausruhen. Möchten Sie einen Tee?«

»Gerne, das ist sehr zuvorkommend.«

Sie schüttelt leicht irritiert den Kopf und fragt sich, ob er dies sarkastisch meint, schließlich hat er soeben ihren ganzen Haushalt in Ordnung gebracht. Vermutlich ist es nur seine Art, denkt sie, und macht ihm einen Schwarztee, den sie mit einigen Keksen serviert. Wie sie ins Zimmer kommt, ist er eingeschlafen. Leise stellt sie das Tablett auf den Salontisch, setzt sich und mustert ihn in aller Ruhe.

Trotz seines lädierten Äußeren muss sie zugeben, dass er einen gewissen Charme ausstrahlt. Keine maskuline Schönheit, keine verwegene Männlichkeit, nichts Brachiales, nichts Erotisches, es sind seine Unabhängigkeit, seine Furchtlosigkeit, seine Weisheit, seine Anständigkeit und seine liebenswerte Rückständigkeit die ihm eine warme Aura verleihen, dem man sich erst bewusst wird, wenn man ihn näher kennengelernt hat, was er wiederum nur ungern zulässt. Abgesehen davon würde er mit einem neuzeitlicheren Haarschnitt, einer zeitgemäßeren Brille und einer modischen Bekleidung einen völlig anderen Eindruck hinterlassen. Vielleicht würde ein *moderner* Blass gar nicht mehr Blass sein. Sie hat sich so an ihn gewöhnt, dass sein Aussehen sie gar nicht mehr stört.

Wahrscheinlich spürt er ihre Anwesenheit, denn er wacht auf.

»Sie waren eingeschlafen. Ich mache Ihnen gleich einen frischen Tee.«

»Nein, lassen Sie nur, ich liebe kalten Tee.«

»Kommt nicht in Frage«, entgegnet sie energisch und verschwindet mit der Tasse in der Küche.

Nach zehn Minuten stellt sie wieder eine dampfende Tasse vor ihn hin. Er setzt sich umständlich auf, wobei Lisa ihm gerne geholfen hätte, doch traute sie sich nicht. Mit bedächtigen Bewegungen schaufelt er Zucker in den Tee, rührt vorsichtig um und blickt Lisa immer wieder mit müden Augen an.

»Frau Sterlinger, ich denke, Sie befinden sich in Gefahr. Möglicherweise haben diese Kerle gesehen, wie ich zu Ihnen ins Haus gekommen bin, und es ist möglich, dass Sie sich jetzt provoziert fühlen. Sie müssen hier weg, in Sicherheit, irgendwohin, wo man Sie nicht mehr bedrohen kann.« Ihm versagt die Stimme, er ringt um Fassung. »Es ist mein Verschulden. Ohne mich wären Sie nie in diese Situation geraten.«

Sie schüttelt verständnislos den Kopf und entgegnet: »Ach woher. Es hat nie ein Ende. Die kommen wieder, so oder so.«

»Noch schlimmer. Gibt es denn keine Möglichkeit, dass Sie an einem sicheren Ort unterkommen? Verwandte, Bekannte, Frauenhaus oder so etwas?«

»Nein, niemanden, und das Frauenhaus ist keineswegs mein Ding. Es ist keine Lösung. Ich kann doch nicht den Rest meines Lebens in einem Heim verbringen.«

»Ich verstehe.«

Sie kennt das Problem, er lernt es erst kennen. Aussichtslose Überlegungen drehen sich im Kreis, ewige Minuten lang, während Blass seinen heißen Tee schlürft, dann sagt er: »Sie kommen zu mir, da wird ihnen nichts geschehen, bis alles vorüber ist.«

»Haben Sie sich das reiflich überlegt? Das kann dauern, und was geschieht mit den Kindern? Wir beide müssen ja wieder zur Arbeit, ewig können wir uns doch nicht verstecken.«

»Ja, Sie haben recht, das war auch nur eine spontane Idee. Sie wäre in Sicherheit.«

»Ist das nicht Wunschdenken?«

»Möglich, trotzdem ist es einen Versuch wert. Ich will Sie nicht drängen und verfolge absolut keine niederen Absichten. Vertrauen Sie mir. Für mich ist es schwer zu ertragen, dass Sie durch mein Verschulden in diese Situation gekommen sind.«

»Sie wiederholen sich, Herr Blass.«

»Richtig. Also überlegen wir uns zuerst, was mit den Kindern geschieht. Könnten sie bei einer Bekannten bleiben?«

»Da fällt mir nur Vera ein.«

»Wäre diese Bekannte eine vertrauenswürdige Person? Kennt sie Akim, oder kennt Akim sie?«

»Das sind viele Fragen. Vera ist eine Freundin mit der ähnlichen Scheiße am Hals wie ich. Ihr verstorbener Mann hat sie verprügelt, nach Lust und Laune missbraucht, war ein Riesenarschloch, aber ein echter Rocker, und auch wenn sie von der Fürsorge lebt, ist sie immer noch in die Szene eingebettet. So ein Ehrenkodex verpflichtet diese Bande, sich um die Angehörigen der Mitglieder zu kümmern und sie zu beschützen. Selbst ein Schatten hat manchmal seine Sonnenseite. Vera kümmert sich vorbildlich um die Kinder, und meine beiden sind gerne bei ihr. Zumindest eine gewisse Zeit könnte ich sie bei Vera lassen. Akim würde sich hüten, in die Nähe meiner Kinder zu kommen.«

»Perfekt. Dann steht dem nicht mehr viel im Weg. Nennen Sie einen Grund, wieso Sie nicht zu mir kommen sollten?«

»Weil es ein Provisorium und keine Lösung ist.«

»Möglich. Aber überlegen Sie, die werden Sie bis aufs Blut schikanieren und mich wie eine Zitrone auspressen. Wollen Sie wirklich ein Opfer sein? Und erwarten Sie nicht allzu viel Hilfe von Dritten, mit Ausnahme von der Polizei, aber da bin ich mir nicht so sicher, ob Sie diese Lawine lostreten möchten.«

Sie schüttelt den Kopf, in Gedanken auf der Suche nach einer anderen Lösung, denn eine Wohngemeinschaft mit einem Sonderling erscheint ihr doch etwas suspekt. Selbst wenn er auf ihrer Sympathieskala weiter oben ist wie zu

Beginn, fürchtet sie, vom Regen in die Traufe zu laufen, von ihren unbrauchbaren Nichtsnutzen zu einem skurrilen Exzentriker zu wechseln. Was wird sie hinter den Mauern seines Hauses erwarten? Es gibt genug Bücher und Filme, die über das perverse Werk solcher seltsamen Männer berichten. Sie will nicht in einem feuchten Keller zu Tode gefoltert werden, um in einem Säurefass oder als portionierte Leiche im Wald zu enden. Sie will diese Fantasie nicht wahrhaben, aber in einer abgelegenen Hirnwindung hängt ein Rest von Misstrauen.

»Packen Sie ihre wichtigsten Sachen, und in einer halben Stunde rufe ich ein Taxi, dann sind wir weg. Hält Sie etwas davon ab?«

»So schnell funktioniert das nicht. Ich spreche zuerst mit Vera und den Kindern. Und da ist noch die Arbeit. Ich muss Urlaub beantragen. Können wir morgen nochmals darüber reden, dann hätte ich Zeit zur Vorbereitung.«

Für Blass bedeutet das ein halbes Ja, das ihn nur halb beruhigen will, denn er hat das dumpfe Gefühl, dass Zeit ein kostbares Gut werden könnte. Diese Schweine haben Druck aufgesetzt und werden kaum nachlassen.

»Einverstanden. Ich gehe jetzt, Sie reden mit allen, die Ihnen wichtig erscheinen, fassen eine Entscheidung und rufen mich morgen an.«

Er erhebt sich und wendet sich der Haustür zu: »Ich wünsche Ihnen einen angenehmen Abend und weiterhin eine rasche Genesung. Auf Wiedersehen, Frau Sterlinger.«

»Auf Wiedersehen, Herr Blass.«

Leise zieht er die Wohnungstür hinter sich zu, und Lisa verriegelt das Schloss und hängt die Sicherungskette ein. Sie lehnt sich mit dem Rücken an die Tür und fragt sich, ob sie ihn verärgert hat, so überstürzt hat er sich verabschiedet. Sie greift zum Telefon.

FÜNFUNDZWANZIG

»Ich bin mir nicht so sicher, ob wir uns damit nicht in die Scheiße reiten.«

»Hast du die Hosen voll?«, fragt Hans verwundert.

»Nein, aber bis jetzt war es ein nettes Spiel. Was, wenn wir resoluter werden müssen, weil sie uns nicht ernst nehmen? Irgendwann richten wir echten Schaden an. Wir sollten den Bogen nicht überspannen.«

»Hast du gedacht, ich würde klein beigeben? Da hast du dich aber böse geschnitten. Dieser Ratte schleife ich die Eier, bis es Geld regnet, und der verdammten Nutte stutze ich die Flügel, bevor sie uns in die Quere kommt. Du scheinst etwas weich geworden zu sein. Muss ich mir Sorgen machen?«

»*Weich* ist das falsche Wort, aber ich bin nicht mehr gezwungen, jedem auf den Schwanz zu treten. Je älter ich werde, desto wichtiger ist mir eine gewisse Ruhe. Die beiden riechen nach Ärger.«

»Ja, Mann, sei entspannt, ich kümmere mich ja um alles. Ich habe alles im Griff.«

»Alles im Griff? Bist du sicher? Mir scheint, die beiden machen alles, nur nicht das, was du ihnen vorschreibst.«

»Warte nur ab. Denen wird ihre Respektlosigkeit vergehen. Ich denke, ich werde ihnen nochmals einen kleinen Denkzettel verpassen. Bis jetzt habe ich keinem der beiden die Knochen gebrochen.«

»Überlege dir reiflich, was du anrichtest, und halte Maß. Ich werde dir nicht uneingeschränkt den Rücken freihalten.«

»Ganz cool, du wirst staunen, und wir werden reich, glaube mir.«

»Na dann.«

SECHSUNDZWANZIG

Maria hat miserabel geschlafen. Es war eine Nacht zum Vergessen, zumal sie sich gründlich über Roman geärgert hat, der die ganze Nacht laut geschnarcht hat. Auch wenn er nicht geschnarcht hätte, wäre sie mit offenen Augen im Bett gelegen, angefüllt mit Sorge über ihren Mitarbeiter, der offensichtlich in eine erbarmungslose Mühle der Gewalt geraten war. Roman hat nur erstaunt die Augenbrauen gehoben und ein einsames *Ach?* von sich gegeben, als sie von Blass erzählte. Es interessierte ihn schlichtweg nicht, zu sehr ist er mit sich selbst beschäftigt. Sie wirft ihm das nicht vor, es ist mehr eine Feststellung, denn er hat seinen Fokus auf den beruflichen Werdegang zu richten und hat keine Zeit für abstruse Kerle, die zwar interessante philosophische Ansätze, aber null Mehrwert liefern. Roman hat sich für die Karriere entschieden, was keine falsche Entscheidung war, denn sie ermöglicht ihnen ein luxuriöses und prestigeträchtiges Lebensniveau, obwohl ihre Beziehung langsam verödet und zur Steppe wird. Wenn er nicht arbeitet, dann denkt er in erster Linie an die Arbeit. Es ist eine Professur, die erreicht werden will und der alles untergeordnet wird. Ein Ziel, edel und wichtig, aber in Wirklichkeit ist Roman nur machtgeil und geltungsgierig. Er ist intelligent und eloquent, Eigenschaften, die ihm viele Türen geöffnet und bei Maria viele geschlossen haben. *Fassade* ist der Begriff, den sie damit in Verbindung bringt, und wenn sie nicht seit zehn Jahren mit ihm liiert wäre und sich an ihn gewöhnt hätte wie Füße an ausgelatschte Pantoffeln, hätte sie ihn schon lange zum Teufel geschickt. Aus lauter Bequemlichkeit hat sie die mit ihm verbundenen Annehmlichkeiten als Grund genommen, um nicht aufzubegehren, und wie es scheint, reicht ihm die homöopathische Dosis an Liebe und Sex vollkommen aus. Zu viel Intimität würde vermutlich sein Ziel gefährden.

Zwei Menschen, denen das Gemeinsame abhandenkam, deren Beziehung unspektakulär scheiterte, ohne dass sie es bemerkt haben, und sich unterdessen mit einer nüchternen Kooperation zufriedengeben. Kann passieren, sagt sie sich immer öfter, aber ärgerlich ist nur, wenn man die besten Jahre seines Lebens mit Halbheiten vergeudet. Zu spät wäre es ja nicht, etwas daran zu ändern, denkt sie manchmal.

Nicht umsonst widmet sie ihre Gedanken einem kommunen Mitarbeiter, dessen aktuelles Schicksal weitaus mehr Tiefe aufzuweisen hat als ihr gesamtes Leben. Nicht dass sie ein Dasein voller Dramatik vorzöge, im Gegenteil, sie liebt die Muße und den Frieden eines behüteten Lebens. Trotzdem kann sie sich dem Reiz der menschlichen Abgründe nicht vollends entziehen, einerseits aus Sorge um Beteiligte, andererseits aus Neugier. Wie kann ein so biederer Mensch wie Blass in solch eine brutale Spirale geraten? Ist er so unschuldig, wie es scheint, oder ist es, wie bei Roman, nur eine Fassade, die den wahren Menschen verbirgt?

Undenkbar. Sie meint, sich ihrer Urteilsfähigkeit sicher zu sein. Wenn, dann ist es dieses Flittchen Lisa, welche aus dem naiven und antiquierten Traumtänzer ein Opfer gemacht hat. Mit ihren Reizen hat sie wieder einmal bewiesen, dass Männer sehr einfach zu beherrschen sind, außer man kennt sich seit zehn Jahre und eine Professur steht an. Und mit größter Wahrscheinlichkeit ist Blass sexuell ausgehungert, ohne Liebe und einsam. Beste Voraussetzungen, um als Ziel für irgendwelche habgierige Absichten zu dienen. Er verfügt mit Sicherheit über ein stattliches Vermögen, betrachtet man sein Haus und das Grundstück, welches vermutlich aus altem Familienbesitz stammt. Ihre Erkenntnisse bleiben reine Spekulation, denn er gibt ihr nicht die kleinste Möglichkeit einer Einsicht in seine Privatsphäre. Und das Leben von Balthasar Blass geht sie auch nichts an, ausgenommen er würde seine Arbeit vernachlässigen.

Aber diese erledigt er tadellos, und seine Absenzen sind zweifelsfrei begründet, auch wenn er die Ursache seiner Verletzungen nicht preisgeben will.

Sie schält sich aus den verschwitzten Laken und schleicht aus dem Schlafzimmer, um in Ruhe ihre Morgentoilette zu erledigen. Roman grunzt nur, als sie die Tür leise ins Schloss zieht. Nach einer ausgiebigen Dusche und einer übertriebenen Körperpflege fühlt sie sich etwas besser. Das Frühstück mit Kaffee, Orangensaft, Müsli und einem weichen Ei schenkt ihr wieder neuen Schwung, obwohl sie immer noch über Blass grübelt. Eins ist sicher, sie wird heute ihrer Pflicht als seine Vorgesetzte nachkommen, indem sie sich nach seinem Wohlbefinden erkundigen wird. Davon verspricht sie sich mehr Klarheit über die Hintergründe des Überfalls und Informationen zu seinem Zustand. Gezwungen hierzu ist sie nicht, in keinem Reglement steht geschrieben, dass sie sich in einer solchen Intensität um ihre Mitarbeiter zu kümmern hätte. Zugegeben, Neugier, gepaart mit Sorge und Faszination, spielt hier eine entscheidende Rolle.

So verlässt sie die Wohnung, bevor Roman aufgestanden ist, und geht, dem gewohnten Zeitplan folgend, ins Büro. Roman wird sie erst spät abends wiedersehen, ein Umstand, der ihrem Beamtendasein und seinem Akademikerleben zu verdanken ist, zwei selten kompatible Berufe. Sie weiß, wie kompliziert ihr Zusammenleben ist, selbst wenn man ihre unterschiedlichen Welten ausblendet, und abgesehen davon hatten sie zehn Jahre Zeit, sich an ihren Irrtum zu gewöhnen. Ihre verdammte Beziehung ist ein einziges Missverständnis, denkt sie mit einer traurigen Wut und fährt ihren Rechner hoch. Sie wischt sich eine Träne aus dem Augenwinkel, während sie versucht, ihr persönliches Dilemma zu verdrängen. Sie darf auf keinen Fall ihr privates Problem mit ihrer Arbeit und sicher nicht mit Blass' Schicksal vermengen. Sie wird sich wie immer arrangieren. Spätestens, wenn sich die Wolken dieses Tiefs verzogen haben, wird sie von der Wärme der Sonne wieder eingelullt und, je nach Perspektive, wird kein Schatten mehr zu sehen sein. Sie haben sich derart aneinander gewöhnt, dass selbst die Gewissheit, nicht zueinander zu passen, sie nicht trennen kann. Eine verfahrene Situation.

Sie durchstöbert ihre Mails, ohne etwas Wichtiges zu finden, schließt wieder das Programm und lässt die Stille des Raums auf sich wirken. Ganz leise ist das Kreischen der Straßenbahn zu hören, welche sich um eine Kurve quält, ansonsten herrschte absolute Stille. Gewöhnlich wäre Blass um diese Zeit bereits im Büro, sie würde Kaffee trinken, den er ihr zubereitet hat, und sich über seine verschrobenen Äußerungen wundern. Ihre Gespräche sind meist schräg, da seine Meinungen höchst selten in ein Schema passen und er sich nie zu schade ist, sich selbst nicht allzu ernst zu nehmen. Was sie aber am meisten an ihm schätzt, ist seine Fähigkeit zuzuhören, nie ins Wort zu fallen und sich tatsächlich für das Gegenüber zu interessieren.

»Guten Morgen, Maria«, flötet Annemarie, während sie durch die Türe wirbelt. »Ist es nicht ein wunderschöner Tag, der gerade anbricht? Die Sonne scheint, und wir haben bereits zwanzig Grad. Wie im Hochsommer, einfach herrlich!«

Maria hätte gerne eine Weile lang die Ruhe genossen, aber Annemaries lebendiger Frohsinn bringt selbst die leiseste Stille zum Schweigen.

»Guten Morgen, Annemarie. Ja, es ist herrlich. Ich genieße solche Tage in vollen Zügen.«

»Ja, wahrlich, eine reizende Jahreszeit. So frisch und fröhlich. Hast du etwas von Blass gehört?«

Seltsam, dass sie die Rede auf ihren Arbeitskollegen bringt, nachdem sie so euphorisch über die Jahreszeit gejubelt hat. Annemarie ist eine richtige Glucke, kümmert sich gerne um alle, verwöhnt jeden an seinem Geburtstag, bringt jede Woche einen selbstgebackenen Kuchen ins

Büro, schaut, dass jeder einen üppigen Gummibaum neben dem Schreibtisch stehen hat, und schreibt schwülstige Weihnachtskarten. Allen ist sie die gute Seele. Nur Blass ist nicht empfänglich für solche Nettigkeiten, darum kann sie es nicht so mit ihm. Die Distanz, die Blass generell zu allen Menschen pflegt, stößt bei Annemarie auf absolutes Unverständnis. Sie, die liebenswürdige Muttergestalt, er der reservierte Einsiedler. Zudem ist es meist seine schonungslose Ehrlichkeit, die sie zur Weißglut bringt, zum Beispiel als er ihren Kuchen zurückwies, weil er keine Buttercreme mag. Nicht viele mögen so eine fette Torte in Rosa, aber alle bissen aus Höflichkeit in das ihnen dargereichte riesige Stück, nur Blass nicht. Annemarie hat ihm das nie verziehen. Und jetzt fragt sie nach seinem Wohlergehen, seltsam.

»Er ist wieder zu Hause, aber es wird noch einige Tage dauern, bis er zur Arbeit erscheinen wird.«

»Sind seine Verletzungen so gravierend?«

»Ja, er sieht auf jeden Fall schlimm aus, vor allem sein Kopf. Eine Schädelfraktur.«

»Sollten wir ihn vielleicht besuchen gehen?«

»Bei ihm zu Hause? Glaube mir, das ist keine gute Idee. Er legt kaum Wert auf Besuch, und wenn, dann gehe ich in unserem Namen. Ohne Geschenke und ohne Blumen. Nur als Geste.«

Annemarie ist sichtlich enttäuscht, und Maria kann sich vorstellen warum. Wann wird es je wieder einen Grund geben, um bei Blass vorbeizuschauen? Niemand war je bei Blass zu Hause, und insgeheim sind alle neugierig darauf, wie es bei ihm aussieht, selbst Herbert, der in diesem Moment das Büro betritt. Man begrüßt sich.

»Störe ich bei einem wichtigen Gespräch?«, fragt Herbert vorsichtig, als er das Gefühl hat, in einem falschen Augenblick den Raum betreten zu haben.

»Nein, nein!«, beschwichtigt Maria. »Wir haben uns nur über Blass unterhalten. Wie es ihm geht und ob wir ihn besuchen sollten. Ich vertrete die Meinung, dass ich das alleine tun werde, denn ich bin überzeugt, dass er den Besuch einer Delegation nicht gutheißen würde. Ihr solltet ihn ja ein wenig kennen.«

»Ist mir recht«, bemerkt Herbert trocken. »Ich habe keine Lust, ihn in seinem Geisterschloss zu besuchen.«

»Du weißt, wo er wohnt?«

»Bei einem Spaziergang habe ich per Zufall gesehen, wo er wohnt. Auf jeden Fall möchte ich nicht wissen, wie es hinter diesen Mauern aussieht.«

Vermutlich war es ein ähnlicher Zufall wie bei Maria. Annemarie blickt die beiden mit geweiteten Augen an, sicherlich hat auch sie mittlerweile herausgefunden, wo Blass wohnt, aber nicht den Mut, es zuzugeben. Es sieht so aus, als wäre Neugier ihr aller Antrieb. Eine geheimnisvolle Persönlichkeit fasziniert, kaum jemand kann sich ihr entziehen, und kaum jemand gibt dies gerne zu.

»Dann werde ich ihn heute Nachmittag besuchen und richte herzliche Grüße von euch aus. Einverstanden?«

Beide nicken.

SIEBENUNDZWANZIG

»Hallo, Frau Sterlinger. Wie fühlen Sie sich?«

»Guten Tag, Herr Blass. Es geht mir ordentlich, aber nicht hervorragend. Die Kinder sind versorgt, ich habe mir alles in Ruhe überlegt und bin zu dem Schluss gekommen, dass ich vorübergehend gerne zu Ihnen kommen würde.«

»Warum geht es Ihnen nicht zufriedenstellend? Sie betonen dies, als wäre es von Bedeutung.«

»Weil er wieder vor meiner Türe war.«

»Hans, der Schläger?«

»Ja. Er drohte, mich umzubringen, wenn ich mit Ihnen weiterhin Kontakt habe. Er hat mir beinahe die Türe eingeschlagen, aber ich habe nicht geöffnet. Dann verschwand er, als die Türken von unten auftauchten.«

»Trotz dieser Drohung haben Sie sich entschieden, zu mir zu kommen?«

»Er wird mich nicht umbringen, das ist nur Geschwätz von einem hirnlosen Muskelberg, aber er wird mich weiter verprügeln und vergewaltigen. Das macht ihm am meisten Spaß. Jetzt habe ich den Entschluss gefasst, mich nicht mehr einschüchtern zu lassen.«

Es folgt eine kurze Pause, in der Blass versucht, ihre Worte zu verdauen. Er staunt über ihre Gelassenheit, mit der sie über ihre schwierige Lage berichtet. Hysterie wäre eher angebracht gewesen.

»Ich bestelle ein Taxi. Sie warten, bis der Fahrer bei Ihnen klingelt, dann fahren Sie mit ihm zu mir. Wie lange brauchen Sie, um das Wichtigste zu packen?«

»Zehn Minuten, mehr benötige ich nicht. Ich habe bereits gepackt.«

»Sehr gut. Damit Sie sicher sind, dass es der Taxifahrer ist, den ich geschickt habe, fragen Sie ihn, wer das Taxi bestellt hat, und wenn er nicht meinen vollständigen Namen nennt, dann öffnen Sie auf keinen Fall. Mein vollständiger Name ist Balthasar Theophil von Blass.«

»Oh, von Blass.«

»Haben Sie verstanden?«

»Aber sicher, Eure Exzellenz.«

»Genau aus diesem Grund lasse ich dieses Wörtchen weg.«

»Entschuldigen Sie, ich wollte mich nicht über Sie lustig machen.«

»Ist in Ordnung. Sie sind die Einzige, die davon Kenntnis hat, also bitte ich Sie, das für sich zu behalten. Ich werde jetzt das Taxi bestellen. Bis bald und auf Wiedersehen, Frau Sterlinger.«

»Tschüss, Herr Blass.«

In der Tat klingelt es nach etwa zehn Minuten, und Lisa drückt auf. Das Haus hat keine Gegensprechanlage, also muss sie warten, bis der Taxifahrer hochgestiegen ist und an die Türe klopft. Das Prozedere verläuft nach Plan, und nachdem sie die Wohnung verschlossen hat, hilft ihr der Fahrer, die drei prall gefüllten Koffer hinunterzuschleppen. Es sieht aus, als ginge sie drei Monate in den Urlaub.

Nervös blickt sie sich auf der Straße nach Hans und Akim um, fest überzeugt davon, dass man sie sich nicht ungehindert verschwinden lässt. Aber es herrscht gespenstige Ruhe in der Quartierstraße, kein Verkehr, keine Passanten, nirgends die Silhouette eines Kopfes hinter dem Steuer eines geparkten Autos. Schnell steigt sie ins Taxi und schaut während der Fahrt immer wieder zurück, ohne einen Verfolger erkennen zu können. Je länger sie unterwegs sind, desto weniger kennt sie sich aus. Es ist keine Gegend für Menschen mit ihrem Einkommen. Lauter Villen und luxuriöse Mehrfamilienhäuser mit viel Grün rundum säumen die Straßen. Auch ein Ghetto, wie das Quartier, in dem sie wohnt, nur für Reiche. Mit großen Augen bestaunt sie die feudale Welt und ist auf Blass' Haus gespannt, das vermutlich ein Schloss sein wird.

Sie geht zunächst von einem Irrtum aus, als das Taxi vor einem verwilderten Grundstück hält, auf dem sich hinter hohen Ranken und üppigem Gesträuch ein seltsam verwunschenes Gebäude duckt. Lisa verzichtet, auf einen Irrtum hinzuweisen, denn plötzlich scheint es nicht mehr so abwegig, dass Blass hier wohnen könnte. So seltsam ihr Mentor sich gibt, so seltsam wird er vermutlich hausen. Trotz ihrer Erkenntnis ist sie ein wenig enttäuscht, wenn nicht sogar entsetzt. Wenn er über den Reichtum verfügt, den er angedeutet hat, dann müsste man doch etwas davon sehen. Aber sie hat ja viel Geld von ihm erhalten, also muss er logischerweise reich sein. Kein Zweifel. Seltsam. Sie kann sich ein Schmunzeln nicht verkneifen. Dieser Kerl kokettiert offensichtlich mit seinem Status.

Der Taxifahrer wuchtet das Gepäck auf den Gehsteig, während sie versucht, eine Klingel zu finden. Sowie sie den unscheinbaren Knopf drücken will, öffnet sich das Tor mit einem leisen Summen. Aus dem Gehölz tritt blass hervor und drückt dem Taxifahrer Geld in die Hand, welcher sich dann mit einem Bückling und freudigen Dankesworten verabschiedet. Blass bedankt sich im Gegenzug für die zuverlässige Erledigung des Auftrages.

Dann wendet er sich Lisa zu, verzieht seine verbeulte Visage und meint: »Kommen Sie ins Haus. Ich habe uns Tee gemacht.«

Ihr Schritt über die Schwelle ist ein Schritt in eine neue Welt. In ihrer Fantasie hatte sie sich einige Male vorgestellt, wie es wohl bei diesem seltsamen Herrn Blass zu Hause aussehen mag. Aber was sie jetzt zu Gesicht bekommt, sprengt jegliche Vorstellung.

Es sind die feudale Opulenz des Raums, die Pracht der alten Möbel, die Bilder, Statuen, Skulpturen, der Boden aus schwarzem Marmor, die elegant geschwungene Treppe, der kristallene Kronleuchter, die großzügige Dimension der Eingangshalle, aber auch die gepflegte Sauberkeit, die sie in Ehrfurcht erstarren lassen. Sie stellt die Taschen auf den Boden, während ihre Augen zu wandern beginnen. Wie ein Museum, wie eine Kulisse in einem Historienfilm, wie aus einem längst vergangenen Jahrhundert. Mit staunenden Augen saugt sie alle Eindrücke in sich hinein, stumm, mit einer sanften Aufregung, denn sie kann sich vorstellen, dass sie zu den wenigen Menschen gehört, die dieses Haus je betreten durften. Sein Refugium, seine Welt, seine Vergangenheit und Gegenwart. Das Haus, überlegt sie sich, kann er aber kaum alleine in Schuss halten, also muss es jemanden geben, der ihm nahesteht und ihm dabei hilft. Für Lisa ist alles, was sie sieht, ein Mysterium. Zu Kunst und Antiquitäten hatte sie nie einen Zugang gefunden. An der Wand hatte sie gerne Poster mit Palmen im Sonnenuntergang oder nackte Männermuskeln aufgehängt, und, was Skulpturen angeht, bevorzugt sie eine chinesische Winkekatze, eine Schneekugel mit dem Weihnachtsmann und dekorative Blumen aus Plastik. Mehr Kultur kann sie sich nicht vorstellen, abgesehen davon, dass sie von Kunst nichts versteht. Sie fühlt sich bei diesem Thema so ungebildet, dass sie es bisher gemieden hat, was nicht allzu schwierig gewesen ist, da sich in ihrem Umfeld generell niemand für Kunst interessiert. Was sie hier in der Eingangshalle sieht, erinnert sie an einen Besuch des Kunstmuseums während der Schulzeit, der ihr letzter Kontakt mit der Kultur war.

»Ich zeige Ihnen Ihr Zimmer später, lassen Sie uns erst einmal Tee trinken. Kommen Sie in den Salon.«

Sie folgt ihm in ein großes Wohnzimmer, wo sich vier lederne Sessel vor einem Kamin gruppieren. Auf dem Salontisch hat er zwei Tassen, die Teekanne, Zucker, Milch und einen kleinen Teller mit Plätzchen arrangiert. Alles edel und stilvoll.

»Bitte, nehmen Sie Platz.«

Sie sinkt tief in den weichen Sessel und beobachtet ihn dabei, wie er den Tee sorgfältig einschenkt. Er sieht lädiert aus, obschon Bandagen und Heftpflaster die gröbsten

Verletzungen kaschieren, trotzdem strahlt er eine zufriedene Ruhe aus.

»Wie geht es Ihnen?«, fragt sie.

»Immer besser. Da und dort noch einige Schmerzen, ansonsten verheilt alles nach Plan. Am Montag sollte ich wieder zur Arbeit gehen können.«

»Und jetzt haben Sie mich an der Backe. Kein hilfreicher Umstand für eine vernünftige Erholung.«

»Ach, woher. Sie bringen mir eine willkommene Abwechslung in mein so ruhiges Leben. Sie sehen ja selbst, wie still es hier ist. Manchmal ist es mir in diesem Haus beinahe zu still.«

»Seit wann leben Sie hier allein?«

»Seit meine Mutter gestorben ist, das ist nun dreiundzwanzig Jahre her, mein Vater starb zwei Jahre früher.«

»Haben Sie keine Geschwister?«

»Nein, ich bin der einzige Nachkomme.«

Sie lässt sich das Gesagte nochmals durch den Kopf gehen, kann aber ihre Wissbegier nicht zügeln: »Leben Sie wirklich alleine in diesem riesigen Haus? Wer hilft Ihnen denn beim Putzen, Waschen, Fenster reinigen, Abstauben, Staubsaugen, Böden feucht aufnehmen?«

»Niemand, das mach ich alles selbst.«

»Kann ich nicht glauben!«, widerspricht sie forsch.

»Doch, Sie können mir glauben. Ich unterhalte dieses Haus ganz alleine, denn ich habe keinen Fernseher, keinen Computer, kein Smartphone und keine Freunde. Da hat man genügend Zeit, diesen Familienbesitz zu pflegen.«

»Das klingt nach Einsamkeit und Selbstgesprächen.«

»Ja, ich bin allein, aber nicht einsam. Ich habe mich schon gefragt, ob das normal ist und ob ich mir bei einem Psychiater Rat holen sollte. Aber das kommt mir nicht in Frage. Ich habe nicht das Gefühl, krank zu sein.«

»Das sagen Sie. Andere haben eine gegenteilige Meinung über Sie. Aber darüber würde ich mir keine Sorgen machen. Viele Leute denken über mich auch nur Schlechtes. Nutte, dumm, blond, arm. Vier Eigenschaften, die mich in eine Schublade stecken, aus der ich nicht mehr herauskomme.«

Sie schlürft leise, mit hervorragenden Manieren ihren Tee, als sei sie adliger Herkunft. Eigentlich hätte sie Anlass genug, diese Tasse gegen die Wand zu schleudern, denkt er.

»Ich bewundere Ihre Gelassenheit. Es wäre Ihr Anrecht, wütend und enttäuscht zu sein. Ich empfinde ihr Leben als ein Martyrium. Unerträglich, was Ihnen geschieht. Sie sollten versuchen, aus diesem Teufelskreis auszubrechen. Sie dürfen diese Situation nicht akzeptieren, das käme einer Kapitulation gleich.«

»Sie haben ja so recht, nur ist alles nicht so einfach, wie es scheint. Müssten Sie so viele Jahre eine streng zugewiesene Rolle spielen, würde es Ihnen auch schwerfallen, etwas daran zu ändern, vor allem, weil es einige Leute nicht zulassen würden.«

»Ich entnehme ihren Worten viel Fatalismus und wenig Willen zum Widerstand.«

»Aus der Sicht eines wohlhabenden Adligen mit einem großen Haus und einem hübschen Einkommen mag Ihre Feststellung durchaus zählen, aber als kleines Flittchen, das am Rande des Existenzminimums lebt, hat man wenig vernünftige Gründe, um aufzubegehren. Ich habe gelernt, zu gehorchen und zu schlucken. Ich schlucke mittlerweile alles, Ärger, Wut, Enttäuschung, Schläge, Lügen und Sperma. Ich bin das perfekte Opfer.«

Blass kann ihr ganzes Dilemma verstehen, und er maßt sich nicht an, es besser zu wissen. Er ist nicht die moralische Instanz, die über ihr Leben urteilen und zudem klugscheißerische Ratschläge anbringen darf, dennoch kann er sich eine Bemerkung nicht versagen.

»Frau Sterlinger, Sie sind nur dann ein Opfer, wenn Sie es zulassen. Ich denke, ich sollte Ihnen helfen, sich gegen ihre Unterdrückung zu wehren. Nicht aus Edelmut, mehr aus Freundschaft.«

»Sie beschämen mich. Ich möchte Sie nicht enttäuschen, aber um mein Leben zu ändern, braucht es einiges mehr als nette Worte. Es ist eine ziemlich verfahrene Situation.«

»Sieht so aus. Keine Angst, ich werde Sie nicht weiter drängen, außer Sie trinken den Tee nicht aus.«

Folgsam leert sie die Tasse, bedient sich nochmals an der Kanne und schiebt sich mit einem amüsierten Seitenblick ein Plätzchen in den Mund. Mit einem Schluck Tee spült sie den Keks herunter und lächelt. Selbst er lächelt, wenn auch mit einem grotesk verzerrten Gesicht. Zum ersten Mal sieht sie ihn lächeln, die Stimmung entspannt sich merklich. Sofort verliert diese Situation an Brisanz, bedeutet doch ihre Anwesenheit für Blass so etwas wie einen Ausnahmezustand, was deutlich zu spüren ist. Als bekäme sie Einsicht in die inneren Angelegenheiten Nord-Koreas, als beträte sie unentdecktes Territorium. Das schenkt ihr ein starkes Gefühl. Erstmals, seit ewig langer Zeit, fühlt sie sich wichtig, ernst genommen.

»Herr Blass, ich bin sprachlos. Ich hätte mir nicht im Entferntesten vorstellen können, wie Sie leben. Hier ist es wunderschön, wie im Märchen«, sagt sie, währenddem sich ihre Augen kaum an der Atmosphäre des Raumes sattsehen können.

Ein Zimmer, mehr eine Bibliothek mit raumhohen Bücherregalen, angefüllt mit hunderten von Büchern, den Ledersesseln und den kleinen Tischen, die um den Kamin gruppiert sind. Ein Raum voller Intensität. Etwas düster, aber mit einer behaglichen Atmosphäre und sehr still.

»Ja, dieses Haus bedeutet mir viel, wenn nicht alles. Hier wurde ich geboren, und seither lebe ich hier, ununterbrochen. Den großen Teil meiner Zeit verbringe ich hier und schaue, dass das Haus das bleibt, was es immer war, das Domizil einer Dynastie, deren letzter Vertreter ich bin. Es hört sich dramatischer an, als es in Wirklichkeit ist, aber es liegt mir trotzdem enorm viel daran, dass dieses Haus nach meinem Tod keiner Überbauung weichen muss.«

Plötzlich lenkt er seine Rede wieder auf sein Sterben, das sie beinahe vergessen oder verdrängt hat. Sie will davon nichts hören, diese Bemerkung verdirbt ihr etwas die Laune.

»Sie werden nicht sterben. Kämpfen Sie dagegen an!«

Das war gedankenlos, das hätte er nicht ansprechen dürfen, das war ein Fehler, das wird ihm in dem Moment bewusst, als er es ausgesprochen hat, denn sie ist nicht reif für seine Überlegungen und würde seine Argumente deshalb nicht nachvollziehen können. Er will auf keinen Fall in eine Opferrolle gedrängt und bemitleidet werden.

»Vergessen Sie mein Sterben. Es ist meine ganz eigene Geschichte, die niemanden berühren sollte. Auch Sie nicht.«

»So ein Mist! Der Tod ist immer ein Drama, und für mich sind Sie weit mehr als ein selbstloser Retter in der Not. Sie sind ein Engel.«

»Unsinn! Ich will nur eine sinnvolle Regelung meines Nachlasses. Mehr nicht. Frau Sterlinger, ich möchte von dieser verklärten Sicht auf meine Person nichts mehr hören. Da ist keine Romantik, keine edle Selbstaufopferung, kein karitatives Ideal, einzig ein Besitz und ein Vermögen, beides gilt es zu verwalten, damit es nicht den Aasgeiern zum Opfer fällt. Ich will hier Kontrolle und Gewissheit haben.«

Sie schlürft ihren Tee, weiterhin wie eine britische Adlige, mit abgespreiztem kleinen Finger, als animierte sie diese Umgebung zu einem affektierten Verhalten. Blass nimmt dies mit einem Schmunzeln zur Kenntnis.

Lisa braucht diese langen Sekunden, um für das, was sie sagen möchte, die passenden Worte zu finden: »Haben Sie da nicht allerhand Arbeit vor sich, wenn Sie Ihr Geld und Ihren Besitz auf so unkonventionelle Art und Weise verteilen wollen?«

»Ihre Bemerkung trifft mein Problem auf den Punkt. Dies ist eine Herausforderung, der ich mich zurzeit widme.

Ich prüfe verschiedene Lösungen, aber es ist zu früh, darüber zu reden.«

Beide wissen, dass diese Floskeln zu sehr nach politischen Lügen klingen und wenig überzeugen, aber das Thema ist fürs Erste vom Tisch. Dafür folgt eine peinliche Stille, da niemand auf eine weitere Mine treten möchte.

»Dann würde ich Ihnen gerne Ihr Zimmer zeigen.«

Sie nickt, folgt ihm in die Eingangshalle, wo er das Gepäck ergreift, und geht hinter ihm die Treppe hoch. Ein langer Gang trennt das Obergeschoss in zwei Hälften, an dessen Ende eine verglaste Tür auf eine Terrasse führt. Er öffnet unmittelbar davor die rechte Zimmertür und bittet Lisa mit einer schwungvollen Geste, einzutreten. Es ist nicht der erwartete Prunk aus vergangenen Jahrhunderten, den sie vorfindet, mehr die Einfachheit einer Klause. Ein schmales Bett, ein Tisch mit zwei Stühlen, ein Sofa, ein zweitüriger Kasten, an den Wänden drei gemalte Landschaftsbilder und auf dem Tisch ein Kerzenständer aus Messing mit fünf weißen Kerzen. Einzig das blasse, florale Muster der Gardinen und die gelbe Bettdecke verleihen, zusammen mit den Pastelltönen der Bilder, dem Zimmer eine zurückhaltende Farbigkeit. Die Möbel scheinen bäuerlicher Herkunft zu sein, einfach, schnörkellos, stabil.

»Das Zimmer meiner Großmutter. Nach dem Tod meines Großvaters zog sie sich hierhin zurück. Der Raum ist immer noch so, wie sie es verließ.«

»Starb sie in diesem Bett? Verzeihen Sie mir die Frage, aber ich hätte Mühe, in einem Bett zu schlafen, in dem jemand gestorben ist.«

»Nein, keine Sorge, sie starb im Krankenhaus. Gefällt Ihnen das Zimmer?«

»Herr Blass, es ist märchenhaft, auch wenn es für mich ungewohnt ist.«

»Ungewohnt?«

»Na ja, seien Sie nachsichtig mit mir, aber es hat keinen Fernseher, kein Radio, keinen Computer, es ist so bescheiden, ohne jeglichen Firlefanz. Ich werde mich zuerst daran gewöhnen müssen.«

»Sie werden einzig in meinem Arbeitszimmer einen Laptop und im Flur ein festinstalliertes Wandtelefon finden, die einzigen Zugeständnisse an die Neuzeit. Betrachten Sie Ihren Aufenthalt in diesem Haus als Urlaub von all diesen unnötigen Dingen. Hier reduzieren Sie sich auf das Wesentliche, und ich verspreche Ihnen, dass Sie es nicht bereuen werden. Ich zeige Ihnen noch das Badezimmer, dann lasse ich Sie in Ruhe, damit Sie sich einrichten können.«

Er führt sie in den gegenüberliegenden Raum jenseits des Korridors. Dieses Fünfundzwanzig-Quadratmeter-Badezimmer im Retro-Style wäre heute noch die Zierde manch einer Villa. Lisa staunt.

»Sie finden mich in der Küche. Folgen Sie einfach den Geräuschen. Bis später.«

ACHTUNDZWANZIG

Es klingelt an der Tür. Kein modernes Surren, Bimmeln, kein Gong oder ein sonstiges elektronisches Geräusch, nur das kommune Läuten einer Glocke. Blass, in das Schälen von Kartoffeln vertieft, fährt zusammen und fragt sich, ob er nachsehen soll. Selten wird an seiner Tür geklingelt, und wenn, dann ist es der Postbote oder der Beamte, der die Zähler für Strom, Gas und Wasser abliest. Ausgerechnet heute, wo er mit der Ankunft von Lisa beschäftigt ist und keine weitere Störung gebrauchen kann, klingelt jemand. Leider sieht er vom Haus nicht bis zum Tor, allzu dicht umschließt die Wildnis das Erdgeschoss. Er trocknet sich die Hände ab und geht nach draußen, wo er durch eine lichte Stelle im Gesträuch späht und mit Schrecken Maria erkennen muss. Was will denn sie hier? Blass' Gedanken drehen sich auf der Stelle konfus im Kreis, während Maria ungeduldig nach ihm Ausschau hält. Sie klingelt ein zweites Mal. Als wäre dieses Geräusch ein zwingender Befehl, schiebt er sich langsam hinter dem Gebüsch hervor und schleicht wie ein geschlagener Hund auf das Tor zu.

»Guten Tag, Herr Blass!«, ruft sie mit freudiger Miene.

»Oh, Frau Stetholm, guten Tag, was machen denn Sie hier?«

»Sie besuchen, was sonst! Im Namen Ihrer Mitarbeiter und in meinem möchte ich Ihnen einen Besuch abstatten, wir wollen wissen, wie es Ihnen so geht.«

»Oh, das wäre aber nicht nötig gewesen. Mir geht es bereits viel besser.«

Mit einem eingefrorenen Lächeln betrachtet Maria ihr Gegenüber, das partout nicht begreift, dass sie gerne ins Haus gebeten würde. Im Gegenteil, Blass überlegt verzweifelt, wie er sie wieder loswird, aber sie macht keine Anstalten, sich zu verabschieden, und die Konventionen der

Höflichkeit zwingen ihn zu einem bitteren Entscheid. Er hat keine andere Wahl.

»Das ist sehr nett und einfühlsam von Ihnen, danke. Wollen Sie auf einen Tee ins Haus kommen?«

»Das wäre wunderbar.«

Er öffnet ihr das Tor, und sie folgt ihm mit einem leisen Herzklopfen, als beträte sie den Mond. Ihre Reaktion beim Betreten der Eingangshalle unterscheidet sich kaum von Lisas, was ihm äußerst peinlich ist. Er ist kein Mensch der Äußerlichkeiten und des Besitztums, hat bislang versucht, seine Welt stets nach außen abzuschotten, und zuwidergehandelt diesem Prinzip an einem Tag gleich zwei Mal. Als hätte er eine Schleuse geöffnet, als wäre es ein Tag der offenen Tür.

»Ich bereite uns einen Tee zu, oder wünschen Sie einen Kaffee oder ein Glas Wein?«

»Mein lieber Herr Blass, ich brauche dringend ein Glas Wein.«

»Rot oder weiß, oder ein Glas Champagner?«

Sie beginnt zu lächeln und antwortet fröhlich, während sie die Gemälde studiert: »Oh, ich denke, Champagner passt perfekt zu diesem besonderen Augenblick. Danke.«

»Gerne. Nehmen Sie doch im Salon Platz, hier durch diese Tür. Ich bin gleich zurück.«

Froh, einige Minuten für sich zu sein, um sich zu sammeln, eilt er in die Küche, holt aus dem Eisschrank eine Flasche Bollinger, stellt sie mit drei Gläsern und einem mit Eis gefüllten Kühler auf ein Tablett. Dann füllt er einige Oliven in ein Schälchen und findet eine Packung mit Blätterteigstangen, welche er in einem hohen Glas arrangiert. Er fragt sich, was er alles falsch macht, als er den Salon betritt und die beiden Frauen bei ihrem Gespräch unterbricht. Gerne hätte er Maria auf die Anwesenheit von Lisa vorbereitet, so oder so wäre beim Anblick des dritten Kelchs eine Erklärung nötig gewesen, aber somit hat sich sein Plan erübrigt.

»Oh, die Damen sind sich bereits begegnet. Ich hatte noch gar nicht die Gelegenheit zu erwähnen, dass ich heute nicht alleine bin. Frau Sterlinger wird einige Tage hier im Hause mein Gast sein, und Frau Stetholm wollte einen Krankenbesuch abstatten.«

Seine Rechtfertigung kommt so hölzern daher, dass für alle im Raum sein großes Unbehagen förmlich zu greifen ist, sogar für ihn.

»Sie müssen sich nicht erklären, Herr Blass. Wir haben uns ja schon kennengelernt, und Frau Sterlinger hat mir soeben erzählt, dass Sie ihr temporär Unterkunft gewähren, bis der Wasserschaden in ihrer Wohnung behoben sein wird.«

Zu welch raffinierter Lüge Lisa doch fähig ist, denkt er sich und ist froh, gegenüber seiner Vorgesetzten nicht die Wahrheit sagen zu müssen. Lisas Feingefühl gebührt höchster Respekt. Jedoch ist Maria das Misstrauen anzusehen, sogar eine leichte Enttäuschung, denn eine verrückte Liebesgeschichte wäre weitaus aufregender gewesen als solch ein profaner Freundschaftsdienst an einer guten Bekannten.

Blass entkorkt die Flasche, Lisa bemerkt erstaunt: »Schampus? Gibt es etwas zu feiern?«

»Es ist ein besonderer Tag. Ihr seid meine ersten Gäste hier im Haus. Ich denke, das ist Grund genug.«

Konzentriert füllt er die Gläser, nachdem er einen Schluck gekostet hat, froh, nicht in die verwirrten Gesichter schauen zu müssen, obwohl er fest davon überzeugt ist, ohne Erklärung nicht davonzukommen.

Prompt fragt Maria etwas schrill: »Herr Blass, ist das ein Scherz? Es kann doch nicht sein, dass Sie hier noch nie Gäste empfangen haben!«

»Doch, seit dem Tod meiner Eltern wohne ich hier alleine und fühle mich ganz wohl dabei. Ich glaube, ein langweiliger Gastgeber zu sein, also möchte ich meinen Mitmenschen diese Zumutung ersparen. Aber machen Sie sich keine Sorgen, das ist für mich in Ordnung so. Ich liebe die Ruhe.«

Seine Worte scheinen beide Frauen nicht zu verwundern, sie haben bereits einige Schattierungen seiner Exzentrik kennengelernt. Nur fiel heute eines der letzten großen Geheimnisse um Blass' mysteriöses Dasein. Kaum jemand erwartet hinter seiner Kulisse diese Vergangenheit, diesen Reichtum und eine derart konsequente Verleugnung dessen. Ein ungewöhnliches Verhalten. Vor allem Maria muss ihre Meinung über Blass nochmals überdenken.

Blass gibt allen ein Glas in die Hand und erhebt das seine, um anzustoßen.

»Auf die Ehre Ihres Besuchs, zum Wohl!«

»Auf Ihre Gastfreundschaft und das erlesene Privileg, Ihre ersten Gäste zu sein«, gibt Maria den Trinkspruch zurück.

Alle nippen an ihrem Champagner, stellen das Glas auf die Beistelltische, setzen sich, und Blass beobachtet die beiden, wie sie ihre Blicke schweifen lassen.

»Das Haus ist gut zweihundert Jahre alt und seit jeher in Familienbesitz. Meine Familie erwarb ihren Reichtum und Besitz durch Handel. Keine ethisch ruhmvolle Vergangenheit, denn damals beuteten meine Vorfahren durch Handel mit Rohstoffen einige arme Völker und Staaten aus. Erst mein Vater wandte sich vom Rohstoffhandel ab und kaufte sich in Argentinien einige Weingüter und Rinderfarmen. Plötzlich war er Produzent und nicht mehr so oft zu Hause. Nur manchmal durften meine Mutter und ich ihn begleiten. Es war eine wunderbare Zeit, und diese fremde Welt faszinierte mich ungeheuer. Wie meine Eltern starben, verkaufte ich alles, denn ich war nicht der Richtige, um ihr Werk fortzusetzen. Seither bin ich Archivar und wohne allein in diesem Haus. Ein kurzer Abriss, damit sie nicht alles mühsam erfragen müssen.«

Für Maria ist sein Monolog eine beinahe göttliche Offenbarung, eine kolossale Überraschung. Das hatte sie nicht erwartet. Mit jemandem seit Jahren zusammenzuarbeiten und ihn so wenig zu kennen, beschämt sie auf der einen Seite, fasziniert sie aber auch auf der anderen Seite. Insgeheim ist es sogar Stolz, der sich in ihr breitmacht. Welch exotische Situation sich hier entwickelt!

»Verzeihen Sie meine Neugier, aber würde es Ihnen etwas ausmachen, uns Ihr Haus zu zeigen?«, fragt Maria.

Dieser Tag fordert ihn aufs Äußerste.

»Ich kann Ihnen die Bitte kaum abschlagen, obwohl es nicht meine Art ist, Besitz zur Schau zu stellen.«

»Herr Blass, wenn ich mittlerweile etwas verstanden habe, dann Ihre Bescheidenheit. Ich werde niemandem etwas davon erzählen, ich bin einfach nur neugierig. Ich könnte es mir nie verzeihen, hier gewesen zu sein und Ihr Haus nicht gesehen zu haben.«

Blass nickt stumm, aber entgegnet dann: »Lassen Sie uns die Gläser leeren, sonst schmeckt der Champagner abgestanden, bis wir zurückkommen.«

Zudem ist er ein Feinschmecker, denkt Maria, während sie jeden einzelnen Schluck von diesem vorzüglichen Schaumwein genießt und sich mit einem silbernen Löffel eine Olive aus der kleinen Schale fischt. Dann fällt ihr Blick endlich auf das, weswegen sie eigentlich gekommen ist und das bis jetzt kaum angesprochen wurde. Die einbandagierte Hand, der kahlrasierte Kopf mit den vielen aufgeklebten Kompressen und Heftpflastern, die Abschürfungen, sein geknickter Gang und jene Verbände, die nicht zu sehen sind.

»Ich kann mir beim besten Willen nicht vorstellen, Sie am Montag wieder bei der Arbeit zu sehen. Das sieht nicht aus, als wären alle Wunden verheilt. Gehen Sie noch einmal zur Kontrolle?«

»Jeden zweiten Tag müssen die Verbände gewechselt werden, das letzte Mal am Samstag, dann sollte alles wieder verheilt sein.«

Marias Blick signalisiert Unglaube.

»Ich werde nach ihm sehen. Ich werde nicht zulassen, dass er zu früh zur Arbeit geht. Machen Sie sich keine Sorgen«, mischt sich Lisa überraschend ein.

Blass schluckt schwer, denn mütterliche Fürsorge ist ihm ein Graus, warum sonst hat er in all den vergangenen Jahren seine Selbstständigkeit und Unabhängigkeit bewahrt und sorgsam gepflegt. Er wünscht sich keine Krankenschwester, die ihm Vorschriften macht, er weiß am besten, was für ihn gut ist. Allerdings verzichtet er auf eine Zurechtweisung Lisas in der Gesellschaft seiner Vorgesetzten und zeigt nur ein schmales Lächeln.

»Darf ich bitten?«, fordert er auf, nachdem alle ausgetrunken haben.

Für ihn wird es zu einem Spießrutenlaufen, und für die beiden Frauen ein Museumsbesuch. Zuerst das Esszimmer, dann die Bibliothek, der Rauchersalon mit Billardtisch, sein Arbeitszimmer, die Küche mit Vorrats- und Hauswirtschaftsraum, dann im ersten Stock sechs Schlaf- und Gästezimmer mit drei Badezimmern und im Dachgeschoss die Räume der beiden Angestellten. Zuletzt gewährt er ihnen einen Blick in die Gewölbe des Weinkellers. Dieser Rundgang dauerte über eine Stunde, weil er die größte Mühe hatte, die zwei aus den Räumen zu bekommen, zeigten sie doch überall staunende Begeisterung, machten faszinierende Entdeckungen und fanden bestaunenswerte Details.

Erschöpft lässt er sich in den Sessel fallen, während die Damen gemeinsam ihre Eindrücke verarbeiten. Er fühlt sich beinahe euphorisiert, als hätte er erfolgreich eine massive körperliche Herausforderung gemeistert und damit ein hochgestecktes Ziel erreicht. Selbst die schmerzenden Glieder nimmt er gerne in Kauf, sie zeugen von seinem Einsatz und Willen, denn er hat eine Pflicht abgearbeitet, die so oder so eines Tages hätte erledigt werden müssen. Dennoch überwiegt der schale Geschmack von Exhibitionismus, einer narzisstischen Zurschaustellung einer falsch eingeschätzten Existenz und dessen bescheidenen Prunks.

Bescheidenheit ist dann keine mehr, wenn sie zur Schau gestellt wird, sie wird somit zu einem Mittel. Er ist sich dessen schmerzlich bewusst, auch wenn er keine Alternative zu seinem Handeln sieht. Darum gilt es jetzt, diese Verfehlung zum Guten zu wenden.

»Meine Damen, bitte, versprechen Sie mir eine Sache«, beginnt er mit Nachdruck, und beide schauen gespannt zu ihm. »Das hat unter uns zu bleiben. Es geht niemanden etwas an, wie es in diesem Haus aussieht und wie ich lebe. Versprechen Sie mir das?«

Beide Frauen wissen, dass dies eine schwierige Auflage ist. In erster Linie wird im Geschäft von Maria ein lückenloser Bericht erwartet, dem sie sich nicht verweigern kann, ohne Verwunderung auszulösen. Was Lisa angeht, interessiert sich kaum jemand für ihren Verbleib, aber ihre persönliche Neugier ist längst nicht befriedigt. Kein Wunder, wenn man bedenkt, dass Blass als ihr Wohltäter und Gastgeber eine zentrale Rolle in ihrer Zukunft spielen wird. Er ist für sie mehr als eine exotische Erscheinung.

»Herr Blass, sagen Sie mir, was ich Annemarie und Herbert erzählen soll? Oder verlangen Sie von mir, dass ich lüge?«

»Ja, das verlange ich. Ich war nicht verpflichtet, Sie ins Haus zu lassen und es Ihnen zu zeigen. Ich hätte Sie am Tor abwimmeln können.«

Maria versucht, ihre Entrüstung unter Kontrolle zu bringen, flucht innerlich vor sich hin, denn er hat recht, aber sie gedenkt nicht so schnell kleinbeizugeben. Dieser Kerl ist eine harte Nuss, und es hat den Anschein, als möchte er wahrhaftig seine Privatsphäre schützen, auf Gedeih und Verderb.

»Selbst, wenn ich es überhaupt nicht verstehe, werde ich Ihren Wunsch respektieren, aber seien Sie nicht erstaunt, wenn Annemarie und Herbert von Ihnen enttäuscht sein werden. Ich wollte doch nur meine Begeisterung weitertragen.«

»Begreifen Sie bitte, dass mir mein Leben wichtiger ist als das Bild, das die Leute von mir haben. Ich bin es seit jeher gewohnt, als Eigenbrötler zu gelten, folglich spielt es für mich keine Rolle, wenn meine Mitarbeiter ein falsches Bild von mir haben.«

»Aber Herr Blass«, mischt sich nun Lisa ein, »vielleicht gibt es sogar ein ehrliches Interesse an Ihnen. Seien Sie doch nicht so verbittert.«

Ausgerechnet Lisa fällt ihm in den Rücken!

»Ich bin, wie ich bin, und finde mich in dieser Rolle besser zurecht als in irgendeiner anderen, darum möchte ich nichts daran ändern.«

Seine Worte hinterlassen Eindruck und verdrängen allen Raum für Gegenargumente. Man schaut sich ratlos an. Er zieht die Flasche aus dem Eis und schenkt nach.

Maria nippt am Glas und bemerkt mit einem Seufzer: »Sie machen es mir nicht einfach, Sie ins Herz zu schließen, und trotzdem gebe ich zu, dass ich Sie in meinem Leben nicht missen möchte.«

Lisas fragender Blick spricht Bände. Was soll diese arschkriecherische Schmeichelei? Was hat sie vor, fragt sich Lisa misstrauisch, Maria macht nicht umsonst solche unmissverständlichen Anspielungen wie eine pubertierende Göre. Das hätte sie von einer seriösen Abteilungsleiterin nicht erwartet. Ein solches Verhalten ist doch ihre eigene Spezialität. Männer zu umgarnen und zu verführen, ist die Aufgabe einer Schlampe und nicht die einer Beamtin mit Rentenberechtigung. Mit einem Mal hat sie keine Freundin mehr, dafür eine Rivalin, eine lächerliche Auffassung, und doch bildet sich gerade ein Riss zwischen ihr und Maria. Sie wird erst einmal die weitere Entwicklung abwarten und einschreiten, sollte Maria den Bogen überspannen.

»Wissen Sie, Maria«, wendet Lisa ein, »Herr Blass hat zwei Gesichter, und wir haben dies zu akzeptieren. Er hat mein Leben wieder lebenswert gemacht. Er ist ein Engel, aber auch ein einsamer Kerl.«

»Ich weiß«, bestätigt Maria, »ich arbeite seit Jahren mit Herrn Blass zusammen und denke, ihn ein wenig zu kennen. Ich schätze neben seiner fachlichen Kompetenz vor allem seine Ehrlichkeit, seine Integrität, seine uneingeschränkte Loyalität und unendliche Liebenswürdigkeit, obwohl er sich oft kauzig verhält. Sorgen Sie sich nicht, es ist nicht Liebe, aber eine wunderbare Sympathie.«

»Meine Damen, bitte! Begreifen Sie nicht, dass diese Diskussion äußerst peinlich für mich ist? Sie reden über mich, als wäre ich nicht anwesend. Das gefällt mir überhaupt nicht.«

»Ach, Herr Blass, seien Sie nicht so empfindlich. Wir sind doch nur zwei Mädchen, die Sie mögen, weil Sie ein gutes Herz haben.«

Jetzt wird es endgültig peinlich. Er stellt fest, dass er sich in eine unangenehme Lage manövriert hat, aus der er sich kaum selbst wird befreien können. Eine klassische Sympathiefalle. Ihm fehlt der Mechanismus, den man benötigt, um das Schöne und Gute im Leben zu erkennen und um eine derartige Situation zu genießen. So empfindet er die beiden als Bedrohung, nicht als Geschenk, und trotzdem wächst ihm überraschend eine Erektion. Eine absolut befremdliche Tatsache, da er diese Frauen bis jetzt nie aus rein erotischer Sicht betrachtet hat. Klar, beide sind schön wie die Sünde. Beide bedeuten ihm unglaublich viel. Liebe, Nähe, Wohlbefinden, Geborgenheit und Weiblichkeit, all dies hat er nur bei seiner Mutter erfahren dürfen. Aber eine Mutter ist kein Ersatz für eine Lebensgefährtin, eine Geliebte, eine Ehefrau, eine Freundin. Eine Mutter hat er gehabt, nur keine Frau.

»Sie bringen mich in eine delikate Situation. Ich bin es nicht gewohnt, über Gefühle zu reden, und dabei möchte ich es auch belassen. Ohne Zweifel spielen Sie, meine Damen, in meinem Leben eine wichtige Rolle, aber des ungeachtet wünsche ich mir, dass Sie mich nicht in Verlegenheit bringen. Ich kann damit nicht umgehen.«

Mit diesen Worten berührt er wohl das Innerste der beiden Frauen. Warum sonst plötzlich dieser verklärte Ausdruck in ihren Augen? Welche Instinkte werden da in ihnen geweckt? Diese offensichtliche Veränderung verwirrt ihn. Was weiß er schon von Frauen und wie sie funktionieren? Frauen sind nicht zwingend Mütter, aber Mütter sind zwingend Frauen, eine Tatsache, die Söhne oft in eine verzweifelte Lage bringt. Vermutlich irgend so ein Komplex.

»Herr Blass«, wendet Lisa ein, »Sie sollten auf keinen Fall Gefühle ins Spiel bringen, wenn Sie es nicht gewohnt sind, damit umzugehen. Das könnte zu Missverständnissen führen.«

Die zwei Frauen schauen sich an, und langsam schleicht ein Lächeln auf ihre Lippen, was Blass mit Befremden realisiert. Eine leicht schräge Situation für alle.

»Sie machen sich über mich lustig?«

»Ach, Herr Blass, woher denn«, beschwichtigt Maria, »Sie sollten lockerer sein. Wir werden Ihnen nichts tun, wir haben einfach nur Freude an Ihnen. Männer ihrer Prägung gibt es kaum mehr, darum empfinden wir dieses Zusammentreffen als einen besonderen Moment. Wie ich gesagt habe, hier in diesem Haus zu sein, betrachte ich als ein großes Privileg. Ist es nicht so, Frau Sterlinger?«

Was soll Lisa auf diese Frage anderes antworten als dies, was von ihr erwartet wird, und sogar zutrifft: »Mehr als das, Frau Stetholm, viel mehr als das.«

Blass möchte nochmals nachschenken, allerdings rinnen nur die allerletzten Tropfen aus der Flasche. Was nun?

»Äh, wünschen die Damen noch etwas Champagner?«

Sogleich blitzt bei den Angesprochenen die List in den Augen auf, wohl wissend, dass er durch die Regeln der Höflichkeit zu dieser Frage gezwungen ist. Sogleich bilden die Frauen eine Allianz und nicken begeistert. Er verschwindet, um alsbald wieder mit einer neuen, gekühlten Flasche zu erscheinen.

Ach schau, schon wieder ein Bollinger, staunt Maria, die sich darüber im Klaren ist, dass dies ein teurer Champagner ist und, wie es scheint, er davon gleich kistenweise im Kühlfach hat. Routiniert wie ein Sommelier entkorkt er die Flasche, prüft einen kleinen Schluck auf schlechten Korken und schenkt anschließend elegant ein. Lisa kichert, Maria schielt auf ihre Armbanduhr. Siebzehn Uhr zehn. Wenn das so weitergeht, denkt sie, könnte das noch spät werden.

NEUNUNDZWANZIG

Die Krankenschwester war sehr zufrieden. Die Verbände ließen sich leicht lösen, ohne dass diese mit dem Schorf verklebt waren, und viele Stellen mussten gar nicht mehr bandagiert werden. Vorbildliche Wundheilung, lobte sie und bestand trotzdem auf eine weitere Kontrolle. Gerne hätte er darauf verzichtet, aber er verspürte keine Lust auf eine mühselige Diskussion mit der Walküre.

So steht er vor dem Krankenhaus und wartet auf ein Taxi. Wie immer kommt keines, wenn man eins braucht, also entscheidet er sich, ein Stück zu Fuß zurückzulegen, zudem könnte er beim Optiker seine neue Brille abholen, die seit Tagen dort für ihn bereitliegt. Die Sonnenstrahlen fressen sich durch den frühen Hochnebel und heizen die Stadt auf. Es ist neun Uhr, und der morgendliche Berufsverkehr beruhigt sich langsam. Er hat einen hellbeigen Leinenanzug gewählt, der vielleicht etwas abgewetzt wirkt, aber keine Löcher aufweist, passend zum Panamahut und den sommerlichen Temperaturen. Das Hutband schmerzt auf der Wunde, dafür verdeckt die Kopfbedeckung einige der verschorften Stellen. Auf jeden Fall lenkt seine dandyhafte, etwas exotische Erscheinung von den Verletzungen ab und sorgt wieder einmal bei vielen Passanten für einen amüsierten Ausdruck im Gesicht. Er selbst realisiert die Blicke nicht, zu sehr ist er in seinen Gedanken verloren, die ihn seit dem frühen Morgen beschäftigen.

Er müsste heute das Geld bereithalten, was er aber nicht vorhat. Das war ihm von Beginn weg klar. Nicht im Ansatz, nicht eine Sekunde erwog er es, dieser Forderung nachzukommen. Er nahm sie schlichtweg nicht ernst. Nun ist er sich diesbezüglich nicht mehr so sicher, denn je länger er darüber nachdenkt, desto intensiver verliert er sich in trübsinnigen Überlegungen. Alles Gedanken, die er bis jetzt bewusst ignoriert hat, zu sehr war er vom aktuellen Geschehen in Anspruch genommen worden. Klar hätte er sich eine Strategie zurechtlegen sollen, wozu er aber keine Lust hatte. Trotzdem sieht er heute Morgen die Bedrohung aus einer anderen Warte, weniger aus der eigenen, mehr aus der Perspektive von Lisa und Maria. Bringt er sie mit seiner eigensinnigen Haltung in Gefahr? Könnten diese Verbrecher ihre Wut an den beiden Frauen auslassen? Er ist nicht mehr nur für sich alleine zuständig wie vor einigen Tagen, wo sein Leben noch eine erfrischende Einfachheit vorzuweisen hatte, er trägt plötzlich Sorge für andere. Nur war es seine Entscheidung, Lisa ins Haus zu holen. Die leise Reue, seine Wohlfühlzone verlassen zu haben, flackert leicht auf. Aber gab es eine Wahl, wollte er seine Verantwortung nicht vernachlässigen? Bilder vom Einst, voller Erinnerungen an sein altes, geregeltes Dasein, aber ohne jegliche Beziehung zu anderen Menschen, nur auf sich selbst bezogen, blitzen kurz vor seinen Augen auf, Bilder einer friedvollen Vergangenheit.

Blass' Denken geht langsam in eine Spirale über, dreht sich sinnlos im Kreis, kommt zu keinem Schluss. Irritierend, da er doch in seinem Wesen durch und durch ein Denker ist. Zu allem macht er sich Gedanken, kein Detail seiner Existenz hat er nicht sorgfältig hinterfragt, abgewogen oder geprüft. Selbst über die Tatsache, dass er sich so viele Gedanken macht, hat er nachgedacht, aber war zu dem Schluss gekommen, dass dies nicht schaden kann. Das Adjektiv *gedankenlos* sieht er nur als satirische Übertreibung, denn Denken ist ein Prozess, der permanent stattfindet, bewusst oder unbewusst, bei dem einem mehr, bei dem anderen weniger. Er liebt es, nachzudenken, sich eine Meinung zu bilden. Er saugt förmlich alles in sich auf, was ihn zum Nachdenken anregt, das meiste aus der Zeitung, vieles aus dem Alltag, nichts aus dem Fernseher und schon gar nicht aus dem Internet. Denen beiden Medien verweigert er sich mit störrischer Beharrlichkeit, obschon er sich manchmal fragt, ob das richtig ist. Er meint, in all den

Medien eine Droge zu erkennen, die träge, dumm und süchtig macht. Unendliche Diskussionen hatte er mit Maria geführt, die ihn immer wieder zu überzeugen versuchte, wenigstens für berufliche Zwecke das Internet zu nutzen und nicht in den zahllosen, verstaubten Bänden des Brockhaus nachzuschlagen oder den Informationen hinterherzutelefonieren. Er besitzt weder ein Smartphone noch sonst ein veraltetes mobiles Gerät. Er leistet sich diesen Luxus, und ohne es zu wissen, wird er insgeheim von vielen Kollegen beneidet.

*

Der Besuch beim Optiker lenkt ihn ab, und anschließend findet er mit seiner neuen Brille schnell ein Taxi, das ihn nach Hause bringt.

»Oh, eine neue Brille. War die alte nicht mehr zu reparieren?«, fragt Lisa mit einem leicht amüsierten Unterton.

»Nein, leider nicht. Ein Horngestell zerbricht, wenn man mit Gewalt darauf tritt. Ich ließ mir diese neue Brille anfertigen, und es erstaunt mich, dass Sie den Unterschied erkannten.«

»Dieses Kassengestell sitzt derart dominant in Ihrem Gesicht, da fällt einem die kleinste Veränderung auf. Gab es nicht etwas Modischeres?«

»Kassengestell? Das ist eine Einzelanfertigung«, nuschelt er pikiert und verschwindet in seinem Zimmer.

Die Standuhr in der Eingangshalle meldet mit bedächtigen Schlägen elf Uhr, während er die Treppe hinunter schreitet und sich fragt, was Lisa soeben tut. Trotz seiner Akribie hat er sich nie gefragt, wie sich Lisa den ganzen Tag beschäftigt. Gut möglich, dass sie hier nur Langeweile vorfindet, womit sonst sollte sie ihre Tage denn füllen? Ein Geräusch aus der Küche weist ihm den Weg.

Mitten in der Unordnung des Kochens rührt sie in einer Schüssel und schaut kurz auf, während sie trocken bemerkt:

»Ich muss eingestehen, Sie haben eine wirklich gut bestückte Küche.«

»Kochen ist eine Passion von mir.«

»Das spürt man.«

Er schaut neugierig auf ihr Werk, ohne direkt erkennen zu können, was sie zubereitet.

»Einen Schokoladenkuchen mit Himbeeren«, beantwortet sie die im Raum stehende Frage.

»Aber Himbeeren hatte ich sicherlich nicht im Kühlschrank.«

»Während Sie weg waren, ging ich schnell in den Supermarkt. Ich kaufte noch Zwiebeln, Tomaten, Auberginen, Peperoni und Zucchetti. Ich habe große Lust auf ein Ratatouille.«

Ihre Augen leuchten, und sie lächelt über das ganze Gesicht.

»Oh, eine hervorragende Idee! Ich habe zwei Lammfilets im Tiefkühlschrank, die passen dazu.«

Sie gießt die braune Masse in eine Kuchenform, die ihm bekannt vorkommt, doch kann er sich nicht erinnern, wo er sie zuletzt gesehen hat. Sie nimmt seine fragende Miene mit Vergnügen zur Kenntnis.

»Sie stand als Dekoration auf dem Sims des Küchenfensters.«

»Ah ja, genau. Wie konnte ich das nur übersehen. Da staubt man jahrelang dieses Teil ab, aber erkennt es nicht, wenn es woanders als an seinem Platz steht«, wundert er sich. »Meine Mutter hat zuletzt damit gebacken. Ich habe diese Form seither nie mehr gebraucht.«

»Dann ist es aber Zeit geworden.«

Er sieht ihr gebannt zu und fragt nach einer Weile beiläufig: »Wurden Sie nicht belästigt, als Sie einkaufen gingen? Ich denke dabei an Akim oder Hans.«

»Nein«, entgegnet sie mit einem Blick, der den Verdacht aufkommen lässt, dass sie an solch eine Gefahr gar nicht gedacht hat.

»Wäre es nicht besser, wenn Sie in den nächsten Tagen das Haus nicht verliessen? Die beiden Herren wissen, wo ich wohne, also werden sie ein Auge auf uns haben. Nicht auszudenken, was sie mit Ihnen veranstalten, wenn sie Ihnen begegneten. Wir sollten so was nicht provozieren?«

»Aber ich kann mich doch nicht wochenlang hier verkriechen. Lassen wir uns wirklich von diesen Halunken einschüchtern?«

»Na hören Sie mal, Sie wurden von Hans misshandelt und vergewaltigt. Das ist doch schlechte Erfahrung genug, um diese Dreckskerle zu meiden.«

Dreckskerle ist ein drastischer Begriff für Blass' Sprachschatz, gewöhnlich findet er weitaus zivilisiertere Ausdrücke für schlechte Menschen, was darauf hinweist, dass er für seine Verhältnisse außerordentlich aufgewühlt ist. Die Sorge um Lisa trägt wohl einen erheblichen Teil dazu bei. Er möchte sich nichts vorwerfen lassen, weder Leichtsinn noch Vernachlässigung einer Schutzbefohlenen. Seine Pflichten sind ihm vollkommen klar, nicht auszudenken, wenn Lisa während ihres Aufenthalts in seinem Haus etwas zustoßen sollte.

»Diese Idioten können uns quälen, haben aber nicht die Skrupellosigkeit, uns zu töten. Deren Existenz ist nur möglich, weil sie es schaffen, Angst zu verbreiten. Wollen wir uns denen beugen?«, fragt sie.

»Nein, auf keinen Fall.«

»Na also.«

»Trotzdem sollten wir uns über alle Eventualitäten Gedanken machen. Seien Sie nicht zu entspannt, sonst schätzen Sie die Gefahr als zu harmlos ein. Die sind wie zwei schlafende Hunde, die man nicht unnötig wecken sollte, denn triebe man sie in die Enge, könnten sie unberechenbar werden.«

»Herr Blass, Sie sind ein Pessimist.«

»Nein, Realist und habe es zudem am eigenen Leib erfahren.«

Sie schiebt die volle Kuchenform in den vorgeheizten Ofen, schließt ihn und wendet sich wieder ihm zu.

»Ja, Herr Blass, sie haben recht, aber lassen Sie sich nicht von diesen Typen allzu sehr einschüchtern. Das sind Arschlöcher, die es nicht verdient haben, dass man an ihnen verzweifelt.«

Er nickt, wohlwissend, dass Lisa recht hat, dass sie mit diesen Kerlen weit mehr Erfahrung hat als er. Er hat nicht vor, sich den Drohungen zu beugen, sonst hätte er längst das Geld bereitgestellt. Er hat sich all diese Jahre dem Diktat der Gesellschaft verweigert, also wird er jetzt auch gegenüber diesen Ganoven nicht kleinbeigeben. Trotzdem erträgt er das Bild nicht in seinem Kopf, wie sie von einem primitiven Rohling geschändet wird. Das ist das schlimmste Vergehen eines Mannes an einer Frau. Erniedrigung, Gewalt, Entehrung, Machtdemonstration. Wie kann Lisa nur solche einen Missbrauch ertragen und verarbeiten? Er kommt nicht um die unangenehme Einsicht herum, dass sie sich längst daran gewöhnt hat und es als einen Teil ihres Schicksals akzeptiert. Kraftlos hat sie kapituliert und redet ihr Leben in fatalistischer Manier für sich und die Kinder passend.

Langsam verbreitet sich der süße Duft des Kuchens in der Küche, was so gar nicht zu ihrem Thema passt. Dann klingelt das Telefon. Blass geht zum Apparat und nimmt den Hörer ab.

Ohne Begrüßung beginnt am anderen Ende eine raue Stimme zu sprechen: »Hei, Arschloch, ich will mein Geld. Packe es in eine Plastiktüte und gehe damit auf die Fußgängerbrücke, die über den Rhein führt, unten am Hafen. Mitten auf der Brücke bleibst du stehen und wartest, bis ich dir weitere Anweisungen geben werde. Gib mir deine Handynummer.«

»Ich habe kein Mobiltelefon.«

»Erzähl keinen Scheiß, jeder hat ein Handy.«

»Ich bin eine Ausnahme.«

»Dann soll dir die Schlampe ihr Handy geben. Sie ist ja bei dir.«

»Frau Sterlinger wird mir ihr Mobiltelefon nicht ausleihen, denn ich werde sie nicht danach fragen. Sagen Sie mir einen präzisen Zeitpunkt, und ich werde pünktlich am Ort sein.«

Sein Gegenüber, vermutlich Hans, muss kurz überlegen, willigt am Ende trotzig ein und gibt ihm neunzehn Uhr als Zeitpunkt vor. Dann folgt übergangslos das monotone Freizeichen.

»Ärger?«, fragt Lisa voller Neugier, die den eigenartigen Gesprächsinhalt nicht mitbekommen hat, aber seine ernste Miene wahrnimmt.

»Nein, nein«, antwortet er etwas zu übereilt, um glaubhaft zu wirken. »Ich muss später nochmals weg, aber sollte um acht wieder zu Hause sein. Wir könnten ja nach meiner Rückkehr essen.«

»Feine Idee. Während Sie weg sind, werde ich das Gemüse rüsten und den Tisch decken. Einverstanden?«

Blass nickt mit einem scheuen Lächeln, einem kaum sichtbaren Anheben der Mundwinkel.

»Ich nutze die Zeit sinnvoll und gehe in dieses traumhafte Badezimmer duschen.«

»Im Schrank hängt ein Bademantel für Gäste, der allerdings noch nie getragen wurde.«

»Danke, bis später.«

Er schaut ihr hinterher, wie sie in ihren zu engen Jeans die Treppe hochsteigt. Das Wippen ihres Hinterteils zieht ihn in den Bann. Er schüttelt den Kopf und steigt in den Keller hinunter, wo er eine Plastiktüte aus einer Kiste holt und alte Zeitungen in das Format von Geldscheinen zerschneiden. Mit Klebeband umwickelt er die einzelnen Bündel, schichtet sie dann sorgfältig in die Tüte, bis es etwa der erpressten Geldmenge entspricht, und legt eine handgeschriebene Karte dazu. Er steigt wieder hoch und stellt erstaunt fest, dass es bereits siebzehn Uhr geworden ist. Der Weg zu diesem Fußgängersteg ist recht weit, und einen Teil muss er zu Fuß bewältigen, so hat er in einer dreiviertel Stunde aufzubrechen. Genügend Zeit, sich frisch zu machen und sich umzuziehen.

Blass steigt die Treppe hoch und will die Tür zu seinem Zimmer öffnen, als Lisa nackt aus dem Bad kommt, über den Korridor zu ihrem Zimmer stolziert, ihn dabei anlächelt und wieder verschwindet.

Sein Herz explodiert schier und schlägt wie verrückt, derart viel Adrenalin wird ausgeschüttet. Die erste nackte Frau in seinem Leben. Wohlgeformte Brüste, prall, träge schwingend, mit stehenden Nippeln und dunklem Hof, eine dunkel behaarte Scham, der runde Hintern, alles wohlproportioniert wie bei den klassischen Aktzeichnungen, die er einst in seiner Büchersammlung gefunden hat. Ein Kunstwerk.

Wie eingefroren steht er noch Sekunden später an der gleichen Stelle, die Klinke in der Hand, unfähig, das Bild von seiner Iris zu löschen, schwer atmend und nur langsam die Kontrolle über den Herzschlag und das Zittern wiederfindend. Nur mit Mühe öffnet er die Tür zu seinem Schlafzimmer, wo er sich erst einmal auf die Bettkante setzt. Vermutlich sind seine Lenden heillos überfordert, warum sonst wächst ihm keine Erektion. Er denkt erst jetzt an den sexuellen Aspekt, er war zu überwältigt von der Ästhetik ihres Körpers und der Exklusivität des Augenblicks. Eine Schweißperle rinnt ihm die Schläfe hinunter, und er merkt, dass sein Hemd komplett nass ist. Ein Grund, zu duschen und sich neu einzukleiden.

DREISSIG

Die Brücke bildet eine Verbindung zwischen Deutschland und Frankreich, einzig für Fußgänger und Radfahrer. Die meisten, denen er begegnet, schleppen ihre Einkäufe in prallen Plastiktüten nach Hause, dass Blass mit seinem Sack kaum auffällt, wäre da nicht wieder einmal sein Äußeres. Er sieht aus wie ein Bauer aus dem neunzehnten Jahrhundert, mit weiten, braunen Hosen, dazu der passende Kittel aus derbem Wollstoff, mit einer schwarzen Weste, die mit einer silbernen Kette für die Taschenuhr verziert ist, mit einem runden Hut und festem Schuhwerk. Er ist zu warm angezogen für dieses Wetter, welches mit seiner drückenden Hitze ein Gewitter erahnen lässt. Ein barockes Wolkengebilde türmt sich im Westen mächtig auf, die Schwalben fliegen tief.

Vier Minuten bis neunzehn Uhr. Blass lehnt an das Geländer und beobachtet das Geschehen, kann aber niemanden erkennen, der in das Bild eines Halunken passen würde oder eine ihm bekannte Visage hat. Alles nette Leute, die meisten mit Kindern. Er dreht sich um, stützt sich mit den Ellbogen auf dem Geländer auf und sieht auf den träge dahinfließenden Rhein hinunter. Dann wird er beim Anblick einer Barke mit Außenbordmotor etwas stutzig. Langsam tuckert der Kahn auf ihn zu, an Bord zwei Kerle. Da dämmert es ihm. Die kommen ihr Geld mit dem Boot abholen. Die Barke reduziert seine Geschwindigkeit, bis sie direkt unter Blass stehen bleibt.

Einer schaut hoch und schreit: »Knote den Sack zu und schmeiß ihn runter.«

Mit provozierender Langsamkeit folgt Blass den Anweisungen und wirft den Sack ungelenk nach unten, dass er im Wasser landet. Es folgt eine sehenswerte Aktion zweier ungeübter Schiffsführer. Sie treiben beinahe außer Sichtweite, wie sie endlich den Plastiksack aus dem Wasser fischen und aggressiv Richtung Hafen davonbrausen. Blass lächelt und stellt sich ihre Reaktion vor, wenn sie den Sack öffnen werden. Er wendet sich nach Deutschland und schlendert gelassen zum Taxi-Standplatz.

EINUNDDREISSIG

Lisa liegt mehr im Sessel, als dass sie in ihm sitzt. Sie hat geschlafen, ihre Augen sind nur schmale Schlitze. Trotzdem federt sie voller Energie aus dem weichen Polster, als Blass das Haus betritt, und eilt in die Küche, wo sie die Herdplatte mit dem Topf mit dem vorgekochtem Ratatouille wieder anstellt und das Fleisch von dem Schneidebrett in die Pfannen schiebt. Dazu Olivenöl, einige Gewürze, Knoblauch und Zwiebeln. Schnell bringt sie das Gemüse zum Blubbern, und das Fleisch brutzelt bald appetitlich vor sich hin, da erscheint Blass in der Küche.

»Hm, riecht köstlich«, bemerkt er mit einem ostentativen Schnuppern. »Sie sind eine bemerkenswerte Köchin.«

»Ach, ich bitte Sie, nicht zu übertreiben. Ich bin vielleicht brauchbarer Durchschnitt, mehr nicht. Meine Kinder haben immer etwas zu bemängeln. Versuchen Sie, Kinder zufrieden zu stellen, und Sie werden sehen, dass sie die anspruchsvollsten Kritiker sind.«

»Hamburger und Pommes.«

»Oh, ich staune. Trotz ihrer abgeschiedenen Lebensweise kennen Sie die kulinarische Verführung unserer Jugend. Gut aufgepasst.«

»So weltfremd bin ich nicht. Ich lese jeden Tag die Zeitung und habe eine ausgeprägte Beobachtungsgabe. Man kann auch auf diese Weise den Anschluss an die Zivilisation behalten, ohne sich in deren Strömung treiben zu lassen. Ich weiß, dass viele Junge dem Diktat des Konsums nicht mehr so naiv folgen. Da gibt es Tendenzen zu biologisch und vegetarisch.«

»Aber nicht bei den einfachen Leuten. Da gilt nur möglicht viel für minimalst wenig Geld. Biologisches Essen ist etwas für den kultivierten Wohlstand, für die edlen Gutmenschen. Ich kann mir kein Bio-Gemüse und kein Fleisch vom glücklichen Schwein leisten. Schön wäre es ja.«

»Rechtfertigen Sie sich nicht. Ich verstehe Sie sehr wohl, selbst wenn ich mir über den Preis der Lebensmittel nie Gedanken machen muss.«

»Reich geboren zu sein, hat seine Vorteile.«

»Auch ich werde mich nicht rechtfertigen.«

»Entschuldigen Sie, das war unüberlegt. Sie haben mir mit ihrer Uneigennützigkeit das Leben wieder lebenswert gemacht, also wollte ich Sie mit meiner Bemerkung nicht treffen. Reichtum darf kein grundsätzlicher Makel sein, so wie Armut es nicht sein darf.«

Sie wendet den Inhalt der Pfanne mit einer schnellen Bewegung, reguliert die Hitze der Flamme und kostet eine Löffelspitze, um danach etwas Salz nachzustreuen.

»Herr Blass, seien Sie mir nicht böse, wenn ich Dinge äußere, die unüberlegt sind. In der Schule blieb ich zweimal sitzen, bis ich die Schule aufgab und in einer Bar zu arbeiten begann. Bald begriff ich den Zusammenhang zwischen meinem Verhalten und der Höhe des Trinkgeldes. Geblendet von dem schnellen Geld entwickelte ich mich schleichend zu einem Flittchen, die diese Tatsache nicht wahrhaben wollte. Man kann vieles im Leben schönreden, so auch mein Verhalten und meine Gier nach Geld. Aber ich war schlichtweg zu naiv. Ich bemerkte nicht einmal, wie man mich benutzte und ausnutzte. Warum sonst geriet ich dauernd an die falschen Männer.«

Er holt Teller und Besteck aus dem Kasten und geht in das Esszimmer, wo er die Tafel deckt. Er stellt die Gläser zum Gedeck, holt eine Flasche Rotwein aus dem Keller, entkorkt sie und schenkt ein, nachdem er davon gekostet hat. Dann klingelt das Telefon.

»Du verdammtes Arschloch, du hast soeben deine Existenz verspielt. Niemand, höre aufmerksam zu, niemand hat je versucht, mich zu bescheißen, und wenn, dann lebt er nicht mehr. Ich bin sauer, so etwas von sauer, dass du diese Woche nicht überleben wirst, wenn du nicht bis morgen das Geld beschaffst. Nur fordere ich jetzt das Doppelte.

Ich rufe morgen Mittag an. Sei gewarnt, du beschissener Hurensohn.«

Wieder das Freizeichen, ohne dass sich der Anrufer vorher verabschiedet hätte. Eine klare Ansage, die ihn aber nur kurz mit einem unsicheren Blick an die Wand starren lässt. Nur nicht sich einschüchtern lassen, das wäre der dümmste Fehler und würde diesen Verbrechern in die Karten spielen. Ruhig bleiben, ihnen weiterhin die Stirn bieten.

»War es Hans?«, ruft Lisa fragend aus der Küche.

»Wie kommen Sie darauf?«

»Na ja, da ruft jemand an, sie sagen kein Wort und hängen dann ein. Da hat vermutlich jemand voller Wut seine Forderungen gestellt und gleich wieder aufgelegt. Stimmt's?«

»Haben Sie nicht vor einigen Minuten behauptet, nicht intelligent zu sein?«

»Ja, und bei dieser Behauptung bleibe ich. Einen guten Instinkt zu haben, hat nichts mit Intelligenz zu tun.«

»Abgesehen davon sind Sie nicht dumm. Sie haben ein kluges Denken. Vielleicht entsprechen Ihre Ansichten nicht immer den gängigen Normen, so wie manchmal Ihr Verhalten, aber sie sind ein feinfühliger Mensch mit einem wunderbaren Familiensinn. Sie sind eine tolle Mutter und zudem eine tolle Ehefrau, wenn es einen Mann gäbe, der Ihnen würdig wäre.«

»Ach, glorifizieren Sie mich nicht. Ich bin nur eine gewöhnliche Schlampe. Alle meine Männer haben mich *Schlampe* genannt, nicht ganz zu Unrecht, denn eigentlich bin ich eine Schlampe. Auch ich bin daran schuld, dass meine Beziehungen gescheitert sind. Ich war nicht treu, nicht besonders liebevoll, oft besoffen und meist eine schlechte Mutter. Einzig Drogen habe ich keine genommen. Das war eine der wenigen positiven Grundsätze, denen ich treu geblieben bin. Im Gegensatz zu mir sind Sie ein Heiliger.«

Während Lisa wieder in die Küche eilt, wendet er sich ab und geht in den Salon, wo er sich einen Whisky in ein Glas schenkt, dessen karamellfarbenes Schimmern er im Licht prüft, an dem er schnuppert und von dem er dann einen kleinen Schluck nimmt. Lisas erbarmungslose Worte hallen immer noch in seinen Ohren und ziehen ihn fürchterlich herunter. Er will das Bild nicht beschmutzt sehen, welches er sich von Lisa gemalt hat. Es kann nicht sein, dass diese Frau eine derart dunkle Seite hat, obwohl es ihn verwundert hätte, wenn es nicht so gewesen wäre.

Er geht zu Lisa in die Küche, wo der Essensduft den Raum füllt, lehnt sich in den Türrahmen und beobachtet ihr Treiben.

»Kann ich auch ein Glas haben?«

»Entschuldigen Sie, selbstverständlich«, antwortet er, geht zurück in den Salon, gießt zwei Fingerbreit in ein Glas und bringt es ihr.

»Was wollten diese Scheißkerle?«

»Geld!«

»Geld?«

»Na ja, Sie sehen in mir eine willkommene Geldquelle. Sie verlangen bis morgen zweihunderttausend. Bei der ersten Forderung von hunderttausend habe ich ihnen einen Sack voll Zeitungspapier übergeben. Jetzt sind sie sauer und fordern das Doppelte.«

Lisa betrachtet ihn ungläubig, fassungslos, und es dauert eine Weile, bis auf ihren Lippen ein schiefes Lächeln erscheint. Ihr Grinsen wird immer breiter, steigert sich in ein Gekicher, dass sie ihr Glas abstellen muss, um den Whisky nicht zu verschütten. Blass ist sich über den Grund ihres Lachens nicht im Klaren, was ihn verunsichert. Mittlerweile grölt sie lauthals und stützt sich dabei mit einer Hand am Küchentisch ab.

»Mein lieber Herr Blass, das ist ja köstlich«, gluckst sie, nachdem sie wieder etwas Luft bekommen hat. »Einfach sensationell. Sie können sich nicht vorstellen, wie sauer die sind. Die sind so was von angepisst. Dass jemand wie Sie ihnen die Stirn bietet, muss der Gipfel der Erniedrigung sein.«

Sie lacht von Neuem los, schüttelt den Kopf und nimmt einen großen Schluck, dann wendet sie den Inhalt der Pfannen.

»Und jetzt, was haben Sie für einen Plan?«, fragt sie Blass.

Er zieht mit einer fragenden Miene seine Schultern nach oben und antwortet trotzig: »Ich habe keinen Plan, denn auf diese Forderung nicht einzugehen, betrachte ich nicht als Plan. Über die Folgen nachzudenken, ist die Mühe nicht wert, vermutlich wird es in Gewalt enden. Ich war in meinem Leben noch nie in solch einer Lage, darum werde ich mich ausnahmsweise einmal überraschen lassen.«

»Wieso benachrichtigen Sie nicht die Polizei?«

»Ich denke, dieses Problem selbst lösen zu können. Es ist nicht meine Art, beim geringsten Anlass zur Obrigkeit zu rennen.«

»Eine bösartige Erpressung nennen Sie einen geringen Anlass? Ich habe das Gefühl, dass Sie die Angelegenheit nicht ernst nehmen.«

»Seien Sie beruhigt, ich werde mich zu wehren wissen.«

»Wie? Mit netten Worten?«

»Unterschätzen Sie mich nicht, Frau Sterlinger.«

Sie wirkt irritiert, denn seine Reaktion fiel allzu selbstbewusst aus. Ist er einfach nur erschreckend naiv, oder verbirgt sich hinter der Fassade dieses Kerls eine starke und wehrhafte Persönlichkeit? Bedroht oder unter Druck gesetzt zu werden, ist für Lisa keine spezielle Situation, weshalb sie sich gegenüber Blass in der Rolle der Erfahrenen und der Beraterin sieht. Trotzdem konnte sie während der vergangenen Tage seine Intelligenz und seinen Mut kennenlernen. Welcher Mann in ihrem Leben hatte sich so selbstlos für sie eingesetzt? Keiner, alle waren sich selbst am Nächsten.

»Ich bitte Sie einzig, vorsichtig zu sein, diese Kerle haben kein Feingefühl. Kommen Sie, jetzt gibt es zuerst etwas zu essen.«

Beide leeren ihre Whiskygläser in einem Zug.

ZWEIUNDDREISSIG

Maria liegt tief in den Kissen und starrt in den Fernseher, ohne bewusst wahrzunehmen, was über den Schirm flimmert. Roman hat sich für drei Tage zu einem Kongress verabschiedet, und niemand in ihrem Umfeld hatte Lust und Zeit für einen Kinoabend oder ein gepflegtes Besäufnis in einer anständig heruntergekommenen Kneipe oder einer schummrigen Bar. Genau danach drängt es sie, wofür Roman wie auch ihr hochkultiviertes Umfeld wenig Verständnis haben. Alle wollen immer in die angesagten Lokalitäten mit den sündhaft teuren Getränken, wo man sich in angestrengt lockerer Bekleidung über die aktuellen Aktienkurse oder Trends unterhält. Es gibt Tage, da schätzt sie diese elitäre Welt, ja liebt sogar den feinen Hauch von Luxus und Prominenz, auch wenn sie weiß, dass es eine Scheinwelt ist. Dazuzugehören kann helfen, aber sicher nicht schaden, sagt Roman immer wieder, obschon er mit den wenigsten Leuten eine engere Beziehung pflegt. Für seinen Lebensplan betrachtet er ein gepflegtes Netzwerk als besonders wichtig, weshalb er immer mit übertriebenem Hallo die größten Arschlöcher herzt und selbst den schlimmsten Weibern seine Küsse liebevoll auf die Wangen haucht. In der Regel betrachtet Maria dieses Gehabe mit amüsiertem Pragmatismus, schließlich gehört es zum Spiel und garantiert gesellschaftliche Akzeptanz sowie das Fundament ihres Wohlstands. Sie ist keine ideologisch verblendete Rebellin, keine Kämpferin für absolute Gerechtigkeit und klimaneutrales Denken, sie wünscht sich einzig einen angenehmen Lebensstandard, ohne dafür die Welt neu erfinden zu müssen.

Aber es gibt auch diese finsteren Momente, die ihr all die angenehmen Lebensumstände als unerträgliche Verlogenheit vor Augen führen. Dann könnte sie kotzen, fühlt sich mies und schuldig, und würde am liebsten in dunkle, sündige Abgründe eintauchen, sozusagen als Gegengewicht zu ihrer heilen Welt.

Heute ist so ein Abend. Nach dem gestrigen Besuch bei Blass und Lisa war sie leicht besoffen und schwer aufgewühlt nach Hause gekommen. Ein simpler Krankenbesuch lief vollkommen aus dem Ruder, weniger für die beiden anderen, mehr für sie, denn ihr brach eine kleine Welt zusammen, weil ihre bequemen Lebensweisheiten arg in Frage gestellt wurden. Blass hebelt mit seiner gelebten Philosophie alle Regeln aus, die für Maria und Roman so wichtig und bequem waren. Blass' Leben erscheint wie eine Provokation gegenüber jenen Menschen, die dem Erfolg und Glück alles unterordnen. Neben seiner ausgesprochenen Liebenswürdigkeit, Menschlichkeit und Bescheidenheit überwiegt seine Skurrilität, die er mit tragischer Konsequenz auslebt. Ein Mann geht seinen Weg.

Trotzdem war der Abend ein Gesamtkunstwerk. Dieses unglaubliche Haus, der verdammt gute Champagner, die verflucht köstlichen Spaghetti Amatriciana mit einem außerordentlichen Chianti von Sergio Zingarelli, dieses aristokratische Ambiente, diese Gespräche, diese so spezielle Welt. Es war völlig ungezwungen, es war keine Scheinwelt, es war ein authentischer Abend, wie sie nie einen erlebt hat. Es war einer der besten Abende ihres Lebens, darum war und ist sie immer noch so aufgelöst und erregt. Ihr Innerstes fand an diesem Abend einen neuen Anreiz, wenn nicht sogar eine neue Perspektive.

Gerne wäre sie jetzt durch die Spelunken des Rotlicht-Quartiers gezogen, hätte sich dem Suff und dem niederen Vergnügen hingegeben. Der Puls der Sünde, die Versuchung, das Primitive, die Lust, die Unvernunft erscheinen plötzlich als eine perfekte Ablenkung von ihrem lustlosen Dasein. Keine laue Scheinwelt, nur pures Leben.

Nur liegt sie jetzt zu Hause auf dem Sofa, starrt sinnlos in den Fernseher, und niemand hat das Bedürfnis, sie in ihrem Frust zu begleiten. Eine unbefriedigende Situation.

DREIUNDDREISSIG

»Und was wirst du tun, wenn er dir wiederum nur Altpapier überreicht?«

»Ich leg ihn um, ganz einfach, und verzichte auf sein verfluchtes Scheißgeld.«

»Toll, deine Intelligenz fasziniert mich immer wieder aufs Neue. Wieso musst du gleich gewalttätig werden? Versuche es doch einmal auf die subtile und hinterhältige Weise. Zermürbe ihn, mach ihn fertig. Dieser Blass ist ein eigenwilliger Mann, der sich nicht so schnell beugen lässt. Er hat sogar etwas Geheimnisvolles an sich, denn selbst Google findet nichts über ihn. Als würde nur seine Hülle existieren. Wir müssen uns fragen, was das zu bedeuten hat, wenn ein Mensch sich derart von der Welt abschottet. Hat er etwas zu verbergen? Seine Vergangenheit? Verfehlungen? Eine Krankheit? Ich denke, er ist vermögend, also lohnt es sich, wenn wir uns Zeit nehmen und ihn nicht einfach umlegen, weil er Widerstand leistet. Finden wir seinen wunden Punkt, und wir werden ernten.«

Wie ein Schwamm saugt Hans jedes Wort von Akim auf, als wäre es sein persönliches Evangelium. Seit der Schule kennen sich die beiden, und seit jeher ist die Aufgabenverteilung unverändert geblieben. Akim der Kopf und Hans die Kraft, ein perfektes Paar. Das sind sie nur nicht, wenn Hans die Idee hat, die Initiative zu übernehmen, Akim dies zulässt und Hans in der Folge grandios scheitert, wie jetzt zum Beispiel.

»Aber wir dürfen doch nicht zulassen, dass er sich über uns lustig macht.«

»Er macht sich über uns nicht lustig, dazu hat er viel zu viel Angst, zudem werden wir zuletzt lachen, und das ist wichtig. Wie beim Fußball zählt nicht der Pausenstand, sondern das Schlussresultat.«

»Wie soll es dann weitergehen?«

Akim hat keine Ahnung, wie Blass zu begegnen ist, was er allerdings gegenüber Hans nie zugeben würde. Souveränität zu markieren, muss nicht immer mit klaren Entscheidungen zusammenhängen, also gibt er sich unverbindlich.

»Jetzt warten wir zuerst einmal seine Reaktion ab, dann sehen wir weiter.«

»Und wie soll er uns das Geld übergeben?«

»Er ahnt ja, wer wir sind, deshalb schauen wir mal, ob er den Mut aufbringt, mitten in der Nacht ins Hafengebiet zu kommen. Sagen wir beim Wendeplatz am hinteren Hafenbecken um zwei Uhr. Da hast du gute Übersicht und kannst kontrollieren, ob er alleine kommt.«

Hans' Augen beginnen zu leuchten, denn in seiner Vorstellung sieht er bereits die finstere Szenerie, die perfekt dafür geschaffen ist, um Angst und Schrecken zu verbreiten. Gewöhnlich verirrt sich nachts keine Menschenseele in dieses Hafengebiet, höchstens wenn eine wichtige Schiffsladung gelöscht wird, was selten der Fall ist, da die relevanten Güter längst nicht mehr mit dem Schiff in dieses abgelegene Hafenbecken gelangen. Eine perfekte Kulisse für eine Begegnung der besonderen Art.

Sollte er kommen, dann bewiese er Mut.

»Um zwei Uhr nachts beim alten Hafenbecken?«, fragt sie mit einem leicht hysterischen Unterton.

»Ja, das war seine Anweisung, dann hat er aufgelegt.«

»Aber Sie haben nicht vor, ihm Folge zu leisten? Das ist eine düstere und einsame Gegend, die selbst von der Polizei gemieden wird.«

»Ich habe noch nie von Mord und Totschlag im Hafengebiet gelesen. Wir sind hier nicht in Lagos, und wo es dunkel und abgeschieden ist, muss nicht zwingend das Böse wüten.«

»Aber es ist doch offensichtlich, dass man Sie in einen Hinterhalt locken will. Dort sie diesen Verbrechern schutzlos ausgeliefert sind. Ich bitte Sie, nicht zu gehen, und wenn, dann nur mit der Polizei.«

Blass starrt in seinen mittlerweile kalten Kaffee, denn das Telefon klingelte, als sie sich zum Frühstück niedergelassen hatten. Hätte er doch nur den Hörer nicht abgenommen, was er kurz erwog, denn er lässt sich nur ungern beim Essen stören, aber insgeheim wusste er genau, wer anrief. Wer sonst sollte um diese Zeit schon anrufen?

»Lassen Sie mich überlegen, nur möchte ich zuerst zu Ende frühstücken. Wünschen Sie einen Kaffee?«

»Ja, gern«, antwortet sie, nach einem kurzen Blick in ihre leere Tasse.

Er nimmt die Tassen und entlockt der alten Kolbenmaschine zwei herrlich duftende Kaffees mit jenem Schäumchen, das nur solch eine Maschine zustande bringt.

»Noch etwas Schinken oder Käse?«

»Nein, vielen Dank, mir ist der Appetit vergangen.«

Er nickt und häuft sich selbst ein ansehnliches Stück Stilton und einige Scheiben Rohschinken aus dem Périgord auf seinen Teller. Sein Hunger scheint nicht gelitten zu haben.

»Sie kennen Akim doch erheblich besser als ich und haben behauptet, dass er nicht töten kann. Auch nicht, wenn es darum geht, an zweihunderttausend Franken zu gelangen? Es wurde schon für weit weniger Geld gemordet. Klar, hier reden wir von keinem vernünftigen Menschen, trotzdem denke ich, er verfügt über die schlaue Intelligenz eines Kriminellen, welche doch so weit reicht, dass ihm bewusst ist, mit meinem Ableben keinen Mehrwert zu erhalten.«

»Akim ist schlau, skrupellos, aber kein Mörder, währenddessen Hans gefährlich ist, denn der könnte aus lauter Dummheit zum Mörder werden.«

»Aber Akim ist der Kopf.«

»Und Hans die Faust.«

Blass überlegt kurz und meint dann: »Sind die beiden nicht nur Kleinkriminelle, die mächtig scheinen, weil ihre Gegenüber schwach sind? Nutzen die nicht nur das Gesetz des Stärkeren? Sie selbst haben gestern leicht abschätzig über die Gefährlichkeit der beiden gesprochen.«

Sie schüttelt zuerst resigniert den Kopf, nippt dann gedankenversunken an ihrem Kaffee, bevor sie leise einwendet: »Ja, ich weiß, das war Trotz. Aber man sollte nicht unnötig das Schicksal herausfordern.«

Sie verfallen ins Grübeln, während er andächtig kaut und sie Kaffee schlürft.

»Ein kurioses Wortspiel.«

»Was meinen Sie damit?«

»In seinem Schreiben bezeichnet er sich selbst als mein Schicksal. Ein Zeichen von Größenwahn?«

»Diese bescheuerten Idioten sehen sich zu viele schlechte Filme an.«

Blass nickt nachdenklich, während er mit bedächtigen Bewegungen Butter auf das Brot streicht und es akkurat mit Schinken belegt.

»Wir müssen einkaufen gehen, meine Lebensmittelvorräte sind nicht auf zwei Personen ausgelegt.«

Leicht irritiert durch den abrupten Themawechsel, fehlen ihr etwas die Worte.

»Wenn Sie einverstanden sind, dann legen wir uns einen Speiseplan zurecht, schreiben uns eine Einkaufsliste und gehen dann einkaufen.«

»Kaufen Sie nie nach Lust und Laune ein? Meist kommen mir im Laden beim Anblick der Lebensmittel die besten Kochideen, darum macht bei mir eine Einkaufsliste nur bei den wichtigsten Dingen Sinn.«

»Ich lebe nach Plan, nach vorgegebenen Abläufen, nach definierter Struktur und kann mir Spontanität nicht vorstellen. Wie kann eine Entscheidung reifen, wenn sie intuitiv getroffen worden ist? Ich ernähre mich ausgewogen und gesund. Außerdem lasse ich keine Lebensmittel verderben, nichts wird weggeworfen, darum erstelle ich eine minutiöse Einkaufsliste, die sich danach richtet, was ich in den nächsten Tagen zu essen gedenke.«

»Wo bleibt denn da die Freude und Lust am Essen und Trinken?«, murmelt Lisa leise vor sich hin.

Blass holt einen Notizblock und einige Kochbücher, worauf die beiden in eine angeregte Debatte über Rezepte, Gewürze, Garzeiten, Lust auf Fleisch, Abscheu vor Innereien und Liebe zu Pasta versinken. Schlussendlich versteigen sie sich in einen regen Diskurs über das Reizthema Vegetarismus, zu welchem sich Blass immer mehr hingezogen fühlt. Es braucht eine geschlagene Stunde, bis eine Einkaufsliste zustande gekommen ist, sie sich angezogen haben und Richtung Dorfzentrum unterwegs sind.

Es ist ein strahlender Frühsommertag, die Temperaturen sind bereits um elf Uhr bei sechsundzwanzig Grad und tendenziell zu heiß für die erste Juni-Woche. Für Lisa ist das Grund genug, einen ultrakurzen, braunen Ledermini anzuziehen, dazu eine eng taillierte Bluse in Gelb, deren Knöpfe unter Dauerstress stehen, und an den Füssen schwindelerregend hohe Pumps, die sie gegenüber Blass einen halben Kopf größer erscheinen lässt. Er trägt seinen hellen, fadenscheinigen Leinenanzug, dessen Hosen zehn Zentimeter zu kurz sind und seine weißen Socken in den ausgelatschten Ledersandalen hervorragend zur Geltung bringen, und auf dem Kopf einen Panamahut. Die Blicke der Leute verunsichern Lisa sichtlich. Für sie ist es klar, dass es an Blass' schrecklicher Erscheinung liegen muss, während er Lisas leicht ordinäre Aufmachung als Grund für die Aufmerksamkeit der Leute sieht, aber keiner kommt auf den Gedanken, dass es die Kombination ihrer Gegensätze ist, was die Leute zum Glotzen zwingt. Sie nimmt sich fest vor, mit ihm über seine Bekleidung zu reden, da muss etwas geschehen, sonst will sie sich mit ihm nicht mehr in der Öffentlichkeit blicken lassen. Ein ähnlicher Gedanke beschäftigt Blass. Trotzdem wird es für beide ein spezielles Einkaufserlebnis. Sie war noch nie mit einem Mann einkaufen gewesen, vielleicht mit quengelnden Kindern, aber nie mit jemandem, mit dem sie über die Reife der Tomaten, die Qualität des Käses oder den Preis von kaltgepresstem Olivenöl debattieren kann. Für sie ist es so etwas wie eine neue Form von Gemeinschaft, dessen sie sich aber erst auf dem Nachhauseweg so richtig bewusst wird.

Der Nachmittag versinkt in Lethargie. Lisa langweilt sich durch die Bibliothek, wo sie sich bemüht, einen Überblick über die unzähligen Bücher zu erhalten und sich mit der Zeit in alten Bildbänden verliert. Blass hat sich hingelegt, hypnotisiert die Stuckatur an der Decke, um eine Eingebung für den bevorstehenden Abend zu erlangen. Längst ist er sich nicht im Klaren, wie er handeln soll, zu viele Wenn und Aber durchkreuzen sein Denken. Nachdem er sämtliche Argumente gedreht und gewendet hat, gelangt er wieder dort an, wo sein erster und spontaner Gedankengang entstanden war. Nicht klein beigeben und Widerstand signalisieren. Mitten im Denken schläft er ein.

»Hallo, Herr Blass, Sie sind eingeschlafen. Es ist achtzehn Uhr. Kochen wir zusammen?«

Er schreckt aus einem Traum hoch, der ihn in eigenartigen sexuellen Fantasien schwelgen ließ, weshalb sich jetzt eine stattliche Erektion in seiner Hose abzeichnet.

»Äh ... Lisa, äh ... entschuldigen Sie, Frau Sterlinger, ich komme sofort. Vielen Dank, dass Sie mich geweckt haben.«

Es ist ihr peinlich, trotzdem muss sie schmunzeln. Wie es aussieht, hat er entgegen sämtlichen Vermutungen männliche Regungen, bis jetzt hat sie ihn als sexuelles Neutrum betrachtet. Zudem hat er sie im ersten Moment mit dem Vornamen angesprochen. Im Korridor setzt sie sich in einen antiken Sessel, der vermutlich mehr Wert hat als ihre gesamte Einrichtung zu Hause, und wartet, bis er aus seinem Zimmer tritt.

»Ich wollte Sie nicht wecken. Ich dachte nur, dass Sie noch etwas essen möchten, bevor sie wegmüssen.«

Seine Augen sind schmale Schlitze, und das Haar steht wirr vom Kopf ab.

»Es waren vermutlich die Tabletten, die mich schläfrig gemacht haben. Ähäm ...«, räuspert er sich, denn seine Stimme drohte zu kippen. »Lassen Sie uns zusammen kochen.«

Auf dem Speiseplan steht ein Safran-Risotto mit gegrillten Auberginen und Scampi.

FÜNFUNDDREISSIG

Maria kommt sich reichlich idiotisch vor. Ihm zu folgen, entbehrt jeglicher Vernunft, es gibt keinen rationalen Grund dazu. Sie fuhr in diesem Moment in seine Straße, als Blass in ein Taxi stieg und sie sich spontan entschied, ihren eigenen Taxifahrer anzuweisen, dem anderen Taxi zu folgen. Einfach lächerlich, dieses Verhalten. Warum folgt sie Blass? Neugier? Misstrauen? Aus einer dämlichen Eingebung heraus? Auf jeden Fall mustert sie der Taxifahrer immer wieder im Rückspiegel, als versuche er, sich einen Reim auf das Ganze zu machen. Er arbeitet seit zwölf Jahren hinter dem Steuer dieses Mercedes, aber noch nie durfte er eine Verfolgung aufnehmen. Nur handelt es sich vermutlich um eine Ehefrau, die versucht, ihren Ehemann in flagranti zu erwischen, weshalb wenig Aufregung zu erwarten ist. Trotzdem hält er auf eine professionelle Weise Abstand, damit sie den Wagen nicht verlieren, und wahrt so viel Distanz, dass sie möglichst nicht auffallen. Nach etwa zehn Minuten nähern sie sich dem Hafengebiet, und die Wohnhäuser werden immer weniger. Sie überqueren ein erstes Bahngleis und sehen, wie Blass' Taxi zwischen zwei Lagerhallen abbiegt.

»Dort geht es zum alten Hafenbecken«, bemerkt der Taxifahrer in türkisch angehauchtem Deutsch.

»Dann lassen Sie mich hier aussteigen«, sagt sie, während sie in der Tasche nach ihrem Geldbeutel sucht.

»Das macht zweiunddreißig Franken.«

»Ist gut so«, erwidert sie und drückt ihm fünfzig Franken in die Hand.

»Oh, Sie sind sehr großzügig. Vielen Dank.«

»Gern geschehen und auf Wiedersehen.«

»Auf Wiedersehen, gnädige Frau.«

Der Taxifahrer bleibt noch einige Minuten stehen und sieht ihr hinterher, wie sie zögerlich die Lagerhäuser entlang und den Geleisen folgend in Richtung des alten Hafenbeckens läuft. Wie er sie hinter einen Container springen sieht, stutzt er, aber dann kommt das andere Taxi angefahren, und ihn überkommt eine leise Beklemmung. Das Taxi fährt ohne Gast auf dem Rücksitz an ihm vorbei, der Fahrer winkt ihm lässig mit zwei Fingern, er grüßt auf dieselbe Weise zurück und sieht die Frau wieder ihren Weg fortsetzen.

Himmet Demir ist ein ehrenwerter und gewissenhafter Mensch, keiner, der wegschaut und sich am Morgen vor dem Spiegel nicht in die Augen blicken kann. Darum fällt es ihm schwer, einfach den Rückwärtsgang einzulegen und wegzufahren. Er steigt aus, lehnt sich an den vorderen Kotflügel, steckt sich eine Zigarette an und sieht, wie die Frau hinter einem Güterwagen verschwindet. Er blickt auf die Uhr. Es ist Viertel vor neun, und bald wird die Nacht aus diesem Areal ein dunkles und einsames Loch machen. Er raucht zu Ende, steigt wieder ein und nimmt sich vor, zu späterer Stunde eine Runde durch das Hafengebiet zu drehen.

*

Marias Herz schlägt wuchtig gegen die Rippen, Schweiß rinnt ihr den Hals entlang hinunter bis zwischen ihre Brüste. Sie hat keine Angst, aber sie ist nervös und kommt sich reichlich verrückt vor. Da hat sie endlich ihre erträumte Unvernunft und den sehnlichst erwünschten Hauch von Rebellion. Wer treibt sich schon abends im Hafengebiet herum? Seit Container das Transportwesen revolutioniert haben, verrosten die ausrangierten Kräne, und die zu kleinen Hafenbecken dienen nur noch einigen alten Schiffen für den Umschlag. Nachts versinkt das Gebiet in eine düstere Verlassenheit, überall die aufblühende Patina des Zerfalls, von Sprayern verziert, von sprießender Botanik in Bedrängnis begriffen. Irgendwie wie Blass‘ Grundstück.

Ein Unort, eine hässliche Brache, wo sich nicht mal verzweifelte Verliebte auf den Rücksitzen ihrer Automobile lieben. Vermutlich wird es nur noch wenige Jahre dauern, bis aus diesen Ruinen wieder etwas Neues entstehen wird. Das ist der Zyklus des Lebens. Gentrifizierung, teure Appartements, Lofts, Penthouses, Docklands werden Realität. Lauter solche belanglose Überlegungen lässt sie durch den Kopf schwirren, um ja nicht über ihr Tun nachdenken zu müssen. Je weiter sie auf das verlassene Gelände vordringt, desto vorsichtiger bewegt sie sich und umso langsamer kommt sie vorwärts. Sie horcht und quetscht sich hinter einen Lastwagenanhänger, von wo sie sich, verdeckt von einem Bretterzaun, weiter dem alten Hafenbecken nähert. Brombeerranken und Brennnesseln versuchen, ihr den Weg zu versperren.

Dann erblickt sie ihn. Er schlendert langsam dem Hafenbecken entlang, studiert sorgfältig jedes Gebäude, jede Hütte, späht hinter jede Mauer, versucht jede Tür zu öffnen, rüttelt an jedem Tor, klopft an Wände, schaut in blinde Fenster, prüft die Haufen und Stapel, als wolle er alles kaufen, und versucht deren Wert einzuschätzen. Oder sucht er etwas?

Weit weg kreischen die Bremsen eines Güterzugs, ein Horn seufzt in der Ferne, während hier eine drückende Stille herrscht. Sie hält die Luft an, man könnte ja ihr Atmen hören. Beinahe unmerklich setzt die Abenddämmerung ein, die Schatten verschwinden, langsam wird es düster, und Maria hat keine Ahnung, was sie hier zu suchen hat. Wenn sie umkehren möchte, wozu es sie mit aller Vernunft drängt, dann müsste sie sich jetzt dazu entscheiden, ansonsten wäre sie gezwungen, sich einen Weg durch die hindernisreiche Dunkelheit zu suchen. Es wäre eine furchtbare Schmach, an diesem Ort von Blass erwischt zu werden, die Situation wäre kaum zu erklären.

Sie hat in einer Nische zwischen zwei alten Kisten einen bequemen Platz gefunden, von wo aus sie einen übersichtlichen Ausblick auf die Hafenanlage hat. Weiterhin streicht blass durch die Gegend, der mittlerweile im Zwielicht der einbrechenden Dunkelheit schwer zu erkennen ist. Dann, mit einem Mal, ist Nacht. Nicht nur das Licht ist weg, auch die restlichen Geräusche schlafen ein. Weit weg brummt leise die Stadt, mehr nicht. Sie hört nicht einmal Blass‘ streunende Schritte, hier ist es absolut still. Sie lauscht, sie wartet, aber nichts passiert. Sie fürchtet sich, ihr iPhone zum Leben zu erwecken, das Licht des Displays würde sie verraten. So versucht sie, sich zu entspannen, rutscht immer tiefer in eine durchaus angenehme Bequemlichkeit, bis sie in einen dämmerigen Zustand verfällt, von dem vielen Alkohol, den sie im laufe des Tages in sich hineingeschüttet hat, schläfrig wird, die Augen schließt und langsam wegdämmert. Es ist ein unruhiges und wenig entspanntes Dösen, kein Schlaf, als warte ihr Unterbewusstsein begierig auf ein Ereignis, während der Körper faul herumliegt. Wie ein Stoff in zwei verschiedenen Aggregatzuständen.

Sie erwacht plötzlich und hat Mühe, sich zu orientieren. Die wenigen altersschwachen Straßenlaternen vergeuden ihr lächerliches Licht im Niemandsland. Sie kann kein Leben erkennen, keine Menschenseele ist zu sehen, trotzdem glaubt sie, von einem Geräusch geweckt worden zu sein. Ihr Blick schweift umher, findet keine Bewegung, kein Lebewesen, nur das düstere Licht der Laternen. Ihr kleben die Zunge und ein mieser Geschmack am Gaumen, zudem fragt sie sich wieder ein Mal nach dem Sinn ihrer Anwesenheit. Nur mit Mühe findet sie in die Gegenwart, zu schwer steckt ihr der Schlaf in den Knochen. Was sollte sie tun? Aufstehen und nach Hause gehen? Wie lange war sie eingenickt?

Sie rafft sich auf, möchte sich erheben, als sie im Augenwinkel eine Bewegung wahrnimmt. Eine massige Gestalt nähert sich mit behäbigen Schritten dem Hafenbecken, wo Blass auf einem Poller sitzt und wartet. Trotz ihrer

Schläfrigkeit begreift sie schnell, dass sich hier etwas Außergewöhnliches anbahnt. Eine surreale Szene, wie aus einem Film noir mit Jean Gabin. Nichts entspricht der Normalität, der Schauplatz nicht, die Stimmung nicht und schon gar nicht der Zeitpunkt. Sie sollte in Panik ausbrechen, davonrennen, nur nicht hierbleiben, und doch fasziniert sie dieses Schauspiel so sehr, dass sie gebannt hinschauen muss. Sie getraut sich kaum, zu atmen.

Der Mann baut sich vor Blass auf und redet gestikulierend auf ihn ein, während Blass unbeeindruckt sitzen bleibt und ruhig antwortet. Sie kann kein Wort verstehen, nur Gemurmel, zu weit entfernt liegt sie in ihrem Versteck, aber die Wut in der Stimme des großen Mannes und die Gelassenheit von Blass sind zu unterscheiden. Die Unterhaltung, die eigentlich keine ist, dauert nicht länger als eine Minute, dann schlägt der Große unvermittelt zu, nur scheint Blass darauf gefasst zu sein. Er weicht aus, und der Schwung der Faust bringt den Großen beinahe aus dem Gleichgewicht. Was folgt, sieht, aus der Ferne betrachtet, aus wie ein Ballett zweier unbegabter Tänzer. Keine Eleganz, keine Grazie, keine Schönheit, nur wildes, unkontrolliertes Schlagen, Ausweichen und Straucheln. Sie staunt nicht schlecht, denn Blass schafft es wider Erwarten, den Angriffen zu trotzen. Der Große wird immer wütender, aber auch fahriger, während Blass leichtfüßig ausweicht, ohne einen Schlag einzustecken. Diese Leichtigkeit hätte sie ihm gar nicht zugetraut.

Dann schreien sie sich an. Der Große benutzt keine netten Ausdrücke, Blass entgleist für seine Maßstäbe komplett. Ein Wort ergibt das andere, und plötzlich blitzt in der Hand des Großen ein Messer auf. Gerne hätte sie jetzt geschrien, aber ihr versagt die Stimme, dafür fällt ein Schuss.

Es ist kein spektakuläres Geräusch, genauso gut hätte es von einem umfallenden Brett stammen können, aber es war ein Schuss, der schwache Blitz und der Pulverdampf waren im Zwielicht der Lampen klar zu erkennen. Der Große zuckt reflexartig zusammen und fällt heiser schreiend wie ein nasser Sandsack zu Boden. Blass sagt einige Worte, wendet sich dann in aller Ruhe ab und entfernt sich gemächlich Richtung Stadt. Sie und ein großer, stöhnender Mann bleiben zurück.

Sie starrt auf den am Boden liegenden Verletzten und fragt sich, ob sie ihm helfen sollte. Ungern. Er wird es verdient haben und er lebt ja. Also entfernt sie sich vorsichtig Schritt für Schritt, schleicht den Weg zurück, den sie gekommen war. Weit vorne sieht sie die Silhouette von Blass, der stoisch der Stadt entgegen wankt, als wäre nichts geschehen.

Was verflucht noch mal, sollte dies bedeuten, fragt sie sich. Sie kann das Geschehene nicht einordnen, nichts, was sie soeben beobachtet hat, lässt sich erklären oder kann sie verstehen. Dann verliert sie Blass aus den Augen. Sie verfällt in einen Trab, rennt immer schneller, in der Hoffnung, zu sehen, wohin er läuft. Schwach ist zu erkennen, wie er in ein Taxi steigt und davonfährt. Vermutlich ist er auf dem Weg nach Hause zu Lisa, und sie steht hier im Hafen und freut sich, dass ein weiteres Taxi angefahren kommt. Ein ungewöhnlicher Zufall in dieser Gegend, der keiner ist, denn es ist jener Fahrer, der sie hierhergebracht hat.

»Taxi gefällig?«, fragt Himmet verschmitzt, nachdem er sein Fenster heruntergelassen hat.

»Sie?«, fragt sie lapidar, schwer atmend.

»Ich hatte das Gefühl, nochmals vorbeizuschauen zu müssen, nur so, damit ich ein gutes Gewissen habe. Wie es aussieht, war das keine falsche Idee.«

»Das war eine fantastische Idee!«

»Darf ich Sie nach Hause fahren?«

»Ja, gerne«, antwortet sie, steigt ein und nennt dem Taxifahrer die Adresse, der sie quer durch die Stadt nach Hause fährt.

SECHSUNDDREISSIG

Der Morgen ist wie eine Wiedergeburt, nur nicht so hoffnungsvoll. Was gestern geschah, hat ihn die ganze Nacht nicht schlafen lassen. Es waren nur wenige Stunden, während denen er sich ruhelos im Bett herumwälzte, aber sie schienen eine Ewigkeit zu dauern. Schlussendlich war er doch eingeschlafen, unruhig, wirr träumend und erwachte mit einem unangenehmen Herzrasen. Alles, was sich letzte Nacht ereignete, scheint wie durch einen zähflüssigen Nebel, unwirklich, weit entfernt und wie in einer vollkommen anderen Welt. Er kann sich nicht vorstellen, gestern Abend physisch dabei gewesen zu sein, so abstrakt sind die Erinnerungen. Er hatte abgedrückt, hatte ihm ins Bein geschossen, ihn verletzt, hatte ihn beschimpft und war davongelaufen. Sein Gewinsel hatte ihn nicht berührt. Nachdem Hans das Messer gezogen hatte, verlor er jegliche Scheu und Skrupel. Er musste sich zurückhalten, dass er ihn nicht erschoss.

Aber Hans ist trotz allem ein Mensch, zugegeben, ein fürchterliches Wesen, aber ein Mensch, darum empfand er den Schuss in sein Bein als vollkommen ausreichend und angemessen. Was ihn wirklich beschäftigt, ist seine eigene Kaltblütigkeit, sein emotionsloses Handeln, als wäre es nicht das erste Mal, dass er genötigt war, jemandem die unkontrollierte Wut wegzuschießen. Einerseits muss er sich seine eigene Dreistigkeit eingestehen, andererseits zugeben, dass es nichts zu überlegen gab. Er hatte keine Kontrolle mehr über die Situation. Er drückte ab, ohne die Folgen abzuwägen. Nun war es geschehen, und es wird ihn verfolgen, keine Frage, aber er wird sich den Konsequenzen stellen, nicht als Held, mehr als Idiot. Wie konnte er nur diese sinnlose Eskalation herbeiführen?

Ächzend erhebt er sich aus der Geborgenheit des Bettes und setzt sich auf. Er hört leise Geräusche, die von Lisas

Aktivität zeugen. Er schielt auf den Wecker, es ist neun Uhr zwanzig. Er steht auf, schlurft ins Badezimmer, wo ihn im Spiegel eine ihm fremde Person ansieht. Als hätte ihn diese Nacht altern lassen, hängen seine Tränensäcke deutlich tiefer als vorher und die Gesichtsfarbe tendiert ins Gräuliche. Irgendwie nachvollziehbar. Eine Schönheit ist er nicht: An der hohen Stirn, dem rückläufigen Haaransatz, der Hakennase, dem markanten Kinn und der hageren Figur hätten viele Karikaturisten ihre wahre Freude gehabt. Er hatte nie vor, zu gefallen, es lebte sich mit seiner bescheidenen Attraktivität durchaus passabel, einzig als Kind in der Schule hatte er einige Mühe mit den Hänseleien gehabt, was ihn aber fürs spätere Leben stählen sollte.

Der Friseur wäre wieder einmal nötig, denkt er sich, bevor er duschen geht.

Erfrischt, parfümiert und eingehüllt in seinen Morgenmantel schreitet er langsam die Treppe hinunter, lauschend, wo sich Lisa aufhalten könnte. Sie sitzt, ein Buch lesend, im Salon, neben sich einen Kaffee auf dem Beistelltisch. Wie er eintritt, schaut sie auf und lächelt ihn fröhlich an, als freue sie sich über sein Erscheinen.

»Guten Morgen, Herr Blass, konnten Sie noch etwas schlafen?«

Sie hatte in der Nacht ungeduldig und fürchterlich nervös auf ihn gewartet, wollte sofort wissen, wie es gelaufen war, aber er beruhigte sie und vertröstete sie auf das Frühstück, welches eine bessere Gelegenheit sein würde, um über das Geschehene zu reden, denn er war hundemüde. Er war aber überhaupt nicht müde, nur schlicht nicht fähig, über die letzten Stunden zu sprechen.

»Schlafen kann man das nicht nennen, es war eher ein Ausruhen und Nachdenken.«

»Kommen Sie, ich habe das Frühstück vorbereitet, dann können Sie mir alles erzählen.«

Sie drängt ihn in die Küche, wo sie ein üppiges Gelage vorbereitet hat.

»Ich habe einen Bärenhunger und Sie vermutlich auch. Setzen Sie sich.«

Er fühlt sich ein wenig wie ein Gast im eigenen Haus und staunt über das reichhaltige Angebot von Schinken, Käse, Eiern, Tomaten, Omeletts, aufgeschnittenen Früchten, frischen Croissants und einen Topf Honig, den er nicht kennt. Sie muss heute früh nochmals einkaufen gegangen sein.

»Das haben Sie wunderschön angerichtet. Herzlichen Dank.«

Sie stellt ihm eine Tasse Kaffee hin und schenkt ihm und sich Orangensaft ein. Dann beginnen sie zu essen, und Lisa schaut ihn erwartungsvoll an.

Er schluckt seinen ersten Bissen herunter und erzählt. Präzis, streng chronologisch, ohne jegliches Pathos, ohne etwas zu verheimlichen, berichtet er von der vergangenen Nacht. Das dauert seine Zeit, denn von dem Frühstück möchte er sich nichts entgehen lassen. Immer wieder unterbricht er den Erzählfluss, um in Ruhe zu kauen oder zu trinken. Für Lisa wird es von Minute zu Minute und mit steigender Spannung zu einer Tortur. Sie hängt mit ihrem Blick an seinen Lippen, lässt den Kaffee kalt werden, und nur sporadisch nimmt sie einen Bissen, an dem sie dann unendlich lange kaut. Wie er das Finale schildert, hält sie eine Hand vor den Mund und starrt ihn entsetzt an, minutenlang, bis er seinen Bericht beendet hat. Dann herrscht erstmals Stille.

Als wollte sie es nochmals bestätigt haben, fragt sie: »Sie haben Hans ins Bein geschossen?«

»Ja, es ging nicht anders, ich musste ihn und sein Messer stoppen. Er hätte mich vermutlich getötet, derart wütend war er. Mit den Fäusten hatte ich eine Chance, aber als er das Messer zog, musste ich die Notbremse ziehen. Er wird es überleben.«

Dank seiner unaufgeregten Art scheint sie sich langsam zu entspannen, denn sie verzieht ihren Mund zu einem schiefen Grinsen und bemerkt respektvoll: »Wahnsinn! Sie schießen dieses Arschloch so einfach über den Haufen, als wäre es das Normalste auf der Welt. Ich fasse es nicht. Herr Blass, Sie sind mein Held.«

»Unsinn! Jeder Mensch mit etwas Stolz und Freiheitsliebe lässt sich nicht tyrannisieren und wehrt sich.«

»Sie haben vergessen, Mut und Tapferkeit zu erwähnen. Ich kenne niemanden, der sich so etwas getraut hätte.«

»Ach hören Sie mit dieser Heldenromantik auf. Ich habe nichts zu verlieren, da fällt es einem leichter, dreist zu sein.«

Ihr Lächeln verödet, und sie wendet sich wieder mit nachdenklicher Miene dem Frühstück zu.

»Entschuldigen Sie meine unüberlegte Äußerung«, versucht er, seine unsensiblen Worte rückgängig zu machen.

Sie klemmt sich eine Erdbeere zwischen die Lippen, saugt sie lasziv in den Mund, zerquetscht die reife Frucht genüsslich mit der Zunge und schluckt sie hinunter, bevor sie mit humorlosem Ernst entgegnet: »Ich möchte das nicht mehr hören. Wenn es so weit ist, reden wir darüber. Im Moment machen Sie mir einen sehr gesunden Eindruck, zudem macht mich der Gedanke, Sie zu verlieren, traurig.«

Ihre Augen betrachten Blass mit einer Brise Misstrauen, als hätte sie einen leisen Zweifel an seiner tödlichen Krankheit. Er nickt, denn er hat ihren Hinweis verstanden. Sie scheint einen gesunden Instinkt zu haben, denkt er sich und sagt: »Sie haben vollkommen recht. Das ist nicht taktvoll von mir. Künftig werde ich mich diesbezüglich zurückhalten.«

Sie zaubert wieder ein Lächeln auf ihre Lippen und fragt: »Sie haben eine Pistole?«

»Ja, es gab Zeiten, da fühlte ich mich nicht sicher. Man machte Stimmung gegen mich, wollte mich aus dem Quartier vertreiben. Da kaufte ich mir eine kleine Pistole und lernte, damit umzugehen.«

»Was meinen Sie, wird jetzt geschehen?«

»Ich glaube kaum, dass sie zur Polizei gelaufen sind, da kämen sie in einen Erklärungsnotstand. Er rief bestimmt Akim an, der ihn dann abholte und zu einem Arzt seines Vertrauens verfrachtete, der ihm die Kugel entfernte. Diese Wunde ist nicht so schlimm wie die Schmach, die ich ihm zugefügt habe. Darum ist vermutlich mit seiner Rache zu rechnen.«

Sie steht auf und lässt sich einen weiteren Kaffee einlaufen: »Wünschen Sie noch eine Tasse?«

Er nickt.

»Vielleicht haben Sie auch ein starkes Zeichen gesetzt«, sinniert sie weiter, während sie an der Kaffeemaschine hantiert, »haben sich Respekt verschafft.«

»Zumindest sollten die beiden erkannt haben, dass Aufwand und Risiko erheblich größer geworden sind. Aber sie werden sich nicht abhalten lassen. Das ist Ehrensache.«

Lisa grinst wieder und schüttelt den Kopf.

»Mann oh Mann, was Sie geboten haben, hat sich nie jemand getraut. Diese Amateure haben Sie vollkommen unterschätzt.«

»Sie sollten diese Kriminellen nicht verniedlichen.«

»Trotzdem, ich bewundere Sie. Das haben Sie toll gemacht, mit Ausnahme eines Details: Sie hätten ihm die Eier wegschießen sollen, das wäre angebracht gewesen.«

»Frau Sterlinger, ich bitte Sie, seien Sie nicht so vulgär!«

»Wieso, dieses Schwein hat mich vergewaltigt, dies wäre eine passende Bestrafung.«

»Zugegeben, ihr Gedanke ist nicht von der Hand zu weisen, aber ein Schuss in die Hoden wäre unter Umständen eine lebensgefährliche Verletzung gewesen, wogegen ein Steckschuss in den Muskel des Oberschenkels nur eine Lappalie ist. Ich hatte nicht vor, diesen Kerl zu töten, sondern ihm einen Denkzettel zu verpassen.«

»Möglicherweise müssen Sie ihn töten, wenn Sie ihm das nächste Mal begegnen.«

»Nein, lieber nicht. Damit diese Situation nicht eskaliert, habe ich eine Idee. Sie ist mir unter der Dusche eingefallen und nur noch nicht ausgereift, aber im Grunde genommen ist es möglich, dass sie zum Ziel führt.«

Lisas Gesicht verwandelt sich in ein Fragezeichen, und Blass fragt sich, ob nicht eine Spur Spott um ihren dezent geschminkten Mund herum zu erkennen ist. Er weiß, wie kühn seine Idee ist, weshalb er es bevorzugt, vorläufig darüber zu schweigen.

»Sie sind ein wahrlich mysteriöser Mensch. Ich hoffe, das war Ihre letzte verrückte Dummheit, die Ihnen eingefallen ist. Beim nächsten Mal könnte es ins Auge gehen«, bemerkt Lisa. »Haben Sie auch einen Plan für den heutigen Tag?«

»Ja, ich muss nochmals zur Kontrolle ins Krankenhaus. Um sechszehn Uhr werde ich erwartet. Kommen Sie doch mit, dann könnten wir im Anschluss Ihre Kinder besuchen.«

»Ich komme gerne mit, nur muss ich mich schlaumachen, wo meine Kleinen anzutreffen sind.«

SIEBENUNDDREISSIG

Marias Morgen begleitet ein ähnlicher Kater wie den von Blass. Es ist nicht die Gewissheit, zu exzessiv getrunken zu haben, es ist in erster Linie das Gefühl, etwas Unfassbares erlebt zu haben. Etwas, das man niemandem erzählen kann, ohne verständnislose Blicke zu ernten und sein Ansehen nachhaltig zu schädigen, etwas, das man im Nachhinein selbst nicht so recht wahrhaben will. Ähnlich wie Blass wälzte sie sich nervig im Bett, bis der Wecker sie aus dem Bett zwang, ohne dass sie wirklich erholt gewesen wäre. Einen kurzen Moment überlegte sie, zu Hause zu bleiben, sich krank zu melden oder erst später im Büro zu erscheinen. Nur würde das nichts helfen. Zu aufgekratzt war sie, immer noch angefüllt mit Adrenalin, unfähig, Ruhe zu finden, also könnte sie genau so gut arbeiten gehen, was sie dann auch tut. Pünktlich sitzt sie im Büro vor dem Bildschirm und durchsucht als Erstes die News-Portale im Netz auf Nachrichten zu einer nächtlichen Schießerei im Hafengebiet. Doch da ist nichts, was sie logischerweise nicht überrascht, denn sie war die einzige Zeugin dieses Gewaltakts, und die Beteiligten haben sich wohl kaum bei der Polizei gemeldet. Als hätte sich überhaupt nichts ereignet. Es wäre interessant zu wissen, was so alles unter dem Deckmantel der Nacht geschieht, ohne dass es je an die Öffentlichkeit gelangt.

Das Verrückte wird sein, nicht darüber reden zu können, mit niemandem, nicht mit Roman, nicht mit blass. Mit dieser Nacht zurechtzukommen, wird für sie eine spezielle Herausforderung sein. Allerdings darf sie das Geschehene nicht überbewerten. Was Schlimmes hat sich denn schon ereignet? Mit Ausnahme einer Fleischwunde gab es nur Streit und Geschrei. Einen kommunen Konflikt zweier Männer, der außer Kontrolle geraten war. Nur primitives Revierverhalten und Imponiergehabe? Nein, es war etwas

Anderes. Ihr unbescholtener Mitarbeiter trifft sich mitten in der Nacht mit einem vermutlichen Ganoven im Hafen und schießt ihn nach einer Auseinandersetzung über den Haufen. Warum?

Sie stellt sich diese Frage, seit sie letzte Nacht den Schuss gehört hat. Da hatte ein Streit eine Dimension erreicht, welche klar die Norm des Gewöhnlichen sprengte und diese Fleischwunde zu etwas Speziellem machte. Mit dem Schuss hat Blass seine Unschuld verloren und ist zu einer Person mit einem dunklen Geheimnis geworden. Ein Mensch mit zwei Gesichtern, Dr. Jekyll und Mr. Hyde? Ein idiotischer Gedanke, selbst wenn Blass' Verhalten genug Anlass zu seltsamen Theorien und ausufernden Fantasien gibt. Wie begegnet sie ihm, wenn er am Montag wieder zur Arbeit erscheint? Als wisse sie von nichts, nett, freundlich? Oder sollte sie ihn zur Rede stellen? Sie denkt nicht lange nach, denn ihr ist klar, dass sie zu schweigen hat, will sie sich nicht bis auf die Knochen blamieren. Sie steigt ihrem Mitarbeiter nach wie eine eifersüchtige Geliebte, die wissen will, wo er die Nächte verbringt. Undenkbar, zuzugeben, in dieser Nacht dabei gewesen zu sein.

Sie wird unvermittelt aus ihren Gedanken gerissen, als Annemarie mit ihrer überdrehten Fröhlichkeit ins Büro platzt und ihre düstere Stimmung unaufgefordert aufhellt.

ACHTUNDDREISSIG

Der Nachmittag zeigt sich von seiner langweiligen Seite. Die Gratis-Zeitung längst zerfleddert, die letzte inhaltslose Zeile gelesen, die Inserate der Massagestudios studiert, immer noch gleich schlau wie vorher und kein Fahrgast weit und breit. Er steigt aus seinem Taxi und steckt sich eine Zigarette an, beobachtet das müde Leben in den Gassen und gähnt bereits jetzt, kurz nachdem er seine Schicht angetreten hat. Das wird ein harter Tag werden, zäh, langweilig und ohne Umsatz. Er schlendert um seinen Wagen herum, schaut ohne Interesse in die Auslage eines Blumenladens, liest die Wahl-Plakate an einer Litfaßsäule und bewundert verstohlen die langen nackten Beine eines jungen Mädchens in herrlich knappen Hotpants, die er bei seiner Tochter nie zuließe. Er vertröstet sich auf den Abend, wenn das Geschäft wieder anziehen wird, Leute möglichst schnell nach Hause streben, jemand nach einer Sitzung den Flieger erwischen muss, der Einkauf zu schwer oder der letzte Bus längst abgefahren ist. Taxifahren ist kein Beruf, es ist eine Frage der Weltanschauung. Man könnte sein Geld auch auf eine einfachere Weise erarbeiten, nur würde man nie so nahe am Leben sein wie in einem Taxi.

Himmet liebt seinen Beruf. Eine Arbeit, die manchmal furchtbar langweilig und sogar erniedrigend sein kann. Nicht alle Fahrgäste sehen in einem Taxifahrer einen Menschen, für manche könnte er auch ein seelenloser Roboter sein. Himmet sind die Meinung und die Haltung seiner Fahrgäste nicht egal, es interessiert ihn. Mürrische, Traurige, Betrunkene, Verzweifelte, Ruhige sind ihm so lieb wie Glückliche, Fröhliche, Schwätzer, Debattierer, Sektierer oder Politiker. Jegliche Couleur von Menschen hat er gefahren, und nie hat er sich vor ihnen gefürchtet oder sich geweigert, sie zu fahren. Jeden hat er bis jetzt mitgenommen, auch wenn nicht jeder bezahlt hat, aber das ist ein anderes Thema.

Er begutachtet eine kleine Delle mit einer Schramme an der hinteren linken Tür, ähnlich einem verschmierten Vogelschiss, vermutlich von einem Fahrradfahrer, der sich durch die Kolonnen vor dem Rotlicht quetschte, hebt verärgert eine Augenbraue und wendet sich wieder dem Geschehen auf der Straße zu. Langsam beginnt er zu schwitzen. Der zu heiße Frühsommer ist ein willkommener Gesprächsstoff, wenn es gilt, den Einstieg in eine Unterhaltung zu finden, so wie die Inkompetenz der aktuellen Regierung auch ein wunderbarer Inhalt für oberflächliches Geplauder ist. Wie ein guter Friseur versteht er es, seine Klientel bei Laune zu halten und Persönliches aus ihnen herauszukitzeln, sofern sie es zulassen. Viele wünschen keine Unterhaltung, brüten und träumen lieber vor sich hin, genießen eine Ruhe, die sie im Büro, in der Straßenbahn oder zu Hause nicht haben, und schätzen es, wenn ihr Taxifahrer sie nicht vollquatscht. Himmet besitzt das sensible Feingefühl, dem Fahrgast das zu bieten, was dieser sich wünscht.

Nur hat heute niemand Lust oder das Bedürfnis, mit einem Taxi befördert zu werden. Kein Wunder bei diesen Preisen, das Leben hier ist teuer, und er wäre längst pleite, verlange er den Preis, den er selbst bereit wäre zu zahlen. So kreisen seine Gedanken durch das Spektrum der Langeweile, als sein Blick auf ein Paar fällt, welches auf ihn zusteuert. Ein antiquiert gekleideter Herr und eine aufgebrezelte Prostituierte. Himmet schmunzelt innerlich, größer könnte ein Gegensatz kaum sein. Ein Anblick, der neugierig macht, weil er absurd erscheint, so als ginge Mozart einträchtig mit Madonna flanieren. Die zwei sind in ein Gespräch vertieft und bleiben diskutierend neben seinem Taxi stehen. Kundschaft?

Tatsächlich fragt der Mann höflich: »Guten Tag, mein Herr, hätten Sie Zeit, uns zu fahren?«

»Willkommen die Herrschaften, aber bitte doch, steigen Sie nur ein.«

»Herzlichen Dank.«

Sie steigen ein, der Mann nennt ihm das Ziel, dann fährt Himmet los. So intensiv sich die beiden vorher unterhalten haben, so intensiv schweigen sie jetzt. Gewiss wollen sie ihr persönliches, wenn nicht sogar intimes Gespräch in der Anwesenheit eines Fremden kaum fortführen. Vielleicht war es ein Streit. Himmet muss immer wieder in den Rückspiegel schauen, um diese Gesichter zu mustern. Vater mit Tochter? Ehepartner? Mann mit Geliebter? Oder doch Freier mit Nutte? Kein Bild, kein Muster, kein Klischee scheint schlüssig zu den beiden zu passen. Allerdings kommt ihm der Mann irgendwie bekannt vor.

»Kommen Sie mit hinein?«, fragt die Frau.

»Ich denke, es ist Ihr Moment, da gehöre ich nicht dazu. Ich werde warten.«

»Einverstanden, ich halte mich kurz, fünfzehn Minuten.«

Dann wendet der Mann sich an Himmet: »Würde es Ihnen etwas ausmachen, einige Minuten zu warten, dann könnten Sie uns gleich weiterchauffieren. Selbstverständlich bezahle ich die Wartezeit.«

»Das mach ich sehr gerne. Wir sind gleich da.«

Die Frau steigt aus, verschwindet im Haus, und der Fahrgast verfällt in eine nachdenkliche Starre, ein klares Zeichen dafür, in Ruhe gelassen werden zu wollen. Himmet hätte so gerne das Gespräch gesucht, aber er zieht es vor, zu schweigen, und nutzt die Zeit, seine Menschenkenntnisse zu vertiefen. Sein Rückspiegel bietet ihm genügend Möglichkeiten. Kein Anblick, der ihm Sorge bereitet, denn der Mann strahlt trotz allem Ruhe und Gelassenheit aus.

Achtzehn Minuten später sitzt die Frau wieder auf dem Hintersitz, der Mann erwacht aus seiner Lethargie und nennt ihm das nächste Ziel. Er fährt los, und wie er vor der angegebenen Adresse hält, fällt es ihm wie Schuppen von den Augen.

Hier wurde er aufgefordert, dem Taxi zu folgen, in welches damals sein jetziger Fahrgast stieg. Jetzt ist ihm klar, warum ihm dieser Mann bekannt vorkommt. Er hatte ihn gestern nur wenige Sekunden lang gesehen, bevor er in das Taxi einstieg, dem er dann folgen sollte. Er trug eine andere Kleidung, mehr so eine altenglische Wanderausrüstung, wadenlange Knickerbocker, einen karierten Tweed-Veston mit Gürtel und aufgesetzten Taschen, dazu eine Schiebermütze, während er heute einen klassischen, braunen Anzug trägt, welcher schon bessere Tage gesehen hat und dessen Schnitt vollkommen aus der Mode ist. Himmet hatte sich gestern ebenso über die Bekleidung gewundert wie heute, und er hätte ihn schneller wiedererkannt, wäre er nicht von seiner leicht bekleideten Begleitung abgelenkt worden.

Er hält vor diesem überwucherten Grundstück mit der vernachlässigten Villa, welches ihm schon einige Male aufgefallen ist und ihm einen Eindruck von Verlassenheit und Verzweiflung vermittelt. Er malt sich aus, wie die Bewohner tot und zu Mumien getrocknet am Esstisch sitzen und kein Mensch hat es bemerkt, währenddessen sich der Zerfall und die Natur verselbstständigten. Jetzt, nachdem er die Bewohner kennengelernt hat, erklärt sich einiges, aber es ergeben sich auch neue Fragen, etwas Geheimnisvolles ist zu spüren, was seine Neugier weckt.

Der Mann zahlt die Fahrt und legt ein großzügiges Trinkgeld dazu.

»Oh, herzlichen Dank, mein Herr. Darf ich Ihnen meine Visitenkarte geben? Es würde mich sehr freuen, wenn ich Sie wieder als Gast begrüßen dürfte. Ich bin Ihnen zu Diensten, Tag und Nacht.«

Das letzte Wort betont er mit einem leicht verschwörerischen Unterton.

»Sehr zuvorkommend«, sagt der Mann und schaut Himmet prüfend in die Augen, dann blickt er auf die Visitenkarte. »Ich werde mich gerne melden, Herr Demir. Mein Name ist Balthasar Blass. Ich wünsche Ihnen einen erfolgreichen Tag. Auf Wiedersehen!«

Sie reichen sich die Hand, und Himmet verabschiedet sich mit einem warmen Lächeln.

NEUNUNDDREISSIG

»Sie hätten sich für Ihre Kinder ruhig etwas mehr Zeit nehmen können. Ich hätte auch eine halbe Stunde gewartet.«

Lisa sitzt auf der untersten Treppenstufe, zieht die Schuhe aus und stellt diese goldglänzenden High Heels neben die derben und hochschaftigen Arbeitsschuhe von Blass, der Beginn einer schleichenden Eroberung einer Männerbastion durch die Weiblichkeit.

»Ach wissen Sie, meine Kinder sind nicht aus Porzellan, die haben schon zu viel erlebt, als dass einige Tage ohne ihre Mutter ein Drama bedeuten würden. Es ist für uns wichtig, zu wissen, dass es allen gut geht. Es gab nicht einmal Tränen.«

»Schwer zu begreifen, wie ihr so funktioniert. Ich werde versuchen, das verstehen zu lernen. Bereiten wir zusammen das Nachtessen zu?«

»Ist es nicht etwas zu früh? Es ist erst achtzehn Uhr zehn.«

»Ich bevorzuge heute Abend früh zu essen, denn ich muss später nochmals weg.«

Sie folgt ihm in die Küche, wo er den Kühlschrank öffnet und in Papier eingeschlagenes Hackfleisch herausholt. Sie stellt sich ihm in den Weg, stemmt die Fäuste ostentativ in die Hüften, blickt wie eine wütende Furie und presst ihre Worte mit einem leicht giftigen Unterton hervor: »Sie wollen mir aber nicht weismachen, dass sie heute Abend wieder eine Dummheit vorhaben?«

»Dummheit?«, fragt er unschuldig, während er aus der Speisekammer zwei Peperoni holt.

»Na ja, was sie gestern Nacht im Hafen abgezogen haben, war verantwortungslos. Sie können von Glück reden, zurzeit nicht als aufgedunsene Leiche im Brackwasser des Rheinhafens zu dümpeln.«

»Sie neigen zur Übertreibung, Frau Sterlinger. Heute Morgen haben Sie mich noch als Ihren Helden bezeichnet, jetzt sehen Sie mich schon als Wasserleiche.«

»Machen Sie sich nur lustig über mich. Mir scheint, Sie sind es nicht gewohnt, dass sich jemand Sorgen um Sie macht. Erzählen Sie mir wenigstens, was Sie vorhaben.«

»Das hatte ich eigentlich nicht vor. Wenn Sie den Reis kochen, bereite ich die Füllung für die Peperoni zu. Oder Sie rüsten die Peperoni.«

»Weichen Sie mir nicht aus.«

»Ich weiche Ihnen nicht aus, ich möchte Ihnen nur nicht sagen, was ich heute Abend vorhabe.«

»Dann komme ich mit.«

Er zögert einen Moment und sagt dann: »Wollen Sie wirklich mit in die *Sansi-Bar*?«

»In die *Sansi-Bar* zu Akim?«, fragt sie, als wäre sie sich unsicher, ob sie ihn richtig verstanden hat.

»Ja!«

»Phhh«, stößt sie die Luft verächtlich heraus, und nach einer Weile wendet sie ein: »Da dürfen Sie auf keinen Fall alleine hin.«

»Ich denke, Sie sehen die Situation allzu pessimistisch. In diesem Club wird er kaum auf mich losgehen. Mein Angebot wird ihm zu Denken geben, zudem werde ich meine Pistole in der Tasche und Herrn Demir, den Taxifahrer, in der Nähe haben.«

Sie beginnt die Peperoni zu waschen, schneidet sie auf, entkernt sie, legt sie in eine Auflaufform und macht sich an den Reis. Blass entkorkt unterdessen eine Flasche Weißwein und serviert ihr ein Glas. Mit einem faden Lächeln stoßen sie an. Die Stimmung scheint im Keller zu sein. Weil er sie nicht mitnehmen möchte und sie von seinen Plänen ausschließt, hat er sie offensichtlich verärgert, was ihn betrübt, aber er hat keine andere Wahl. So wird es ein wortkarges Abendessen, trotz eines vorzüglichen Gerichts und hervorragenden Weins. Er hängt seinen Gedanken nach, prüft zum wiederholten Mal seine Idee auf Schwachpunkte, während sie vordergründig schmollt, aber hintergründig überlegt, wie sie es anstellt, dass sie trotzdem mitgenommen wird. Sie will nicht aufgeben, schließlich wagt sich Blass in eine Welt, die die ihrige ist und nicht die seinige, also müsste sie doch eine wichtigere Rolle spielen als nur die des Mädchens, das zu Hause wartet, bis der Kerl wieder zurückkommt. Bei all ihren Männern hatte sie immer nur zu kuschen, die Schnauze zu halten, sich ihnen gefälligst hinzugeben, wenn sie Lust verspürten, ihnen zu dienen, um ja nie auf die Idee zu kommen, ihnen dreinzureden. Bei Blass hat sie erstmals einen Vorteil, den sie nicht kampflos aufgibt. Und er will sie nicht unterwerfen, das weiß sie, er will sie in erster Linie beschützen.

»Ich bleibe im Taxi sitzen, während Sie im Club mit Akim reden. Ich will einfach nicht machtlos zu Hause an meinen Fingernägeln kauen.«

»Aber was gedenken Sie denn auszurichten, wenn das Ganze eskalieren sollte?«

»Nicht viel, dessen bin ich mir schon bewusst«, entgegnet sie trotzig. »Aber ich will nicht zu Hause bleiben. Ich habe Angst.«

»Angst?«

»Ja, ich habe Angst um Sie, und es macht mich beinahe wahnsinnig, mit dieser Sorge warten zu müssen. Ich möchte sie nicht verlieren.«

Hiermit trifft sie mit weiblicher Intuition einen Schwachpunkt bei Blass. Er kaut sichtlich schwerer an seinen Bissen und muss sie mit Wein herunterspülen. Er kann ja mit Gefühlen nicht umgehen und versucht rationale Gründe zu finden, um zu verhindern, dass er sie mitnehmen muss. Es fällt ihm beim besten Willen nichts Gescheites ein.

»Ich will mit Herrn Beroslav unter vier Augen sprechen, weil ich plane, mit ihm ein Abkommen zu treffen. Das ist eine Angelegenheit, welche einzig uns zwei betrifft. Sie können mitkommen, aber nur, wenn Sie im Wagen bleiben. Zudem ist das kein Lokal für Sie.«

»Ha, lachhaft, als ob ich noch nie in diesem Club gewesen wäre!«

Er schaut sie erschrocken an, denn er will nicht wissen, was sie in diesem Etablissement zu suchen hatte.

»Ja, schauen Sie nicht so schockiert. Es ist nicht das, was Sie denken. Ich habe manchmal hinter der Bar ausgeholfen, mehr nicht.«

Er gibt auf, denn er will sich keine weiteren Details vorstellen, sie wird kaum als Nonne verkleidet die Gäste bedient haben.

»Wann öffnet der Club?«, fragt Blass.

»Um zwanzig Uhr, aber da ist noch nichts los. Ab zehn Uhr kommt die Mehrzahl der Gäste.«

Blass nimmt seine Taschenuhr aus der Weste, klappt sie auf, blickt drauf und schlägt vor: »Wenn wir unser Abendessen beendet und den Wein ausgetrunken haben, räumen wir die Küche auf, dann rufe ich Herrn Demir an, und sobald dieser Zeit hat, lassen wir uns abholen. So sind wir im Club, wenn es noch nicht allzu viele Gäste hat. Das kommt mir entgegen. Einverstanden?«

Lisa nickt zustimmend, obwohl sie dabei kein positives Gefühl hat. Akim wird stinkwütend sein und könnte seine Zurückhaltung verlieren, ob Gäste da sind oder nicht. Sie kennt seine Ausbrüche, zwang er ihr doch oftmals seine sadistischen Sexfantasien auf, wenn er sich abreagieren musste. Er band sie ans Bett und traktierte sie wie ein Berserker, dass sie Tage später noch Spuren davon am Körper hatte. Da wusste sie immer, dass er wütend war, aber nie warum.

Es ist zwanzig Uhr fünfzehn, als Blass den Taxifahrer anruft. Es ist ein kurzes Gespräch.

»Er kommt in einer Viertelstunde«, berichtet Blass. »Wollen Sie sich umziehen?«

»Nein, warum auch.«

Auf die Minute hält das Taxi vor dem Tor, und die beiden stehen neben dem Wagen und steigen grüßend ein, bevor Demir ihnen die Türen öffnen kann.

»Guten Abend, die Herrschaften«, begrüßt sie Demir mit einem fröhlichen Unterton, als wolle er heitere Stimmung verbreiten. »Zur *Sansi-Bar* haben Sie am Telefon gesagt.«

»Sehr wohl, Herr Demir«, bestätigt Blass. »Da hätte ich noch ein Anliegen, wenn Sie erlauben.«

»Nur zu.«

»Ich werde das Etablissement einzig betreten, um ein Gespräch zu führen, welches nicht länger als eine Viertelstunde dauern darf. Frau Sterlinger, meine Begleiterin, wird bei Ihnen im Wagen sitzen bleiben. Erscheine ich nach einer Viertelstunde nicht wieder, dann bitte ich Sie, in den Club zu kommen und nach mir zu fragen. Erhalten Sie keine befriedigende Antwort, können Sie die Polizei benachrichtigen. Ich werde Ihnen diesen Dienst fürstlich entschädigen.«

Demir schweigt, und auf dem Hintersitz herrscht dieselbe Stille.

Blass will nachfragen, da sagt Demir: »Sie verlangen wahrlich eine seltsame Dienstleistung von mir. Ich könnte mir dazu die kuriosesten Gedanken machen, aber ich bin dabei, denn ich schätze Sie und Frau Sterlinger als ehrliche Menschen ein, die einzig in die *Sansi-Bar* wollen, um etwas zu regeln. Was es auch ist, es geht mich nichts an, zumindest solange ich nicht in etwas hineingezogen werde.«

»Herr Demir, wir sind Ihnen zu größtem Dank verpflichtet, und glauben Sie uns, dies wird Sie auf keine Weise gefährden oder in eine unangenehme Geschichte hineinziehen.«

Demir hebt die rechte Hand, als wollte er jemanden grüßen, aber es ist nur seine lässige Art der Zustimmung. In diesem Stil bringt er sie zur *Sansi-Bar*, wo Blass wortlos aussteigt und im Club verschwindet.

VIERZIG

Blass hatte in seinem Leben noch nie einem Nachtclub betreten, wo sich Männer die Gesellschaft von Frauen kaufen und sich der Lust hingeben. Seine ungefähren Vorstellungen von solch einem Lokal verdankt er der Literatur, der Zeitung oder Herberts schlüpfrigen Bemerkungen. Zugegeben, im Innersten hatte er sich oft gewünscht, diese Erfahrung machen zu dürfen, nur hatte er nie den Mut dazu. Er erwartet einen schummrigen Raum mit plüschigem Inventar, an welchem die Jahre nicht spurlos vorbeigegangen sind. Blass wird nicht enttäuscht.

Das Licht ist so spärlich, dass all die menschlichen Unvollkommenheiten nicht so stark zum Tragen kommen. Die Männer und die Frauen, die sich hier begegnen, wünschen, die Tatsachen nicht zu sehen. Es ist ein Ort der Illusion, der unerfüllten Träume, der geheimen Lust und nicht der Wahrheit. Niemand erwartet hier Ästhetik oder Stil, weder guten Geschmack noch echte Gefühle. Es ist ein Geschäft, nichts Anderes, darum ist es besser, wenn man sich hier nicht allzu wohlfühlt. Das ist auch der Fall, zumindest was Blass anbelangt.

Blass muss sich zuerst zurechtfinden, denn der Raum ist verwinkelt und unübersichtlich. Nischen, Säulen, Vorhänge und Paravents sorgen für die nötige Privatsphäre, damit man ungestört intim sein kann, aber es gibt auch eine kleine Bühne, wo das Gegenteil stattfindet, die Zurschaustellung. Vorne rechts gibt es eine Bar mit sechs Barhockern. Genau zehn Personen befinden sich im Club, ein Barkeeper, fünf Damen und vier Gäste, deren Blicke in verfolgen, seit er das Etablissement betreten hat. Leise Musik erfüllt den Raum, niemand redet. Blass ist verunsichert, denn er kann unter den Gästen Beroslav nicht erkennen. Langsam begibt er sich zur Bar und nimmt auf einem freien Barhocker Platz.

»Guten Abend, mein Herr«, heißt ihn der Mann hinter der Bar willkommen. »Was darf ich Ihnen bringen?«

»Guten Abend. Nichts, ich möchte gerne mit Herrn Beroslav sprechen.«

»Tut mir leid, aber Herr Beroslav ist heute Abend nicht im Haus.«

»Kommt er noch?«

Der Barkeeper bekommt einen genervten Ausdruck um den Mund.

»Das kann ich Ihnen leider nicht so genau sagen. Er pflegt meist nicht vor Mitternacht zu erscheinen. Darf ich Ihnen trotzdem etwas zu trinken bringen?«

»Nein, danke«, antwortet Blass und kramt aus der Innentasche seines Jacketts eine Visitenkarte hervor, die er auf den Tresen legt. »Geben Sie Herrn Beroslav meine Visitenkarte und richten Sie ihm bitte aus, dass ich morgen seinen Anruf erwarte. Wenn er meinen Namen liest, wird er wissen, worum es sich handelt. Es ist wichtig.«

Der Blick des Barkeepers zeigt Ratlosigkeit und Misstrauen. Was dieser seltsame Idiot mit Akim zu tun hat, ist ihm ein Rätsel, selbst die Visitenkarte gibt keine näheren Auskünfte.

»Ich wünsche Ihnen einen angenehmen Abend, auf Wiedersehen«, verabschiedet sich Blass, ohne eine Reaktion des Barkeepers abzuwarten, und verlässt das Lokal.

»Er kommt nicht vor Mitternacht. Ich habe meine Karte abgegeben und ausrichten lassen, dass er mich morgen anrufen soll«, erklärt er, kaum sitzt er im Wagen, wo ihn neugierige Augen anstarren.

In dem engen Raum des Wagens ist beinahe eine Enttäuschung zu spüren, als hätte man ein gnadenloses Duell zweier erbitterter Kontrahenten erwartet, zu welchem einer leider nicht erschien.

»Wieder nach Hause?«, fragt Demir.

Blass nickt und Demir fährt los.

EINUNDVIERZIG

Der Anruf erfolgt zu einem unerwartet frühen Zeitpunkt am Morgen, um neun Uhr vierzig.

Blass lässt es sechs Mal klingeln, bis er den Hörer abhebt: »Balthasar Blass.«

»Beroslav.«

»Guten Tag, Herr Beroslav. Ich danke Ihnen für Ihren Anruf.«

»Nichts zu danken, obwohl ich mir nicht vorstellen kann, was ich mit Ihnen zu besprechen hätte.«

»Aber Herr Beroslav, seien Sie doch offen und hören Sie mich zuerst an, bevor Sie so abweisend reagieren.«

»Sagen sie mir einen Grund, warum ich Ihnen zuhören sollte, nachdem Sie Hans angeschossen haben.«

»Dies ist eine etwas einseitige Sichtweise, denn ich habe mich nur gegen einen Angreifer mit einem Messer gewehrt. Mehr nicht. Er sollte dankbar sein, nur einen kleinen Steckschuss in den Oberschenkel erhalten zu haben. Wenn ich es gewollt hätte, dann wäre er jetzt tot.«

Ein kurzes Zögern am anderen Ende der Leitung, als müsste Beroslav über das Gesagte nachdenken.

»Lassen wir das«, wischt Beroslav dann diesen unangenehmen Sachverhalt zur Seite. »Was haben Sie mir zu sagen?«

»Ich möchte Ihnen ein Angebot unterbreiten. Ihr Mitarbeiter forderte in seiner Wut den unverschämten Betrag von zweihunderttausend Franken für eigentlich nichts. So quasi als Bonus für unsere Unversehrtheit. Ich gehe davon aus, dass Sie hinter dieser Erpressung stecken und er nur der Mittelsmann ist, weshalb ich jetzt mit Ihnen spreche. Ist das korrekt?«

»Wollen wir es mal so umschreiben, dass es seine Idee war und ich mich ihm nicht in den Weg stellte. Hans ist nicht mein Angestellter, mehr ein freier Mitarbeiter, der für sein Handeln selbst verantwortlich ist. Zurzeit ist er so oder so nicht handlungsfähig, also können Sie Ihr Angebot auch mir unterbreiten.«

»Ich biete Ihnen eine Million Franken, aber damit sind Bedingungen verknüpft, und ich will eine schriftliche Vereinbarung mit euren Unterschriften.«

Wieder Schweigen, diesmal kein kurzes Zögern, mehr ein fieberhaftes Überlegen.

Endlich meldet sich Beroslav wieder: »Sie verstehen mein Zögern, denn Ihr Angebot erscheint verlockend, aber ich zweifle an seiner Seriosität. Ich frage mich, welche kuriose Bedingungen damit verbunden sind.«

»Sie mögen recht haben, meine Bedingungen sind nicht alltäglich, aber sie zu erfüllen bei Weitem keine Unmöglichkeit, für Sie sogar eine einfache Sache.«

»Ein Widerspruch in sich, das müssen Sie zugeben, darum bin ich gespannt, wie Ihre Bedingungen aussehen.«

»Das werde ich Ihnen nicht am Telefon mitteilen. Dabei möchte ich Ihnen in die Augen schauen. Treffen wir uns doch auf dem Fußgängersteg über den Rhein, an jener Stelle, wo die erste Geldübergabe stattfinden sollte. Ich erwarte Sie am Sonntag, Punkt vierzehn Uhr.«

Wieder ein längeres Schweigen.

»Einverstanden.«

»Dann freue ich mich auf Sonntag und wünsche Ihnen einen angenehmen Tag. Auf Wiedersehen, Herr Beroslav.«

Es ist nur noch das Freizeichen zu hören.

Blass legt auf und kann sich eines schelmischen Schmunzelns nicht erwehren. Er dreht sich um und sieht Lisa angelehnt am Türrahmen zum Salon stehen. Es ist ihm unangenehm, auch wenn er mit ihrer Präsenz gerechnet hat. Ihre Blicke begegnen sich.

»Eine Million, ein Angebot, eine Vereinbarung und Bedingungen. Möchten Sie mir etwas erklären?«

»Nein, Frau Sterlinger. Verzeihen Sie mir, aber ich habe nicht vor, darüber zu reden. Es ist eine Sache zwischen mir und Herrn Beroslav. Wenn es so weit ist, werde ich Sie informieren, vorher nicht.«

Ihr Gesicht versteinert sich.

»Sie vertrauen mir nicht«, haucht sie enttäuscht.

Blass schüttelt den Kopf.

»Doch, ich vertraue Ihnen, nur handelt es sich hier um eine persönliche Angelegenheit zwischen Herrn Beroslav und mir. Ich möchte Sie nicht in diese Sache hineinziehen, aber ich verspreche Ihnen, dass dabei Ihre Interessen berücksichtigt werden.«

»Herr Blass, Ihre Worte gleichen jenen eines schlechten Politikers.«

»Ich lüge nicht.«

»Sie lügen nicht, aber Sie reden viel, ohne etwas zu sagen.«

»Touché.«

»Tuschee? Was soll das heißen?«

»Das ist ein Begriff aus dem Fechtsport. Wenn man es schafft, seinen Gegner mit der Spitze des Degens zu treffen, so ruft der Kampfrichter *Touché*. Der Betreffende hat sich dann einen Punkt erkämpft. Sie haben soeben getroffen. Ich gebe ja zu, um den heißen Brei herumzureden, nur können Sie mir glauben, dass dies zu Ihrem Wohl geschieht und nicht aus berechnender Taktik. Wenn Beroslav auf meinen Vorschlag eingeht, werde ich Sie detailliert informieren. Ehrenwort.«

Blass hat ihr sichtlich den Wind aus den Segeln genommen, denn ihre verspannte Körperhaltung löst sich leicht, und ihre Lippen sind nicht mehr so fahl. Sie hat verschlafen, was ihr wildes Haar und die schmalen Augen zu erkennen geben, abgesehen von einem T-Shirt, welches sie als einziges Kleidungsstück trägt und nur knapp ihre Scham bedeckt. Blass schaut ihr stur in die Augen, Schweiß läuft ihm den Rücken hinunter.

Er schluckt hart und fragt: »Möchten Sie ein Frühstück?«

»Sie beschämen mich. Ich kann durchaus für mich selbst sorgen.«

»Nein, verstehen Sie das nicht falsch. Ich habe bereits gefrühstückt und gleichzeitig etwas für Sie bereitgestellt. Ich müsste Ihnen nur einen Kaffee oder einen Tee zubereiten.«

»Sie sind nett, danke. Ich werde mir nur etwas mehr Stoff überziehen.«

»Kaffee oder Tee?«

»Ich hätte Lust auf einen Tee.«

Er nickt und verschwindet in der Küche. Er lässt es laut klappern, während er mit der Pfanne hantiert, Wasser aufsetzt, das Gedeck arrangiert, und wie er die dampfende Teekanne auf den Tisch stellt, betritt sie die Küche. Sie hat sich nur eine ausgeleierte Trainerhose angezogen und die Haare zurechtgemacht, mehr nicht, auch keinen Büstenhalter, sonst würden sich ihre Brustwarzen kaum so deutlich abzeichnen. Sie setzt sich an den Tisch und bestaunt das üppige Mahl.

»Wollen Sie mich mit diesen Köstlichkeiten mästen?«

»Nennen wir es verwöhnen, wo ich doch einen Gast im Hause habe. Am Montag gehe ich zur Arbeit, dann müssen Sie wieder für sich selbst sorgen.«

Lisa bedient sich mit scheuer Zurückhaltung, beobachtet von Blass, der einen Espresso vor sich hinstellt. Seine Worte kündigen das Ende einer gemeinsamen Zeit an und füllen ihr Herz mit Wehmut, als ginge ein schöner Urlaub zu Ende. Obwohl sie bei Blass weder Fernseher noch Internet-Anschluss zur Verfügung hat, empfand sie dies keinen Augenblick als unangenehme Einschränkung. Zu viele Überraschungen bot dieses Haus, und zu unterhaltsam waren die Tage mit Blass. Erst in diesem Moment wird ihr so richtig bewusst, dass er ein wunderbarer Partner sein könnte, weil ihn viele Eigenschaften auszeichnen, die sie bei ihren Männern gänzlich vermisste. Er kann zuhören, hat Verständnis, ist hilfsbereit, manchmal etwas eigensinnig, aber liebevoll, uneigennützig und zuverlässig und will sie nicht andauernd nur ficken. Wenn man von seiner bescheidenen Erscheinung absieht, verkörpert er den perfekten Mann fürs Leben. Aber sie spürt keine Regung von seiner Seite, keine Annäherung, keine Andeutung, keine Anzeichen, vielleicht einige verschämte Blicke auf ihre Titten, keine Anzüglichkeiten, nur höfliche Distanz. Ein Elend. Wenn er ihr nur das *Du* anböte. Das wäre ein Zeichen der Nähe und der Freundschaft, und damit wäre sie schon glücklich. Er ist so fürchterlich förmlich und korrekt, denkt sie und wünscht sich, er möge sie doch als Frau betrachten. Es käme ihm nie in den Sinn, ihr an die Wäsche zu gehen, sie zu verführen oder klar verstehen zu geben, dass er mit ihr ins Bett will. Er ist ein Mann, zu der eine Frau nicht mehr als eine platonische Liebe pflegen kann, wenn man das Liebe nennen mag. Eine Beziehung mit Blass wäre wohl nur Freundschaft oder, noch schlimmer, Kollegialität. Wohlgemeinte Nettigkeit, unverbindliche Nähe, empathisches Feingefühl. Ein unnahbarer Gutmensch.

»Dann schicken Sie mich nach Hause?«

»Nein, aber Sie haben eine Familie. Sie haben eine Aufgabe, und Beroslav wie Hans werden Sie in Ruhe lassen, also gibt es keinen Grund mehr, weiterhin im Ausnahmezustand zu leben. Sie müssen nur noch einige Tage warten, dann habe ich eine Vereinbarung mit den beiden, und Sie werden künftig in Frieden gelassen. Keine Angst, keine Gewalt, nur noch Ihr eigener Wille.«

Nur mit Verzögerung begreift sie die Bedeutung seiner Worte.

»Ja, das wäre traumhaft. Noch etwas fremd, aber ein Gedanke, an den ich mich gewöhnen könnte«, murmelt sie verhalten. »Wenn Sie uns nicht verließen, dann wäre es noch viel schöner.«

Blass fürchtet sich vor ihren Tränen und ärgert sich gleichzeitig über seine unüberlegte Äußerung. Einem

Rauswurf gleich müssen seine Worte auf sie gewirkt haben. Schluss, aus, fertig und weg mit dir. Ihre Enttäuschung ist nachvollziehbar.

»Entschuldigen Sie meine Bemerkung. Ich werde Sie natürlich nicht wegschicken, Sie dürfen bleiben, so lange Sie möchten. Ich dachte nur an die Kinder und Ihren Wunsch, sie um sich zu haben.«

»Dann holen wir sie hierher.«

Blass verschlägt es den Atem, sein Herzschlag setzt für einen Moment aus. Er manövriert sich in eine Sackgasse, aus einer harmlosen Bemerkung entwickelt sich ein schreckliches Szenario. Ein Gedanke, den er bis jetzt nicht einmal gewagt hat zu denken.

»Ich kann mir nicht vorstellen, dass sich Ihre Kinder hier wohlfühlen. Kein Fernseher, kein Internet, keine Spielsachen, keine zeitgemäße Wohnung.«

»Ach, Sie schätzten den Reiz dieses Hauses vollkommen falsch ein. Meine Kinder würden es als Exotik empfinden, als ein Abenteuer. Dass es ihnen langweilig werden könnte, glaube ich ganz und gar nicht.«

Blass beschleicht langsam eine Panik. Der Gedanke an Kinder, die sich in diesem Haus einquartieren, ist für ihn unvorstellbar. Auch wenn es Lisas Kinder sind, kann er sich bildlich ausmalen, wie sie sein Haus in Einzelteile zerlegen. Mit kindlicher Selbstverständlichkeit und ohne jegliches Erbarmen funktionieren sie sein sorgfältig gepflegtes Anwesen zu ihrem Spielfeld um, bringen Leben in die Bude, stellen neue Regeln auf und verdrängen ihn schlussendlich. Nichts wäre mehr so wie vorher.

»Frau Sterlinger, Ihre Kinder in Ehren, aber ich habe grundlegende Zweifel an Ihrer Idee. Dies hier ist eine verstaubte Welt, ein Haus aus einer anderen Zeit, ein Museum, auf jeden Fall kein Ort, wo sich Kinder wohlfühlen.«

Ihm ist die Panik anzusehen, er redet zu laut, und die Augen sind geweitet, was Lisa pikiert zur Kenntnis nimmt.

»Sie mögen meine Kinder nicht.«

Jetzt bewegt er sich endgültig auf blankem Eis, alles, was er jetzt sagen wird, kann nur falsch sein.

»Ich weiß nicht, ob ich Kinder liebe, denn ich bin es schlichtweg nicht gewohnt, Kinder um mich herum zu haben. Ich habe bis jetzt ein frauen- und kinderloses Leben geführt, nur auf mich selbst ausgerichtet, ohne Rücksicht auf irgendjemanden, und kann mir die Einbindung in eine Gemeinschaft nicht vorstellen.«

»Aber war denn meine Anwesenheit in Ihrem Haus so unerträglich?«

Er windet sich förmlich unter ihrer Frage. Immer weiter versinkt er im Sumpf der nett gemeinten Worte, und leiser Ärger beginnt in seinen Eingeweiden zu rumoren. Er will sich nicht rechtfertigen, das widerstrebt ihm, das betrachtet er als eine Form von Unfreiheit. Sich erklären zu müssen, zeugt von Schuld und schlechtem Gewissen.

»Frau Sterlinger, diese Frage dürfen Sie nicht stellen, denn sie bringt mich in Verlegenheit. Für Sie wird jede meiner Antworten falsch oder ohne Überzeugung hervorgebracht sein. Sie sind hier, weil ich Sie nicht alleine lassen wollte. Uns verbindet eine Geschichte, die durch meine Einmischung eskalierte, weshalb ich mich verantwortlich fühlte. Wären Sie mir egal, dann säßen wir nicht hier und redeten über meine Beziehung zu Ihnen und Ihren Kindern. Ich bin kein sozialer Mensch, vergessen Sie das nicht. Übrigens, die Tage mit Ihnen waren äußerst angenehm.«

ZWEIUNDVIERZIG

Der Treffpunkt sollte ein sicherer Ort sein, in lebhafter Öffentlichkeit, damit Beroslav nicht auf dumme Gedanken käme. Am Sonntagnachmittag hat es in der Regel viele Spaziergänger, die auf dieser Brücke flanieren, nur heute nicht, denn es regnet in Strömen. Kein Mensch weit und breit, so dass dieser einsame Mann mit Mantel und Hut, welcher auf Blass zusteuert, nur Beroslav sein kann. Er schreitet mit einer zur Schau gestellten Lässigkeit und Selbstsicherheit daher, dass es an Arroganz grenzt. Blass muss bei diesem Anblick schmunzeln. Beroslav wird nicht als Bittsteller kommen, dafür ist er zu stolz. Er wird seine Muskeln spielen lassen, wird versuchen, ihn zu verunsichern, wird alles unternehmen, um möglichst die Vorteile auf seiner Seite zu haben. Beroslav ist es gewohnt, ein Alpha-Tier zu sein, Blass hingegen hat seit jeher darauf verzichtet.

Dann stehen sie sich gegenüber und blicken einander durch den Regenvorhang in die Augen.

»Guten Tag, Herr Beroslav«, eröffnet Blass. »Schön, Sie sind gekommen.«

»Lassen wir die Höflichkeiten und kommen wir gleich zur Sache. Nennen Sie mir Ihre Bedingungen!«

»Herr Beroslav, seien Sie nicht so ungeduldig. Ich werde schnell auf den Punkt kommen, aber könnten Sie mir zuerst berichten, wie es Hans geht?«

Mit Fürsorge hat Beroslav nicht gerechnet.

»Sorgen Sie sich nicht, er lebt und hat eine gewaltige Wut auf Sie.«

»Es ist beruhigend, zu wissen, dass er sich auf dem Weg der Besserung befindet«, bemerkt Blass und lässt seinen Blick mit einem Lächeln den Rhein entlang talwärts wandern. »Meine Bedingungen? Ganz einfach. Sie töten mich, im Gegenzug lassen Sie Frau Sterlinger mit ihren Kindern in Frieden und erhalten dafür eine Million. Das wäre beinahe alles.«

Beroslavs Gesichtszüge verlieren an Selbstsicherheit. Er hat vermutlich alles erwartet, nur nicht dies.

»Verscheißern kann ich mich selbst. Nennen Sie mir jetzt endlich Ihre Bedingungen und lassen Sie uns das Theater beenden.«

»Theater? Sie nehmen mich nicht ernst, dabei sollten sie es. Diese beiden Bedingungen sind zwingend mit dem Geld verbunden. Ich gedenke zu sterben, jetzt noch nicht, aber ab September, und ich will Frieden für Frau Sterlinger und ihre Kinder, wie gesagt, ganz einfach.«

»Werden Sie präziser.«

»Na ja, ich habe nicht mehr lange zu leben und wünsche mir einen schmerzlosen und unkomplizierten Abgang. Kein Siechtum, keine unnötigen Schmerzen, kein elendes Krepieren. Sie besorgen mir einen würdevollen und schnellen Tod, vergessen Ihre Aversion gegen Lisa und werden reich. Einzig ein Geständnis müssten Sie und Hans unterzeichnen, welches bei einem Notar deponiert wird und nur dann, der Polizei übergeben wird, wenn sich entgegen unserer Abmachung eine Unregelmäßigkeit zeigen sollte. Einzig diese kleine Sicherheit müsste ich von Ihnen haben.«

»Was für eine kranke Scheiße ist das denn?«

»Was ich Ihnen anbiete, ist keine kranke Scheiße, es ist ein simples Geschäft. Es wird doch keine große Herausforderung für Sie sein, jemanden auf schnelle Art und Weise aus dem Leben scheiden zu lassen. Es sollte aussehen wie ein Unfall oder ein Suizid, dann werden keine Fragen gestellt. Nennen wir es aktive Sterbehilfe.«

Beroslav verzieht den Mund zu einem verächtlichen Grinsen und schüttelt in Zeitlupe den Kopf. Vermutlich hätte er sich längst abgewendet und wäre grußlos davongelaufen, wenn da nicht dieser unverschämt hohe Geldbetrag im Raum stünde. Die Situation erscheint ihm wie eine moralische Prüfung, bei der ausgelotet wird, was man für Geld alles tun würde. Was für eine völlig absurde Situation.

»Sie wollen einzig ein unterzeichnetes Geständnis von uns? Was sollen wir denn gestehen?«

»Was sie zu gestehen haben? Sie haben Lisa genug angetan, was zu gestehen wäre. Nötigung, Vergewaltigung, schwere Körperverletzung, glauben Sie mir, das reicht für eine Freiheitsstrafe von bis zu zehn Jahren. Ich hinterlege das Geständnis bei meinem Notar und es wird erst geöffnet, wenn Lisa mit ihren Kindern etwas Ungewöhnliches geschehen sollte. Mein Testament wird die Folgen regeln und das Geständnis käme dann zum Tragen. Und glauben sie mir, es würde genug Geld zur Verfügung stehen, um Sie und Hans in echte Schwierigkeiten zu bringen.«

Mittlerweile starrt Beroslav wie versteinert in die Ferne, erst nach Minuten sagt er dann: »Ich brauche Bedenkzeit. Ich melde mich bei Ihnen. Guten Tag.«

»Einverstanden, auf Wiedersehen, Herr Beroslav.«

Beroslav nickt, wendet sich ab und schleicht davon. Sein Gang hat erheblich an Arroganz verloren, und Blass schaut ihm hinterher, bis er im grauen Regenschleier kaum noch zu erkennen ist.

DREIUNDVIERZIG

Es sind mehr als zwei Wochen seit dem Überfall vergangen, und nach so langer Zeit erstmals wieder zur Arbeit zu fahren, fällt Blass nicht leicht. Seine alten Gewohnheiten, die ihm über unzählige Jahre das Gerüst des Tages waren, erscheinen ihm plötzlich nicht mehr so zwingend und wichtig. Vielleicht haben die vergangenen Wochen sein Leben stärker beeinflusst, als er es sich im Entferntesten jemals hätte vorstellen können. Klar gehen Ereignisse wie Drohungen, Frauen im Haus, physische Gewalt und Kontakte zum Milieu nicht spurlos an einem vorbei, Grund genug, um sich nach dem alten Leben mit seiner wohltuenden Ereignislosigkeit zu sehnen. Oder geschah das Unglaubliche, und die Ereignisse der vergangenen Wochen haben sein Leben in neue Bahnen geleitet, ihm frische Impulse verschafft? Auf jeden Fall sitzt er heute Morgen in der Straßenbahn auf einem Zweiersitz neben einem jungen Mann mit Kopfhörern und versucht seine Nervosität in den Griff zu bekommen. Er wird Maria wiedersehen, was in erster Linie der Grund für seine Anspannung ist, aber wird auch wieder an die Arbeit zurückkehren, was eine fiebrige Erwartung hervorruft.

Er steigt aus der Straßenbahn und läuft die Straße hoch zum Institut, erkennt auf dem Weg wieder jeden Schachtdeckel, jeden Riss im Asphalt, jede Unebenheit, jeden Randstein, ohne darüber zu stolpern. Pünktlich um sechs Uhr fünfundvierzig betritt er das Gebäude, steigt die Treppe hoch in das erste Obergeschoss in sein Büro. Dort stellt er seinen Aktenkoffer auf den Schreibtisch, legt den Mantel ab und schaltet zuerst den Computer, dann die Kaffeemaschine ein. Er schaut sich um und muss feststellen, dass sich nichts verändert hat. Sogar seine Bleistifte liegen noch in derselben Ordnung, wie er sie am letzten Feierabend arrangiert hat. Einzig die Höhe des Stapels im Akteneingang hat zugenommen. Etwa fünfzig Zentimeter hoch schichtet sich die Arbeit. Dann steht da noch eine Vase mit einem Frühlingsstrauß und, daran angelehnt, eine Karte mit den besten Willkommensgrüßen vom ganzen Team. Obwohl dies für ihn eine völlig unnötige Geste ist, fühlt er sich ein wenig geehrt und schmunzelt.

Die Tür öffnet sich und Maria tritt ein. Wie eine überirdische Lichtgestalt verändert sie in diesem Moment die Zusammensetzung der Luft und das Spektrum des Lichts im Raum. Seit ihrem Besuch bei ihm zu Hause hat er die Meinung über seine Vorgesetzte aktualisiert. Weit mehr als früher empfindet er warme Gefühle für sie. Ob dies etwas mit Liebe zu tun hat, kann er nicht beurteilen.

»Guten Morgen, Frau Stetholm.«

»Guten Morgen, Herr Blass. Sie sehen wieder aus wie neu. Wie fühlen Sie sich?«

»Längst gut genug, um wieder arbeiten zu können. Alles ist verheilt.«

»Wir sind so erleichtert, dass diese Geschichte bei Ihnen keine körperlichen Schäden zurückgelassen hat. Dafür werden Sie sicher von Ängsten und Träumen heimgesucht. Belastet Sie das nicht?«

»Machen Sie sich keine Sorgen, glücklicherweise sind mir solche Regungen fremd. Ich lasse mich aus Prinzip nicht einschüchtern.«

»Sie überraschen immer wieder, auch wenn ich Ihnen mittlerweile erheblich mehr zutraue als noch vor Wochen.«

»Wieso? Haben Sie sich seit Ihrem letzten Besuch bei mir ein neues Bild von mir gemacht?«

»Ja, ich sehe Sie tatsächlich in einem anderen Licht. Sie sind nicht der harmlose und biedere Archivar, den sie so gerne vorzutäuschen versuchen.«

Dabei lächelt sie schelmisch.

Blass durchfährt es heiß und kalt. Es kann doch nicht sein, dass Maria ihn so einschätzt, nur, weil er nachts überfallen wurde. Oder ahnt sie was? Ist das weibliche Intuition?

»Sie sprechen in Rätseln.«

»Wirklich?«

»Äh, verzeihen Sie, aber ich kann Ihre Bemerkung nicht nachvollziehen.«

In diesem Moment fliegt die Tür auf, und Annemarie erlöst Blass aus seiner Verlegenheit.

»Oh, Herr Blass, welche Freude!«, ruft sie aus und hätte ihn gerne entsprechend in die Arme geschlossen, doch belässt sie es beim Anblick seiner erschrockenen Miene mit drei auf die Wangen geschmatzten Küssen. »Was machen Sie uns auch für Sorgen! Geht es Ihnen wieder gut?«

Blass, vollkommen überwältigt von Annemaries Wucht, verschlägt es im ersten Moment die Sprache, blickt hilfesuchend zu Maria, findet dort aber nur ein schadenfreudiges Schmunzeln.

»Ich ...«

Weiter kommt er nicht, denn Herbert betritt das Büro und sagt mit sämtlichen ihm zur Verfügung stehenden Emotionen: »Oh, Herr Blass, schon wieder gesund?«

Er streckt ihm seine Hand entgegen, die Blass zuerst erstaunt begutachtet, dann aber mit einem scheuen Lächeln ergreift.

»Herzlich Dank für euer Mitgefühl. Wir wollen diese Geschichte nicht überbewerten. Ich bin wieder auf dem Damm und habe nicht vor, wegen dieses Vorkommnisses mein Leben zu überdenken. Darum mache ich dort weiter, wo ich unterbrochen wurde, nämlich bei der Arbeit.«

Seine Worte sollten optimistisch klingen, kommen aber äußerst hölzern daher. Eine dezente Peinlichkeit macht sich breit, und nur Marias Schlagfertigkeit ist es zu verdanken, dass die Stimmung nicht kippt.

»Sehr wohl, meine Lieben, an die Arbeit, und seien wir dankbar, dass nichts Schlimmeres geschehen ist. Für mich Grund genug, euch zu einem Mittagessen einzuladen. Wenn ihr einverstanden seid, dann reserviere ich uns einen Tisch.«

Sie schaut erwartungsvoll in die Runde und erblickt lauter überraschte Gesichter, die langsam eine freudige Miene aufsetzen. Ohne überschäumende Begeisterung nicken die drei und wenden sich dann der Arbeit zu.

Während Blass den Rechner hochfährt, kreisen seine Gedanken weiterhin um Marias wirre Bemerkung, die ihn nicht in Ruhe lässt. Diese Frau ist zu intelligent für irgendwelche idiotischen Kommentare ohne jeglichen Hintergrund, und sie will sicherlich damit etwas erreichen. Blass wird glücklicherweise von der Arbeit in Beschlag genommen, so dass seine Verschwörungstheorien schnell verwelken und all die vielen E-Mails und Akten in den Vordergrund treten. Er staunt nicht schlecht über die Aktivitäten, die in seiner Abwesenheit stattgefunden haben und Antworten, Reaktionen, Stellungnahmen oder eine Bearbeitung verlangen. Entgegen seiner Sicht auf sein eigenes Schaffen scheint er gefragt und gefordert zu sein. Ein Pendenzenstau, den es abzuarbeiten gilt, dann wird sich die Monotonie wieder einpendeln, und mit der Routine wird auch die einschläfernde Ruhe einkehren, welche den Alltag zum Alltag macht.

Ohne dass Blass es realisiert, vergeht der Morgen, und Maria steht plötzlich neben seinem Schreibtisch und fordert ihn auf: »Herr Blass, es ist Mittag. Kommen Sie?«

Gefangen in seiner Welt, benötigt er einen Augenblick der Besinnung, um wieder den Anschluss an die Welt zu finden.

»Oh, Frau Stetholm, verzeihen Sie meine Abwesenheit. Ich habe noch nie zwei Wochen in der Arbeit gefehlt, darum war ich ganz vertieft in den immensen Berg von Unerledigtem. Es wäre vermutlich besser, ich würde im Büro bleiben und all das Wichtige abarbeiten, das ansteht.«

»Ach, vergessen Sie doch ein einziges Mal ihr Pflichtbewusstsein. Nichts ist so wichtig wie dieses gemeinsame Mittagessen. Wenn Sie nicht schleunigst Ihren Hintern aus Ihrem Sessel heben, werde ich richtig sauer. Ich habe zu diesem Mittagessen eingeladen, weil Sie wieder gesund zurückgekommen sind und wir uns gemeinsam darüber freuen. Also los!«

Blass, plötzlich ganz bleich, erhebt sich wie von einer Tarantel gestochen und folgt Maria, die mit vehementen Schritten dem Ausgang zustrebt. Gemeinsam schlendern sie der Innenstadt zu, alle Angestellten Maria folgend und sich fragend, wo es denn hingeht, bis sie vor einem der besten Restaurants der Stadt stehen und Maria sie mit einer einladenden Bewegung hineinbittet. Ungläubig treten sie ein.

Es sollte ein denkwürdiges Mittagessen werden, nicht nur für Maria, Annemarie, Herbert und Blass, auch für das Personal des Lokals, und wird als eine Legende in die inoffizielle Geschichtsschreibung der Universität eingehen.

VIERUNDVIERZIG

Eine Universität mit ihren Studentenverbindungen und den damit verwobenen Ausschweifungen ist ein geeignetes Gefäß für Legenden und absurde Geschichten, von denen manche nur mit Mühe zu glauben sind. Alkohol spielt meist eine zentrale Rolle, selten die Vernunft. Vielleicht muss man den Beteiligten zugutehalten, dass sie ihre Entgleisung nicht geplant hatten. Das Desaster entwickelte sich aus einer gutgemeinten Konstellation heraus. Leute, die es nicht gewohnt sind, mitten am Tag ein ausschweifendes Mahl mit allen Annehmlichkeiten zu genießen, neigen zwangsläufig zur Unvernunft. Die anfängliche Zurückhaltung begann bereits beim Aperitif zu bröckeln. Herbert wie Annemarie sind seit längerer Zeit dem Alkohol nicht abgeneigt, und beide hatten bei diesem feierlichen Festessen nicht den Willen, der Versuchung zu widerstehen. Auf jeden Fall wurden eine erste Flasche Champagner und dann eine zweite unvernünftig schnell geleert, dann folgten zur Vorspeise eine Flasche Weißwein und zum Hauptgang zwei Flaschen Rotwein. Beim Hauptgang hatte die Unterhaltung längst die gedämpfte Lautstärke verloren, die Wortwahl ließ immer mehr an Kultur vermissen, in erster Linie bei Herbert. Glücklicherweise war es zu diesem Zeitpunkt bereits vierzehn Uhr, und die meisten Gäste waren wieder bei der Arbeit oder hatten einen anderen geregelten Lebensinhalt, ansonsten wären sie Zeugen ihres Nachtischs geworden. Wodka sollte zu Beginn nur zur Verfeinerung des Sorbets dienen, wurde dann aber Mittel zum Zweck.

Es brachen die Dämme. Jeder verlor etwas die Kontrolle über Willen und Selbstbeherrschung. Herbert, der einsame Alkoholiker, Annemarie, die verzweifelte Witwe, Maria, die frustrierte Verlobte, und Blass, der seltsame Sonderling. Alle hatten Grund genug zum Saufen, alle fanden die Gelegenheit verlockend, niemand hatte Bedenken, keiner hielt sich zurück. Nach dem Wodka wurde Gin mit Tonic serviert, und kurz nach fünfzehn Uhr begann Annemarie mit dem bedauernswerten Kellner zu flirten, während Herbert am Tisch einschlief, Maria den restlichen Weißwein austrank und Blass verzweifelt versuchte, die Haltung zu bewahren.

Das Personal versuchte, allen Ansprüchen gerecht zu werden, hatte während dieses Zeitpunkts noch ein Lächeln auf den Lippen, erfüllte die Wünsche, hätte lieber Kaffee statt Spirituosen serviert, und fragte sich, wie lange das wohl noch dauern und wie es enden würde. Der altgediente Chef de Service hatte schon manch überbordende Gesellschaft erlebt, nur nicht eine solch kuriose.

Es war kurz nach sechszehn Uhr, als Maria vom Stuhl fiel. Sie wollte sich mit dem Ellbogen aufstützen, verpasste die Tischkante, verlor das Gleichgewicht und fiel Herbert vor die Füße, der das urkomisch fand. Der steigerte sich in ein heiseres Gelächter, das er sich nicht mehr beruhigen konnte, und mit dem er die anderen ansteckte. Selbst Blass schaffte es nicht, sich eines Lachens zu erwehren, nachdem er Maria mit einem breiten Grinsen hinter dem Tisch auftauchen sah. Eine Locke hatte ihre Frisur verlassen und hing ihr schräg über das linke Auge. Sie krallte sich an der Tischkante fest, mit wankendem Stand, versuchte, mehrere Male diese Strähne mit vorgeschobener Unterlippe aus dem Gesicht zu blasen, was ihr nicht gelang, aber das Gelächter weiter befeuerte. Mittlerweile bogen sich Herbert und Annemarie vor Lachen, sie hielten sich die Bäuche, und Tränen liefen ihnen die Wangen hinunter, während Blass sich vornehm zurückhielt, vielleicht war er einfach nicht besoffen genug, oder es schwante ihm nichts Gutes. Maria versuchte, sich immer noch auf den Beinen zu halten, und war mit Lachen beschäftigt, als Herbert sie stützen wollte, was wiederum dazu führte, dass beide zur Seite kippten. Maria hielt sich stur am Tischtuch fest, so dass ihnen das komplette Gedeck folgte und sie unter Geschirr, Dekoration, Essensresten, Servietten und Besteck begrub. Aus den Trümmern hervor schallte ihr Lachen. Eine einzige besoffene Katastrophe.

Helfend stürzten fünf Kellner herbei, versuchten, Ordnung in das Chaos zu bringen, ohne selbst lachen zu müssen. Es dauerte zehn Minuten, bis alle wieder am Tisch saßen, sich langsam beruhigten und ein Angestellter mit einem feuchten Lappen das Parkett sauber wischte.

Maria schaute mühevoll auf ihre Armbanduhr, entzifferte die Zeit und sagte mit schwerer Zunge: »Meine Lieben, es macht keinen Sinn mehr, zur Arbeit zurückzukehren, also nehmen wir noch einen letzten Trunk und gehen dann nach Hause. Einverstanden?«

»Super Idee!«, grölte Annemarie, was Herbert lauthals bestätigte, und Blass nickte zustimmend mit einem Grinsen.

»Lieber Herr Kellner, dann hätten wir gerne noch eine Flasche Champagner und die Rechnung. Vergessen Sie nicht, die ganzen Unannehmlichkeiten und den Schaden daraufzusetzen.«

»Madame, beschämen Sie uns nicht. Es war ein Vergnügen, Ihre Gesellschaft genossen zu haben«, entgegnete der Kellner mit einem schadenfrohen Schmunzeln, schließlich hatten Maria und Herbert den größten Schaden abbekommen, betrachtete man ihre mit üblen Flecken übersäten Kleider.

»Sie alter Charmeur«, flachste sie mit schrägem Augenzwinkern und verschmiertem Lippenstift, obwohl der Kellner kaum aus dem schutzbedürftigen Alter war.

Der folgende Zahlungsprozess war ein weiteres faszinierendes Schauspiel. Ihr Zustand hinderte sie daran, das Kartenlesegerät erfolgreich zu bedienen, sie hatte Mühe, die passende Zahlenkombination einzugeben. Mit verkrampfter Verbissenheit hackte sie mit ihrem steifen Zeigefinger in das Zahlenfeld des Terminals, welches mit stoischer Gleichgültigkeit die Ungültigkeit der eingegebenen Zahlen meldete und schlussendlich den Dienst quittierte.

»Habt ihr das gesehen?«, fragte sie in die Runde. »Das Gerät verweigert sich mir. Das Teil hasst mich oder versteht mich nicht. Das muss ein männliches Gerät sein, denn ich bin es gewohnt, dass mich kein Mann versteht.«

Bevor sie aufgab, stocherte sie noch einige Male sinnlos in die Tastatur und verwarf dann hilflos die Hände. Sie wollte schon mit einer Tirade loslegen, da mischte sich Blass ein: »Frau Stetholm, gewähren Sie mir die Ehre, diese Rechnung begleichen zu dürfen.«

»Kommt nicht in Frage. Ich habe eingeladen, also werde ich auch bezahlen. Schluss, aus!«

Ihre letzten Worte waren etwas zu laut, zu forsch, zu besoffen und konnten nicht verhindern, dass Blass dem Kellner einige große Scheine in die Hände drückte und nebenbei bemerkte: »Vielen Dank, der Rest ist für den vorzüglichen Service.«

Sprachlos nahm der Kellner das königliche Trinkgeld entgegen.

»Nein, Herr Blass, das steht Ihnen nicht zu. Das dürfen Sie nicht, verdammt nochmal. Das wäre meine Pflicht.«

»Das können wir ja später regeln, Frau Stetholm. Machen Sie sich keine Sorgen.«

Sie schien sich zu beruhigen und gab dem Kellner nur mit Widerwillen das Kartenlesegerät zurück.

»Herr Blass, Sie sind eine Katastrophe.«

FÜNFUNDVIERZIG

Er hat ein liebenswertes Lächeln auf den Lippen, wie er sich entscheidet, ein Stück zu laufen, um wieder etwas nüchterner zu werden. Er hatte sich bereiterklärt, ins Büro zurückzugehen, das Licht zu löschen und abzuschließen. Er war der Einzige, der dazu in der Lage war, der Rest der Gesellschaft schaffte es nur bis zum nächsten Taxi, mehr war nicht drin.

Selbst Blass hat massive Mühe, einigermaßen geradlinig zu laufen und nicht über jene Schachtdeckel, jene Risse im Asphalt, jene Unebenheit, jenen Randstein zu stolpern, denen er jeden Tag auszuweichen versucht. Vieles sieht er nicht mehr so scharf, manches ist perspektivisch verschoben, einige Farben verlieren ihre Farbe, und an den Rändern seiner Wahrnehmung herrscht ein Flimmern, zudem ist ihm leicht übel. Nach Hause zu gehen, würde das Beste sein, weshalb er im Büro die Karte von Demir aus der Brieftasche kramte und ihn herbestellte. Tatsächlich steht Demir mit seinem Wagen am Taxistandplatz und lehnt lässig rauchend am vorderen Kotflügel. Er blickt ihm entgegen, ohne eine Regung zu zeigen.

»Herr Demir, können Sie mich nach Hause bringen?«

»Aber gerne, Herr Blass. Hatten Sie einen netten Nachmittag?«

»Äh, ja«, versucht Blass, den Nachmittag nachzuvollziehen. »Es war ein exzellenter Nachmittag, nur ist es jetzt Zeit, nach Hause zu gehen.«

»Dann lassen Sie uns fahren.«

Blass will einsteigen, da steht plötzlich Beroslav neben ihm und sagt: »Herr Blass, gehen wir doch ein kleines Stück des Weges zusammen, ich hätte etwas mit Ihnen zu besprechen. Das Taxi wird auf der anderen Seite des Rheins auf Sie warten. Das wird doch kein Problem sein, oder täusche ich mich da?«

Er schaut zu Demir, der mit einem wissenden Zwinkern reagiert. Beroslav muss schmunzeln und wendet sich wieder Blass zu.

»Ich habe Sie dringend zu sprechen. Geben Sie mir eine Viertelstunde, dann können Sie nach Hause.«

Blass verzieht keine Miene, starrt Beroslav an, als sähe er ihn zum ersten Mal. Für diesen Nachmittag ist das des Guten zu viel, weshalb er einen Moment lang komplett den Faden verliert und ihm erst nach einer Weile ein alkoholgetrübtes Licht aufgeht.

»Oh, Herr Beroslav, entschuldigen Sie meine Unpässlichkeit, aber dummerweise konnte ich heute einer alkoholischen Versuchung nicht widerstehen. Eine kleine, fröhliche Betriebsfeier. Können wir das nicht morgen besprechen?«

»Das wäre machbar, nur bin ich kein Mensch mit Geduld und möchte nicht so lange warten.«

Blass seufzt, schließt die Tür des Taxis und fragt Demir: »Wären Sie so nett und könnten Sie bei dem Café an der Promenade auf mich warten? Sagen wir, in einer Viertelstunde?«

»Selbstverständlich, Herr Blass, es wird mir ein Vergnügen sein.«

Blass schaut Demir nach, wie dieser davonfährt, und wendet sich dann Beroslav zu.

»Na, dann sagen Sie mir, was so wichtig ist.«

»Wir, das heißt, Hans und ich, haben uns beraten und wollen zwei Forderungen erfüllt sehen, ansonsten haben wir an diesem Geschäft kein Interesse.«

»Und das wären?«, fragt Blass, während Beroslav seiner Äußerung eine dramatische Pause folgen lässt.

»Erstens möchten wir das Geständnis studieren, das heißt, Sie formulieren das Dokument und geben es uns zur Prüfung. Gut möglich, dass wir uns beim Wortlaut einigen müssen. Zweitens wollen wir nicht eine Million, sondern fordern jetzt zwei Millionen.«

Blass trottet mit seinen kurzen, unsicheren Schritten weiter, blickt dabei meist zu Boden und schweigt, bis sie die Brücke erreichen, dann sagt er: »Die erste Forderung ist eigentlich keine, denn das wäre so oder so geschehen, schließlich ist dieses Geständnis so ein Vertrag und hierzu braucht es ein gegenseitiges Einverständnis. Die zweite Forderung scheint mir etwas verwegen und aus der Luft gegriffen. Es ist schwer nachzuvollziehen, warum Sie die doppelte Summe verlangen. Ist es Geldgier? Können Sie mir das erklären?«

»Was heißt hier verlangen? Sie haben uns eine absurde Summe angeboten, wir haben gar nichts verlangt. Wir sind lediglich der Meinung, dass unsere Leistung mehr als nur eine Million wert ist. Sie machen uns zu Mördern, was uns ein Leben lang belasten könnte, auch wenn Sie es aktive Sterbehilfe nennen. Ich weiß, unsere Existenzen bewegen sich vornehmlich im Grenzbereich der Gesellschaft, aber wir haben noch nie jemanden umgebracht. Es ist ein Unterschied, ob man jemandem die Fresse einschlägt oder ihm eine Kugel in den Kopf jagt. Zudem hätten wir eine zusätzliche Dienstleistung anzubieten«, er hält kurz inne, um die Dramatik zu erhöhen. »Wir würden uns dazu verpflichten, Lisa und ihre Kinder zu schützen, solange wir leben. Wir lassen sie nicht nur in Ruhe, wir werden diskret für ihre Sicherheit sorgen.«

Blass bleibt stehen und lehnt sich an die steinerne Balustrade der mittelalterlichen Brücke. Er wirkt etwas bleich und zittrig, während er nachzudenken scheint. Dann beginnt er zu lächeln. Es ist der passende Pegel des Alkohols im Blut, verbunden mit der Kuriosität des Themas, die ihn dazu veranlasst, zu grinsen. Es gäbe eigentlich nichts, worüber zu lachen wäre. Die Rede ist von Tod, Schuld und Verantwortung, alles wenig amüsante Inhalte, um die man gewöhnlich nicht feilscht wie bei einem Viehhändler. Genau dieser Umstand erheitert Blass, was wiederum Beroslav irritiert.

»Warum lachen Sie? Weil Sie besoffen sind oder weil Sie sich über mich lustig machen?«

»Ich lache nicht, ich lächle, und dies wegen der Komik dieser Situation. Mir wird erst jetzt so richtig gewahr, in welch seltsame Richtung wir uns bewegen. Es amüsiert mich ein wenig, wie ausgerechnet Sie von Moral reden. Die wahren Widersprüche des Lebens. Vielleicht braucht es Alkohol, um sie zu erkennen.«

»Wollen Sie hier herumphilosophieren oder mir eine anständige Antwort geben?«, fragt Beroslav leicht verärgert.

»Entschuldigen Sie mein Abschweifen. Folgender Vorschlag: Ich formuliere euer Geständnis bis morgen Abend, dann treffen wir uns bei Ihnen in der Bar, und ich werde Ihnen dann mitteilen, wie ich mich zu Ihrer unverschämten Geldforderung stelle. Um elf werde ich bei Ihnen sein.«

Blass stößt sich von der Brüstung ab und läuft wackeligen Schrittes davon. Beroslav bleibt stehen, denn er will dem Idioten nicht hinterherlaufen, dafür ist er zu stolz. Er schaut diesem Kauz lange hinterher, bis er am Ende der Brücke vom Strom der Passanten verschluckt wird.

SECHSUNDVIERZIG

Demir bedankt sich für das Trinkgeld, aber als er sieht, dass es übertrieben großzügig ist, wendet er ein: »Herr Blass, da haben Sie es allzu gut gemeint. Das ist viel zu viel.«

»Nein, Herr Demir, das haben Sie sich verdient. Ich wünsche Ihnen einen schönen Abend. Auf Wiedersehen.«

»Nochmals herzlichen Dank und einen gesegneten Abend wünsche ich.«

Blass streckt grüßend die Hand in die Höhe und wankt ins Haus, wo er den Mantel ablegt und nach Lisa horcht. Es herrscht Ruhe in den Räumen, einzig ein Vogelgezwitscher ist aus dem Salon zu vernehmen, was darauf hindeutet, dass die Tür zum Garten offensteht. Er tritt in die Abendsonne hinaus, wo er Lisa auf den Knien beim Unkrautausreißen sieht. Ein irritierender Anblick. Sie trägt für die Gartenarbeit denkbar ungeeignete Kleidung: ein knappes T-Shirt und ein zu kurzer Jeans-Rock. Sie bemerkt ihn nicht, so kann er sie in aller Ruhe beobachten. Sie befreit einen rosablühenden Rosenstrauch von den mörderischen Ranken einer weißblühenden Winde. Ihr verschwitztes T-Shirt klebt ihr am Körper, und zeugt von ihrem begeisterten Einsatz und Engagement. Er fragt sich, was sie zu dieser sinnlosen Tätigkeit animiert hat, welche er schon vor vielen Jahren mit Überzeugung aufgegeben hat. Seine Sicht auf die Natur diktiert ihm eine ausgeprägte Zurückhaltung gegenüber dem menschlichen Willen zur Ordnung und Ästhetik. Er kann sich beinahe nicht mehr erinnern, wann er das letzte Mal im Garten tätig war.

»Guten Abend, Frau Sterlinger.«

Lisa fährt zusammen, als hätte sie ihren Finger in eine Steckdose gesteckt.

»Oh, Herr Blass, was haben Sie mich erschreckt«, sagt sie, während sie sich mühsam auf die nackten Füße stellt.

»Ich liebe Rosen, darum wollte ich sie nur von den Ranken befreien.«

»Die Winden sind aber auch schön mit ihren weißen Blüten.«

»Rosa gefällt mir besser.«

»Gefällt Ihnen mein Garten?«

»Ja, Herr Blass, Sie haben einen idyllischen, wenn nicht sogar einen romantischen Garten. Ich mag ihn.«

Er hat ein seliges Lächeln auf den Lippen, was sie leicht befremdet, denn sie hat diesen lieblichen Ausdruck in seinem Gesicht noch nie gesehen. Seine Mimik war immer neutral, keine Freude, kein Missmut, kaum eine Regung und jetzt plötzlich ein verklärtes Lächeln.

»Es macht mich glücklich, wenn Ihnen mein Garten gefällt. Die Leute sehen in ihm eine verwahrloste Wildnis.«

»Ihr Garten ist ein Paradies«, ergänzt sie, während ihr eine Schweißperle den Hals hinunter rinnt.

»Frau Sterlinger, mit Ihnen wird dieser Garten noch schöner. Sie sind die schönste Blume darin.«

Lisa schaut ihn skeptisch an und fragt: »Herr Blass, sind Sie besoffen? Sie haben so einen seltsamen Ausdruck im Gesicht, Sie lächeln, haben einen leicht unsicheren Stand und reden völligen Schwachsinn.«

Er versucht seine Enttäuschung darüber zu verbergen, dass er so einfach zu durchschauen ist und dabei den Anschein erweckt, nur im Rauschzustand zu Komplimenten fähig zu sein. Sein Lächeln aufrechtzuerhalten, will ihm nicht so recht gelingen. Er steht da, wie er sich fühlt, wie ein besoffener Idiot, dem soeben die Grenzen seiner Welt aufgezeigt wurde und der zu verstehen bekam, dass er das mit den Frauen besser lassen sollte, wenn er sich nicht vollends lächerlich machen möchte.

»Entschuldigen Sie mein ungeschicktes Verhalten. Sie haben richtig erkannt, ich habe heute beim Mittagessen zu viel getrunken. Ich gehe jetzt kalt duschen, vielleicht werde ich dann wieder nüchtern.«

Sie beginnt herzhaft zu lachen, tritt auf ihn zu, umarmt ihn aus lauter überschäumender Freude.

»Ach, Sie sind so liebenswürdig und so erfrischend unverdorben«, ruft sie, drückt ihm einen Kuss auf den Mund, geht zurück zu ihren Rosen und lässt ihn wie versteinert dastehen.

Er blinzelt nervös, schluckt zweimal leer, starrt einen langen Moment auf ihren Hintern, den sie gewollt oder ungewollt zur Schau stellt, während sie sich bückt. Dann wendet er sich ab und flüchtet ins Haus, die Treppe hoch in sein Zimmer. Schweiß läuft ihm von der Stirn, wie er sich mit dem Rücken an die geschlossene Tür lehnt, um seinen Herzschlag wieder zu beruhigen. Er blickt zur Decke, in der Hoffnung, der Kuss und der Anblick ihres wohlgeformten Hinterteils würden verblassen, bevor sein Wille und seine Welt Schaden nehmen könnten. Trotz der Sorge um sich selbst kann er der Versuchung nicht widerstehen, den Vorhang einen Spalt weit zu öffnen, damit er nochmals einen Blick auf Lisa werfen kann. Er schwelgt im Anblick ihrer schweißglänzenden Armen, ihrer nackten Schultern, des Muskelspiels ihrer Schenkel, des Schaukelns ihrer Brüste, der geschwungenen Linie ihrer Hüfte, ihrer schmutzigen Füße. Für Blass ein erotisches Kunstwerk, ästhetisch, natürlich, unbeschwert, frei von berechnender Verführung.

Er fühlt sich nicht wohl, kommt sich vor wie ein Spanner. Seufzend schließt er wieder den Vorhang, zwingt sich zur Vernunft, setzt sich aufs Bett und beginnt sich auszuziehen. Fein säuberlich faltet er seine Kleider zusammen und hängt sie auf Kleiderbügel, mit Ausnahme der Unterwäsche, der Socken und des Hemds, die alle in den Wäschekorb wandern. Er streift sich den Bademantel über und geht ins Badezimmer, wo er sich unter die Dusche stellt. Zuerst lässt er nur kaltes und heißes Wasser über seinen Körper laufen, minutenlang, bevor er sich einseift, dann lässt er die Prozedur nochmals über sich ergehen.

Langsam kommen seine Lebensgeister wieder zurück. Er stellt das Wasser ab, schiebt den Duschvorhang zur Seite und erstarrt.

Lisa steht vor ihm, lächelt unbefangen, und schält die Brüste aus ihrem T-Shirt, zieht sich den restlichen Stoff über den Kopf, um dann vollkommen nackt vor ihm dazustehen.

»Ich hoffe, es stört Sie nicht, wenn ich vor dem Nachtessen kurz unter die Dusche gehe. Ich bin verschwitzt und schmutzig.«

Er schaut sie erschrocken und gleichzeitig fasziniert an. Nur langsam erscheint ein scheues Lächeln auf seinen Lippen, während seine Augen forschend über ihren Körper schweifen. Er erinnert sich an den Augenblick auf dem Korridor, wo er ihre Nacktheit erstmals sehen durfte und er der festen Überzeugung war, dass diese Sekunden ihm wohl den einzigen Blick auf einen nackten, weiblichen Körper gewährten. Jetzt eröffnet sich ihm die Gelegenheit, ohne aufdringlich zu wirken, ihren Anblick auf eine bisher unbekannte Weise zu genießen. Die Schönheit ihres Körpers macht ihn sprachlos. Er steht nur da und schaut. Die Zeit scheint still zu stehen, eine erotische Spannung ladet den Raum auf.

Lisa lässt seine Blicke lange gewähren, als behage ihr diese Bewunderung, ziert sich dann doch, bedeckt ihr behaartes Dreieck mit einer Hand, als würde es ihr erst jetzt bewusst, dass sie nackt vor einem Mann steht. Eine beinahe erregende Geste, eine Mischung aus Scham und Wollust, denn mit ihrer anderen Hand umfasst sie zärtlich eine Brust, streicht dann mit einem Finger um den Hof des Nippels, der sich hart aufgestellt hat. Er folgt gebannt dem Spiel ihrer Fingerspitzen, und sie bestaunt das Anschwellen seines Gliedes. Ihre Blicke treffen sich, verschämt, neugierig, erwartungsvoll. Dann schlüpft ihre Hand zwischen ihre Beine, ihr Mund öffnet sich leicht, sie schließt die Augen und beginnt, sich mit genüsslicher

Langsamkeit zu liebkosen, bis ein leises Keuchen zu vernehmen ist. Er betrachtet sie gebannt, bis sie die Augen öffnet, die letzten zwei Schritte auf ihn zu macht und sich an seine Brust schmiegt. Nur zögerlich legt er seine Arme um sie, erst reserviert, dann mutiger und inniger.

Nach dem Sehen kommt das Fühlen. Ihre Haut, ihre weichen Brüste mit den hart geschwollenen Warzen, ihr Kopf in seiner Kuhle am Hals, seine Nase in ihren Haaren, seine Hände an ihrem nackten Rücken. Sie blickt zu ihm hoch, und er fühlt ihre Lippen auf den seinen und dann ihre Zunge, die in seinen Mund will. Er weiß davon, er hat darüber gelesen, kann erahnen, was von ihm erwartet wird, darum öffnet er seine Lippen und lässt sie eindringen. Eine unbeschreibliche Dimension der Zärtlichkeit und Nähe. Er versinkt in sich selbst, in einen berauschten, schwerelosen Zustand, dass seine Beine weich werden und er ihren Körper für den Halt braucht, während sich ihre Zungen erregt und zugleich zärtlich umschmeicheln. Er kann diesen Moment kaum fassen, seine sensiblen Sensoren sind überlastet, und das Gehirn hat längst das Verarbeiten dieser Flut neuartiger Signale eingestellt. Er lässt sich treiben, wehrt sich nicht gegen ihren Willen. Jetzt zu sterben, wäre ein Segen.

Sie spürt seine Kapitulation, was ihr den Mut zu einem weiteren Schritt gibt. Zärtlich und mit Sorgfalt nimmt sie sein Glied in die Hand. Es geht ein Vibrieren durch seinen Körper, ein sanftes Stöhnen entweicht seiner Kehle, seine Muskeln verkrampfen sich. Langsam beginnt sie den Schaft zu reiben, streicht über die Eichel, vor der sie auf die Knie geht und sie sanft küsst. Er stöhnt auf, dann lässt sie ihn tief in ihren Mund gleiten. Mit einem heiseren Schrei bäumt er sich plötzlich auf, zieht zurück und entlädt sich explosionsartig in ihr Gesicht. Ein gewaltiger Höhepunkt. Er ergießt sich auf ihre Wange, den Mund, den Hals und über den Ansatz der Brüste. Lisa quietscht fröhlich und Blass ist entsetzt, fassungslos, peinlich berührt, weiß nicht, wie ihm das geschehen konnte, sieht nur die Sauerei, die er angerichtet hat. Lisa spürt sein Sperma auf den Lippen und leckt es mit der Zunge in den Mund und lächelt ihn schelmisch an.

»Entschuldigen Sie mein unentschuldbares Missgeschick«, stößt er atemlos hervor. »Ich bin untröstlich. Können Sie mir verzeihen?«

Sein Unterton ist beinahe weinerlich, verzweifelt, als hätte er die einzige Chance seines Lebens vertan. Die nachvollziehbare Befürchtung eines Mannes, der kurz vor dem Ruhestand zu seinem ersten Sex kommt und dabei vorzeitig ejakuliert. Blass nimmt ein Handtuch, versucht, damit seine Schweinerei wegzuwischen, sein Versagen auszumerzen. Er hatte einen Orgasmus, die ultimative Eruption seiner Lust, herbeigeführt durch Lisa, aber ohne sie daran teilhaben zu lassen. Er hatte einmal gelesen, dass ein sexueller Akt nur als gemeinschaftliches Erlebnis zum wahren Höhepunkt führen kann, alles andere wäre Selbstbetrug oder selbstgefälliges Gehabe. Blass bedauert, die Kontrolle verloren zu haben, selbst wenn er es beim besten Willen nicht steuern konnte.

Für sie war es ein einmaliges Erlebnis. Sie nahm noch nie einem Mann die Unschuld, immer waren es Männer, die es ihr gründlich besorgen wollten, so dass es der erste Mann in ihrem Leben nicht einmal bemerkte, als er sie entjungferte. Sie war sechszehn Jahre alt, erstmals vollkommen besoffen und wurde von einigen Kerlen missbraucht, die sich mit Kondomen schützten, damit keine Spuren zurückblieben. Sie ging nie zur Polizei, aus Scham, aber auch aus Angst, denn sie hatten ihr gedroht. Aus unerfindlichen Gründen fühlte sie sich schuldig, als hätte sie es selbst provoziert, mit ihrer freizügigen Kleidung und ihrer alkoholisierten Enthemmung. Ihre Mutter hatte sie sogar des Öfteren als Schlampe bezeichnet, und Lisa wollte nicht, dass ihre Mutter Recht behalten sollte, darum verschwieg sie die Vergewaltigung all die Jahre. Es kam schlimmer. Sie ließ sich mit ihren Peinigern ein, gab sich ihnen hin, spielte mit ihnen, holte sich ihre zweifelhaften Erfahrungen und bekam dafür einen anrüchigen Ruf, den sie nie mehr loswurde. Lisa, das kostenlose Mädchen für alle. So zog sie all die zwielichtigen Typen an, welche es nur auf ihren Körper abgesehen hatten, keiner hatte ein anderes Interesse an ihr. So träumte sie heimlich von der Liebe, die sie nie erhielt.

»Da gibt es nichts zu verzeihen. Es hat mir gefallen, wie Sie gekommen sind. Zudem wollte ich so oder so duschen. Bitte, seien Sie doch so nett und seifen Sie mir den Rücken ein?«

Blass tritt zur Seite, und Lisa stellt sich unter die Brause, nachdem sie das Wasser angestellt und die Temperatur geprüft hat.

»Kommen Sie und ziehen Sie den Vorhang zu, sonst wird das ganze Badezimmer nass.«

Nur äußerst vorsichtig, als beträte er eine dünne Eisdecke, macht er zwei Schritte vorwärts, damit sie den Vorhang hinter ihm zuziehen kann. Sie stehen sich nah gegenüber, betrachten sich stumm, während das Wasser auf sie niederprasselt. Nach einer Weile stellt Lisa das Wasser ab, drückt ihm etwas Duschmittel in die Hand und dreht ihm den Rücken zu. Mit penibler Sorgfalt und Aufmerksamkeit seift er ihre Rückseite ein, nur das, nur von den Schultern bis in den Lendenbereich, nicht den Hintern, nicht die Rundungen der Hüften.

»So, dann lasse ich Sie mal«, sagt er leise und schlüpft aus der Dusche.

Lisa bleibt überrascht und leicht enttäuscht zurück, sie hätte schwören können, dass sie es schaffen würde, sich von ihm unter der Dusche vögeln zu lassen. Vermutlich ging alles zu schnell und war eine Nummer zu groß für ihn. Sie verdrängt ihre Lust, duscht ausgiebig zu Ende, um sich anschließend der Körperpflege zu widmen, wie es zu Hause kaum möglich ist, weil die Kinder sie dauernd stören.

Dann huscht sie in ihr Zimmer, zieht sich an und geht hinunter in die Küche, wo Blass dabei ist, eine Flasche Rotwein zu entkorken und zwei Gläser zu füllen.

Er reicht ihr ein Glas und sagt: »Ich habe gesehen, dass Sie ein Abendessen vorbereitet haben.«

»Ja, eine Lasagne. Man muss sie nur in den Ofen schieben. Mögen Sie Lasagne?«

»Oh ja, sehr.«

Es entsteht eine Pause, angefüllt mit seiner Verlegenheit und ihrer Unsicherheit. Beiden ist das soeben Geschehene noch außerordentlich präsent, und keiner weiß, wie er sich verhalten soll. So lächeln sie sich nur an, nippen am Glas, bis Lisa auf die Idee kommt, die Lasagne in den Ofen zu schieben.

»Es dauert etwa eine halbe Stunde, dann können wir essen.«

»Fein, ich freue mich. Soll ich draußen auftischen? Die Sonne scheint.«

»Das gefiele mir.«

Froh, eine Aufgabe zu haben, putzt er zuerst den Tisch, arrangiert die Gedecke und schneidet einige Rosen, die er prominent in einer chinesischen Vase auf dem Tisch platziert. Die Zeit weigert sich, zu verrinnen, also muss er sich weiter beschäftigen, sonst müsste er Konversation betreiben, wozu er im Moment nicht im Stande ist, aber dann fällt ihm etwas ein.

»Ich habe Beroslav getroffen«, ruft er möglichst nebensächlich in die Küche.

Lisa horcht auf, lehnt sich in die Tür und blickt Blass überrascht an, eine Erklärung erwartend: »Ach ja?«

»Er scheint interessiert zu sein. Er will das Schriftstück zuerst prüfen, dann entscheiden. Ich werde das Geständnis heute Abend aufsetzen und es ihm morgen überreichen. Und er will doppelt so viel Geld. Zwei Millionen.«

Sie verdreht die Augen und nickt anerkennend: »Nicht weiter erstaunlich, er ist der gewohnt geldgierige Scheißkerl.

Sie haben mir nur noch nicht erklärt, wofür er das viele Geld erhalten soll.«

»Für Ihre Sicherheit. Er wird sich in einem Vertrag dazu verpflichten, sie körperlich nicht anzutasten. Sollte er sich nicht entsprechend benehmen, dann wird sein Geständnis, sie vergewaltigt und misshandelt zu haben, veröffentlicht werden, und er wird für lange Zeit von der Bildfläche verschwinden.«

»Für das fordert er zwei Millionen zahlen?«

»Ja, aber ich muss mir das nochmals überlegen.«

Ihr Gesicht wirkt düster, ebenso ihr Unterton: »Geben Sie besser mir das Geld, damit könnte ich ein neues Leben an einem entfernten Ort aufbauen und hätte genauso gut meinen Frieden.«

»Wäre eine Möglichkeit, aber es gäbe auch eine andere Lösung.«

»Sie sprechen in Rätseln.«

»Na ja, was würden Sie sagen, wenn ich Ihnen dieses Haus vermachen würde, mit genügend Geld für Ihr Leben?«

Lisa erstarrt zur Salzsäule, was er überhaupt nicht mitbekommt, da er mit dem Besen die Terrasse zu wischen beginnt. Sie bekommt keinen Ton über die Lippen, dafür einen Schluckauf, langsam, wie in Zeitlupe, geben ihre Beine nach, sie gleitet den Türrahmen entlang zu Boden, wo sie sich wie ein Häufchen Elend hinkauert.

»Bitte, wiederholen Sie das nochmals?«, flüstert sie nach einer Weile.

Erst jetzt, mit dem hüpfenden Geräusch ihres Schluckaufs, realisiert er ihre Fassungslosigkeit. Er holt tief Luft und wiederholt: »Ich möchte Ihnen dieses Haus schenken und genug Geld, dass Sie sich keine Sorgen mehr machen müssen.«

»Warum?«

»Weil Sie es verdient haben. Es ist höchste Zeit für Ihr Glück.«

Sie wird von ihrem Schluckauf durchgeschüttelt, darum fällt es ihm zuerst nicht auf, dass sie leise weint. Wie ihr die Tränen über die Wangen rollen, wird ihm gewahr, dass er ihr seine Überlegungen allzu brüsk offenbart hat. Er fühlt sich plötzlich schlecht. Er führt sich auf wie Gott, wie ein selbstherrlicher Gönner, der Almosen verteilt. Das ist gar nicht gut.

»Verzeihen Sie mir, Ihnen diese Mitteilung so herzlos an den Kopf geworfen zu haben. Feingefühl ist nicht meine Stärke.«

Ihr Schluckauf wird immer übler, die Tränen wollen nicht versiegen, ihr Körper zuckt und windet sich. Blass lehnt den Besen an die Wand und kniet neben Lisa nieder, um sie etwas verkrampft zu umarmen. Er fragt sich, ob er mit der Hand über ihr Haar oder besser über ihren Rücken streichen sollte. Nebst Sensibilität fehlt ihm die Fähigkeit, Trost zu spenden, trotzdem fühlt er sich für ihre Verzweiflung, Traurigkeit, Überforderung oder was es auch ist, verantwortlich. Nur mit Mühe bekommt sie sich wieder in den Griff. Es dauert Minuten, bis der Schluckauf seine Heftigkeit verloren hat und die Tränen versiegt sind, sie sich entspannt und ihren Kopf an Blass' Schulter lehnt. Einen Moment lang herrscht eine zärtliche und einfühlsame Verbindung, eine Verschmelzung, ein Zustand wie Schwerelosigkeit, das gemeinsame Schweben zweier einsamer Seelen.

»Ich sollte nach der Lasagne sehen«, sagt sie, zieht geräuschvoll die triefende Nase hoch und löst sich aus seiner Umarmung, um aufzustehen.

Blass folgt ihr in die Küche, wo sie den Backofen öffnet und mit einer Gabel in die brutzelnde Masse sticht.

»Zehn Minuten.«

Sie bietet einen erbärmlichen Anblick: Rotgeäderte Augen, verflossener Lidschatten, der in schwarzen Schlieren ihre Wangen verschmiert, Haare, die wild zerzaust ins Gesicht hängen. Dennoch bietet sie einen verwirrend schönen Anblick. Es liegt eine ungeheure Ästhetik in ihrer Verletzlichkeit.

»Lassen Sie sich Zeit. Sie müssen jetzt nichts dazu sagen. Überlegen Sie es sich und kommen Sie auf mich zu, wenn Sie Näheres wissen wollen oder eine Entscheidung getroffen haben.«

Sie starrt ihn mit nachdenklichem Blick an, dann zwingt sie sich, den Salat zuzubereiten und Brot in Scheiben zu schneiden. Eine hilfreiche Handlung, wenn man sich ablenken will. Und das Ganze ist Lisa etwas unangenehm, sie ist es nicht gewohnt, aus einem anderen Grund zu weinen als aus Schmerzen oder Erniedrigung. Blass ist eine Ausnahme. Er schafft es, sie dauernd aus dem Gleichgewicht zu bringen, nicht wie ihre Männer mit Repression oder Gleichgültigkeit, nein, mit Zuwendung und Selbstlosigkeit.

Mit den Topflappen nimmt sie die Lasagne aus dem Ofen und trägt sie zum Tisch. Blass folgt ihr mit Salat und Brot in den Händen.

»Herr Blass, können Sie nachvollziehen, dass Sie mich vollkommen fertigmachen?«

»Nein, wieso?«

»Sie zu verlieren, ist für mich ein unerträglicher Gedanke. Da kommen Sie in mein Leben, beglücken mich und verschwinden danach. Das Perverse ist die Tatsache, dass Sie mich nie glücklich gemacht hätten, wenn Sie nicht sterben müssten. Ich frage mich, wie weit ich dieses Glück genießen kann, wenn Sie nicht mehr da sind. Das ist Ihr Haus, angefüllt mit Ihnen, Sie wären immer anwesend.«

»Sie werden sich mit Ihren Kindern hier einleben und mich nach einiger Zeit vergessen. Es wird gut, glauben Sie mir.«

Er merkt selbst, dass seine Worte nicht überzeugen und nicht wahr sind. Nur leere Worthülsen. Während sie die Lasagne schöpft, kullert wieder eine Träne über ihre Wange.

»Sie verpflichten sich zu nichts. Sie können das Haus so umbauen, wie Sie wünschen, einzig verkaufen, dürfen Sie es nicht. Ich zwinge Sie nicht, in einem Mausoleum zu leben. Ich wünsche, Sie füllen dieses Haus mit Leben.«

Sie schnieft und schaut ihn unglücklich an, beginnt dann aber zu essen. Blass fühlt sich beschissen, hätte sich am liebsten in sein Schlafzimmer eingeschlossen und ins Bett verkrochen. Stattdessen versucht er, sich mit dieser herrlichen Lasagne und dem vorzüglichen Wein aus Bolgheri abzulenken.

SIEBENUNDVIERZIG

Marias äußerer Erscheinung ist der gestrige Nachmittag immer noch deutlich anzusehen, kein erhebender Anblick, was ihn beunruhigt. Frauen würden üblicherweise alles versuchen, um unvorteilhafte Spuren zu kaschieren, zudem ist Maria eine äußerst gepflegte und modebewusste Frau, keine Nachteule, die durchzecht und direkt von der Bar zur Arbeit geht. Sie sitzt an ihrem Schreibtisch, versucht, fröhlich zu grüßen und so zu tun, als wäre alles wie gewohnt. Sie trägt denselben Rock und die gleiche Bluse, nur mit mehr Knitterfalten. Wie reagiert man auf so offenkundige Hinweise? Ansprechen? Darüber hinwegsehen? Blass erträgt um diese Tageszeit keine Krisen, darum lächelt er zuerst einmal unverbindlich, nachdem er einen guten Morgen gewünscht hat, und verkriecht sich in seiner Ecke. Bevor er den Computer hochgefahren hat, kommen Annemarie und Herbert ins Büro geplatzt. Beide sehen etwa zehn Jahre älter aus, erschrecken über Maria in ähnlicher Manier wie Blass, weshalb auch sie das Weite suchen. Alle verschanzen sich hochkonzentriert hinter ihren Bildschirmen, niemand hat den Mut nachzufragen. In seltener Ruhe wird gearbeitet, selbst Annemaries vorwitziges Mundwerk schweigt. Blass müsste Maria schon längst einen Kaffee offerieren, sofern es ein gewöhnlicher Tag werden sollte. Wenn er sie nicht fragen würde, ob sie einen Kaffee wolle, dann unterstriche er damit die Tatsache, dass es ein ungewöhnlicher Tag sei, was wiederum bewiese, dass es ihm an Feingefühl fehlt. Das wird er nicht zulassen.

»Darf ich Ihnen einen Kaffee bringen? Sie sehen aus, als könnten Sie einen gebrauchen«, fragt er mutig.

Sie schaut auf, ihre geröteten Augen scheinen der Kopfbewegung nur mit Mühe folgen zu können, ihre Pupillen sind verengt, als hätte sie, nachdem sie gestern auseinandergingen, weiter getrunken.

»Oh, Herr Blass, das wäre aber echt nett von Ihnen. Am liebsten einen doppelten Espresso, nur mit Zucker.«

»Sehr wohl, Frau Stetholm, kommt gleich«, bestätigt er mit der Andeutung eines Bücklings, als gehöre er zum Servicepersonal, und verschwindet.

Er serviert den Espresso auf einem Tablett mit einigen Cantuccis auf einem kleinen Teller. Sie macht ein überraschtes Gesicht.

»Ich dachte, Sie haben vielleicht noch nicht gefrühstückt.«

Sie zeigt ein gequältes Lächeln.

»Fein beobachtet, mein Lieber.«

Sie wendet sich wieder dem Bildschirm zu und lässt Blass blöd dastehen.

»Sie sagen mir, wenn ich etwas für Sie tun kann«, versucht er, die Konversation am Laufen zu halten.

Wieder dieser besoffene Blick.

»Wissen Sie, Herr Blass, ich habe mich heute Nacht von meinem Dauerverlobten getrennt und brauche jetzt als Letztes einen Frauenversteher, der nichts von Frauen versteht.«

Blass zeigt keinerlei Regung, nickt nur verständnisvoll und geht zurück an seinen Arbeitsplatz. Der Morgen verläuft ruhig, viel zu ruhig, jeder vertieft sich demonstrativ in seine Arbeit, auf willkommene Normalität wartend, die sich aber bis zum Mittag nicht einfinden mag. Blass wünscht allen einen guten Appetit und flüchtet nach draußen, wo er am Rheinufer eine Bank findet, die unbesetzt ist. Er isst das Brötchen, welches er in der Bäckerei gekauft hat, trinkt dazu einen Apfelsaft und will seine Gedanken zu ordnen.

Nichts ist mehr so, wie es sein sollte. Veränderungen, wo er hinschaut, keine Kontinuität, kein Verlass auf gestandene Strukturen, die Sicherheit und Geborgenheit schenken. Als hätte er mit seiner Entscheidung eine Lawine ausgelöst. Klar, er hat in fremde Leben eingegriffen, im

Guten, ohne böse Absichten, und trotzdem beginnt plötzlich das Schlechte oben auf zu schwimmen. Er gerät immer mehr in eine weinerliche Verzweiflung, sieht sich als Ausgangspunkt einer negativen Entwicklung, einer Spirale nach unten, als hätte er in eine Eiterbeule gestochen. Was wäre gewesen, wenn er sich entschieden hätte, nicht zu sterben, und er sein Leben im gleichen Rhythmus weitergelebt hätte?

Womöglich hätte Maria ihren Verlobten trotzdem zum Teufel gejagt, vielleicht hätte er Lisa trotzdem kennengelernt, unter Umständen hätte er Hans trotzdem ins Bein geschossen. Hypothetisch wäre alles möglich, nur nicht wahrscheinlich. Manchmal kommt es darauf an, wie die Würfel fallen. Ohne arglistige Hintergedanken, aber mit viel Naivität hat er in fremde Leben gepfuscht und damit einen Prozess in Gang gebracht, den er nicht mehr unter Kontrolle hat. Was ihn dabei betrübt, ist die Tatsache, dass es in erster Linie um sein Geld und nicht um seine Person geht. Mindestens zu Beginn. Aber ohne Beginn gäbe es auch keine Folgen.

Erstmals stellt er sich die Frage, ob es noch Sinn macht zu sterben, jetzt, wo sein Leben einen Art Inhalt und einen Hauch von Sinn erhalten hat. Sein Gewissen will nichts wissen von einem feigen Meinungswandel, seine Vernunft sieht darin eine kluge Lösung, und sein Verstand analysiert kühl die Tatsache, dass er weiterhin der sonderbare Außenstehende ist, der dummerweise ein Vermögen hat. Ohne Geld wäre er längst in der Gosse gelandet, ein durchaus realistisches Szenarium. Nun hat er etwas in Gang gesetzt, was sich nicht mehr so einfach aufhalten lässt.

Mit einem fatalistischen Schulterzucken und einem kurzen Kopfschütteln entscheidet er, nicht mehr länger darüber nachzudenken und seinem Weg, den er eingeschlagen hat, weiter zu folgen.

Erleichtert darüber, sich im Klaren zu sein, steht er auf, um wieder auf die Arbeit zurückzukehren, da kommt ihm

Maria entgegen. Ihr Gang scheint sicher zu sein, nur ihr Aussehen hat sich nicht zum Besseren gewendet.

»Herr Blass, ich habe Sie gesucht.«

»Ach ja?«

»Wir müssen reden.«

»Warum?«, fragt er mit einem skeptischen Unterton.

»Weil ich sonst niemanden habe, mit dem ich darüber reden könnte.«

»Oh, Sie bringen mich in Verlegenheit.«

»Ach hören Sie auf mit Ihrer höflichen und unschuldigen Masche. Ich habe Sie durchschaut.«

Sie redet zu laut, so dass sich bereits Passanten nach ihnen umdrehen. Kurz entschlossen hakt er bei ihr ein und lotst sie weg von den Leuten, hinunter zum Uferweg.

»Ich verstehe nicht?«

»Ich wurde Zeuge, wie Sie neulich jemanden angeschossen haben. Leugnen sie nicht.«

Blass ist fassungslos, aber nicht mehr so schnell aus der Bahn zu werfen wie auch schon. Er kann es nur nicht verstehen.

»Sie waren im alten Hafen? Warum?«

»Weil ich Ihnen gefolgt bin, ganz einfach. Fragen Sie mich nicht warum. Ich fuhr mit dem Taxi zu Ihnen, da stiegen Sie in ein Taxi, und aus einer Eingebung heraus forderte ich den Fahrer auf, Ihnen zu folgen. Völliger Blödsinn, ich weiß. Der Rest der Geschichte ist Unvernunft und Neugier.«

»Jetzt folgern Sie daraus, dass ich ein Doppelleben führe und nebenbei beim Secret Service arbeite.«

»Ist es nicht so?«, fragt sie enttäuscht.

Blass lacht laut auf, was bekanntlich nicht so seine Art ist.

»Liebe Frau Stetholm ...«

»Nennen Sie mich nicht so salbungsvoll *liebe Frau Stetholm*, als würden Sie mit einer geistig Zurückgebliebenen reden.«

»Oh, verzeihen Sie ...«

»Hören Sie endlich auf, sich immer zu entschuldigen. Das macht Sie so untertänig, verdammt nochmal.«

Jetzt ist er sprachlos und schluckt schwer.

»Mich kümmert ja Ihr Leben im Grunde genommen einen feuchten Scheißdreck. Sie können von mir aus einen Drogen- und Mädchenhändlerring betreiben, solange sie Ihre Arbeit zu meiner Zufriedenheit erledigen. Und das tun Sie, besser ist es nicht möglich. Dummerweise sind Sie ein Mysterium, ein Rätsel, ein gesellschaftliches Fragezeichen, eine Inspiration für sämtliche Fantasien, kurzum, Sie zwingen Ihre Mitmenschen dazu, sich über Sie Gedanken zu machen. Sie passen in keine Norm! Darum meine Neugier, darum die nächtliche Verfolgung.«

»Und jetzt? Was verlangen Sie von mir? Wollen Sie mich bei der Polizei anzeigen?«

»Was denken Sie von mir, sicher nicht! Ich will doch nur verstehen, was geschah«, ruft sie beinahe hysterisch, und feine Schweißtropfen bilden sich über ihrer Oberlippe.

»Wirklich?«

»Und vielleicht ein wenig daran teilhaben. Ich brauche Ablenkung von meinem Frust. Mein Scheißtyp hat mich über Jahre hingehalten, ich habe ihm vertraut, nun habe ich es realisiert. Deshalb bin ich frustriert. Sie dagegen sind eine andere Geschichte, die weitaus interessantere als die von Roman.«

»Sie schmeicheln mir, obschon es keinen Grund dazu gibt. Was geschah, zeigt nicht mein zweites Leben, nur die Regelung von fremden Angelegenheiten und meinem Nachlass.«

Somit war eine Bemerkung geäußert, die gegenüber Maria nie hätte gesagt werden dürfen. Wie bei einer Handgranate, die man ohne Vorwarnung in eine Gesellschaft wirft, braucht es unendlich lang, bis jemand realisiert, was soeben geschieht. Maria hätte diese Bemerkung beinahe überhört, aber nur beinahe, denn trotz ihres Restalkoholpegels nimmt sie mit Verzögerung die Bedeutung seiner Worte wahr.

»Nachlass? Was hat das zu bedeuten?«

Ihr die Wahrheit zu sagen, kommt nicht in Frage, höchstens eine harmlose Variante.

»Man weiß ja nie, wie lange man zu leben hat, darum möchte ich beizeiten vorsorgen. Wie Sie gesehen haben, bin ich vermögend. Abgesehen davon habe ich keine Nachkommen. Meinen Sie, das macht das Leben einfacher? Ich will keinesfalls das Erbe dem Staat in den Rachen werfen, darum sehe ich rechtzeitig vor.«

Maria wirft ihm einen misstrauischen Blick zu.

»Herr Blass, meinen Sie, damit alles erklärt zu haben?«

Er zögert kurz.

»Nein, aber mehr möchte ich Ihnen nicht erzählen. Rechtfertigung hat einen schalen Nachgeschmack«, entgegnet er mit einem scheuen Lächeln. »Ich weiß nur nicht, wie ich Ihnen konkret helfen kann.«

»Sie müssen mich nicht heiraten, lassen Sie mich nur etwas an Ihrem Leben teilhaben.«

»Das meinen Sie jetzt aber nicht im Ernst?«

»Wieso denn nicht? Dieses nächtliche Erlebnis war für mich eine Offenbarung. Es war inspirierend. Ich hatte noch nie so Angst, war aber auch noch nie so voller Leben wie nach dieser Nacht.«

Sie schwankt weiterhin bedenklich.

»Ich empfehle Ihnen, mit einem Arzt Ihres Vertrauens zu sprechen.«

»Machen Sie sich nur lustig, damit habe ich gerechnet. Sie sollten sich bewusst werden, dass Sie im Begriff sind, Ihr eigenes, aber auch das Leben anderer Menschen aufzumischen. Als würde man einen Hecht in einem Goldfischteich aussetzen«, erklärt sie und korrigiert sich sogleich: »Das mit dem Hecht ist nur bildlich gemeint.«

Jetzt platzt Blass vor Lachen, denn hätte sie nichts gesagt, er hätte kaum die Zweideutigkeit ihrer Worte erkannt.

»Frau Stetholm, mit Verlaub, Sie reden völligen Unsinn, und es ist meine Pflicht, Sie nach Hause zu bringen. Sie sind erheblich betrunken.«

»*Besoffen* heißt das!«

»Haben Sie eine Wohnung, oder wurden Sie von Ihrem Verlobten vor die Türe gesetzt?«

»Äh, falsch. Ich habe dieses Arschloch vor die Tür gesetzt. Ich habe mir einen neuen Schließzylinder gekauft, den habe ich heute Morgen installiert, also werde ich meinen Frieden haben.«

»Und wenn er vor der Türe auf Sie wartet? Gut möglich, dass er noch seine Kleider und wichtige Utensilien in der Wohnung hat.«

»Nein, ist nicht möglich.«

»Aha!«

»Ich habe alle seine Sachen in den Hausgang geworfen. Ich war fair, ich hätte sie auch auf der Straßenseite auf den Gehsteig werfen können.«

»Toll, er wird darüber glücklich sein.«

Sie lacht viel zu laut.

»Sorgen Sie sich nicht um ihn, nur keine falsche Loyalität zwischen Männern, er ist kein unschuldiges Lamm auf dem Opferaltar. Er hat sein Strafmaß verdient.«

»Ich werde mich nicht in Ihr Privatleben einmischen, keine Sorge, aber Sie jetzt trotzdem nach Hause begleiten. Wo wohnen Sie?«

»Hier ums Eck«, antwortet sie und deutet Richtung Innenstadt.

Er hakt bei ihr ein und steuert sie in die Richtung, die sie angezeigt hat und die sie weiterhin vorgibt, bis sie vor einem Haus anhalten, das er bereits hunderte Male passiert und bewundert hat. Ein Haus aus dem vierzehnten Jahrhundert, sorgfältig renoviert und liebevoll gepflegt. Ein Zeichen gutbürgerlicher Häuslichkeit und gehobenen Einkommens. Ein Statussymbol. Er schaut auf die Klingel, tatsächlich steht da *Stetholm* geschrieben, und ein zweiter

Name ist energisch durchgestrichen worden. Das ging ja schnell.

»Kommen Sie hoch? Kaffee, Whisky, Schallplattensammlung, Sex?«, fragt sie mit einem schmutzigen Grinsen.

»Frau Stetholm, glauben Sie mir, Sie wären enttäuscht. Ich wünsche Ihnen gute Erholung. Bis morgen.«

Er hebt die Hand zum Gruß und macht sich davon.

ACHTUNDVIERZIG

Die Stimmung dieses Abends schwankt nahtlos zwischen dem Gefrier- und dem Siedepunkt. Während des Essens schweigt Lisa die längste Zeit, schaut meist nachdenklich zur Decke oder in die Ferne. Eine demonstrative Auseinandersetzung mit der aktuellen Entwicklung. Sie hat ihre Gefühle nur schwer im Griff, schließlich wurde ihr ein unermesslicher Reichtum in Aussicht gestellt. Nicht nur eine wohltuende Unterstützung, weit mehr als das, ein großzügiges Geschenk voll sorgloser Zukunft. Eine Perspektive, deren Tragweite sie sich immer noch nicht ganz bewusst ist.

Blass' Gedanken hängen dem Schriftstück nach, welches er vor dem Nachtessen aufgesetzt hat. Das ominöse Geständnis, die Lebensversicherung für Lisa, die Siegerurkunde. Geld siegt über Niedertracht. Er kämpft gegen die selbstgerechte Genugtuung, die sich ihm anerbietet. Allein die Vorstellung, wie sich die beiden aus reiner Gier ihm gegenüber verpflichten, schenkt ihm ein Gefühl von Hochmut. Dass sich diese Überheblichkeit nicht geziemt, ist ihm klar, trotzdem muss er innerlich über die Käuflichkeit dieser Halunken schmunzeln. Wo bleibt nur ihr Stolz? Diese Scheißkerle, wie Lisa sie zu nennen pflegt, zeigen erstaunlich wenig Charakter, ihnen fehlt die erwartete bösartige Sperrigkeit der Ganovenmoral, die sich nicht korrumpieren lässt. Geld ist die Achillesferse vieler Menschen. Auf jeden Fall wird er nach dem Essen das Geständnis nochmals überarbeiten und später mit Demir überbringen, sofern er Dienst hat.

»Ich war heute bei den Kindern«, bemerkt Lisa plötzlich. »Es war sehr schön und sie haben nach Ihnen gefragt, aber ich habe nichts von Ihrer Idee erzählt.«

»Geht es den Kindern gut?«

»Ja, Vera ist ihnen eine liebevolle Ersatzmutter.«

Ein Satz, der nur leise über ihre Lippen kommt. Wieder schweigen sie sich an.

»Ich werde später die Vereinbarung Beroslav überbringen«, sagt dann Blass. »Ich werde nicht lange fort sein. Wenn Sie es wünschen, dann können Sie mich begleiten.«

Lisa ist nicht überrascht, im Gegenteil, er hatte es ja angedeutet, und es liegt in der Konsequenz seines Handelns.

»Habe ich wieder im Taxi zu bleiben?«

»Ich kann mir nicht vorstellen, dass es für Sie angenehm ist, dieses Lokal zu betreten, aber wenn Sie es wünschen, dann will ich Ihnen das nicht verwehren.«

»Ich möchte nur sein Gesicht sehen. Es ist wie ein langersehnter Triumph für mich, den ich ansonsten nie erleben könnte. Ich werde kein Wort sagen, nur ihn anschauen, mehr nicht.«

Blass kann ihren Wunsch nachvollziehen, verstünde sogar, wenn sie ihm die Augen auskratzen möchte.

»Einverstanden. Nur eine Bitte hätte ich. Ziehen Sie sich nicht allzu aufreizend an, ich fände es unpassend, wenn Sie von den Gästen falsch interpretiert würden.«

»Sie möchten nicht den Anschein erwecken, mit einer Nutte aufzukreuzen?«

Sogleich wird ihm bewusst, dass er gegenüber Frauen die Worte sorgfältiger auswählen sollte. Geschickt, und vermutlich mit Vergnügen, hat sie ihn in diese unangenehme Verlegenheit gebracht, aus der er sich ohne Schaden kaum wird herauswinden können. Demut ist der Tribut, den er zu entrichten haben wird, und das zu Recht.

»Liebe Frau Sterlinger, ich entschuldige mich in aller Form für meine unqualifizierte Äußerung. Es war eine unsorgfältige Formulierung, aber ich versichere Ihnen, dass ich es nicht in diesem Sinne gemeint habe.«

»Herr Blass, Sie reden wieder wie ein Politiker.«

»Oh, entschuldigen Sie. Ich bin in meinem Rechtfertigungsmodus. Ich sollte es langsam gelernt haben. Trotzdem habe ich es nicht so gemeint.«

»Ich weiß, nur konnte ich nicht der Versuchung widerstehen, Ihnen Ihre Peinlichkeit vor Augen zu führen. Solche Bemerkungen können eine Frau beleidigen. Seien Sie froh, dass ich einiges gewohnt bin. Keine Angst, ich bin nicht nachtragend.«

»Würden Sie trotzdem meinem Wunsch entsprechen und sich nicht allzu aufreizend kleiden?«

»Mach ich, obwohl ich wenig biedere Klamotten habe.«

Bieder, ein Ausdruck, den sie mit Geringschätzung ausspricht, beinahe verächtlich ausspuckt. Ihr widerstrebt Spießbürgerlichkeit, Mittelmaß, Zurückhaltung oder unterdrückter Reiz. Sie liebt das Spiel der Geschlechter, liebt es, zu gefallen, liebt die lüsternen Blicke der Männer, liebt die Privilegien einer attraktiven Frau, auch wenn sie sich dessen bewusst ist, dass sie sich damit provozierend zur Schau stellt. Selbst Blass' verborgene Blicke mag sie.

»Nur keine Sorge, ich habe alte Jeans und eine weite Bluse eingepackt. Das sollte genügen.«

Verschämt zeigt er verhaltene Begeisterung und nickt mit einem schüchternen Lächeln.

»Ich brauche etwa eine halbe Stunde, dann können wir los. Die Küche räumen wir nach unserer Rückkehr auf.«

Dann ruft er Demir an und bestellt ihn auf elf Uhr.

Demir fährt pünktlich vor, stellt sich neben den Wagen und raucht. Die Zigarette ist nicht zur Hälfte aufgeraucht, als sich die Tür des Hauses öffnet und die zwei sich durch das dichte Gestrüpp ihren Weg bahnen.

»Guten Abend, die Herrschaften, wohin darf ich Sie bringen?«

»Guten Abend, Herr Demir, wir wünschen, in die *Sansi-Bar* gefahren zu werden. Ein zweiter Anlauf.«

»Sehr wohl«, bestätigt Demir, während er die Tür hinter ihnen sanft ins Schloss fallen lässt.

»Frau Sterlinger und ich werden gemeinsam in das Etablissement gehen. Es handelt sich um ein geschäftliches Treffen, welches keiner Vorsichtsmaßnahme bedarf.

Trotzdem wäre ich glücklich, wenn Sie auf uns warten. Es dauert etwa eine halbe Stunde. Sollten wir nach einer Stunde nicht erscheinen, dann bitte ich Sie, die Polizei zu benachrichtigen.«

»Herr Blass, Sie können sich auf mich verlassen.«

Zehn Minuten später halten sie vor der roten Leuchtschrift. Nur *Sansi-B* leuchtet, das *ar* flackert nervös und erlischt manchmal, um brummend wieder aufzuflammen. Sie betreten die Bar, erkennen fünf Gäste, die sie neugierig anglotzen, die sich aber schnell wieder ihren Biergläsern oder dem Dekolleté der Damen widmen. Weibliche Angestellte hat es deutlich mehr als Gäste, etwa acht. Die Musik ist eine Spur zu laut, das Licht eine Spur zu schwach. Also nichts hat sich seit seinem letzten Besuch verändert. Wenigstens hier herrscht zuverlässige Kontinuität. Sie setzen sich in die hinterste Nische, sinken tief ins Polster und warten auf die Bedienung.

»Hallo, ich heiße Sabrina«, werden sie von einer schwarzhaarigen Frau begrüßt, die nur mit einem transparenten Nichts sowie einem Tanga dekoriert ist und das *r* so schön rollt. »Was darf ich bringen, meine Lieben?«

»Zwei Glas Champagner, bitte«, bestellt Blass, ohne Lisa gefragt zu haben, seinen Blick in Sabrinas Augen vertieft, um nicht auf ihre Brüste zu starren.

»Kommt sofort«, ruft sie fröhlich und läuft mit einem lasziv schwenkenden Hintern davon.

»Macht Sie das an?«, fragt Lisa.

»Ich weiß nicht. Einerseits präsentiert sie ihre Reize auf eine beinahe lächerliche Weise, andererseits birgt das Sündige immer etwas Animalisches, Verführerisches, Zügelloses, Verbotenes und Perverses in sich, was gewisse Männer erregend empfinden.«

»Nur Sie nicht.«

»Ich bitte Sie, bringen Sie mich nicht in Verlegenheit, denn Sie wissen von meiner Unerfahrenheit. Trotzdem bin ich ein Mann.«

Sabrina stolziert auf High Heels und mit ausgeprägtem Hüftschwung auf ihre Nische zu, ein Tablett mit den beiden Gläsern auf einer Hand balancierend und mit einem sympathischen Lächeln auf den Lippen. Kein schmerzhafter Anblick, gestehen sich beide ein.

Sie stellt die Gläser auf den Tisch und fragt: »Wünschen Sie meine Gesellschaft? Wir hätten zu dritt viel Spaß.«

»Geschätzte Sabrina, davon bin ich überzeugt, aber wir haben leider ein Treffen mit Herrn Beroslav. Könnten Sie uns bei ihm anmelden?«

Ihr Lächeln erlischt, als wären sie Spielverderber, die ihr soeben das Geschäft versaut haben. Gut möglich, dass dieses Paar ihr einen lukrativen Abend beschert hätten, wenn es ihr gelungen wäre, sie heiß zu machen. Genau diese Art von Klientel, naiv, unschuldig, aber neugierig, sorgt immer wieder für überraschende Orgien. Wenn Grenzen überschritten werden und Hemmungen fallen, dann ist oftmals alles möglich.

Es dauert keine zwei Minuten, und Beroslav setzt sich zu ihnen an den Tisch.

»Was hat die hier zu suchen?«, fragt er gehässig, ohne ein Wort des Willkommens.

»Guten Abend, Herr Beroslav. Am liebsten würde ich sie bitten, nochmals von vorne zu beginnen, aber dann mit Anstand und einer höflichen Begrüßung. Frau Sterlinger spielt in dieser Geschichte eine wichtige Rolle und hat das Anrecht, über ihre Zukunft Bescheid zu wissen.«

»Aber es ist einzig ein Geschäft zwischen uns. Sie ist Nutznießerin und nicht Vertragspartnerin.«

Blass schweigt und holt seinen Aktenkoffer unter dem Tisch hervor, öffnet ihn und nimmt das Schriftstück heraus, welches er vor Beroslav auf den Tisch legt. Dieser ist erstaunt, denn es ist kein gedrucktes Dokument, es ist ein von Hand geschriebenes zweiseitiges Geständnis und ein einseitiges Testament. Die Papiere sind eng mit einer schräg geschwungenen präzisen, aber feinen Handschrift beschrieben, die allerdings bei diesem düsteren Licht nicht einfach zu lesen ist. Mühsam versucht Beroslav, das Geschriebene zu entziffern und den Inhalt zu verstehen. Blass nippt währenddessen genüsslich am Champagner, Lisa betrachtet versonnen Beroslav bei seiner angestrengten Lektüre. Mit dem Zeigefinger folgt er Wort für Wort, formt sie mit den Lippen, als spräche er sie aus, gibt dann aber nach einer Weile entnervt auf.

Blass schmunzelt selbstzufrieden.

»Ich gehe in mein Büro, mache eine Kopie von dem Gekrakel und werde es morgen bei Tageslicht entziffern. Ich komme bald wieder.«

Er steht auf, läuft davon, und als wäre es vorgesehen gewesen, ihre Wartezeit zu versüßen, flammt in diesem Moment ein Scheinwerfer auf, in dessen Lichtkegel sich eine junge Tänzerin auf einem Stuhl zu einem Chanson von Edith Piaf lustvoll zu winden beginnt. Es ist eine erstaunlich geschmackvolle Darbietung. *Non, rien de rien, non, je ne regrette rien* singt die Piaf, und man wäre geneigt, zu glauben, dass dieses Mädchen genau dies ausdrücken möchte, derart leidenschaftlich und gleichzeitig ästhetisch zieht sie sich zu diesem Lied aus. Kein Deut von übertrieben gespielter Geilheit oder lustloser Zurschaustellung bloßer Nacktheit. Blass wie Lisa schauen gebannt zu und applaudieren, als sich die Tänzerin zum Schluss verneigt, das Wenige an Stoff zusammensucht und hinter dem Vorhang verschwindet.

»Hat sie nicht einen wunderschönen Körper?«, fragt Lisa begeistert.

Über die Vorzüge weiblicher Körper zu reden, ist nicht Blass' Kompetenz, was Lisa aber gerne als Anlass für eine kleine Provokation nimmt.

»Sie ist schön, keine Frage. Nur schade, dass sie ihre Schönheit und ihr Talent in dieser Kaschemme vergeudet.«

»Schicksal. Aber es gibt weit schlimmere Etablissements wie das *Sansi-Bar*.«

»Sie nehmen Beroslav in Schutz?«

»Nein, er ist ein Arschloch, nur gibt es größere und kleinere Arschlöcher. Er gehört zu den kleineren, und er passt auf seinen Mädchen auf, obschon er nicht immer nett zu ihnen ist. Ich habe einige von ihnen kennengelernt und weiß, dass sie ihn respektieren, weil er ihnen genug zum Leben lässt.«

»Oh, ein netter Zuhälter. Ich habe gar nicht gewusst, dass es so was gibt«, spottet Blass.

»Er ist kein üblicher Zuhälter, er verlangt nur eine Umsatzbeteiligung, wenn es zu bezahltem Geschlechtsverkehr kommt, und gibt ihnen eine Umsatzbeteiligung an den Getränken, die sie den Gästen aufschwatzen. Für die Zimmer müssen sie kaum etwas bezahlen. Recht faire Verhältnisse für dieses Milieu.«

»Ich bewundere Ihre Nachsicht, Ihre beinahe göttliche Gnade gegenüber einem Menschen, der Sie während Jahren auf übelste Weise misshandelt hat. Ich kann es kaum verstehen.«

Lisa kommt es gelegen, wie Beroslav auftaucht und die Originalpapiere auf den Tisch legt und sich setzt. Blass wartet geduldig auf seinen Kommentar.

»Ich werde diese Schriftstücke mit Hans besprechen und Ihnen Bescheid geben. Ich will nur noch wissen, wie Sie sich zu unserer zweiten Forderung stellen, denn das wird einen Einfluss auf die Entscheidung haben.«

»Ich empfinde Ihre Vorstellung über die Höhe einer Vergütung als vollkommen überrissen, denn ich könnte auf Ihre Dienste völlig verzichten und mir für erheblich weniger Geld diese Leistungen von anderen Leuten oder Organisationen anbieten lassen. Ich gebe Ihnen einen Zuschlag von zwanzig Prozent, also zweihunderttausend, mehr nicht, sonst können Sie es vergessen.«

Beroslavs Augen funkeln wütend, er muss sich sichtlich beherrschen, um nicht aufzubrausen. Er hat ja nicht mit einem diskussionslosen Einverständnis gerechnet, aber ein derart mageres Resultat empfindet er als eine Frechheit, als Provokation. Andererseits sind eins Komma zwei Millionen Franken eine stolze Summe für etwas Sterbehilfe und Zurückhaltung gegenüber dieser Schlampe. Allerdings wären da mit sicherer Wahrscheinlichkeit, weitere Millionen zu holen. Er wird nicht so schnell aufgeben.

»Lassen Sie mich mit Hans beraten. Ich melde mich.«

Blass nickt zufrieden, legt einen viel zu großen Geldschein auf den Tisch und erhebt sich.

»Gehen wir, Frau Sterlinger. Auf Wiedersehen, Herr Beroslav, es war uns ein Vergnügen.«

Er streckt ihm seine Hand entgegen, die Beroslav nur mit Widerwillen ergreift und lustlos schüttelt.

Draußen erwartet sie Demir mit beruhigender Zuverlässigkeit, um sie nach Hause zu bringen und meint: »Sie sind meine Gäste, und ich habe bald Feierabend. Darf ich Sie zu einem Glas einladen? So quasi als Dankeschön für Ihr Vertrauen.«

Die beiden schauen sich fragend an, dann sagt Blass: »Herr Demir, es wäre uns eine Ehre, mit Ihnen einen Drink zum Abschluss dieses Tages nehmen zu dürfen. Herzlichen Dank für die Einladung.«

Sie weichen von der direkten Route ab, fahren Richtung Innenstadt, wo es neben einem Taxistand ein nettes, ruhiges Lokal mit einer gut sortierten Weinkarte gibt. Demir kennt den Wirt und die Bedienung, was den Vorteil hat, dass sie alle Gläser über das amtliche Eichmaß gefüllt bekommen.

»Entschuldigen Sie meine unverschämte Anmerkung, aber spielen Sie nicht mit dem Feuer?«

»Wie kommen Sie darauf?«

»Wissen Sie, solch eine Provinzstadt ist eine kleine, überschaubare Welt, man kennt sich, und man redet liebend gerne über all diese Geschichten, die über das Kleinbürgerliche hinausragen.«

»Ach ja?«

»Man weiß über den nächtlichen Schuss im alten Hafen und ihre Kontakte zu Beroslav und Hans. Ich möchte Ihnen damit nur zu verstehen geben, dass ich Bescheid weiß und Sie sich auf mich verlassen können.«

»Sehr speziell. Ich bin es nicht gewohnt, mich in diesem Umfeld zu bewegen, darum habe ich auch keine Ahnung, wie die Mechanismen in dieser Welt funktionieren.«

»Ich bin nur Taxifahrer, habe keine Kontakte zur Unterwelt, dafür aber ein offenes Ohr, mehr nicht. Aber ich bin auch Türke, wenn Sie verstehen, was ich meine.«

»Ich verstehe leider nicht, was Sie meinen.«

»Na ja, wir Türken sind eine große Familie. Viele Türken sind Taxifahrer und haben offene Ohren. Sie beide sind mir sehr sympathisch, weshalb ich Ihnen nur zu verstehen geben will, dass Sie auf mich zählen können.«

Blass schaut ihm lange in die Augen, sucht darin nach Spuren von Falschheit, kann aber nichts dergleichen finden.

»Danke. Ich weiß Ihre Hilfe zu schätzen.«

»Keine Ursache. Wissen Sie, ich ergötze mich nicht am Unglück anderer Menschen, aber Herr Beroslav und sein Gehilfe Hans sind uns allen ein Dorn im Auge. Es ist nötig, dass denen jemand in den Arsch tritt. Wenn wir Ihnen helfen können, dann sind wir dabei.«

Blass nickt verständig und sagt: »Es ist gut, zu wissen, dass da jemand ist, der uns helfen würde, wenn es einmal eng werden könnte.«

Alle drei stoßen miteinander an, und nachdem sie die Gläser bei einem entspannten Geplauder geleert haben, sagt Demir: »So, und jetzt bringe ich Sie nach Hause, es ist schon spät.«

NEUNUNDVIERZIG

Ein neuer Morgen, und es ist Alltag, ganz gewöhnlicher Alltag. Ein Tag mit ganz profaner Arbeit im Büro, mit den üblichen Gesprächen, den Ritualen und dem beruhigenden Trott, zumindest für Blass. Für Lisa ist es ein neuer, wunderschöner Morgen in diesem so eigenartig faszinierenden Haus. Sie ist lange liegengeblieben, hatte Blass gehört, wie er aufstand, duschte, in der Küche hantierte und vermutlich auf die Sekunde genau das Haus verließ. Seither herrscht Ruhe. Draußen ist es hell, ein Schimmer drückt sich unter den schweren Gardinen durch, aber im Zimmer sind nur Schemen zu erkennen. Zwischenzeitlich war sie noch einmal eingeschlafen und träumte von der *Sansi-Bar*, wo sie auf der Bühne ganz alleine für Blass tanzte. Er lag in einem Krankenbett, schwach, ausgemergelt und bleich, verkabelt, voller Schläuche, mit einer Atemmaske und betrachtete sie mit staunenden Augen, wie sie sich lustvoll auszog. Sie legte ihre ganzen Emotionen, ihre Erotik und Sinnlichkeit in ihre Bewegungen, zeigte ihm alles, was sie hatte, freizügig und mit Liebe, bis er die Decke zur Seite zog, sein steifes Glied präsentierte und aufstöhnend mit einem mächtigen Orgasmus verstarb.

Sie erwacht mit Herzklopfen aus diesem Traum, kann sich an jedes Detail erinnern und fühlt sich dabei elend. Immer mehr drängt Blass' Sterben in ihr Bewusstsein, beißt sich dort fest wie eine Zecke und infiziert sie mit solch einer Schwermut, dass sie jeden Tag daran denken muss. Sie kann sich mit dieser Tatsache einfach nicht abfinden.

Sie windet sich aus den Laken, gönnt sich eine ausgedehnte Dusche, bis nur noch kaltes Wasser aus der Brause kommt, wahrlich eine Wohltat, dann widmet sie sich der sorgfältigen Pflege ihres Körpers. Blass hatte ihr ein breites Sortiment an hochwertigen Pflegeprodukten gekauft, die sie sich niemals hätte leisten können, und die man nur bei einem Fachhändler kaufen kann. Sie riecht an jedem Tiegel, inhaliert die Düfte und reibt ihren Körper sorgfältig mit den Cremes und Ölen ein. Ein olfaktorisches Eldorado.

Dann zieht sie sich ihre Kleider an und geht in die Küche, wo sie sich ein ausgiebiges Frühstück zubereitet. Sie genießt das Erwachen des Tages auf eine Weise, wie sie es erst in diesem Haus kennengelernt hat. Wie Urlaub fühlt es sich an, auch wenn sie ihre Kinder vermisst. Einzig die Gewissheit, dass sie gut aufgehoben sind, schenkt ihr die Ruhe, diese Momente auskosten zu können. Sie widmet sich den Delikatessen aus dem hervorragend sortierten Vorrat, brät sich sogar einige Spiegeleier, macht sich einen Käseteller, toastet Brot und schneidet sich etwas Salami. Tee und ein Glas Orangensaft runden das Frühstück ab.

Zehn Uhr ist längst vorbei, als sie zuerst die aufgeräumte Küche und später das Haus verlässt. Sie schlendert ins Dorf hinunter und versucht, den schwarzen Mercedes zu ignorieren, der weiter oben am Straßenrand steht und ihr nun langsam hinterher rollt. Den Wagen mit den verchromten Felgen und getönten Scheiben erkennt sie sofort. Akim. Sie läuft in aller Ruhe weiter, als gäbe es keinen dunklen Schatten, bis der Wagen beinahe lautlos auf ihre Höhe aufschließt. Surrend senkt sich das Seitenfenster.

»Hallo Lisa, kann ich dich ein Stück mitnehmen? Willst du in die Stadt?«

»Oh, Akim!«, ruft sie überrascht. »Du hier?«

»Ja, ich habe auf dich gewartet, ich möchte gerne mit dir sprechen.«

Sie bleibt stehen, schaut sich um, und überlegt lange, bevor sie sagt: »Wenn du mit mir reden willst, dann lass deinen Wagen hier stehen, und wir laufen einige Schritte.«

»Du traust mir nicht?«

»Ich werde nicht in deinen Wagen einsteigen, solange du nicht die Vereinbarung von Herrn Blass unterzeichnet hast.«

»Oh, là, là, er hat dich aber gut instruiert. Dann lass uns einige Schritte gehen.«

Er fährt den Wagen an den Straßenrand, parkt ihn mit derselben Lässigkeit in einem Parkverbot, wie er dann in seinem silbergrauen Anzug auf sie zu schlendert. Nur wirkt sein Auftritt inszeniert, es will ihm nicht so richtig gelingen, seine alte Selbstsicherheit zu demonstrieren, als hätte er Respekt vor Lisa. Die Zwei-Millionen-Frau. Für ihn ist sie immer noch eine unscheinbare Fickpuppe, die durch einen unerklärlichen Zufall das goldene Los gezogen hat. Ja, die Kräfte haben die Seite gewechselt. Jahrelang musste sie kuschen, unterwarf sich seinen sexuellen Launen, ertrug seine, aber auch Hans' Gewalt mit Demut, stand ihm stets zu Diensten, ohne zu murren, manchmal sogar mit einem Lächeln. Jetzt muss er plötzlich seine Worte vorsichtig abwägen und sie als den Zugang zum großen Geld respektieren. Er wird Kreide fressen müssen, bis zum Ersticken, wenn er an den Reichtum kommen will, den er sich erträumt.

»Was willst du?«, fragt sie mit einem gereizten Unterton.

»Dich sprechen. Unser Leben hat sich während der letzten Tage verändert, zudem werden wir vermutlich in der Zukunft eine spezielle Art der Beziehung pflegen. Ich und Hans werden dich in Ruhe lassen und gleichzeitig für deine Sicherheit verantwortlich sein. Ein Spagat, aber wir werden es tun, denn Blass wird uns dafür bezahlen.«

»Und?«, wirft sie ein, während er eine Kunstpause einlegt.

»Nur will er uns nicht genug bezahlen. Wir wollen mehr, nicht aus Gier, sondern weil er zu viel von uns verlangt.«

»Ich weiß, ihr würdet eins Komma zwei Millionen erhalten. Das scheint mir angemessen dafür, dass ihr mich in Ruhe lasst und ab und zu ein Auge auf mich werft.«

»Ach, und der Mord?«

Lisa bleibt abrupt stehen, dreht langsam ihren Kopf in seine Richtung.

»Mord?«

»Ja, vielleicht ist dies ein etwas drastischer Begriff. Er nennt es aktive Sterbehilfe.«

»Kannst du, verdammt nochmal, konkreter werde? Wovon sprichst du da?«, kreischt sie.

»Na ja, wir sollen ihm ein humanes Ende bescheren. Er will nicht dahinsiechen, wenn seine Krankheit akut wird. Er wünscht sich vorher einen sauberen Abgang, und dafür wären wir zuständig.«

Ihre Gesichtszüge erstarren mit geweiteten Augen und blutleeren Lippen. Beroslav kann nicht so richtig einschätzen, ob sie vor Wut explodieren oder vor Schock in Ohnmacht fallen will, auf jeden Fall ist ihre Reaktion derart heftig, dass er sich beinahe Sorgen macht. Dann rinnt eine Träne über ihre Wange, ihr Kinn zittert.

»Du hast nichts von seiner Krankheit gewusst?«, fragte er verblüfft.

»Doch«, antwortet sie mit brüchiger Stimme. »Er hat mir von seiner tödlichen Krankheit erzählt, aber dass er sich vorzeitig umbringen lassen will, davon weiß ich nichts. Das ist ja pervers.«

Beroslav verwirft die Hände und entgegnet: »Sterbehilfe ist ein legitimes Bedürfnis. Zugegeben, er sucht sich einen unkonventionellen Weg und bringt uns dabei in eine moralisch schwierige Situation. Andererseits wird er einen anderen Weg finden, wenn wir es nicht tun werden. Also lass uns mehr Geld verlangen, denn er ist reich. Zusammen wird uns das gelingen, dann werden wir dich daran beteiligen.«

»Meinst du das im Ernst?«

»Äh, ja. Wieso nicht? Wir sind auf der Welt, um für uns selbst die bestmöglichen Umstände für ein Maximum an Wohlstand und Wohlbefinden im Leben zu schaffen.«

Sie schüttelt ungläubig den Kopf.

»Akim, du bist ein beschissener Egoist. Du stehst dir selbst am nächsten und interessierst dich kaum für mich, geschweige denn für Herrn Blass. Bist du der Meinung, dass er sein Geld einem Menschen wie dir in den Rachen wirft? Er möchte seinen Nachlass geregelt wissen, mehr nicht.«

»Aber wieso profitieren wir nicht davon? Er wird es nicht mehr spüren, wenn wir sein Vermögen unter uns aufteilen. Sei doch nicht so blauäugig, denn er benutzt dich auch für seine eigenen Zwecke.«

»Hör doch auf mit deiner unerträglichen Herzlosigkeit. Sei zufrieden mit diesen eins Komma zwei Millionen und lass mich in Ruhe.«

Sie wendet sich ab und läuft ihm davon, zurück Richtung Dorf, Beroslav folgt ihr entnervt.

»Lisa!«, ruft er bittend. »Sei vernünftig. Das Leben geht weiter, aber er wird tot sein. Was nützt dir denn deine falsche Bescheidenheit? Nichts! Du magst ihm bis zu seinem Ableben zwar ein wunderschöner Trost sein, aber danach wirst du einsam und verlassen versauern. Das ist ein total verfehltes Mitgefühl.«

»Halt den Mund, du Scheißkerl!«, fährt sie ihn an. »Du kannst dir vermutlich beim besten Willen nicht vorstellen, dass es andere Werte gibt als das verdammte Geld.«

»Oh, das sagst du, die von seinem Reichtum profitiert? Du wohnst in seinem Haus, und er beschenkt dich großzügig. In diesem Fall würde ich mich auch für meinen Wohltäter einsetzen.«

»Lass mich in Ruhe. Du ödest mich an.«

»Überleg es dir. Du weißt, wo du mich erreichst. Ich werde da sein, wenn er schon längst das Zeitliche gesegnet haben wird.«

Sie haben wieder seinen Wagen erreicht, an dem sie wutentbrannt vorbeischreitet. Akim bleibt stehen, schaut ihr gedankenverloren nach und steigt nach einer Weile in den Mercedes ein. Ohne einen Blick zurück, läuft sie ins Dorf und wartet mit versteinerter Miene auf die Straßenbahn.

FÜNFZIG

Während sich Lisa mit Beroslav auseinandersetzt, bemühen sich Blass und Maria, den Anschein von Normalität zu wahren. Sie benimmt sich, als gäbe es kein Gestern, so wie es auch Blass versucht. Ein herrliches Schauspiel, sofern der Betrachter die Hintergründe kennt, nur realisieren Annemarie und Herbert dies nicht, weil sie zu Genüge mit sich selbst beschäftigt sind. Ein normaler Tag, nur kein Wort zu viel, nur Gemurmel, mehrheitlich apathisches Schweigen und dumpfes In-den-Bildschirmstarren. Der Tag vergeht zäh und klebrig wie Honig, selbst die Mittagspause bringt keinen neuen Schwung in die Bude. Langweilig kauen sie an ihren trockenen Broten, stöbern desinteressiert in Zeitungen, nippen an überzuckertem Tee und reiben sich die geröteten Augen.

»Mein Gott, war das ein geiles Mittagessen!«, ruft plötzlich Annemarie in den Raum. »Ich habe mich schon lange nicht mehr so amüsiert. Ich fand es toll.«

Herbert verzieht schmerzvoll sein Gesicht, aber nickt und bestätigt nach einer Weile: »Es war fantastisch. Schlichtweg genial. Ein Mittagessen, das ich nicht so schnell vergessen werde. Man sollte so was wiederholen.«

Maria kratzt sich verlegen am Kopf, verzieht ihren Mund zu einem schrägen Schmunzeln, aber verkneift sich einen Kommentar. Man benötigte mehr wie einen ganzen Tag, um diese Orgie zu verdauen und den Mut zu finden, das Desaster anzusprechen. Selbst Blass versucht, seine Fassung zu wahren, kann allerdings dabei nur schwer sein Grinsen verbergen. Damit beginnt sich die Stimmung zu lösen, Annemarie kichert, Herbert lacht leise in sich hinein.

»Meine Lieben«, meint Maria, »das darf nicht zur Gewohnheit werden, sonst wird Herr Blass bald pleite sein, wenn er meint, zahlen zu müssen, und zudem ist unser Ruf am Arsch.«

»Warum immer ins gleiche Lokal? Abwechseln, dann wird es Jahre dauern, bis wir uns nirgends mehr blicken lassen können«, sinniert Herbert.

»Es müsste ja nicht jedes Mal derart ausarten. Man könnte sich ja normal benehmen«, meint Annemarie mit geheuchelter Vernunft.

Niemand hat die Energie, diesen Worten zu widersprechen, darum kauen weiterhin alle lustlos an ihren Mittagessen und stieren in eine Ecke. Ein Telefon dudelt im Büro, was missmutige Blicke zur Folge hat, da alle sich fragen, welcher Idiot auf die Idee kommt, während der Mittagszeit bei einer öffentlichen Institution anzurufen. Blass hat Erbarmen und geht ins Büro, wo er feststellen muss, dass es sein eigenes Telefon ist, welches sich hartnäckig meldet.

»Guten Tag, Balthasar Blass am Apparat.«

»Ich bin es, Lisa. Hallo. Könnten wir uns kurz sehen?«

»Äh ... jetzt gleich oder am Feierabend?«

»Sofort.«

»Ist etwas geschehen?«

»Ja.«

»Also gut, wo sind Sie?«

»Vor der Tür zum Institut.«

»Ich komme gleich, in zwei Minuten bin ich vor dem Eingang. Bis bald.«

Sie hat bereits die Verbindung unterbrochen, was auf eine gewisse Ungehaltenheit hindeutet. Er lässt den Mantel hängen, zieht sich nur das Sakko über und meldet sich beim Vorbeigehen für eine halbe Stunde ab. Sie schauen ihm verwirrt hinterher.

Er hat nicht daran gezweifelt, sie vor der Tür anzutreffen, trotzdem ist dieser simple Umstand ein Novum in seinem Leben, dass irgendjemand auf ihn wartet. Jedoch schwant ihm Schlechtes, so wie sie sich am Telefon angehört hat, und wie er sie erblickt, bestätigt sich seine Befürchtung. Das ewig freundliche Lächeln fehlt ihr vollends, nur ein verbissener Ausdruck verunstaltet ihr Gesicht.

»Frau Sterlinger, mein Gott, was hat sich ereignet?«

Sie holt Luft für eine Tirade, aber beim Anblick von Blass verliert sie den Mut. Dennoch tritt sie auf ihn zu, bohrt ihm den Zeigefinger in den Solarplexus, schaut sich kurz um, ob jemand zuhört, und presst zwischen ihren Lippen hervor: »Akim hat mir aufgelauert, nicht so, wie Sie glauben, er wollte nur mit mir reden. Er erzählte mir von Ihrer Vereinbarung und von der aktiven Sterbehilfe. Erklären Sie mir, was das soll?«

Blass verliert etwas seine Selbstsicherheit und begreift schnell, dass er nun sehr überzeugende Argumente bringen muss, wenn er nicht seine Glaubwürdigkeit verlieren will. Er fragt sich hektisch, was Beroslav ihr erzählt haben mochte. Er nimmt sie am Arm und führt sie weg von diesem frequentierten Eingang, die Straße lang, dann hinunter zum Rhein. Wie es scheint, ein geeigneter Ort für Gespräche mit besoffenen oder hysterischen Frauen, hatte er doch an der gleichen Stelle eine intensive Diskussion mit Maria.

»Das ist eine Frage, die ich Ihnen nur zur Hälfte beantworten werde«, erklärt er ihr mit sanfter Stimme, sobald sie für sich alleine sind. »Es gibt zwei Punkte, die Sie betreffen, respektive Ihre künftige Sicherheit. Erstens, er und Hans verpflichten sich, sie in Frieden zu lassen. Dafür erhalten er und Hans eine Million. Zweitens, und das ist ein Vorschlag der beiden, wollen sie künftig für Ihre Sicherheit sorgen, wofür sie nochmals eine Million fordern, ich aber nur zweihunderttausend zu zahlen gewillt bin, da ich das Risiko für Sie nicht mehr so hoch einschätze, nachdem Ihre beiden ärgsten Peiniger neutralisiert sind. Über weitere Abmachungen rede ich nicht, denn die betreffen nur mich. Das hat Sie nicht zu interessieren, und es macht mich wütend, wenn Herr Beroslav persönliche Informationen weitergibt.«

Er hat sich in Rage geredet, obschon er nicht laut wurde, vielleicht an seiner verbissenen Miene und den schmalen

Augen erkennt man den Anflug von Missmut. Aber Lisa ist emotional zu aufgeladen, um seinen Gemütszustand interpretieren zu können.

»Warum lügen Sie mich an? Warum erfahre ich von diesem Halunken, dass er Sie umbringen muss? Das ist vollkommen verrückt. Das ist keine aktive Sterbehilfe, das ist Mord, und ich kann Beroslav sogar verstehen, dass er mit so was ein Problem hat.«

»Ich habe Sie nicht angelogen, ich habe Ihnen den Plan nur vorenthalten. Das ist ein entscheidender Unterschied. Wie ich mein Leben beende, ist einzig meine Angelegenheit und könnte zugegebenermaßen moralisch irritieren. Aber seit Hans mit dem Messer auf mich losging, habe ich keine Skrupel mehr. Hätte ich mich da nicht gewehrt und ihn angeschossen, dann wäre ich bereits tot.«

Sie schüttelt energisch den Kopf und gestikuliert mit den Händen, sucht nach Worten, zögert kurz und entgegnet dann: »Herr Blass, können Sie nicht verstehen, dass mich diese Geschichte langsam stresst? Sie werden in einigen Monaten sterben, weil sie unheilbar krank sind. Was soll denn das für eine schreckliche Krankheit sein, welche sie so gesund aussehen lässt? Fußpilz, Karies oder ein Tennisarm? Oder ist es doch ein tödlicher Krebs, im Dickdarm, im Blut oder im Kopf? Vielleicht gibt es sonst eine geheimnisvolle Seuche, die sich langfristig ankündet und dann kurzfristig die Lampen zum Erlöschen bringt.«

Abrupt beendet sie ihre Brandrede, erschrocken über sich selbst, über die Bösartigkeit ihrer Worte und die Befürchtung, ihn beleidigt zu haben. Sie schielt in seine Richtung, bemüht sich, seinen Blick einzuschätzen, aber wie eine Sphinx starrt er in den Rhein. Die längste Zeit, tief versunken in seiner Welt, die weit entfernt scheint.

Lisas Herz verkrampft sich schmerzhaft, wie ihr bewusst wird, dass sie vermutlich soeben ihre sorgenfreie Zukunft in die Tonne getreten hat. Wieso hat sie bloß nicht geschwiegen?

In all den Jahren hat sie gelernt, den Kopf einzuziehen, wenn es gefährlich wurde, oder einfach abzuhauen, also wendet sie sich ab und läuft still davon. Blass bemerkt ihr Verschwinden nicht gleich, sondern erst, als sie fast außer Sichtweite ist. Er schnellt hoch, will rufen, aber erkennt, dass dies sinnlos ist, und setzt sich wieder auf die Mauer. Er ist traurig, nicht wütend, denn sie hat recht. Diese Frau ist nicht blöd, sie hat Gefühle, und er hätte sich schon längst von ihr abgewendet, wären da nicht noch andere wunderbare Eigenschaften, die ihm gefallen. Nun hat er sie verärgert, wenn nicht sogar beleidigt. Er schenkte ihr kein Vertrauen, was ihr klar wurde, als Beroslav den Mund nicht halten konnte.

Er geht wieder ins Büro zurück, denn er muss sich mit Arbeit ablenken, sonst versinkt er im Grübeln. Es begleiten ihn einige fragende Blicke, wie er durch das Büro läuft, und ohne darauf zu reagieren, verschanzt er sich hinter seinem Bildschirm.

EINUNDFÜNFZIG

Sie ist nicht zu Hause. Blass hat alle Zimmer durchstreift und dabei festgestellt, dass ihre Kleider im Kasten hängen, was ihn etwas beruhigt. Er könnte anrufen und um Verzeihung bitten, aber er tut sich schwer mit einem allzu einfachen Eingeständnis. Sie soll ruhig eine Weile schmoren. Sie wird gewiss zurückkommen, denn sie hätte zu viel zu verlieren. Mit diesem Gedanken überkommt ihn sogleich wieder die bittere Erkenntnis, wieder einmal mit seiner selbstgerechten Art Gott zu spielen.

Er bereitet sich ein kaltes Nachtessen zu, einen simplen Salat mit Oliven, Brot und grob geschnittene Salami, dazu ein Glas Rotwein. Er wartet eine halbe Stunde, bis neunzehn Uhr, dann beginnt er zu essen.

Wo könnte sie sein? Bei ihren Kindern, bei einer Freundin, vielleicht sogar bei Beroslav? Er spürt, wie diese Frage an ihm nagt. Ist es Eifersucht? Zweifel? Oder die Angst, plötzlich sie und seinen ganzen Plan zu verlieren? Sein Puls beschleunigt, kalter Schweiß bildet sich in feinen Tröpfchen auf der Stirn, ein leichtes Zittern befällt seine Hände. Mit einem Mal stellt er sogar sein Sterben in Frage. Er kann nicht sagen, wie viele Wochen vergangen sind, seit er diesen einschneidenden Entschluss gefasst hat, und vielleicht wäre jetzt der geeignete Moment, um darauf zurückzukommen. Nicht ausgeschlossen, dass alles eine vollkommene Schnapsidee war, weniger der Wille zum Sterben, mehr das Bedürfnis, in geordneten Verhältnissen diese Welt zu verlassen. Was sich zu Beginn edel angefühlt hat, hat sich unterdessen zu einer außer Kontrolle geratenen Lawine entwickelt, von der man nur hoffen kann, dass sie nicht allzu viel Schaden anrichtet und auf der Ebene zum Stillstand kommt. Soll er alles abbrechen und eine karitative Stiftung ins Leben rufen? Sollte er möglichst rasch wieder zur Vernunft finden?

Eine idiotische Idee hat meist die Eigenheit, dass man sie zu Beginn für genial hält, bis man ihre wahre Trivialität entdeckt und sich eingestehen muss, dass sie doch nicht so hervorragend ist. Dies offen zuzugeben, zeuge von Charakter, sie möglichst diskret sterben zu lassen, wäre eine Herausforderung, sie unbeirrt auszuführen, ein Zeichen von Beharrlichkeit und innerer Überzeugung. Er versucht, weiterhin herauszufinden, wie durchdacht sein Plan ist, findet aber keinen Grund, ihn als absolut miserabel einzuordnen.

Blass ist ratlos. Er muss sich eingestehen, Lisa ist ihm mittlerweile ans Herz gewachsen, auch wenn er sich das nie hätte vorstellen können. Zu verschieden sind ihre Welten, ihre Lebenseinstellungen, ihre Erfahrungen, ihre moralischen Auffassungen. Da passt nichts zusammen, obwohl sie sich angenähert haben und dabei sogar intim geworden waren. Sie ist eine süße Verführung, aber er darf sich nicht blenden lassen, denn sein Plan steht fest, und niemand und nichts soll ihn davon abbringen. Lebensmüdigkeit ist gar kein so falscher Ausdruck für seinen Zustand. Er mag nicht mehr. Die vergangenen Wochen haben wieder einmal bewiesen, dass sein Dasein eine einzige Anstrengung ist, sein Wesen nicht in diese Welt passt und er mit Ausnahme von Verwunderung und Mitleid nichts zu erwarten hat. Nein, dies ist kein Selbstmitleid, dies ist eine nüchterne Betrachtung seiner Existenz, mehr nicht. Und sein Reichtum und Maria machen alles noch viel schlimmer.

Er hat längst sein Abendessen beendet, sitzt unentschlossen vor dem leeren Geschirr und zeichnet mit der Gabel Kreise in die restliche Salatsauce. Soll er anrufen? Vielleicht später. Wenn sie nur nicht bei Beroslav ist, das wäre schrecklich. Ihr Wille wäre zu schwach, um ihm zu widerstehen, und Beroslav kann ihr Lust und Befriedigung im Übermaß verschaffen.

Er räumt den Tisch ab, bringt die Küche in Ordnung, zieht alle Böden im Erdgeschoss feucht auf und setzt sich dann mit einem Buch in den Salon, um sich zu entspannen. Aber er findet keine Ruhe. Er muss an Lisa denken, und es lässt sich nicht verhindern, unweigerlich auch an ihren Körper. Dies nicht ohne Schuldgefühle, hatte er sich doch fest vorgenommen, sie nicht auf ihre äußere Reize zu reduzieren. Lisa ist ihm zu nahe, um sie als Lustobjekt zu betrachten, auch wenn sie ihm ungeahnte Dimensionen der körperlichen Liebe erfahren ließ. Ein Dilemma, ein kurioser Gewissenskonflikt.

Er zieht sich um, schlüpft nicht in seinen Pyjama, sondern sucht sich einen dunklen zweireihigen Anzug aus. Er wird das Haus verlassen müssen, das ist ihm klar, denn ohne Gewissheit über ihren Aufenthaltsort wird er nicht zur Ruhe kommen. Er ruft Demir an und bittet ihn, ihn um zehn Uhr abzuholen.

Pünktlich klingelt es am Tor.

»Guten Abend, Herr Blass, wo darf ich Sie hinbringen?«

Er grüßt und nennt ihm Lisas Adresse. Demir bemerkt sofort Blass' bedrückte Stimmung und nachdenkliche Miene, aber hält sich professionell bedeckt, fragt nicht nach dem Befinden, sondern schweigt diskret. Kommentarlos hält er vor Lisas Haus, und Blass drückt minutenlang auf die Klingel, ohne dass geöffnet wird, zudem brennt kein Licht in der Wohnung. Blass steigt wieder ein und nennt Demir eine Adresse, kaum zwei Minuten entfernt. Die ganze Prozedur von Neuem. Nichts. Dann fahren sie zur *Sansi-Bar*, durch dessen Eingang Blass verschwindet, nachdem er Demir gebeten hat zu warten.

Für Blass ist es ein Desaster, denn einige Gäste betrachten ihn mit einem wissenden Lächeln als Stammkunden, und der Barkeeper lässt humorlos ausrichten, dass Herr Beroslav heute Abend nicht zu erreichen sei. Drei Minuten später sitzt er wieder im Taxi, und weitere fünfzehn Minuten später hat er Demir reich entlohnt, sich von ihm ohne Erklärung verabschiedet und sitzt nun ratlos zu Hause im Salon. Macht er sich unnötig Sorgen, oder müsste er sich spätestens jetzt Sorgen machen? Er füllt sich zwei Finger hoch Whisky in ein Glas und starrt auf einen Fleck am Übergang von der Wand zur Decke, der von einem Schimmelfleck stammt, den er lange vor dieser ganzen Geschichte mühevoll entfernt hatte. Er erscheint wie ein Relikt aus guten Zeiten, in denen die Welt in Ordnung war. Es waren überschaubare und einfach strukturierte Probleme, die sein Leben eher bereicherten denn bedrohten. Seit Wochen hat sich dies grundlegend verändert, nichts ist mehr, wie es einmal war. Die Feststellung eines alternden Mannes, der sich mit Veränderung schwertut.

Er nippt am Glas und konzentriert sich auf seine Unruhe, die ihn seit Lisas Abwesenheit bedrückt. Ist es Angst vor der Einsamkeit? Trotzig will er sich dieser Frage nicht stellen, leert sein Glas in einem Zug und geht ins Bett.

ZWEIUNDFÜNFZIG

»Guten Morgen, Herr Blass«, ruft Maria durch das Büro.

Es folgt keine Reaktion. Fragend schaut sie zu seinem Arbeitsplatz, aber dort herrscht gähnende Leere. Nichts, sein Bildschirm ist dunkel, weder der Mantel hängt am Haken, noch sein Aktenkoffer steht neben seinem Schreibtisch. Ungewöhnlich, vielleicht ist er krank, was bis jetzt nie vorkam, oder er hat sich verschlafen, was auch noch nie geschah. Solch ein Anomalie löst bei Maria gleich eine Reihe von fürchterlichen Fantasien aus, schließlich befindet sich ihr Mitarbeiter in einem spürbaren Ausnahmezustand. Man kann nicht von einer Krise reden, dafür wirkt er zu geschäftig und zu hoffnungsvoll. Wie sie sich ihren Kaffee selbst zubereitet, kommen Annemarie und Herbert gleichzeitig in den Raum.

»Guten Morgen, Frau Stetholm«, rufen beide im Chor.

»Oh, Sie machen sich heute Ihren Kaffee selbst? Wo ist Blass?«, staunt Annemarie.

»Guten Morgen. Herr Blass ist heute nicht erschienen. Keine Ahnung, wo er bleibt.«

Man schaut sich erstaunt und ein wenig besorgt an. Es ist ein ungewöhnlicher Umstand, wenn die nahezu penetrante Zuverlässigkeit in Person plötzlich ihre Verlässlichkeit verloren hat. Zugegeben, während der letzten Wochen gönnte er sich einige Freiheiten, die er sich früher nicht im Traum erlaubt hätte, aber solch eine Novität wie heute überrascht doch alle. Als würde eines Morgens die Sonne nicht mehr aufgehen.

Maria macht sich echte Sorgen, nachdem sie tiefe Einsichten in sein skurriles Leben hatte, welches sich offensichtlich auf eine Eskalation hinbewegt. Irgendetwas spitzt sich zu, wie eine Gewitterwolke am Horizont, aus der ein zuckendes Flackern die Gefahr ankündigt. Ihre weibliche

Intuition hat sie selten im Stich gelassen, selbst ihre Beziehung zu Roman hat sie nie endgültig überzeugt, was sich nun bestätigt hat, aber das ist eine andere Geschichte. Sie spürt den Schatten, der sich über Blass gelegt hat. Nur was?

»Etwas stimmt nicht. Ich habe ein mulmiges Gefühl«, bemerkt Herbert trocken. Er, der sich sonst kaum zu persönlichen Angelegenheiten äußert, zeigt mit diesen Worten enorm viel Anteilnahme.

»Da ist mit Sicherheit eine Frau im Spiel«, wirft Annemarie ein.

Dies zu bestätigen, liegt Maria weit vorne auf der Zunge, aber sie schweigt, sonst müsste sie erklären, woher sie das weiß.

»Ich rufe gleich mal an, und wir werden sicher Zeugen einer Premiere, wie ich ihn aus dem Tiefschlaf wecke, weil er erstmals verschlafen hat. Eigentlich wäre es ja sein gutes Recht, ein Mal im Arbeitsleben zu verschlafen.«

Maria sucht im Verzeichnis nach der Telefonnummer von Blass, welche sie bis jetzt noch nie benutzt hat, und wählt sie. Ihr Anruf findet keinen Abnehmer, der Rufton verhallt im Nirgendwo. Kein erfreuliches Zeichen.

»Bis Mittag warte ich ab, dann werde ich mich um ihn kümmern.«

Annemarie und Herbert nicken wie zwei Automaten und verkriechen sich danach hinter ihren Aktenbergen. Maria bleibt angelehnt an der Trennwand stehen, betrachtet den leeren Arbeitsplatz und denkt: Seltsam, als ob die Seele des Raums verschwunden ist.

DREIUNDFÜNFZIG

Blass ist längst seine Ruhe abhandengekommen, aber nicht nur das, vor allem hat er den Kontakt zu Lisa verloren. Sie ist weg, verschwunden, wie eine entlaufene Katze, die den vollen Napf stehen ließ und sich nicht mehr wärmend in den Schoss schmiegt. Er erinnert sich an Müller, den Randständigen, wie er ihn verzweifelt gesucht hatte, davon überzeugt, Gutes bewirkt zu haben, um dann festzustellen, dass Müller sich mit dem geschenkten Geld zu Tode gesoffen hatte. Eine fürchterliche Erkenntnis. Er gesteht sich erstmals ein, dass er mit seinem Geld bis jetzt nicht das bewirkt hat, was er sich dazumal vorgestellt hatte. Er wüsste nicht einmal, wie er sich aus diesem Dilemma herauswinden könnte, ohne einen größeren emotionalen Flurschaden zu hinterlassen. Nein, er muss da durch und zuallererst Lisa finden, sie beruhigen und ihr eine Krankheit präsentieren, die sein bevorstehendes Sterben nachvollziehbar werden lässt. Krebs oder ein drastischer Herzfehler. Seine medizinischen Kenntnisse sind bescheiden. Gleichwohl weiß er, dass bei Krebs eine Behandlung zwingend und eine Schwächung des Körpers irgendwann ersichtlich wären, was unwirklich erscheint, denn er macht einen gesunden Eindruck und eine medizinische Therapie konnte er bis jetzt nicht vorweisen. Ein Herz mit einem kuriosen Fehler kann jederzeit seine Tätigkeit einstellen. Da gibt es vermutlich unendlich viele Krankheiten und Missbildungen am Herzen, die tödlich sind, und wenn er all jene seltsamen, unerforschten Mysterien des Sterbens hinzunimmt, dann erscheint ein Herzleiden als nachvollziehbarer Grund. Allzu konkret muss er ja nicht werden, und wenn er einige nichtssagende Fachausdrücke einstreut, dann wird sie ihm schon Glauben schenken.

Fürchterliche Gedanken während eines einsamen Frühstücks.

Er war zu gewohnter Zeit aufgestanden, hatte seine Morgentoilette mit der täglichen Akribie erledigt, sich sorgfältig angekleidet und das Frühstück für sich und Lisa zubereitet. Lisa müsste sich nur noch den Tee zubereiten und das Ei kochen, mehr nicht, alles war auf dem Tisch oder im Kühlschrank griffbereit. Sogar eine Vase mit einer frischen Rose aus dem Garten hat er dazugestellt. Dann kann er es nicht lassen, geht zu ihrem Zimmer und klopft an. Nichts. Er ruft zuerst zaghaft ihren Namen, nochmals etwas lauter, und wie keine Antwort kommt, öffnet er die Tür. Das Zimmer ist leer, das Bett unberührt.

Er hat nichts anderes erwartet, wollte nur sichergehen, fühlt sich vollends am Boden zerschlagen. Wo ist Lisa? Alles, was ihm dazu einfällt, ist verstörend, macht ihn traurig. Ihm wird leicht übel und schwindlig, er setzt sich auf den Boden, dann wird ihm schwarz vor Augen.

Wie lange er weggetreten war, konnte er später nicht mehr sagen, einige wenige Sekunden oder eine Minute, keine Ahnung. Er rappelt sich hoch, stellt sich auf zittrige Beine, die nicht ihm zu gehören scheinen, hält sich abwartend am Türrahmen fest, bis er sich wieder einigermaßen sicher fühlt. Was war denn das gewesen? Eine Kreislaufschwäche? Er wackelt in sein Schlafzimmer, wo er sich ins Bett legt.

*

Kraftlos liegt er im Bett und bestaunt diese über ihn hereingebrochene Schwäche, als hätte er sie herbeigeredet. Ist das Zufall, oder kann er sich tatsächlich krank reden? In so kurzer Zeit dürfte dies kaum möglich sein, aber möglicherweise liegt es an der Aufregung der vergangenen Tage und Wochen. Blickt er zurück, dann muss er eingestehen, dass die Intensität der letzten Wochen mit der gesamten Intensität des restlichen Lebens gleichzusetzen ist. Gut möglich, dass er trotz seiner besonnenen und unaufgeregten Art an die Grenzen der Belastbarkeit gelangt ist. Eine Art Warnung, die er von seinem Arzt untersuchen lassen sollte, was allerdings bei seiner kurzen Restlebenszeit keinen Sinn mehr ergibt.

»Grüß Gott, Frau Stetholm. Ich möchte mich in aller Form dafür entschuldigen, erst jetzt anzurufen. Ich fühlte mich heute Morgen etwas unpässlich, darum werde ich später zur Arbeit erscheinen. Ich denke, nach der Mittagspause im Büro zu sein.«

»Guten Tag, Herr Blass. Ich hoffe, ich muss mir keine Sorgen machen. Wollen Sie heute nicht im Bett bleiben und morgen wieder frisch erholt zur Arbeit kommen?«

»Nein, lieber nicht. Einiges an Arbeit wartet auf mich, und zu Hause fällt mir die Decke auf den Kopf. Bis gleich, auf Wiedersehen, Frau Stetholm.«

»Auf Wiedersehen, Herr Blass«, verabschiedet sich Maria mit einem skeptischen Unterton.

Er schaut auf den Wecker, der neun Uhr zwanzig zeigt, und fragt sich, was er bis dahin machen soll. Herumliegen oder Lisa suchen?

Wieder entscheidet er sich für die zweite Möglichkeit. Er steht auf, richtet seine Kleidung und versucht zu erfühlen, wie er sich fühlt: ein wenig benommen, aber standfest genug. So verlässt er das Haus, ohne Mantel, ohne Hut, ohne Aktenkoffer und ohne klare Idee. Demir anzurufen, wäre kaum sinnvoll, dieser Mann muss auch einmal schlafen, darum läuft er mit bedächtigen Schritten ins Dorf zur Straßenbahn, die ihn in die Stadt bringt.

So steht er eine halbe Stunde später von Neuem vor Lisas Haus und drückt ohne große Hoffnung auf die Klingel. Er drückt ein zweites, ein drittes Mal, länger, eindringlicher und will schon aufgeben, als der Summer die Türe freigibt. Blass erschrickt, denn damit hat er nicht mehr gerechnet. Er steigt die Treppe hoch, was ihm etwas Mühe bereitet, und erreicht keuchend die angelehnte Wohnungstür, die er vorsichtig öffnet.

»Hallo, Frau Sterlinger?«, ruft er zaghaft in die Wohnung, auf der Schwelle wartend.

»Ich bin im Bad. Gehen Sie doch schon in die Küche und machen Sie Kaffee oder Tee.«

Es fällt ihm ein Stein vom Herzen. Ihre Stimme zu hören, bereitet ihm eine kolossale Freude. In der Küche herrscht Ordnung, als hätte hier seit Wochen niemand mehr eine Pfanne benutzt oder ein Lebensmittel zubereitet. Erst jetzt erkennt er den zarten Flaum aus Staub, der sich über alles spannt. Sie war gestern Abend und vermutlich heute Nacht nicht zu Hause.

»Hallo, Herr Blass!« Er fährt herum und steht ihr gegenüber.

»Guten Tag, Frau Sterlinger. Es ist so schön, Sie zu sehen«, sagt er mit Herzrasen.

»Herr Blass, Sie sind so blass«, bemerkt sie und erkennt sogleich ihr unbeabsichtigtes Wortspiel. »Oh, entschuldigen Sie, die Bemerkung war äußerst geschmacklos. Ist mir so rausgerutscht.«

Er schmunzelt und entgegnet: »Wieso? Dieses Wortspiel liegt doch auf der Hand. Danke der Nachfrage und für Ihre Empathie.«

»Sprechen Sie nicht so geschwollen. Was bedeutet ‚Empathie'?«

»Mitgefühl, Verständnis, Feinfühligkeit.«

»Ach so.«

»Ich habe mir Sorgen gemacht.«

»Dann ist dies auch Empathie?«

»Vielleicht. Möglicherweise nur Egoismus. Sie waren plötzlich verschwunden, ich ging Sie suchen, konnte Sie nicht finden und fragte mich, warum Sie sich von mir abgewendet haben.«

»Ich verstehe nicht, was das mit Egoismus zu tun hat. Ich war bei Vera und den Kindern.«

Überrascht von ihrer Direktheit, antwortet er kleinlaut: »Sie sind mir wichtig geworden.«

»Herr Blass, ich kann Sie nicht verstehen. Einerseits soll ich Ihnen wichtig sein, andererseits tischen Sie mir Märchen auf.«

»Märchen?«

»Ich zweifle an der Geschichte von Ihrer unheilbaren Krankheit. Aber Sie haben vollkommen recht, dass mich das nichts angeht. Wiederum geht es mich schon etwas an, weil Sie mir auch nicht gleichgültig sind. Ich mag Sie sehr, mehr als jeden anderen Mann in meinem Leben. Sie sind ein großartiger Mensch, großherzig, sensibel und mutig. Ich wünschte, Sie würden mir so vertrauen, wie ich es tue oder gerne täte.«

Er betrachtet Lisa mit großen Augen, sprachlos und ohne Idee, wie er auf ihre Enttäuschung reagieren soll. Da entscheidet er sich für die Wahrheit.

»Sie wollen die Wahrheit hören?«

Sie zögert, als zweifle sie an seiner Ankündigung: »Ja!«

Er holt tief Luft und beginnt leise zu sprechen: »Sie haben eine feine Beobachtungsgabe, Sie haben mich durchschaut, denn Sie haben erkannt, dass ich Ihnen etwas vormache. Ja, ich bin nicht krank, jedenfalls nicht körperlich, und trotzdem wünsche ich mir, dass es mit mir zu Ende geht.« Er zögert und sucht nach Worten. »Das werden Sie nicht verstehen, und ich werde auch nicht verlangen, dass Sie das verstehen.«

Lisa hat solche Worte nicht erwartet. Jetzt, wo sie für ein schreckliches Schicksal bereit gewesen wäre, bekommt sie ein abstruses Geständnis serviert, welches für einen normalen Menschen kaum nachvollziehbar ist. Hat sie ihn richtig verstanden? Wenn ja, dann ist er im wahrsten Sinne des Wortes lebensmüde, oder ihn treibt eine kranke Todessehnsucht.

»Sie sind lebensmüde und haben eine ausgewachsene Depression. Das ist eine Krankheit wie Grippe, heilbar, außer man unternimmt nichts dagegen, dann ist sie tödlich. Sie brauchen dringend professionelle Hilfe.«

Während sie wild gestikulierend durch die Küche schreitet, steigert sich ihr Wortschwall in eine immer lauter werdende Hysterie, bis sie heftig atmend vor ihm stehen bleibt und ihn herausfordernd in die Augen sieht. Blass starrt zurück. Lange starren sie sich an.

»Ich wünsche keine professionelle Hilfe«, sagt er dann in einem ruhigen Ton. »Mein Entscheid zu sterben ist nicht einer Krankheit entsprungen, er ist wohlüberlegt. Für Sie ist das vielleicht unverständlich, denn ich bin meiner Existenz überdrüssig, meiner eigenwilligen Weltanschauung, die mich zum Außenseiter stempelt. Lebensmüde ist durchaus nicht das falsche Adjektiv. Ich bin nicht unbedingt des Lebens müde, weit treffender wäre der Ausdruck, dass ich meines Wesens müde bin. Ich passe nicht in diese Welt und bin nicht fähig, mich anzupassen, darum habe ich keine Lust mehr. Ich wünsche nur, dass Sie meinen Wunsch respektieren.«

Ihr Starren scheint intensiver geworden zu sein. Regungslos steht sie in einer verkrampften Haltung ihm gegenüber, und trotz der Stille sind ihre Gedanken laut zu hören. Gedanken, die sich im Kreis bewegen und zu keinem Schluss kommen, denn seine Worte sind für sie nicht nachvollziehbar. Sie ist ja bereits seine Skurrilität gewohnt, bewundert sein Charisma, aber in Bezug zum Sterben findet sie für derart schräge Ansichten absolut kein Verständnis. Das ist krank, im wahrsten Sinne des Wortes. Sie schüttelt resigniert den Kopf, auch wenn sie tief in ihrem Innern erleichtert ist. Ein verwirrter Geisteszustand scheint nicht so tödlich wie eine unheilbare Krankheit zu sein, zumindest nicht zwingend. Hoffnung keimt in ihr auf.

»Ich kann es nicht nachvollziehen, das werden Sie wohl verstehen, aber ich versuche, so zu tun als ob.«

»Das wäre nett und würde unsere verbleibende Zeit deutlich angenehmer gestalten.«

Sie verdreht die Augen und zieht eine Schnute, während sie die Kaffeemaschine startet.

»Und jetzt?«, fragt er.

Sie zieht ratlos ihre Schultern in die Höhe und antwortet nach einer Denkpause: »Sagen Sie es mir.«

Was soll er ihr antworten? Er liebt es nicht, Entscheidungen zu treffen und Verantwortung zu übernehmen.

»Es gefiele mir, kämen Sie wieder zurück, aber ich würde es verstehen, wenn Sie mit Ihren Kindern zusammen sein möchten. Ich habe noch keine Vereinbarung mit Herrn Beroslav getroffen, darum fände ich es sicherer, wenn Sie bis dahin bei mir blieben.«

»Ich habe keine Angst vor Akim, er weiß, dass er sich mit mir zu arrangieren hat, will er an die Millionen kommen. Ich würde trotzdem gerne zurückkehren, weil es mir bei Ihnen gefällt. Nur für ein paar Tage. Das wäre wie Urlaub, es ist so friedlich und ruhig bei Ihnen.«

»Es ist schön, dass Sie sich bei mir wohlfühlen.«

Langsam wird es peinlich. So trinken sie Kaffee, besprechen belanglose Kinderthemen, und er freut sich innerlich über ihr Eingeständnis, denn erstmals in seinem Leben sagte jemand etwas Erbauliches zu ihm. So erscheint für ihn ein simples Lob in einem vollkommen neuen Licht. Es überkommt ihn ein seltsam wärmendes und ein berauschendes Gefühl. Ist dies nur Zufriedenheit, bereits Glück oder mischt sich da Liebe hinein? Blass kann sich die Frage nicht beantworten, wie sollte er auch.

»Ich gehe jetzt zur Arbeit. Wenn Sie Lust haben, dann lade ich Sie gerne zum Essen ein und hole Sie nach Feierabend hier ab.«

»Sie führen mich aus?«

»Ja, ich denke, einiges gut machen zu müssen. Ich weiß, mit einem Nachtessen ist dem nicht Genüge getan, aber es könnte ein Anfang sein.«

Endlich zeigt sich wieder ein Lächeln auf ihren Lippen, welches sogar bis zu den Augen reicht.

»Gerne. Ich freue mich und erwarte Sie nach Feierabend.«

Blass verabschiedet sich und geht zu Fuß ins Büro, wo er kurz vor Mittag eintrifft. Er wirft einen ungewohnt fröhlichen Gruß in die Runde, so dass es eine Weile dauert, bis ein irritiertes Echo zu vernehmen ist. Blass fragt sich, was in diesen Köpfen vor sich geht. Vermutlich nervt er sie mit seinen dauernden Launen und seinem sonderbaren Verhalten. Früher war er berechenbar, jeder Tag war deckungsgleich, man wusste, was man an Blass hatte, nämlich einen tugendhaften Mitarbeiter ohne emotionale Baustellen. Plötzlich hat sich das geändert, sein Verhalten ist sprunghaft, seine Gewohnheiten bröckeln, dauernd scheint er unter Druck zu stehen, und ihm widerfährt gewalttätiges Ungemach. Ist Blass selbst schuld an seinem Schicksal?, wird man sich fragen. Wiederum kann man sich kaum vorstellen, dass eine derart unspektakuläre Person das Ziel von etwas Bösem sein kann.

Er ignoriert die verstohlenen Blicke und vertieft sich in die Arbeit, bis er alleine im Büro sitzt. Hätte man ihm nicht einen schönen Abend gewünscht, er hätte den Feierabend verpasst. Nicht wegen der Arbeitslast, mehr wegen des bevorstehenden Rendezvous, dem ersten in seinem Leben, denn er ist nervös und war deshalb für die Ablenkung durch die Arbeit sehr dankbar. Er hat sich vorgestellt, mit ihr in eine nette Brasserie essen zu gehen, in kein allzu intimes Lokal, eines mit Leben, aber auch nicht zu laut. Er ruft an und reserviert einen Tisch. Dann fährt er den Computer herunter, löscht das Licht, schließt ab und schlendert zu Lisa.

VIERUNDFÜNFZIG

Er hätte es wissen müssen, dass sich Lisa für diesen Anlass speziell elegant anziehen würde, zumindest nach ihrem Maßstab. Kurz und eng der Ledermini, eine taillierte, weiße Bluse, schwarz der spitzenverzierte Büstenhalter, der sich frech durch den dünnen Stoff abzeichnet und in ihrem weit aufgeknöpften Ausschnitt die üppigen Brüste großzügig nach außen wölben lässt. Wäre sie nackt, sie würde nicht weniger präsentieren. Dazu trägt sie schwarze Sandaletten, deren Lederriemen bis unter die Knie geschnürt sind. Damit er auf dem Weg in die Brasserie die Blicke der Männer nicht ertragen muss, bestellt er ein Taxi, leider nicht das von Demir. Der hat bereits einen Fahrauftrag, aber der wärmstens empfohlene Kollege und Vetter mütterlicherseits, Murat, übernimmt die Fahrt mit sichtlicher Begeisterung.

Im Restaurant dauert es gute zehn Minuten, bis die Blicke und das Getuschel sich gelegt haben und er sich nicht mehr wie auf dem Präsentiertablett fühlt. Lisa genießt ihren Auftritt, sonnt sich vergnügt im Glanz ihrer körperlichen Vorzüge, die, und das weiß sie, Glück und Elend bedeuten. Auch Blass hat Freude an ihrem Anblick, denn nur ihm als ihr Begleiter steht das Recht zu, sie so direkt anzuschauen, ihr Gesicht zu mustern, verstohlen die Ansätze ihrer Brüste zu studieren und der zu sein, dem ihr Lächeln gilt. Je länger er sie kennt, desto mehr freundet er sich mit ihrer Art der Erscheinung an. Äußerlich den Anschein einer Prostituierten zu erwecken, aber keine zu sein, braucht großen Mut und die innere Überzeugung, dass der Schein nicht maßgebend ist. Es ist einfach ihr Stil. Heute hat sie dunkelroten Lippenstift und leichtes Rouge aufgetragen, die Wangen dezent gepudert und die Lider nachgezogen, was für Blass eine Ehre bedeutet, hat sie sich doch für den heutigen Abend speziell hübsch hergerichtet. Zudem erhält ihr eher fades Gesicht dadurch mehr Konturen und eine hübsche Sinnlichkeit.

»Haben Sie unterdessen Akim getroffen?«, fragt Lisa, nachdem sie mit einem Glas Riesling angestoßen haben.

Blass verzieht missmutig den Mund und antwortet: »Nein, er hat sich nicht gemeldet, was er eigentlich versprochen hat. Womöglich verlässt den starken Mann der Mut, jetzt, wo alles konkreter wird und immer näher rückt. Vielleicht schmieden sie andere Pläne. Ich kann mir nicht vorstellen, was sich in solch kranken Köpfen abspielt. Sie kennen ihn besser, was denken Sie?«

»Er ist verlogen, schlau, habgierig, gemein, skrupellos, gefährlich, egoistisch, aber keineswegs dumm. Was denkt so ein Mensch? Ich weiß es nicht, wenn er zaudert, dann wird es seinen Grund haben. Machen Sie sich Sorgen?«

»Sorgen weniger, eher Gedanken. Sie haben recht, er ist unberechenbar. Ich denke, einen Fehler verursacht zu haben. Er hat Blut geleckt respektive Geld gerochen und will nun mehr. Er glaubt, eine Quelle entdeckt zu haben.«

Die Bedienung tritt an ihren Tisch und unterbricht charmant ihre Unterhaltung, damit sie die Bestellung aufnehmen kann. Sie sind noch nicht so weit und die Kellnerin wartet geduldig, bis sie sich entschieden haben.

Lisas Neugier gewinnt sofort wieder die Oberhand, kaum verschwindet die Bedienung mit ihren Wünschen: »Und jetzt?«

»Nichts. Er wird sich melden, oder etwas wird geschehen. Wir dürfen uns von ihm nicht einschüchtern lassen, wir warten nur ab und behalten die Nerven. Vertrauen Sie mir.«

Sie wirkt aufgeregt, scheint nach Worten zu suchen und ringt sichtlich mit sich selbst, bis er fragend eine Augenbraue in die Höhe zieht und sie mit einem erwartungsvollen Blick herausfordert.

»Er wollte mich zu einem Geschäft überreden«, beginnt sie zögerlich zu erzählen. »Es ging genau um das, was Sie vermuten. Er will mit meiner Hilfe nicht nur mehr Geld aus Ihnen herausholen, er möchte alles. Ihr Vermögen, Ihr Haus, einfach alles.«

Blass nickt anerkennend.

»Respekt vor einem Mann, der sich nicht mit halben Sachen zufriedengibt. Die meisten aus seiner Welt hätten mein Angebot dankbar angenommen und das Geld kassiert. In der Not hätten sie noch ihre Großmutter offeriert. Ich glaube nicht bedingungslos an das Gute im Menschen, auf jeden Fall nicht, solange Geld im Spiel ist.«

»Es macht den leisen Anschein, als wollten Sie ihn in Schutz nehmen.«

»Nein, ich denke, das hätte er nicht verdient, und trotzdem habe ich Respekt vor ihm, da er bereit ist, für etwas zu kämpfen. Obwohl sein Handeln durchweg verwerflich ist, ja sogar menschenverachtend. Aber er ist wenigstens nicht scheinheilig. Er geht seinen Weg. Für Sie, mit den Erfahrungen, die Sie mit ihm gemacht haben, müssen meine Worte schrecklich klingen. Entschuldigen Sie bitte.«

Der Rotwein wird serviert, virtuos entkorkt und ihm zum Kosten eingeschenkt. Er nickt anerkennend und lächelt, während die adrette, junge Frau die beiden Gläser füllt.

Kaum sind sie unter sich, knurrt Lisa: »Sie entschuldigen sich schon wieder für etwas, wofür Sie sich nicht entschuldigen müssten. Akim würde sich nie entschuldigen.«

Blass hebt seine Hände, als wollte er sich ergeben.

»Eine alte Gewohnheit aus meiner devoten Zeit. Ich bemühe mich, mich zu bessern.«

»Devot? Hihi ... Diesen Begriff verstehe ich anders, aber vielleicht haben Sie ja geheime Neigungen, die mich nichts angehen.«

Blass kann ihre Worte nicht nachvollziehen, lächelt trotzdem, damit es nicht zu einer peinlichen Pause kommt.

»Darf ich Ihnen eine persönliche Frage stellen?«

»Herr Blass, ich bitte darum.«

»Sie hassen Herrn Beroslav, dennoch spüre ich bei Ihnen manchmal eine positive Haltung gegenüber ihm. Hassliebe wäre vermutlich nicht der passende Ausdruck, aber vielleicht etwas Ähnliches. Liege ich falsch?«

Als hätte man sie bei einer Unschicklichkeit ertappt, lächelt sie verlegen und antwortet mit vorsichtiger Wortwahl: »Sie sind ein aufmerksamer Beobachter und Zuhörer.« Sie stockt und hätte gerne einen Schluck vom Rotwein genommen, aber sie muss sich gedulden. »Ich gehöre zu jener Sorte Frauen, die es nicht schaffen, ihren Peinigern zu entkommen. Seltsam, ich weiß. Er ist ein Schwein, nützt mich schamlos aus, lässt mich von Hans schlagen, kann hingegen auch zärtlich und fürsorglich sein, zudem fickt er mich fantastisch. Derartige Männer sind mein Schicksal. Fürchterlich.«

Beim Wort ‚ficken' wird Blass rot, denn unwillkürlich ist ihm die Szene aus dem Badezimmer unangenehm präsent. Er erhebt das Glas, und sie stoßen an. Beide nehmen einen ausgiebigen Schluck.

»Aber er ist Ihnen nicht treu.«

»Ha, Treue? Ein Witz! Bei ihm weiß man immer, dass er nicht treu sein kann. Er hat nie falsche Versprechungen gemacht. Haben Sie das Gefühl, es hätte etwas mit Treue zu tun, wenn man zu dritt vögelt?«

Jetzt ist Lisa endgültig bei einem Thema angelangt, welches er auf jeden Fall meiden wollte, er aber durch seine persönliche Fragerei selbst provoziert hat. Er könnte sich in den Hintern treten.

»Aha«, mehr fällt ihm nicht ein.

Seine sichtliche Hilflosigkeit interpretiert sie als Aufforderung, weiter zu erzählen. »Aber er degradierte mich nie zur Nutte, verlangte nie Geld für mich. Er stellte mich oft als seine Freundin vor, und als ich hinter der Bar arbeitete, zahlte er mir immer einen anständigen Lohn und ließ mir sogar das Trinkgeld. Mein Ex-Mann war mit Abstand das größere Arschloch.«

Zwei ältere Frauen am Nebentisch blicken mit schockierten Augen in ihre Richtung, vermutlich haben sie das Gespräch verfolgt.

Aber Lisa ist in Fahrt: »Ich habe keinen anständigen Mann verdient, das habe ich mit meinem beschissenen Charakter selbst verschuldet. Darum verstehe ich es immer noch nicht, dass Sie so nett zu mir sind.«

In den Augen der beiden Frauen am Nachbartisch ist klar zu lesen, weshalb er so nett zu ihr ist.

»Ich bitte Sie, Frau Sterlinger, machen Sie sich nicht schlechter, als sie sind. Sie sind eine hervorragende Mutter, eine tolle Köchin, ein liebenswürdiger Mensch und eine wunderbare Gesellschaft.«

»Nett gemeint von Ihnen, allerdings ändert das nichts an der Tatsache, dass ich ohne Ihre Hilfe irgendwo in der Gosse gelandet wäre.«

Glücklicherweise werden die Vorspeisen serviert. Einen grünen Salat für ihn und ein Vitello tonnato für sie. Beide widmen sich dem Essen, während ihre Gedanken weiter kreisen. Das Lokal hat sich mittlerweile gefüllt, und der Lärmpegel ist so hoch, dass sie sich mit ihren Köpfen nähern müssen, wenn sie nicht schreien wollen.

»Wie geht es jetzt weiter? Konkret, meine ich«, fragt sie.

»Alltag bei mir zu Hause, bis die Vereinbarung unterzeichnet ist, dann entscheiden Sie, wie es weitergehen soll. Sie können bei sich wohnen oder Sie ziehen zu mir ins Haus, mit oder ohne Kinder. Ich werde mich zurückziehen, sobald alles geregelt ist.«

Lisa schluckt hart an ihrem Bissen, versucht, ihm dabei nicht in die Augen zu blicken, sonst liessen sich die Tränen kaum zurückhalten. Nur das nicht. Er ist sich dessen bewusst und respektiert ihr Schweigen. Manchmal schauen sie sich lange in die Augen, wie zwei Verliebte, deuten ein Lächeln an, senken ihre Blicke wieder auf das Essen und enttäuschen dabei die Frauen am Nachbartisch. Die leeren Teller werden abgeräumt, die Gläser nachgefüllt, und wenn es jetzt nicht anstrengend werden sollte, dann muss dringend jemand etwas sagen.

»Zurückziehen? So wie es die alten und kranken Indianer gewohnt waren zu tun?«

»Sie meinen in eine Höhle, um sich zum Sterben hinzulegen?«

»So was in der Art.«

»Hm ...«, sinniert er. Nach einer Weile meint er dann: »Diese Idee scheint mir nicht einmal so abwegig. Es müsste ja nicht zwingend eine Höhle sein, eine abgelegene Almhütte oder ein einsames Haus am Waldrand wäre durchaus passend genug.«

»Wollen wir nicht über die schönen Dinge des Lebens reden? Ich möchte Sie besser kennenlernen und wäre glücklich, wenn Sie mir eine erfreuliche Geschichte aus Ihrem Leben erzählen.«

»Wollen Sie sich wirklich langweilen?«

»Unbedingt!«

Er überlegt nicht lange, dann erzählt er: »Ich war dreizehn Jahre alt, da machten wir uns, meine Mutter und ich, auf den Weg nach Argentinien, meinen Vater besuchen. Er war bereits drei Monate dort und hatte sich geschäftlich so weit eingerichtet, dass er Zeit hatte, ein Haus zu kaufen, und sich wünschte, es mit uns einzurichten. Er vertraute den kreativen Fähigkeiten und dem feinen Geschmack meiner Mutter weit mehr als seinem Talent, welches auf das Wirtschaftliche beschränkt war. In dieser kurzen Zeit hatte er bereits zwei Weingüter und eine Rinderfarm erworben, investierte, sanierte, stellte Leute ein und knüpfte Handelsbeziehungen. Das konnte er, das war seine Stärke.

Nur hatten wir ein Problem, denn meine Mutter wäre nie in ein Flugzeug gestiegen. Wir schrieben das Jahr neunzehnhundertachtundsechzig, da war die Fliegerei eine Tortur, ein Ereignis, zudem hatte meine Mutter fürchterliche Angst. Also stiegen wir in den Zug nach Genua und gingen an Bord eines Linienschiffes mit dem Ziel Buenos

Aires. Für mich ein kolossales Abenteuer, eine Fahrt in die unendliche weite Welt. Das Schiff war riesig, und wir hatten eine luxuriöse Kabine, eigentlich eine kleine Wohnung mit einem Salon und zwei Schlafzimmern. Trotzdem war die Reise für manche an Bord eine Strapaze, vor allem dann, wenn Stürme mit unserem Schiff spielten, es hin- und herwarfen, die Leute krank werden ließen und man nichts mehr essen konnte, ohne es gleich wieder von sich zu geben. Ich hatte Glück, mir machte das nichts aus, im Gegenteil. Ich liebte es, diese Gewalt zu spüren, wenn ein Brecher den Bug eintauchen ließ, das ganze Schiff erzitterte, sich aufbäumte, um von Neuem wieder in ein Wellental zu fallen. Meine Mutter weinte und kotzte, während ich mich im Frontgang unter der Brücke am Geländer festhielt und durch das Fenster das wütende Meer bewunderte. Stundenlang, tagelang. Es war ein Ritt auf dem Teufel. Diese dreiwöchige Überfahrt hat mein Leben geprägt. Die Eintönigkeit und die Kraft des Meeres, dieses Ausgeliefertsein, aber auch der Kampf der Crew mit dem Schiff gegen einen übermächtigen Gegner. Ein Beweis für mich, dass man, wenn man nur will, sich nicht unterkriegen lassen muss. Eine kleine Geschichte aus meinem Leben, nichts Besonderes, für mich eine Erkenntnis.«

»Eine schöne Geschichte, allerdings kann ich zwischen Ihrer damaligen Erkenntnis und Ihrem heutigen Ziel, zu sterben, keinen logischen Zusammenhang herstellen.«

»Das betrachten Sie allzu oberflächlich. Glauben Sie mir, ich bin immer meinen Weg gegangen, egal was sich mir in den Weg stellte, darum habe ich das Recht auf ein anständiges Ende. Nächstes Jahr würde ich in Rente gehen, dann habe ich gar keine Funktion mehr in dieser Gesellschaft, außer, baldmöglichst zu sterben, damit ich die Staatskasse und den Rentenfonds nicht allzu sehr belaste.«

Langsam ist Lisa diesem Thema überdrüssig. Er wird immer ein Argument finden, welches sein Sterben in einem vernünftigen Licht erscheinen lässt.

»Sie sollten mir ein Kind machen, dann hätten Sie bis in Ihr hohes Alter eine wichtige Funktion.«

»Ja, möchten Sie denn ein weiteres Kind?«, fragt er voll naivem Erstaunen.

Lisas Blick lässt sich kaum interpretieren, funkelnd die Augen, als wäre sie wütend, fröhlich der Mund, als kämpfe sie gegen ein Lachen. Er ist verunsichert, so wie die beiden Damen vom Nachbartisch, welche die letzte, zu laut gestellte Frage verstanden haben. Erst mit Verzögerung registriert er den sarkastischen Unterton ihrer Bemerkung. Sie macht sich über ihn lustig.

»Nur wenn Sie mir ein Kind machen«, antwortet sie amüsiert und betont dabei das *Sie*.

Blass schaut hilfesuchend zu den beiden Damen, die ihm ermutigend zunicken, was ihn endgültig aus der Fassung bringt.

»Frau Sterlinger, ich bitte Sie, ich bin zu alt für eine Vaterschaft und eine Ehe.«

»Wer spricht denn von einer Ehe? Man kann vögeln und Kinder bekommen, ohne verheiratet zu sein. Wissen Sie das nicht?«

»Trotzdem fühle ich mich solch einer Aufgabe nicht gewachsen.«

»Welcher? Dem Vögeln oder dem Vatersein?«

Mit der letzten Frage wird der Hauptgang aufgetragen, worüber Blass sehr angetan ist, nicht nur aus kulinarischer Sicht. Sie bekommt ein Cordon bleu mit Pommes allumettes, und er hat sich einen Seeteufel an einer Weißweinsauce mit wildem Reis ausgesucht. Die ansonsten gesprächige Bedienung gibt sich wortkarg, nachdem sie den letzten Satz der Unterhaltung mitbekommen hat, und fürchtet, dass ein Beziehungsdrama seinen Lauf nehmen könnte. Oft hatte sie erlebt, wie Menschen ihre Umgebung vollkommen ausblenden, wenn sie sich in einen Konflikt steigern und sich zu guter Letzt den Wein ins Gesicht schütten. Eine erhebliche Herausforderung war es, nach solchen Eskalationen die Zeche einzukassieren. Was allerdings die beiden angeht, hat sie Hoffnung, denn es fehlt an dem Tisch eine aggressive Aura. Sie sind zu friedlich, und in ihren Gesichtern leuchtet dezent das Glück.

»Frau Sterlinger, Sie wissen sehr wohl, dass mich Ihre rüde Ausdrucksweise irritiert. Die angesprochenen Aktivitäten oder Verantwortungen werden in meinem Leben kaum je eine Rolle spielen. Zu beidem bin ich nicht geschaffen oder zu alt.«

Lisa kann ein Grinsen nicht verbergen, entgegnet aber nichts, da sie genussvoll das Fleisch kaut. Dann nimmt sie einen Schluck Wein, der ihr bereits leicht in den Kopf steigt, und sucht nach einer passenden Bemerkung. Liebend gerne würde sie jetzt mit ihm das Thema Sex vertiefen, so richtig versaut und hemmungslos, nur um ihn in Verlegenheit zu bringen und die Weiber von nebenan zu schockieren. Das wäre jetzt mit Akim ein besonderes Vergnügen gewesen. Sie hätten offen über Analsex debattiert und gleichzeitig genüsslich gegessen. Keine Option für eine Unterhaltung mit Blass.

»Sie machen sich älter, als Sie sind. Heutzutage sind Leute in Ihrem Alter auf dem Zenit ihres Lebens. Man hat dank der Medizin noch viele Jahre vor sich, hat genug Geld, und die Welt steht einem grenzenlos offen. Keiner schaut mehr entrüstet, wenn Sie sich plötzlich als Vater oder als schwul bekennen würden.«

»Mit anderen Worten ausgedrückt, kann man sich sogar im gesetzten Alter unangemessen benehmen. Meiner Meinung nach hat alles seine Zeit, außerhalb davon wirkt es affektiert, unnatürlich und kompensierend.«

»Könnten Sie einer miesen Schülerin den Begriff ‚affektiert' erklären?«

»Gekünstelt, eine auf arrogante Weise erzwungene Natürlichkeit. Wenn man etwas darstellt, was man nicht ist.«

»Ja, das machen die meisten Leute. Das Leben ist eine Bühne, jeder versucht, seine Rolle bestmöglich zu spielen.«

Er hat den Mund voll und will den zarten Bissen nicht herunterwürgen, darum kommentiert er ihre Ansicht erst, nachdem er heruntergeschluckt, sorgfältig den Mund abgewischt und am Wein genippt hat: »Ihre philosophische Betrachtung des Daseins hat viel Wahrheit in sich, da muss ich Ihnen zustimmen. Für mich ist das sogar eine der größten Missverständnisse der Gesellschaft. Alle sind der Meinung, dass die Menschen so sind, wie sie sich geben. Irrtum, meine Liebe. Darum empfinde ich die unverschämte Direktheit von Herrn Beroslav als erfrischend. Er wirkt zumindest authentisch, auch wenn er kein moralisch vorbildlicher Mensch ist.«

Schweigsam essen sie weiter, denn es schmeckt exzellent und beide mögen keine erkalteten Speisen. Aber es ist durchaus eine angenehme Ruhe, sie gibt ihnen die Gelegenheit, die Gedanken zu ordnen. Es beginnt zu regnen. Unvermittelt heftig trommeln die Tropfen gegen die Scheiben, die Menschen auf der Straße suchen Schutz. Ein Sommergewitter ohne Blitz und Donner.

»Wir können uns Zeit lassen. So, wie es regnet, würden wir bis auf die Haut nass werden.«

»Soll ich noch Wein bestellen?«, fragt er.

Sie nickt, denn die Flasche und die Gläser sind leer, aber die Teller nicht. Er bestellt, wie die Bedienung an ihrem Tisch vorbeirauscht.

»Schade, ich dachte, wir könnten nach dem Essen einen kleinen Spaziergang machen und erst später das Taxi nehmen.«

»Oh, Herr Blass, Sie haben eine romantische Seite. Mich zum Essen auszuführen und dann noch ein Spaziergang!«

»Romantik war nicht mein Beweggrund. Es geziemt sich einfach, und vermutlich ist es in Ihren Augen alte Schule. Aber es wäre mir eine Freude.«

»Alte Schule passt zu Ihnen, sie sind ja an sich sehr altmodisch. Wir könnten noch in einer Bar einkehren, um einen letzten Drink zu nehmen. Ich wüsste wo.«

Blass zeigt eines seiner seltenen Grinsen, bevor er eine sorgsam gehäufte Gabel mit Fisch in den Mund schiebt.

Das Essen scheint ewig zu dauern, übertrieben gemächlich zelebrieren sie jeden Bissen, was Lisa erst gelernt hat, seit sie mit Blass zusammen ist. Mit den Kindern ist Essen mit Hektik verbunden, und ihr Ex-Mann und Akim waren Schlinger. Essen hat mit Blass eine neue Dimension bekommen, nicht nur aus kulinarischer Sicht, mit den erlesenen Zutaten und den vorzüglichen Weinen, auch durch seine gepflegten Tischmanieren, die Gespräche und das Verweilen. Kein hastiges Aufstehen und Verschwinden, während man den letzten Bissen kaut, kein Fernseher, der nebenbei läuft.

So nehmen sie sich Zeit für den Wein, bestellen sich zwei Espressi, zwei Crèmes brulées und verlassen das Lokal kurz nach halb elf. Der Regen hat längst wieder aufgehört, die Hitze des Tages ist immer noch zu spüren, bringt den Asphalt zum Dampfen. Eine seltsame, mystische Stimmung.

»Dann überlasse ich Ihnen gerne die Führung, wenn Sie ein Ziel ausgesucht haben.«

Sie nickt und hakt sich bei ihm ein.

Die Straßen sind menschenleer, als hätte der Regen alles Leben davon gespült, einzig ein später Linienbus rumpelt gemächlich den Berg runter Richtung Rhein. Sie wählt den Weg durch die engen Gassen der Altstadt, düster beleuchtete Treppen hinunter, über Plätze wie Hinterhöfe, über die Brücke, ein Stück den Rhein entlang, in eine kleine Seitengasse, wo eine schummrige Bar noch offen hat. Dieser Spaziergang tut ihnen gut und hat den Alkohol in ihren Köpfen etwas neutralisiert, trotzdem wanken sie immer leicht. Lisa erzählte unentwegt, von ihrer einzig erfreulichen Zeit in ihrem bisherigen Leben, der Kindheit. Hier war sie aufgewachsen, nicht sehr behütet, ein wenig wie ein Straßenkind, zusammen mit den Sorgenkindern aus dem Waisenhaus, frech und keine Leuchte in der Schule. Sie war nie ein hoffnungsloser Fall, immer leicht auf der Kante, aber sie stürzte nie ab, weder in die Drogen noch in die Prostitution. Von allem hatte sie gekostet, von nichts wurde sie abhängig. Sie liebte den Rhein, in dem sie jeden Tag schwimmen ging, außer im Winter oder wenn das Wasser zu reißend war, kannte die alten Männer, die die Fähren steuerten und sie immer kostenlos mitfahren ließen. Am Rheinbord verlor sie in einer lauen Sommernacht ihre Unschuld. Es waren unzählige Geschichten, die sie zu erzählen wusste, aber keine brachte sie zu Ende, sie schweifte ab, ereiferte sich über alles, was früher besser war, und Blass sog ihre Worte auf wie ein trockener Schwamm.

»Was darf es sein?«, fragt der glatzköpfige Barkeeper mürrisch, vermutlich leicht verärgert darüber, dass so spät noch Gäste kommen.

»Zwei Whisky, Glengoyne, achtzehn Jahre alt, ohne Eis, bitte.«

Das trifft den Barkeeper tief in seiner Ehre.

»Halten Sie mich für einen Barbaren? Achtzehn Jahre alten Glengoyne mit Eis? Leider habe ich keinen mehr, der, den sie da stehen sehen, ist ein Fünfzehnjähriger. Ich hätte einen Fünfundzwanzigjährigen, aber da kostet das Glas dem Alter entsprechend.«

»Das soll es uns wert sein. Bitte geben Sie uns von dem Fünfundzwanzigjährigen.«

Der Barkeeper findet die Flasche versteckt hinter den anderen, von wo er sie nur selten hervorholt, und schenkt ihnen zwei Gläser ein. Er hat sich wieder mit seinen späten Gästen versöhnt, denn die solchen Whisky lieben, können keine schlechten Menschen sein.

»Zum Wohl!«

Blass und Lisa heben zum Dank ihr Glas in seine Richtung und nehmen einen Schluck. Beide verdrehen genussvoll die Augen und kippen gleich nochmals nach.

»Herr Blass, jetzt könnte ich mich mit viel Freude besaufen. Es gibt wenige Abende im Leben, die derart vollkommen sind, dass sie es wert sind, als Besäufnis des Jahrhunderts zu enden. Ich weiß, das ist nicht seriös, was ich von mir gebe, aber haben Sie schon einmal einen denkwürdigen Abend erlebt, an dem nur Mineralwasser getrunken wurde?«

Ihre Artikulation ist trotz Spaziergang etwas ungenau, aber die Worte sind dennoch klar verständlich.

»Liebe Frau Sterlinger, da kann ich Ihnen nur beipflichten. Ein gepflegtes, ich betone, ein gepflegtes Besäufnis hat Kultur und trägt viel zur allgemeinen Verständigung bei. Selten sind sich die Menschen so einig wie im Suff.«

»Das ist doch vollkommener Mist! Genauso oft streitet man sich im Suff. Egal, aber man sagt auch, dass jeder im Suff die Wahrheit sagt. Das finde ich, ist wichtig, die Wahrheit!«

»Liebe Frau Sterlinger«, mittlerweile sind die Gläser leer, die Zungen schwer, »da sprechen Sie die Wahrheit!«

»Lieber Herr Blass, Sie gehen mir mit Ihrem *Liebe Frau Sterlinger* gewaltig auf den Keks. Wäre es nicht an der Zeit, dass wir uns beim Vornamen nennen?«

Bevor Blass antworten kann, wendet sie sich dem Barkeeper zu und ruft: »Hei, mein lieber Freund, können Sie uns nochmals die Gläser füllen?«

Der Barkeeper verdreht amüsiert die Augen und freut sich auf die Zeit bis zum Feierabend, denn er kennt solche Situationen zu Genüge.

Nachdem die beiden gefüllten Gläser auf dem Tresen stehen, ergreift sie feierlich ihr Glas und sagt mit viel Pathos: »Lieber Herr Blass, es wäre mein innigster Wunsch, dass wir uns beim Vornamen nennen würden.«

»Liebste Lisa, ich heiße Balthasar, und es ist mir eine große Ehre, dich mit Lisa ansprechen zu dürfen.«

»Balthasar, danke!«

Der Barkeeper hat sich in den hinteren Bereich verzogen, er kann sich dieses besoffene Gesülze nicht mehr länger anhören.

Die beiden stoßen an, und aus überschäumender Freude geben sie sich drei Küsse auf die Wangen. Alles, aber wirklich alles wäre in diesem Augenblick wunderbar gewesen, wenn nicht Akim und Hans die Bar betreten hätten.

Mit Ausnahme des Barkeepers sind alle perplex, erstarrt, und es würde absolute Stille herrschen, wenn nicht Nick Cave mit Kylie Minogue leise aus den Lautsprechern krächzen würden. Betrachtet man die Gesichter, dann ist diese Begegnung für alle echt überraschend. Und während der ersten Schrecksekunde stellt sich vermutlich jeder die Frage, wie hoch die Wahrscheinlichkeit ist, dass man sich per Zufall mitten in der Nacht in einer einsamen Bar trifft. Es gibt genügend ähnliche Etablissements in dieser Stadt, warum gerade hier?

Hans bleibt an der Türe stehen, während Beroslav hinter die Theke schlendert und zwei Gläser Bier zapft. Der Barkeeper kommt aus dem Hintergrund hervor, stellt sich zu ihm hin und sagt: »War nicht viel los heute. Wollte schon Schluss machen, als diese beiden Gäste kamen.«

»Okay Bernie, lass gut sein. Mach Feierabend, ich kümmere mich um diese Gäste.«

»Danke, Boss.«

Er verschwindet wieder im düsteren Nichts und kommt wenig später mit einer Tasche und einer Lederjacke unter dem Arm zur Theke, gibt Beroslav einen freundschaftlichen Klaps auf die Schulter, nickt den beiden Gästen zu und verabschiedet sich: »Na dann, gute Nacht allerseits.«

Er klatscht bei Hans ab und verschwindet hinaus in die ausgestorbene Gasse.

Es herrscht drückende Stille, nur die musikalische Begleitung hat zu Jamie Cullum gewechselt. Wenigstens haben die letzten Minuten für nüchterne Köpfe bei Blass und Lisa gesorgt.

»Sie werden es uns kaum glauben, wenn wir behaupten, nicht gewusst zu haben, dass diese Bar Ihnen gehört«, bemerkt Blass.

»Das fällt mir schwer, denn es passt nicht zu Ihrer akkuraten Art. Im Handelsregister hätten Sie festgestellt, dass ich drei gastronomische Betriebe besitze. Sie enttäuschen mich mit Ihrer Unwissenheit, Herr Blass.«

Blass ärgert sich über diese Unterlassung, ein fataler Fehler, wenn man seinen Gegner kennen will. Beroslav stellt die beiden Biergläser auf die Theke, und als wäre es ein Zeichen gewesen, humpelt Hans zu ihnen hin und nimmt umständlich auf einem Hocker Platz. Erst jetzt im Lichtkegel der Barbeleuchtung schaut man sich an und keiner weiß, was er sagen soll. Keiner ist auf diese Begegnung vorbereitet. Die Szene hat etwas Surreales an sich, erinnert an ein Schauspiel von Dürrenmatt.

Blass schielt zu Hans und sagt: »Verzeihen Sie, wenn ich Sie Hans nenne, aber ich kenne Ihren Nachnamen nicht.«

»Betschardt mit dt am Schluss.«

»Herr Betschardt, ich hoffe, Sie betrachten es nicht als Provokation, aber ich möchte mich gerne nach Ihrem Befinden erkundigen und betonen, dass es mir leidtut. Ich wollte nicht, dass es so weit kommt. Leider blieb mir keine andere Wahl.«

Man sieht förmlich, wie es in Hans brodelt, wie er sich nur mit Mühe beherrschen kann und dass nur die Anwesenheit von Beroslav einen unkontrollierten Ausbruch verhindert.

Seine Augen sprechen aber eine andere Sprache als jene, mit denen er dann antwortet: »Schwamm drüber, reden wir nicht mehr über diesen Kratzer.«

»Schön zu sehen, wie ihr euch wieder liebhabt«, kommentiert Beroslav mit triefendem Sarkasmus. »Aber um sogleich zum Thema zu kommen – die Gelegenheit dazu scheint perfekt –, wollen wir Ihnen doch mitteilen, dass wir bei unserer Forderung von zwei Millionen bleiben werden. Das ist das letzte Wort.«

Blass nickt anerkennend und überlegt nur kurz: »Mein Gegenangebot auszuschlagen, zeugt von Mut. Wenn ich jetzt die Verhandlung abbreche, dann haben Sie rein gar nichts, und so, wie ich den Geschäftsgang Ihrer Kneipen einschätze, wären Sie einer kleinen finanziellen Spritze nicht abgeneigt. Klein beizugeben kommt nicht in Frage, das geht gegen Ihren Stolz, den ich übrigens bewundere. In der Vulgärsprache hieße das: Sie haben Eier! Aber seien Sie sich im Klaren, auch ich habe Eier.«

Beroslavs Lächeln fällt dünn aus, als hätten Blass' Worte einen wunden Nerv getroffen.

»Ich messe mich gerne mit Gegnern auf Augenhöhe«, knurrt er sichtlich angefressen. »Ich denke, Sie werden es sich nochmals überlegen, denn leichter lassen sich Ihre Probleme nicht lösen. Es wäre ärgerlich, wenn es statt weniger plötzlich mehr Probleme gäbe.«

»Oh, hat sich da eine kleine Drohung eingeschlichen?«

»Haben Sie das Gefühl, so einfach zur Tagesordnung übergehen zu können? Sie haben einen blutigen Köder ins Haifischbecken geworfen, da dürfen Sie sich nicht wundern, wenn darum gestritten wird.«

»Ein fraglos passendes Bild. Nur scheint mir diese Metapher dramatisch überspannt. Das Geschäft ist geplatzt, unsere Berührungspunkte werden sich auflösen, und damit hat sich eine etwas kuriose Geschichte erledigt.«

»Wenn ich Sie richtig verstehe, dann werden Sie und Lisa nachher aus meiner Bar laufen und der Meinung sein, dass alles wieder so ist wie früher.«

»Ja, wieso nicht?«

»Weil wir Sie nicht in Ruhe lassen werden.«

»Dann werden wir dies zur Kenntnis nehmen und sind neugierig, wie Sie das zu bewerkstelligen gedenken. Komm, Lisa, wir machen uns auf den Heimweg. Gute Nacht die Herren.«

Blass legt einen übertrieben großzügigen Geldbetrag auf die Theke, man nickt sich kühl zu, und die beiden verlassen die Bar. Vor der Tür atmen sie tief durch, als bräuchten sie dringend Sauerstoff.

»Komm, lass uns zu Demirs Standplatz laufen, vielleicht hat er Zeit für uns. Ich muss nachdenken.«

Lisa stimmt zu und hakt wieder bei ihm ein, dann schlendern sie zum Rhein, der sich träge und schwarzglänzend talwärts wälzt. Sie schmiegt sich ein wenig enger an ihn, schließlich sind sie jetzt per du.

»Was hast du denn da Hartes in deiner Jackentasche?«

»Nur meine Pistole.«

FÜNFUNDFÜNFZIG

Es war Murat, der sie nach Hause fuhr, denn Demir hatte seine Schicht gewechselt. Also ließ Blass Demir ausrichten, dass er ihn am Morgen um sechs Uhr vierzig bei sich zu Hause erwartet. Ansonsten war es eine schweigsame Heimfahrt, denn Lisa war, übermannt vom Alkohol, an seinen Schultern eingeschlafen. Es war halb eins, als sie in ihre Betten sanken.

*

Pünktlich auf die Minute hält Demirs Taxi vor dem Tor, und Blass muss nur noch einsteigen. Heute setzt er sich neben Demir.

»Guten Morgen, Herr Blass.«

»Guten Morgen, mein lieber Herr Demir. Ein herrlich sonniger Tag erwacht, und Sie bringen mich ins Büro, das wird ein feiner Tag.«

»Sie scheinen ja bester Laune zu sein, das freut mich.«

»Ja, wahrlich. Ich habe an Einsichten und Erfahrungen gewonnen, zudem habe ich heute Nacht eine Entscheidung getroffen. Eine, bei der ich Ihre Hilfe brauche.«

»Wenn ich Ihnen helfen kann, dann werde ich das mit großem Vergnügen tun.«

»Die Zeit ist jetzt gekommen, dass wir Beroslav und Hans in den Arsch treten.«

Ein diebisches Grinsen erscheint auf Demirs rundlichem Gesicht, während er konzentriert auf den Morgenverkehr achtet.

»Haben Sie an einen bestimmten Tritt und an einen gewissen Effekt gedacht?«

»Nein. Mir widerstrebt Gewalt, das sollten Sie wissen, aber ein dezenter Tritt mit nachhaltiger Wirkung dürfte es schon sein. Haben Sie eine Idee, Geld spielt keine Rolle.«

Demir überlegt und sagt nach einer Weile: »Geben Sie mir etwas Zeit. Sie wissen, wir sind von diesen Kerlen nicht angetan, darum werden wir gerne helfen. Aber über das Vorgehen muss ich mit meiner Familie beraten. Ich melde mich heute Abend, einverstanden?«

»Das passt. Ich werde zu Hause sein.«

Den restlichen Weg verbringen sie schweigsam in Gedanken versunken.

Wie Blass aus dem Taxi steigt, kommt Maria um die Ecke gebogen. Sie nimmt ihn wahr und wartet am Eingang auf ihn.

»Es gibt wohl keine Gewohnheit mehr, mit der Sie in letzter Zeit nicht gebrochen haben. Ich nehme an, mit dem Taxi sind Sie bis heute noch nie zur Arbeit erschienen. Guten Morgen, Herr Blass.«

»Guten Morgen, Frau Stetholm. Wie wahr Ihre Vermutung doch ist. Aber es war kein normaler Taxidienst, denn Herr Demir ist ein Freund von mir, und wir hatten etwas zu besprechen.«

Sie lächelt ihn an und mustert ihn von der Seite, denn ihre innere Stimme sagt ihr, dass dieser Mann heute eine andere Ausstrahlung hat. Nicht dass sich sein Äußeres verändert hätte – er hat sich auch heute wieder grässlich angezogen – nein, es ist seine optimistische, fröhliche Haltung, die ihm einen schwungvollen Gang und einen positiven Ausdruck verleiht.

»Wenn Sie heute einmal Zeit für mich hätten, wäre ich froh, zudem sollte ich am Nachmittag frei haben. Geht das in Ordnung?«

Unterdessen sind sie im Büro angelangt, und beide bringen ihre Rechner zum Laufen, während sie sich munter über die Trennwände hinweg unterhalten.

»Herr Blass, wie oft muss ich Ihnen erklären, dass Sie die nächsten drei Monate freimachen könnten, möchten sie all Ihre Urlaubstage, die Ihnen zustehen, mit einem Mal beziehen. Kein Thema, nehmen Sie sich die Zeit.«

»Danke, Frau Stetholm, sehr nett.«

»Und Zeit habe ich immer für Sie.«

»Wunderbar, danke.«

»Bitte!«

Es ist ein beschwingtes Hin und Her, welches verebbt, wie sich jeder in seine Arbeit vertieft. Erst zehn Minuten später schaut Blass um die Ecke und fragt nach Kaffee. Sie nickt eifrig.

Während er den Kaffee serviert, fragt sie: »Herr Blass, ich kann mich nicht erinnern, dass Sie mich je um Zeit für ein Gespräch gebeten haben. Muss ich mich sorgen?«

»Nein, überhaupt nicht. So wichtig ist mein Anliegen auch wieder nicht.«

Sie schaut ihn skeptisch an, wohlwissend, dass sich sein Maßstab nicht mit anderen vergleichen lässt.

»Wollen wir nicht jetzt reden?«, fragt sie ungeduldig.

»Zehn Uhr wäre besser. Ich habe vorher noch einige Telefonate zu tätigen. Vielleicht sollten wir dann einen kleinen Spaziergang machen.«

Sie nickt, aber gleichzeitig ahnt sie Böses, nein, sie ahnt nicht, sie weiß, dass er ihr etwas Einschneidendes mitzuteilen hat. Das macht sie schwermütig. Genau jetzt, nachdem sie sich von Roman getrennt hat, kann sie weitere Veränderungen und Tragödien nicht gebrauchen. Ihre Verzweiflung ist akut, denn Roman hat sich seither nicht einmal gemeldet, als wäre ihm das Ende ihrer langjährigen Beziehung egal. Vermutlich wälzt er sich mit einer seiner Studentinnen im Bett. Sie findet ihre Gedanken schwachsinnig, trotzdem nagen sie an ihrer Laune und an ihrem Selbstwertgefühl. Und jetzt kommt zu allem noch Blass mit irgendeinem bescheuerten Anliegen. Mist, verdammter!

Die Zeit bis zehn Uhr vergeht etwa so zäh wie alter Kaugummi unter der Kirchenbank, und Herbert wie Annemarie haben auch keinen herausragenden Tag. Punkt zehn steht Blass vor Marias Schreibtisch, und sofort erhebt sie sich, nimmt ihre Jacke, und gemeinsam verlassen sie das

Büro. Wie selbstverständlich laufen sie hinunter zum Rhein, wo sie sich auf eine Bank setzen und erst einmal gemeinsam in den Rhein starren. Keiner hat den Mut zu beginnen, jeder sucht einen angemessenen Einstieg.

»Es ist an der Zeit, ich werde aufhören zu arbeiten«, sagt er überfallartig. »Wenn ich die Vertragsbedingungen und mein Guthaben an Urlaubstagen betrachte, dann könnte ich mich heute von Ihnen verabschieden. Aber ich werde zuerst die begonnenen Arbeiten beenden, den Tisch räumen und erst Lebewohl sagen, nachdem alle Formalitäten erledigt sind.«

Maria hat nicht einmal mit der Wimper gezuckt, glotzt wie versteinert auf die Wasseroberfläche. Sie hat etwas geahnt, aber doch nicht gleich sowas. Sie fühlt sich plötzlich leer und fragt sich, ob jetzt ihr Leben auseinanderzubrechen droht. Stück für Stück löst sich ihre Vergangenheit auf, und zu der gehört auch Blass. Wie ein mächtiger, alter Baum, den man umhaut. Sein Leben lang stand er da, spendete Schatten, gab den Vögeln ein Zuhause, schützte vor Wind und Wetter, gab ihnen allen Sauerstoff zum Atmen, und auf einmal ist er weg. Es geht auch ohne ihn, aber er wird fehlen. Gerne hätte sie mehr Blass gehabt, und ausgerechnet jetzt macht er sich vom Acker. Sie fühlt sich im Stich gelassen und kämpft schwer gegen die Tränen.

»Sie zum Bleiben zu überreden, ist wohl sinnlos.«

»Ja.«

Sie starrt weiterhin ins Wasser.

»Warum denn so plötzlich?«, fragt sie nach einer Weile.

»Die ist Zeit reif. Ich habe eine Mission, was sich albern anhört, die mir aber ein wichtiges Anliegen ist. Dafür brauche ich die mir verbleibende Zeit.«

»Sie reden kryptisch und ohne Logik. Ihnen bleibt doch noch so viel Zeit.«

»Sie mögen recht haben, trotzdem bin ich mir sicher, dass der Moment gekommen ist. Meine Entscheidung ist weder vernünftig noch nachvollziehbar, aber sie ist das Produkt reiflicher Überlegungen und Ausdruck meines festen Willens.«

»Ich weiß, Sie sind unabhängig, und kein Mensch kann Sie zu braver Vernunft zwingen. Egal, was Sie mit Ihrer Mission beabsichtigen, ich denke, sie ist wichtig. Ich bewundere Sie, ich mag Sie und beneide Sie darum.«

Blass spürt ihre Traurigkeit und fühlt sich plötzlich schuldig, aber auch hilflos. Wie blieb ihm verborgen, dass er Maria etwas bedeuten könnte? Da lebte er sein abgesondertes Leben, und jetzt, am Scheitelpunkt, stellt er fest, dass er das meiste nicht verstanden, einiges nicht erkannt und vieles falsch gedeutet hat. Maria war seine geheime Liebe, seine unerreichbare Göttin, all die Jahre hat er sie verehrt, und jetzt, wo sein Entschluss feststeht, offenbart sie ihm ihre Bewunderung. Er ist doch nicht inexistent. Maria und Lisa haben ihm in wenigen Wochen die Augen geöffnet.

»Mission ist ein starkes Wort, und ich will diesen Begriff nicht missbrauchen, vielleicht sollte ich besser von einem Plan reden. Ein Plan, den ich mir seit Längerem zurechtgelegt habe, der wie im Theater ein Schlussakt, ein großes Finale ist. Das ganze Schauspiel hat keine Dramatik, wenn das Ende nicht der Höhepunkt ist.«

»Ich verstehe Sie nicht, und das tut mir leid.«

»Macht nichts. Lassen Sie mich gehen, und ich werde Ihnen dafür ewig dankbar sein.«

»Ich lasse Sie gehen, kein Thema, aber Sie werden mir unendlich fehlen.«

Sie stehen auf und gehen schweigend den Rhein entlang, die Köpfe auf den Boden gerichtet, wissend, dass dies der Augenblick für die letzten wichtigen Worte wäre.

Maria kann sich nicht zurückhalten: »Werden Sie von hier weggehen?«

»Ja.«

»Alleine?«

»Ja.«

Was geschieht mit Ihrem Besitz, dem Grundstück, dem Park und der Villa?

»Ich werde alles notariell regeln, aber in erster Linie wird Lisa mit ihren Kindern dort wohnen. Sie darf es nicht verkaufen oder zerstören, sie kann es sanieren, renovieren und sanft umbauen, aber der Charakter dieses Anwesen muss erhalten bleiben.«

»Sie sind sehr großzügig.«

»Das ist relativ. Für manche Leute bedeutet Besitz Reichtum, Unabhängigkeit, für mich ist es Ballast. Für meine Zukunft brauche ich nur Handgepäck. Lisa soll für die übertriebene Härte, mit der sie vom Leben angepackt wurde, entschädigt werden, sie hat es verdient.«

»Kommen Sie eines Tages wieder zurück?«

»Ich weiß es nicht.«

Bereitwillige Antworten, die vieles offenlassen. Er könnte den Jakobsweg laufen, sich auf eine Insel in Thailand zurückziehen, auf einer Alp Schafe züchten, die Welt bereisen oder jeden Tag am Rhein sitzen und ins Wasser starren.

Nach einer unendlich langen Pause bemerkt sie dann beinahe geschäftlich: »Ich benötige eine schriftliche Kündigung, irgendein kleines Schreiben für die ordentliche Administration.«

»Ich habe es vorbereitet und werde es Ihnen übergeben, wenn wir zurück im Büro sind. Ich werde auch mit Annemarie und Herbert reden.«

Sie nickt tapfer, trotz den wässerigen Augen, dann laufen sie schweigend weiter.

Zurück im Büro erledigt er, was erledigt werden muss, und ist erstaunt, dass um dreizehn Uhr, mit dem Ende der Mittagspause, auch sein Arbeitsleben der Vergangenheit angehören wird. Es waren noch harte Momente zu überstehen, denn Annemarie und Herbert waren genauso wenig vorbereitet wie Maria, nur fehlte ihnen jegliches Verständnis für seine Entscheidung, zudem hatten sie ihre Emotionen gar nicht im Griff. Es gab Tränen, verzweifelte Umklammerungen, geschluchzte Beteuerungen und neugierige Fragen, auf die er allerdings nur belanglose Antworten fand.

Dann erledigt er einige kleine unerledigte Angelegenheiten, denn Maria hat darauf bestanden, dass er alles so liegen lassen soll, wie es liegt, und er sein Lebenswerk so beende, wie er es wünsche. Ein schnelles Ende kommt ihm gelegen. So benötigt er nur einige Minuten, um die wenigen persönlichen Gegenstände auf und in seinem Schreibtisch zu sammeln und in den Aktenkoffer zu verstauen. Seine Spuren sind wahrlich bescheiden und derart schmucklos, dass man sie kaum wahrnähme, ließe er sie zurück.

Dann verlässt er das Büro, welches mit einem Mal nicht mehr seines ist, verabschiedet sich von allen herzlich, zuletzt von Maria, die ihn bittet, nochmals vorbeizukommen, denn sie bräuchte gemäß der Personalabteilung einige Unterschriften von ihm.

»Ich rufe vorher an. Wir könnten uns ja in einem Café treffen.«

Sie ist einverstanden, dann geben sie sich die Hand, und er verlässt das Büro, ohne zurückzuschauen. Es ist dreizehn Uhr fünfundzwanzig, und draußen scheint die Sonne.

SECHSUNDFÜNFZIG

Wie in Trance läuft er durch die Stadt und staunt immer noch über die Wirkung seiner Entscheidung. Er war sich nicht bewusst, was Abschied zu bedeuten hat. Genau genommen war dies sein erstes wirkliches Abschiednehmen in seinem Leben, lässt er den Tod der Eltern einmal außer Acht. Es kam kaum jemand in sein Leben, darum ging auch kaum jemand aus seinem Leben.

Er hat sich vorgenommen, nach Hause zu laufen. Eine Stunde sollte reichen, um seine Gedanken zu ordnen und die Gefühle wieder etwas herunterzufahren, welche ihm ungewohnt heftig zu schaffen gemacht haben. Er wusste, dass der Abschied von Maria für ihn nicht einfach werden wird, aber dass sie selbst damit zu kämpfen hatte, irritiert ihn sehr. Hat sie stärkere Sympathien für ihn, als er es sich je hätte vorstellen können? Waren Andeutungen der letzten Wochen mehr als nur scherzhafte Bemerkungen unter Alkoholeinfluss? War das ein Anflug von Interesse an ihm, nachdem sie mit Roman Schluss gemacht hat? Hat sie sich vielleicht sogar wegen ihm von Roman getrennt?

Er muss über seine debilen Gedankengänge lächeln und bucht sie sofort unter Realitätsverlust aufgrund emotionaler Überreizung ab. Er ist sich seiner mangelnden Ausstrahlung bewusst, ergo kann eine Frau wie Maria kaum Gefallen an ihm finden, außer sie wäre seltsam veranlagt.

Er verdrängt das Vergangene und wendet sich der nahen Zukunft zu, denn es gilt Lisa beizubringen, dass er den ersten Schritt getan hat. Es wird ihr nicht gefallen. Sie wird es als den Anfang vom Ende deuten, was es ja auch ist.

*

Der Weg führte ihn, nachdem er das Büro verlassen hatte, zu Erhard Peltzer, seinem Notar, um mit ihm während zwei Stunden den Nachlass zu regeln und die Schenkung zu formulieren. Peltzer war vorbereitet, und weil er seit jeher die familiären Angelegenheiten begleitete, wusste er bestens Bescheid und konnte ihn entsprechend beraten. Blass verschwieg sein eigentliches Vorhaben.

Nicht mit einer Silbe wollte Peltzer ihn von seinem Plan abbringen, wunderte sich vermutlich auch nicht über diesen. Einzig beim Abschied verharrte sein Blick einen Deut zu lange in seinen Augen, dann bemerkte er: »Ich bewundere Ihre Entscheidung, denn sie braucht Mut, und ich hoffe, Sie werden glücklich damit. Sie können morgen Nachmittag vorbeikommen und die Dokumente unterzeichnen.«

»Ich danke Ihnen für alles, Herr Peltzer. Auf Wiedersehen.«

»Ich wünsche Ihnen einen angenehmen Abend. Auf Wiedersehen, Herr Blass.«

Vermutlich war der Tag in seiner Gesamtheit zu intensiv und zu überfrachtet mit Entscheidungen und Emotionen, darum wundert ihn nicht, dass ihn ein leichter Schwindel überkommt. Er hätte eine Kleinigkeit zu Mittag essen sollen, möglich, dass dies zu dieser Schwäche beiträgt. Gerne hätte er sich jetzt hingesetzt, nur ist nirgends eine Bank oder Sitzgelegenheit zu erblicken. So wankt er weiter, bis er an eine Bushaltestelle kommt, wo er sich in das Wartehäuschen setzt und wartet, bis es ihm wieder bessergeht. Er blickt auf seine Taschenuhr, es ist achtzehn Uhr dreißig, er ist spät dran.

Neunzehn Uhr zwanzig öffnet er die Haustür und wird von Lisa mit einer Umarmung und einem Kuss auf die Wange empfangen. Er ist überwältigt.

»Hallo, mein lieber Balthasar, ich habe mich bereits gefragt, wo du bleibst. Es gibt ja zurzeit genügend Gründe, warum du später nach Hause kommen könntest. Ich habe uns ein kleines Nachtessen zubereitet. Mach es dir bequem. Du findest mich in der Küche, wenn du bereit bist.«

Wie aufgestaut, ergießt sich ihr Redeschwall über ihn, und er sieht keine andere Möglichkeit, als ihren Anweisungen zu folgen. Schnell hat er sich seines Anzugs entledigt, sich mit einem kalten Waschlappen erfrischt, etwas Eau de Toilette aufgetragen und eine bequeme Kleidung angezogen. In der Küche hat sie liebevoll ein üppiges Mahl aufgetragen, einen Rindsbraten an einer Rotweinsauce mit Polenta, Gorgonzola und gratinierten Zucchini. Wahrlich ein Gedicht!

»Hattest du einen harten Arbeitstag?«, fragt sie, während sie den Braten in Tranchen schneidet und auf die Teller verteilt.

»Ich hatte noch nie einen harten Arbeitstag, aber die Umstände waren heute sehr speziell, wenn nicht einmalig.«

Ihr fragender Blick fordert ihn auf weiterzuerzählen.

»Ich hatte heute meinen letzten Arbeitstag.«

Aus einem fragenden wird unvermittelt ein irritierter Blick.

»Ich habe gekündigt, und weil mein Urlaubsguthaben so riesig ist, muss ich nie mehr zur Arbeit. Schluss, aus!«

Ihr Schöpfen mit dem Löffel wird immer langsamer.

»Zudem habe ich heute Nachmittag beim Notar meinen ganzen Nachlass geregelt.«

Jetzt lässt sie den Löffel endgültig sinken und starrt ihn mit leicht geöffnetem Mund an.

»So schnell, ist das nicht etwas überhastet?«

»Nein, die Zeit ist reif. Morgen werden wir die Dokumente unterzeichnen, und dann bist du eine reiche Frau mit einer eigenen Villa und Park. Lass uns jetzt essen und feiern.«

Unterdessen hat er eine Flasche Rotwein entkorkt, seinen Lieblingswein, einen »Clos de l'Oratoire des Papes« Jahrgang 2006, ihn gekostet und füllt ihre beiden Gläser. Sie stoßen an und wünschen sich gegenseitig alles Gute für die Zukunft. Das Ganze wirkt steif, gehemmt und so fürchterlich endgültig.

Eine feierliche Stimmung will nicht so recht aufkommen, auch wenn ihnen das Außerordentliche dieses Tages immer deutlicher ins Bewusstsein rückt. Eine Überdosis Glück und Veränderung, jeder steht am Beginn einer für ihn neuen Zeitrechnung. Das Bestehende löst sich auf, und alles wird neu.

»Hast du dich denn verabschiedet?«

»Ja, es war schrecklich. Am kommenden Dienstag muss ich bei Maria noch einige Formulare unterschreiben, dann ist endgültig Schluss.«

»Was haben sie gesagt?«

»Nicht viel. Vielleicht kam es zu überraschend.«

»Und was planst du mit Akim und Hans?«

»Daran arbeite ich. Keine Sorge, du wirst in Zukunft in Ruhe gelassen werden. Ich habe mit Demir gesprochen, und er wird sich der Sache annehmen.«

»Türkische Mafia?«

»Keine Ahnung. Ich habe ihn gebeten, auf unnötige Gewalt zu verzichten. Er ruft heute Abend an, nachdem er mit der Familie gesprochen hat. Übrigens, Lisa, dieses Nachtessen ist vorzüglich, einfach unbeschreiblich gut.«

Sie wird rot im Gesicht wie ein kleines Mädchen und lächelt verschämt.

»Ich arbeitete heute nur von zehn bis vierzehn Uhr, danach hatte ich genügend Zeit, meine Kinder zu treffen, einzukaufen und zu kochen. Es war ein schöner Tag.«

»Das freut mich.«

*

Es wurde kein lautes Fest, kein ausuferndes Gelage, auch wenn sie später eine zweite Flasche öffneten und Blass seine Krawatte sehr locker trug. Der Abend wurde mehr zu einem sentimentalen Besäufnis. Lisa hatte erste Ideen für die Zukunft, sinnierte über die Kinderzimmer und wo sie selbst schlafen wolle. Sie würde sein Zimmer so belassen, wie es ist, als Erinnerung oder für den erhofften Fall, dass er wieder zurückkäme. Das Gespräch drehte sich ausschließlich um Lisa, denn weder er noch sie wollten auf seine Pläne eingehen.

*

Es ist zweiundzwanzig Uhr, als das Telefon im Korridor laut klingelt. Demir! Blass nimmt ab: »Balthasar Blass.«

»Himmet Demir. Guten Abend, Herr Blass. Störe ich beim Abendessen?«

»Guten Abend, Herr Demir. Nein, wir sitzen im Salon und genießen den restlichen Wein. Haben sie Neuigkeiten für mich?«

»Ja, wenn man so will, könnte man sagen, dass ich für Sie eine ganze Auswahl an Neuigkeiten habe.«

»Ich bin gespannt.«

»Im Grunde genommen gibt es drei Möglichkeiten, das Problem mit diesen beiden Herren zu lösen. Erstens die brachiale Variante, bei der der rustikale Teil unserer Familie ihren Lokalen einen Besuch abstatten und aus dem Mobiliar Kleinholz macht. Klare Sache, klare Ansage, keine Diskussion, eventuell eine heftige Reaktion von Beroslav, weitere Auseinandersetzungen möglich. Dann die fiese Variante: Wir verstecken bei den Herren genug Kokain für einen längeren Heimaufenthalt und verpfeifen sie an die Polizei. Einfache Sache, nicht fair, aber effizient. Beroslavs wird auf Rache sinnen, was später ein Problem werden könnte. Schließlich die psychologische Variante: Wir stehen ihnen jeden Tag auf den Füssen rum. Wir verfolgen sie, wir belästigen sie, wir sind immer bereits da, wir haben sie jederzeit im Auge, drohen, ohne ein Wort zu sagen, verbreiten Gerüchte, beeinflussen ihre Gäste, machen sie mürbe, bis sie klein beigeben. Wir geben den beiden ein Jahr, dann sind ihre Etablissements geschlossen, und sie verlassen die Stadt. Und, was würde Ihnen entsprechen?«

»Ich wüsste welche Variante, aber ich möchte das mit Lisa besprechen. Haben Sie sich auch Gedanken über den Preis gemacht?«

»Ja, nur möchte ich wissen, was es Ihnen wert ist.«

»Eine Million für die Variante drei inklusive Erfolgsgarantie.«

Es herrscht Ruhe am anderen Ende der Leitung, und er ist gespannt, zu erfahren, warum es Demir die Sprache verschlagen hat. War die Summe zu hoch oder zu niedrig?

»Sie sind sehr großherzig. Da lässt sich ein angemessenes Arrangement ausarbeiten, ganz nach Ihren Wünschen.«

»Herr Demir, darf ich Sie zum morgigen Frühstück einladen, dann können wir die restlichen Details besprechen.«

»Sehr gern, Herr Blass. Um welche Zeit soll ich kommen?«

»Ist neun Uhr passend?«

»Perfekt!«

»Dann wünsche ich Ihnen einen angenehmen Abend. Auf Wiedersehen, Herr Demir.«

»Gute Nacht, Herr Blass.«

Lisa steht angelehnt am Türrahmen zum Salon und verfolgte das Gespräch, aber wurde aus dem Gesagten nicht klug, weshalb sie jetzt mit fragenden Augen auf seinen Bericht wartet. Sie lassen sich in die Sessel fallen.

»Demir hat mir drei Vorschläge unterbreitet: eine brachiale, eine fiese und eine psychologische Variante. Ich denke, die psychologische Lösung würde mir gefallen.«

Er führt sich nochmals die Maßnahmen vor Augen.

»Lass dir nicht jedes Wort aus der Nase ziehen.«

Dann fasst er Demirs Vorschläge kurz zusammen und fragt sie schlussendlich nach ihrer Meinung.

»Es ist ein schräger Gedanke, sich aussuchen zu dürfen, wie jemand zur Sau gemacht werden soll. Wenn ich es mir vor Augen führe, dann bevorzuge ich die Variante drei, die Psycho-Methode. Die gefällt mir.«

»Weil sie nicht allzu drastisch ist?«

»Na ja, das wird für die zwei nicht lustig werden, aber damit wird am wenigsten Schaden angerichtet. Keine Gewalt, keine Polizei.«

»Einverstanden, sie wollen nicht hören, also müssen sie fühlen. Morgen um neun kommt Demir zum Frühstück, dann besprechen wir das weitere Vorgehen mit ihm. Dann kann er uns später zum Notar bringen. Wir sollten jetzt schlafen gehen, denn es wird morgen ein anstrengender Tag werden.«

»Die Flasche ist noch nicht leer.«

»Dann trinken wir sie leer.«

»Und einen Espresso mit einem kleinen Grappa?«

»Aber dann ist Schluss!«

»Okay.«

SIEBENUNDFÜNFZIG

Es sollte für Blass und Lisa samt Kindern ein denkwürdiger Samstag werden. Ein Schicksalstag, wie einer im Leben selten vorkommt, der für sein kleines Umfeld, aber auch für die kriminelle Subkultur der Stadt und selbst für Blass' spießige Nachbarschaft spürbare Folgen haben sollte, ob diese sich das wünschten oder nicht. Dieser Tag wird perfekter Anschauungsunterricht in Hinblick auf Ursache und Wirkung einer Entscheidung bieten. Eine Entscheidung, die Blass vor vielen Wochen bei einem Glas Rotwein für sich persönlich getroffen hatte und bei der man anschließend beobachten konnte, wie sich aus einem anfänglichen Glimmen ein Flächenbrand entwickelte.

Das Frühstück mit Demir war eine kuriose Angelegenheit. Mit einer reichhaltigen Auswahl an Delikatessen verwöhnte Blass Demir und Lisa, während sie gleichzeitig über die Bedingungen der systematischen Einschüchterung und der psychischen Terrorisierung zweier unerwünschter Personen verhandelten. Dass die zwei nicht ganz ungefährlich sind und weitere Komplizen haben, war ihnen klar. Demir indes konnte glaubhaft versichern, gegen diesen möglichen Widerstand personell wie intellektuell gewappnet zu sein. Sie seien eine große Familie und hätten früher in ihrer Heimat gelernt, sich zu wehren. Sie gelten unter der jetzigen Regierung in der Türkei als subversive Elemente, obwohl sie nie einer staatsfeindlichen Gruppierung oder einer kriminellen Vereinigung angehört hatten. Aber heute gelte ja jeder, der nicht so denkt wie die Regierung Erdogan als subversive Opposition. Er redete sich kurz in Rage, wie er auf seine Vergangenheit und die aktuelle Lage in der Türkei zu sprechen kam, fand aber bei der nachfolgenden Diskussion über eine schriftliche Vereinbarung schnell wieder zu einer professionellen Ruhe zurück. Man war sich über die rechtliche Ungültigkeit einer solchen

Vereinbarung bald einig, es sei denn, es würden dort nur legale Sachverhalte und Tatbestände aufgeführt und beschrieben werden, was eine schwierige Herausforderung darstellte.

»Und wenn ich Ihnen vertraue? Ich gebe Ihnen eine halbe Million jetzt im Voraus, und den Rest wird Ihnen Frau Sterlinger nach erfolgreichem Abschluss des Auftrags überweisen.«

Demir überlegte nicht lange und nickte: »Vertrauen ist schön. Ich denke, dass wir alle Interesse am Erfolg dieser Aufgabe haben. Ich bin einverstanden.«

Dann schüttelten sie sich die Hände und öffneten zur Feier der Stunde eine Flasche Champagner.

*

Beim Notar Peltzer war es eine äußerst nüchterne Angelegenheit, es wurde auch keine Flasche Champagner geköpft, denn die Unterzeichnung der Dokumente hatte beinahe etwas Sakrales an sich. Es ging dabei um einen Haufen Geld und Vermögenswerte, um das Verwalten dessen, aber auch um die Konsequenzen, sollten die Bedingungen, die Blass definiert hat, nicht eingehalten werden. Lisa war aufgeregt, konnte nicht unterschreiben, so zittrig waren ihre Hände, aber nach einem kurzen Spaziergang um die Häuser hatte sie sich wieder im Griff, mit Ausnahme der Tränen, aber die hinderten sie nicht mehr an der Unterschrift. Blass und Lisa erhielten je einen Satz der Dokumente, der dritte wanderte in den Tresor des Notars Erhard Peltzer.

*

Die mächtige Standuhr zeigt einundzwanzig Uhr, und sie hängen erschöpft in den Ledersesseln, entkräftet von den Emotionen des Tages, wohlgenährt von einem Rindsfilet mit Kartoffelgratin und Broccoli sowie geplättet von der Wucht einer Flasche »Pomerol Clos Clocher« Jahrgang 2009. Selbst das Sprechen fällt ihnen schwer, weshalb sie die Stille genussvoll aufsaugen und ihren Gedanken nachhängen. Alles scheint gesagt, besprochen und geklärt. Die alten Kapitel sind geschlossen, und vom neuen Kapitel steht nur die Überschrift. Lisa verstieg sich während des Kochens und des Essens in aufgeregtes Pläneschmieden, redete unaufhörlich auf Blass ein, ohne ihm eine Gelegenheit zum Sprechen zu geben, bekam dabei rote Wangen und konnte ihr unendliches Glück nie genügend betonen.

Jetzt fühlt sie sich wie eine Marathonläuferin nach dem Zieleinlauf, glücklich, stolz und vollkommen fertig, obwohl es in ihrem Unterbewusstsein einen dunklen Schatten gibt, der schwer über ihrem Glück lastet. Das Sterben von Blass wurde in den letzten Tagen nicht mehr angesprochen, einerseits, weil er es so wünschte, andererseits waren andere Prioritäten in den Fokus gerückt. Trotzdem wissen beide, dass dieses Thema abschließend besprochen werden sollte.

Lange zaudert sie, dann fasst sie sich ein Herz und fragt: »Ich habe nur über mich geredet, das ist egoistisch, jetzt möchte ich gerne mit dir über dich reden, auch wenn du das nicht liebst. Wie geht es mit dir weiter?«

Blass windet sich umständlich aus dem Sessel, geht zum Getränkeschrank und holt beiden je ein Glas Whisky. Sie stoßen an, dabei setzt er sich auf die Lehne ihres Sessels, ganz nah zu ihr.

»Lisa, ich kann dir keine abschließende Antwort geben, sondern ich lege dir drei Wege meiner Zukunft dar. Welchen ich dann wählen werde, ist offen, und vielleicht wirst du es nie erfahren.«

Lisa sieht ihn wie versteinert an.

»Den ersten Weg kennst du. Ich werde ein würdiges Ende finden, ich werde einfach verschwinden, und niemand wird je herausfinden, wie und wo ich diese Welt verlassen habe. Der zweite Weg wird auch mit meinem Tod enden, aber mit meinem natürlichen Tod. Deine Bemerkung über die Indianer, die sich zum Sterben in eine Höhle zurückziehen, habe ich als eine wunderbare Option erkannt. Vielleicht keine Höhle, vielleicht eine Hütte in den Bergen oder eine Klause am Meer. Weit weg von den Menschen, die mich nie in ihre Gesellschaft aufgenommen haben. Und der dritte Weg wäre der Weg der Läuterung. Er führt mich hinaus in die Welt, ohne Ziel, aber mit dem Plan, zu schauen, ob meine introvertierte Existenz die einzig wahre Lebensweise für mich darstellt oder ob ich neue Erkenntnisse gewinne, die mir die Augen öffnen und mich vielleicht wieder zurückbringen. Möglich, dass sich diese drei Wege nicht so klar voneinander abgrenzen lassen. Du wirst vermutlich meine kauzige Motivation und meine verdrehten Pläne nicht nachvollziehen können, aber ich kann dir versichern, dass ich nach einem Leben als Sonderling einen letzten Weg beschreiten möchte, der entweder meine Lage grundlegend ändert oder einen sauberen Abgang bietet. Ich habe eine andere Sicht auf mein Leben erhalten, das ist dein Verdienst. Vor etwas über einem Monat wollte ich nur einen sauberen und geregelten Abschied, heute gebe ich mir nochmals eine Chance.«

Für seine Verhältnisse ein ausschweifender Monolog, emotional angehaucht und mit einem verständnissuchenden Blick begleitet. Sie hat während Blass‘ Erklärung nicht einmal mit den Wimpern gezuckt. Sie ist wie paralysiert, ergründet den Sinn seiner Worte, und weiß nicht, ob sie lachen oder weinen soll.

»Ich schaffe es nicht, dich zu verstehen«, sagt sie dann nach einer Weile. »Ich finde das krank und unlogisch, aber möglicherweise kann man das nur nachvollziehen, wenn man dein Leben gelebt hat.«

»Ja, so wird es sein. Du hast kein einfaches Leben geführt, du warst nicht auf Rosen gebettet, und dir wurde viel Schlimmes angetan. Trotzdem hast du mehr Lebensmut als ich, der reich und sorglos lebte, dafür zeitlebens nicht so recht glücklich werden wollte. Ich war nicht wie die anderen Leute, die Gesellschaft hat Mühe mit Menschen wie mir, was ich auf eine Weise sogar verstehe. Was ich jedoch nicht begreife, ist, dass man Leute wie mich ausgrenzt. Stell dir vor, wenn ich nicht reich gewesen wäre, wie hätte ich dann existieren müssen? Ich wäre mit Sicherheit ein Randständiger, ein verrückter Obdachloser, ein saufender Bettler geworden, irgend so was. Klar, ich hätte mich ja anpassen können, nur wollte ich das nicht, je länger ich gemieden wurde, desto größer wurde mein Trotz.«

Lisa nimmt einen Schluck und schüttelt leicht den Kopf, als weigerte sie sich, es wahrhaben zu wollen.

»Wenn ich deine Worte höre und mir vor Augen führe, was für ein Mensch du in Wirklichkeit bist, dann habe ich das Gefühl, dass alles ein schreckliches Missverständnis ist. Ich bin so traurig, dich zu verlieren. Gerne hätte ich mein Leben mit dir geteilt.«

»Ich verstehe dich, aber ich bin nicht für das Zusammenleben mit dir und den Kindern geschaffen. Wir würden nicht glücklich werden.«

Im Innersten fühlt sie die Wahrheit in seinen Worten, obwohl sie es nie zugeben würde, denn dann käme sie sich furchtbar gemein vor.

»Und jetzt? Wie geht es konkret weiter?«

»Es liegt an dir. Die Kinder holen, die alte Wohnung auflösen, sich hier einrichten, egal, du bestimmst jetzt über dein Leben und nicht irgendwelche Halunken. Demir wird dir beistehen. Ich werde mich am Dienstag von dir verabschieden, nachdem ich die Formalitäten im Geschäft erledigt habe. Ordnung muss sein. Dann gehe ich weg.«

»Noch zwei Tage.«

Er neigt den Kopf zur Seite und lächelt sie an.

»Dann genießen wir doch diese zwei Tage.«

ACHTUNDFÜNFZIG

»Sie trauen sich wirklich ganz alleine hinein? Sie haben Nerven!«

»Ja, es ist besser, wenn ich alleine hineingehe. Wenn ich nach einer halben Stunde nicht zurück bin, dann kommen Sie nachschauen.«

Demir nickt, und Blass steigt aus dem Taxi. Die Leuchtschrift flackert nicht mehr, die Buchstaben *ar* sind jetzt total ausgefallen. Es ist Sonntag, kurz vor Mitternacht, und die Straße zeigt sich einsamer als unter der Woche. Gut möglich, dass die Lust auf Exzess und Sünde kurz vor Wochenbeginn durch die bürgerliche Arbeitsmoral etwas gehemmt ist, man will nicht am Montagmorgen bereits das ganze Pulver verschossen haben. In der *Sansi-Bar* selbst verlieren sich nur drei gelangweilte Gäste im muffigen Zwielicht des Raums. Blass stellt sich an die Theke, und der Barkeeper grüßt mit einem stummen Nicken.

»Guten Abend, ich möchte gerne Herrn Beroslav sprechen.«

»Warum?«

»Ich will mich von ihm verabschieden, und ich denke, das könnte ihn interessieren.«

Ein höhnisches Grinsen erscheint auf den Lippen des Barkeepers, dann sagt er: »Ich zweifle an seinem Interesse und habe nicht vor, ihn wegen solch einer Bagatelle zu stören.«

»Das verstehe ich vollkommen und habe aus dem Grund vorgesorgt. Übergeben Sie ihm diesen Abschiedsbrief persönlich. Glauben Sie mir, das ist keine Bagatelle, das wird ihm helfen zu verstehen.«

Der Barkeeper schaut ihn dümmlich an und versucht einzuschätzen, ob das alles gequirlte Scheiße oder in der Tat eine wichtige Sache ist, an der er sich die Finger verbrennen könnte. Er dreht den Brief ratlos in den Händen.

»Gute Nacht, und grüßen Sie Herrn Beroslav von mir. Mein Name ist Balthasar Blass.«

»Warten Sie, ich werde ihn schnell informieren. Ich bin gleich zurück.«

Er nimmt den Hörer vom Telefon, spricht einige Worte hinein und hängt wieder ab.

»Er kommt in ein paar Minuten. Darf ich Ihnen etwas offerieren?«

»Nein danke. Ich nehme einzig hier Platz.«

Es dauert kaum zwei Minuten, da öffnet sich die schmale Tür zu den hinteren Räumen, und Beroslav tritt ein.

»Guten Abend, Herr Blass«, murmelt er, nachdem er ihn skeptisch gemustert hat.

»Guten Abend, Herr Beroslav. Ich wollte mich nur verabschieden, denn Sie wissen ja, dass ich Pläne habe, die mich von hier wegführen. Leider sind wir nicht ins Geschäft gekommen, darum wollte ich Sie informieren, dass ich jemanden gefunden habe, der sich um Lisa und meine Anliegen sorgen wird.«

Blass streckt ihm zum Abschied die Hand entgegen, die Beroslav mit steinerner Miene ignoriert.

»Sie können verschwinden, das wird keine Sau in dieser Stadt interessieren und bemerken. Aber das Geld werde ich mir holen, glauben Sie mir.«

»Oh, Herr Beroslav, es bleibt Ihnen überlassen, wie sie Ihre Zukunft gestalten, keine Frage, nur empfehle ich Ihnen, die Sache mit dem Geld zu vergessen. Sie würden nicht glücklich werden.«

»Verpissen Sie sich! Rico, schmeiß diesen stinkenden Kadaver raus.«

Beroslav wendet sich angewidert ab und verschwindet durch die schmale Tür. Rico plustert sich auf, zieht seine Hose hoch und will hinter der Theke hervortreten, als er in den Lauf einer schlanken Walther TPH schaut.

»Bleiben Sie dort, wo Sie hingehören, Sie abgebrochener Stabmixer, oder es ergeht Ihnen wie Hans.«

Trotz des schlechten Lichts erkennt er, wie Rico bleich wird und zu Stein erstarrt.

»Eine angenehme Nacht, meine Damen und Herren«, verabschiedet sich Blass höflich, deutet eine kleine Verbeugung an und verlässt das Lokal mit gemächlichen Schritten durch den Haupteingang. Er setzt sich neben Demir ins Taxi und atmet tief durch.

»Erledigt!«

»Wunderbar, dann kann es ja losgehen«, bemerkt Demir mit einem verschmitzten Lächeln.

Er startet den Motor, fährt los, und die Scheinwerfer seines Wagens wandern dabei über den schwarzen Mercedes von Beroslav, der mit vier platten Reifen und eingeschlagenen Scheiben und Lichtern wie ein überfahrenes Tier tot im Straßengraben liegt.

NEUNUNDFÜNFZIG

,M. Stetholm' steht schwarz eingraviert auf dem Schild. Wie es ausschaut, hat sie das Alte ausgewechselt, so wie auch ihr Leben. Er hatte sie angerufen, und sie lud ihn während der Mittagspause zu sich nach Hause ein. Er war überrascht, aber sie fand die Unterzeichnung der Austrittsdokumente und die Verabschiedung in einem Café unpassend, was er wiederum nachvollziehen konnte. Er drückt auf die Klingel, und zwei Sekunden später summt der Türöffner, als hätte sie hinter der Tür gewartet. Sie wohnt in der zweiten Etage, die Tür steht offen, Blass tritt zögerlich ein.

»Kommen Sie rein, ich bin in der Küche und bereite uns einen kleinen Abschiedsimbiss zu.«

Er stellt seinen Koffer im Korridor ab und hängt sein Sakko an die Garderobe.

»Oh, verreisen Sie? Guten Tag, Herr Blass«, begrüßt sie ihn und haucht ihm drei Küsse auf die Wangen, ohne er sich dagegen wehrt.

Er verliert nur kurz ein wenig die Fassung, findet dann ein scheues Lächeln.

»Urlaub? Wohin geht's denn?«, fragt sie nach.

»So genau weiß ich das nicht. Ich fahre mit der Bahn nach Carcassonne, da beginnen die Pyrenäen, dann schau ich mal weiter.«

»Sie überraschen mich, ich habe Sie nicht als spontanen Menschen eingeschätzt, der sich planlos durch die Welt treiben lässt. Kommen Sie doch ins Wohnzimmer und nehmen Sie Platz.«

Sie weist auf eine großzügige Polsterlandschaft mit einem Salontisch, auf dem eine Platte mit Schnittchen und ein Kühler mit einer Flasche Champagner steht.

»Aber zuerst wenden wir uns dem geschäftlichen Teil zu und erledigen den Papierkram. Hier auf dem Esstisch habe ich die Formulare ausgebreitet, die Sie zu unterzeichnen haben.«

Blass beugt sich über die Papiere, überfliegt den Inhalt, ohne sich wirklich für ihn zu interessieren, und unterzeichnet an den markierten Stellen. Sie ordnet die Papiere in zwei Stapel, einen für die Administration, während sie den zweiten in ein Kuvert schiebt, das sie Blass übergibt.

»Somit sind Sie offiziell in den Frühruhestand entlassen. Herzliche Gratulation!«

Sie wirkt aufgekratzt, als hätte sie bereits getrunken, küsst ihn schon wieder dreimal auf die Wangen und bugsiert ihn dann in die Polsterlandschaft.

»Ich hoffe, Sie verzeihen mir meinen kleinen Abschiedsimbiss. Ein bisschen feierlich darf ein Abschied schon ausfallen.«

»Ich fühle mich sehr geehrt, Frau Stetholm.«

»Seien sie nicht so förmlich und öffnen Sie den Champagner, während ich die Austern hole.«

Wie geheißen, entkorkt er fachgerecht die Flasche und füllt vorsichtig die beiden Gläser. Sie kommt mit einer kleinen Platte Austern und einem Körbchen mit aufgeschnittenem Baguette zurück.

»Sie verwöhnen mich. Ich bin sprachlos.«

»Ach, seien Sie nicht so bescheiden. Sie haben sich weit mehr verdient, aber Sie machen es den Menschen in ihrem Umfeld nicht immer leicht. Ich würde Sie noch viel mehr verwöhnen, wenn Sie es zuließen.«

Sie stoßen an und bedienen sich genüsslich an den ausgesuchten Delikatessen.

»Wie lange werden Sie im Urlaub bleiben?«

»Schwer zu sagen, unter Umständen für immer.«

Maria erstarrt mit vollem Mund, würgt dann an der Auster.

»Ich verstehe nicht. Sie fahren in die Pyrenäen mit einem einzigen Koffer und bleiben vielleicht für immer? Haben Sie da ein Haus?«

»Nein, ich war noch nie in den Pyrenäen. Ich habe nur einen Bildband über diese Gebirgslandschaft. Eine reizvolle und wilde Gegend.«

Pures Unverständnis steht in ihr Gesicht geschrieben.

»Mein Gott, was sind Sie für ein seltsamer Mensch! Ich wäre nicht erstaunt, wenn sich ihr ganzes Leben in diesem Koffer befindet und Sie Ihren bescheidenen Besitz verschenkt haben.«

»So ungefähr.«

Kopfschüttelnd nimmt sie sich eine weitere Auster, die sie schlürfend in den Mund saugt, dort zergehen lässt und kräftig mit Champagner nachspült, nachdem sie den glitschigen Bissen hinuntergeschluckt hat. Jetzt erst begreift sie die Bedeutung dieser beiden Worte.

»Scheiße. Dann ist es möglich, dass ich Sie heute das letzte Mal sehe«, bemerkt sie mit belegter Stimme.

»Ja, das ist möglich.«

Sie leert ihr Glas in einem Zug, füllt es sogleich wieder und spült gleich nochmals nach.

»Verdammte Scheiße! Frauen sollten nicht fluchen, ich weiß, aber was Sie mir soeben mitgeteilt haben, ist wohl die Höhe. Sie verkrümeln sich in die Berge und lassen mich und Lisa alleine. Das ist nicht die feine Art.«

»Da kann ich Ihnen nicht widersprechen. Ich handle aus absolutem Eigennutz.«

»Da habe ich mir so fantasievoll vorgestellt, wie wir eine unbeschwerte Zeit zusammen haben werden und bevor es so weit ist, verschwinden Sie einfach. Das darf doch nicht wahr sein.«

Sie leert ihr Glas voller Frust in einem Zug, schenkt sich wieder nach und verschüttet dabei einen ordentlichen Schluck.

»Es tut mir leid, wenn mein Handeln nicht Ihren Vorstellungen entsprechen sollte.«

»Halten Sie den Mund. Ihre nette Art kann einem fürchterlich auf den Senkel gehen. Sie sind ein Mann, wie es sie wenige gibt, und ausgerechnet Sie suchen in den Pyrenäen nach ihrem Seelenheil, während wir Frauen hier nach Ihnen lechzen. Sie sind einer der letzten Exemplare wahrer Männer, die unbeirrt ihre Wege gehen.«

Jetzt ist es Blass, der dringend einen großen Schluck Champagner braucht. Sie füllt ihm, aber auch sich selbst nach, denn ihr Glas ist schon wieder leer, der Schaumwein ist ihr zügig in den Kopf gestiegen.

»Wer liebt uns, wenn sich die letzten Männer ins Gebirge abgesetzt haben, wo sie nach ihrem verkümmerten *Ich* suchen? Wir Frauen wünschen keine selbstverliebten Karrieristen, keine weichgespülten Frauenversteher, keine primitiven Gefühlskrüppel, keine desinteressierten Egoisten, wir brauchen Typen.«

»Frau Stetholm, Sie verlieren den Bezug zur Realität. Ich bin alles andere als ein begehrenswerter Mann. Ich bin nur ein komischer Kauz.«

»Quatsch, Sie sind ein Mann.«

Was soll man dazu sagen? Er kommt sich vor wie in einem Traum, den er schon tausend Mal geträumt hat, den er immer wieder mit einem sentimentalen Gefühl verdrängt hat, der aber dauernd von Neuem aufblitzt. Diese betrunkene Frau, die er begehrt, seit er sie das erste Mal gesehen hat, wäre die Verwirklichung seines Traums und seines Glücks und lässt ihn gleichzeitig verzweifeln. Er fühlt sich wie jemand, der glaubt, falsch abgebogen zu sein, aber in Wirklichkeit am Ziel angekommen ist. Er betrachtet sie und bewundert still ihren Anblick.

Sie leert ihr Glas, starrt traurig die leere Flasche an und holt in der Küche eine zweite, die sie umständlich zu öffnen versucht. Blass ringt sie ihr aus den Händen, entkorkt sie elegant und füllt die Gläser. Selbst er spürt die Wirkung des Weins, längst nicht so wie Maria, der langsam aber sicher die Kontrolle abhandenkommt.

»Frau Stetholm, ich muss Ihnen gestehen, dass Sie all die Jahre für mich die große Liebe waren. Sie waren für mich ein Traum, aber da war Roman. Gegen ihn konnte ich nicht bestehen.«

»Wenn ich das geahnt hätte«, murmelt sie leise mit einer Träne im Augenwinkel.

»So ist es geschehen, da lässt sich im Nachhinein nichts mehr ändern.«

»Ach woher. Sie könnten mir zumindest eine letzte Freude bereiten und mich lieben. Jetzt. Hier. So, wie ein Mann eine Frau lieben sollte.«

»Aber Frau Stetholm, ich bitte Sie.«

»Ja, ich bitte Sie auch.«

Ende